U0128390

學術論文寫作指引
文科適用

第二版

林慶彰　著

目 次

緒論

上編　資料蒐集方法

第一章　蒐集資料前的預備工作

第二章　圖書館與電子資源的利用

下編 論文寫作方法

第五章 如何選擇論文的研究方向

第六章　論文的撰寫

第七章　論文的附註

第八章　論文的附件

附錄

參考文獻

第二版序

　　這本《學術論文寫作指引》是 1996 年 9 月由萬卷樓圖書公司出版的，這書在這十五年間重印了十多次，發行了一萬五千本。在臺灣，一般學術著作出版時，往往只印三、五百本，就可以銷售一、二十年，這本《寫作指引》是什麼機緣才能發行一萬多本？

　　1990 年 10 月 27 日，中央研究院中國文哲研究所邀請國內文哲相關系所師生，召開「中國文哲相關系所師生座談會」，討論文史哲系所的發展及如何合作問題。東吳大學王國良教授建議說：「請文哲所出面，邀集國內各大學及研究單位各文史哲學專家代表同聚一堂，討論中文論文寫作適當格式，經過試用修正之後，刊行中文論文寫作標準格式，讓全國文史哲學師生有恰當而便利的規則可循，免除目前凌亂不一，各自為政的弊病。」[1]王教授的建言，與會學者都深表同意。

　　中央研究院中國文哲研究所接到這一任務後，決定在研究所的刊物《中國文哲研究集刊》和《中國文哲研究通訊》書末附上撰稿格式，至少可先統一這兩份刊物來稿的格式。這撰稿格式是由筆者起草，經研究人員開會討論通過，後來許多刊物要附撰稿格式時，都以這個格式為基礎，再稍作修改。

　　中文學界撰寫論文格式之不一致，已到了一校一式，甚至一人一式的地步。要用短短一兩頁的撰稿格式來統一論文寫作格式，實有相

---

[1]　見鍾彩鈞：〈中國文哲相關系所師生座談會紀要〉，《中國文哲研究通訊》第 1 卷 2 期（1991 年 6 月），頁 63。

當的困難。於是我興起了撰寫《學術論文寫作指引》的念頭。1993
年 9 月起，筆者在東吳大學中文研究所講授「治學方法研究及討
論」，當時編有講授大綱。經兩年多的修改，補充，已逐漸有書本的
雛形。這書於 1996 年出版後，就有東海大學的吳福助教授和謝鶯興
先生各撰有一篇書評[2]，《國文天地》雜誌也邀請國內中文學界林文
寶、吳福助、王國良、黃沛榮四位教授，討論該書的得失。[3]由於該
書是中文人寫給中文人看的，書中的舉例也適合中文人使用，就這樣
研究生人手一冊，漸漸地中文學界的論文也規範化了。

　　這本《寫作指引》在大陸也頗有流傳，首先是泰安師專的林祥徵
教授撰有兩篇書評[4]，強調這書對治學和寫作論文的作用。之後，大
陸核心期刊《中國社會科學》和《歷史研究》的編輯馬忠文博士告訴
筆者，他們編輯群要參考這書，大陸的書店並沒有賣，只好到清華大
學圖書館影印。他們邀我去開座談會，一起討論論文格式的某些疑難
問題，我也送他們編輯每人一本《寫作指引》。

　　本書原分八章，第二章〈現代圖書館利用法〉，刪去過時的資
料，加入搜尋引擎和官方、民間網站的介紹，章名改為〈圖書館與電
子資源的利用〉。第三章〈工具書利用法〉，因網站和資料庫的利用越
來越重要，所以將工具書和電子資源一起介紹，章名也改為〈工具
書和電子資源的利用〉。第四章〈資料的蒐集、整理和摘記〉，內容全

2　吳教授的書評，刊於《東海學報》，第 38 卷（1997 年 7 月），頁 185～190。謝先生
　　的書評，刊於《東海大學圖書館館訊》，新第 13 期（2002 年 10 月），頁 17～21。

3　該座談會記錄由周嘉惠整理，篇名作〈從《學術論文寫作指引》談中文學界的論文
　　規範〉，刊於《國文天地》，第 13 卷 5 期（1997 年 10 月），頁 4～10。

4　這兩篇書評內容大同小異，一篇篇名作〈學術論文寫作的引路燈——評林慶彰《學
　　術論文寫作指引》〉，刊於《寫作》，1997 年 2 期，頁 13～14。另一篇篇名作〈一醆
　　學術論文寫作的指路燈——推薦（臺）林慶彰博士《學術論文寫作指引》〉，刊於
　　《泰安師專學報》，1997 年 3 期，頁 300～301，轉頁 305。

部改寫,資料蒐集的實例,以前舉錢謙益和楊逵,現改為徐天璋和林履信。這四章所以更改較多,是為了配合時勢的需要。另外,本書所附之附註舉例和學術論文舉例為配合新的著錄規範稍作修改,如篇名以前用「《》」,現在改為「〈 〉」,又如:出版地臺北、東京,現改作臺北市,東京市等。其他各章節的內容也都有增減,讀者一比對就可明白。

　　修改過程中,現任《國文天地》雜誌社副總編輯的張晏瑞學棣,每週六下午即來協助修改二、三、四章中與電子資源有關的部份,最應感謝。

2011 年 5 月,林慶彰 誌於
中央研究院中國文哲研究所 501 研究室

第一版序

　　筆者在民國六十一、二年間，即在所就讀東吳大學的學校刊物寫些小論文。當時，有些老師曾鼓勵我們可試著寫點文章，但並沒有告訴我們該怎麼寫。也許他們認為時候還未到吧！在寫小論文的過程中，祇能模仿他人的論文，或自己摸索，也不知怎樣寫才算是論文。入碩士班以後，似乎已感覺到要寫一篇堂皇的學位論文的壓力，但蒐集資料的能力仍舊提升不多，也不知什麼才是好的學術論文，最常見的方法是借前人的論文，從大綱到參考書目，都儘可能模仿。這可說是寫論文的模仿時期。

　　進入博士班以後，讀書略多，坊間也出版了數種學術論文寫作方法的專著，對方法學也略有反省。加上在民國七十年左右，在東吳大學中文系開始講授「治學方法」的課，為了上好這門課，除了儘量收集坊間的相關論著外，也時時揣摩其他人的論文，看看有那些長處，並儘量多寫、多發表論文。由於自己在講授「治學方法」的課，加上在博士班的年級越來越高，來要求提供論文題目，並切磋寫作方法的學弟、學妹們也越來越多。我從問難中慢慢吸取講課的方法，並儘量能將好處納入寫作的過程中。所以，博士班五年畢業時，除了一本博士論文外，可稱得上學術論文的，也有十多篇。這可說是寫論文的反省期。

　　把模仿期和反省期加起來，整整有八年的期間，但所寫的論文是否即已合乎論文寫作規範，恐怕也未必。因此，筆者常常在想，如果有一本比較能合乎中文人寫作需要的論文規範，即使寫出來的論文內

容不一定很精彩,至少也可減少摸索的時間,這樣模仿加反省也許可減少至三五年。不是可將省下的時間作更多的事嗎?

　　一本中文人理想的學術論文規範,誰有資格來寫?或者說誰願意來寫?筆者以為這部書的作者至少要符合下列條件:

　　(一)他應說是一位持續不斷的研究者,馬時時有論文發表,惟有這樣的人,才能時時吸收新知,隨時發現問題。由於具備這個條件,對學生寫作論文時提出的問題,才能作適當的回答。

　　(二)他應該要講授過「治學方法」或「學術論文寫作」的課程。從講授的過程中,才能真正體會到一個初學者的困難在那裡?該如何去幫助他。且在講授的過程中,慢慢蒐集寫作論文規範的各種用例。如果沒有利用講授的機會,很難蒐集到適當的用例。

　　(三)他應該曾經指導過學位論文。指導教授必須隨時回答學生一切可能提出的問題,即使一時沒辦法回答,也會去蒐集問題的答案。在這種過程中,指導教授也慢慢了解一個學生寫作過程中的疑難所在。另外,學生完成論文,指導教授在修改過程中,是要把它改成最符合規範的論文。有這一層磨鍊的學者來寫作論文規範的書,應較能駕輕就熟。

　　能符合這一條件的中文界學人,至少數十百人以上。因此,筆者一直期待這麼一本理想的論文寫作規範出現。有學生問起我是否可寫一本書指導初學者,我都告訴他們,應有更理想的人會寫。可是一年一年過去了,願意寫這本書的學者仍舊沒有出現。不論是講授「治學方法」或「論文寫作法」的老師,或研究所在學的學生,似乎越來越感覺到這麼一本書的迫切需要性。恰好,民國八十二年九月起,筆者又在東吳大學中文研究所碩士班講授一學期的「治學方法研究及討論」,編成一份更適合研究生使用的研究大綱,並蒐集了相當多的參考資料。這時才想到,與其期待別人來寫書,不如自己動筆來寫。但

又考慮到自己是否有能力完成這本書？有時回想這二十年間，完成了五本專著，編輯了二十多種書，發表大小論文百餘篇，又曾經講授過「治學方法」，又指導過不少學生寫論文，大概符合上述寫作這種書的條件。勇氣好像就來了，可是我的專業是經學研究，實在很難騰出時間來寫這樣的書。恰好，國文天地社長許錟輝教授，有意由關係企業萬卷樓圖書公司出版一系列中文系所適用的教科書，希望能有這樣的書來迎合需求，要求筆者來撰寫，我也就一口答應了。

從民國八十四年初動筆，本預計當年暑假完成，新學年開始即可使用。但是中央研究院中國文哲所的研究工作實在太繁忙，寫寫停停；且書中所設的寫作規範，每一則都希望能從既有的論文中找出實例，所以，找實例所花的時間，比實際寫作的時間還要長。這書稿終於在今年三月三十一日全部完成。由於書稿是在很零碎的時間下，花費一年多才完成，內容必有許多不當之處，祇好待出版後各方意見再作修改。

民國八十二年九月起筆者在東吳大學中文研究所講授「治學方法研究及討論」時，僅有講授大綱，實際的內容和舉例，都祇是口頭講授。當時來旁觀的各年級及其他大學研究生甚多，他們都作有詳細的筆記。這次寫稿也參考了許維萍學弟所作的筆記。另外，萬卷樓圖書公司叢書部主編李冀燕小姐在一年多中催稿電話多達二十餘通，這部書稿才能順利完成。他們兩人是最先要感謝的。

本書中舉了不少實例，大多從各種學位論文和單篇論文中選出，無法一一向原作者致意，已同意徵引的林瑞明教授、黃文吉教授、張高評教授、丁原基教授、鍾彩鈞教授、許俊雅教授、楊貞德先生、楊晉龍先生、張廣慶先生，則在此一併表達謝意。

本書所涉問題甚多，為減少書中的錯誤，曾委請中央研究院中國文哲研究所圖書館劉春銀主任校閱第二章〈現代圖書館利用法〉和附

錄一〈各主要圖書分類法綱目表〉，糾正不少書中的錯誤和疏漏。另外，為能使本書更適合讀者使用，也委請東吳大學中文研究所研究生黃智信學弟以讀者的觀點，將全書通讀一次，並提出不少增修意見。劉主任和黃智信弟的辛勞，也應一併感謝。

　　筆者對這本書的寫作內容，仍有許多未盡滿意的地方，但願學術界的先進及正要寫作論文的青年朋友，能多賜予指教。

1996 年 5 月，林慶彰 序於
中央研究院中國文哲研究所籌備處

緒 論

　　本書書名《學術論文寫作指引》，可以分成兩個方面來討論：一是「學術論文」，二是「寫作指引」。一位初學者，最先要問的是「什麼是學術論文？」筆者無法對「學術論文」作嚴格的定義，僅提示讀者可以從下列數個方向來考慮。這裡要提出來的是，學術論文何以必須有規範？至於「寫作指引」方面，我想討論的是，學術論文既然需要有指引，那前人所作的指引有多少，對國內學術論文寫作有何影響？既有許多指引，筆者為何不利用前人的成果，還要再撰寫這本書？以下分點加以討論。

何謂學術論文

　　就一篇論文來說，具備前言、正文、結論、附註、參考書目等形式條件，並不一定能稱為學術論文。要判定一篇論文是否為學術論文，應該取決於它的內容。什麼樣內容的論文，才稱得上學術論文？這問題很難用一兩句簡單的話來回答。如果從下面幾個方面來考慮，也許可以得到部分的答案。

一　以學術研究的角度來探究問題

　　從人本身至古今中外，存有無數可研究討論的問題，當我們面對這些問題時，並不一定很嚴肅的對待它。一旦有心把它當成一學術問

題來討論時，我們得考慮前人已有的認知如何？是未曾為人所注意？或前人雖已注意，但了解不深，或了解有誤。或是前人的解釋方法不足以解決該問題，必須運用新方法加以處理。有了以上的思考，並進行資料的蒐集、判讀、分析、辨證等程序。如果前人的研究成果已相當完備，自應服膺前人的研究成果，終止對此一問題的探究。經過嚴密的篩選準備過程後，仍值得繼續探討的論題，才能構成學術研究的條件。有了具有學術內涵的論題，才能寫出具有學術意義的論文。

二　具備分析或論辨的過程

　　一個論題必有其所存在的材料，要從這些材料中得出新的或正確的結論，必須有相當嚴密的分析和論辨過程。此一分析或論辨的過程，可以視論題的對象和材料的繁簡而有所不同，但過程的進行絕對不可省略。往往有許多學術論文，因分析和論辨的過程太過簡略而貶損了本身高度的學術性，只能稱為半學術論文而已。所以，衡量一篇論文，篇幅長短並非絕對的標準，是否具有分析和論辨的過程，才是能否稱為學術論文最重要的條件。

三　所提出的結論如何

　　儘管討論的是嚴格的學術問題，也具備分析或論辨的架構，但是如果不能提出合理的或新的結論，而僅僅因襲陳說，這篇論文根本不具學術價值，當然不配稱為學術論文。所以，一個研究者當發覺對研究論題提不出合理或新的結論時，就不必把它寫成論文。有些研究者因捨不得放棄，勉強完成，反而害了自己。

學術論文寫作規範的意義

　　現代的學術論文，應符合現代需要的格式。這種論文格式是怎麼從西方引進的，學者還沒有作過深入的研究，但是幾乎所有的學者都同意學術論文應該有較統一的格式。這種期盼，近年來可說是越來感覺越強烈。這可從下列幾種象反映出來：

　　（一）有關論文寫作指引的書，不論是翻譯，或國人自撰，種數越來越多，篇幅更有多至六、七百頁者。有些書，以集體撰寫的方式出現，主要是怕一個人的力量照顧有所不周，不能給讀者作最周到的指導。

　　（二）1990 年 10 月 27 日，中央研究院中國文哲研究所邀請國內文哲相關系所師生，召開「中國文哲相關系所師生座談會」，討論文哲系所的發展及如何合作問題。東吳大學王國良教授曾作建議說：「請文哲所出面，邀集國內各大學及研究單位各文史哲學專家代表同聚一堂，討論中文論文寫作適當格式，經過試用修正之後，刊行中文論文寫作標準格式，讓全國文史哲學師生有恰當而便利的規則可循，免除目前凌亂不一，各自為政的弊病。」[1]王教授的建言，與會學者都深表同意。

　　（三）各種學術期刊，大都附有撰稿格式，開學術會議時，主辦單位也會在邀請函之外附有撰稿格式，請論文發表人依規定格式撰寫。其中影響最大的是，中央研究院中國文哲研究所出版的《中國文哲研究集刊》、《中國文哲研究通訊》書末所附的〈撰稿格式〉，已廣

1　見鍾彩鈞：〈中國文哲相關系所師生座談會紀要〉，《中國文哲研究通訊》第 1 卷 2
　　期，頁 63。1991 年 6 月。

為國內中文學界所採用。該〈撰稿格式〉由筆者起草，經研究人員開會討論通過，該所的《集刊》、《通訊》即依此一〈格式〉來撰稿並編輯。由於該〈格式〉簡單實用，有些學者發現國內學術論文的寫作格式不夠標準時，也呼籲按該格式來寫作。黃文吉教授評《宋代文學研究叢刊》（創刊號）時說：「注釋的格式也應作統一規定，中央研究院中國文哲研究所出版的《中國文哲研究集刊》後附的撰稿格式，其中對注釋格式的規定，頗適合中文學界使用，如果《宋代文學研究叢刊》能夠參考訂出統一的格式，不但讓撰稿者有規則可循，也有利於編輯作業，而整本《叢刊》的論文格式才能整齊畫一，有利於學術論文規格的標準化。」[2]

從這三點敘述，也可大略窺知國內學者希望學術論文寫作格式標準化的呼聲。其實，國內科學界、社會科學界，因受西方學術的影響較深，學術論文大都已規格化。唯有人文學界，或是縮小範圍叫中文學界，因寫作論文涉及的古代典籍和古代的知識太多，所以由外國出版或國內其他學者編訂的規範大多無法使用。前述的這種規格化的呼聲毋寧說是中文學界求統一的心聲。了解這種背景，編訂一本中文學界適用的論文寫作規範，至少有下列幾層的意義。

其一，作為廣大中文學界師生，寫作學術論文的統一格式，將來可推廣到中國大陸和海外，作為海內外以中文寫作學術論文的標準格式。

其二，可作為評判學位論文形式規格好壞的標準。以前因無較合適的格式，各本學位論文，都有自己的一套寫作標準，評審委員無法作實質的要求。

當然這一份「統一」的格式，是要經過各大學中文系的專家來統

2　《國文天地》第 11 卷 2 期（1995 年 7 月），頁 114～115。

一制訂，不可能由一個人來撰寫。筆者現在來撰寫這本書，既不是要統一大家的格式，也不敢有此奢望，祇不過是百家爭鳴時代中的應急品而已。

前人論文寫作規範的檢討

從 1961 年起，臺灣開始有學術論文寫作格式的專著，迄一九九六年九月，筆者《學術論文寫作指引》出版，所出版的相關專著約有二十餘種。這些專著大抵可分為三類：

一　譯自國外專著

1. 研究方法與報告寫作　陳一如譯　臺北市　中華文化出版事業社　1961 年
2. 大學論文研究報告寫作指導　Kate C. Turabian 著　馬凱南譯　臺北市　黎明文化事業公司　1977 年 4 月
3. 圖書館資源──如何研究與撰寫論文　陳善捷編譯　臺北市　華泰文化事業公司　1979 年 5 月
4. 史學方法論　Robert Jones Shafer 著　趙干城、鮑世奮譯　臺北市　五南圖書出版公司　1990 年 1 月

這些著作，由於直接譯自外國專著，不但寫作格式國人不一定能接受，所舉例子也都是國外的事例，對國人來說有相當的隔閡。所以這些書的流傳都不廣。但對國內學者編撰寫作格式，有參考的作用。

二　國內學者單獨編著

1. 歷史纂述的方法　李家祺編著　臺北市　臺灣商務印書館　1970年2月

2. 學術工作與論文　房志榮、沈宣仁合編　臺北市　現代學苑月刊社　1972年

3. 學術論文的寫作方法　王國璋著　臺北市　著者　1975年

4. 大學畢業論文的寫作法　言心哲編　臺北市　臺灣商務印書館　1976年

5. 研究論文寫作方法——其格式、內容與整理程式　方瑞民著　臺北市　著者　1976年

6. 圖書館與論文的寫作　潘華棟著　香港　大學生活社　1976年11月

7. 歷史學手冊　張存武、陶晉生編　臺北市　食貨月刊社　1977年1月　再版

8. 學術論文寫作規範　宋楚瑜編著　臺北市　正中書局　1977年3月

9. 論文研究方法與寫作格式　淡江文理學院編　臺北市　該院　1978年

10. 研究報告寫作手冊　曹俊漢編著　臺北市　聯經出版事業公司　1978年3月

11. 如何寫學術論文　宋楚瑜著　臺北市　三民書局　1978年9月

12. 治史經驗談　嚴耕望著　臺北市　臺灣商務印書館　1981年4月

13. 談論文寫作　姜忠鑫著　臺北市　中華民國責任保險研究基金會　1987年9月

這十餘種專著，有一大半是僅數十頁至百餘頁不等的小書，內容相當簡略，流傳也不廣，作用不大。影響較大的是宋楚瑜的《學術論文規範》、《如何寫學術論文》，曹俊漢的《研究報告寫作手冊》、嚴耕望的《治史經驗談》等四書。宋氏之書，談蒐集資料的方法，頗為實用；論文寫作格式的舉例，雖仍偏於政治學，但其他各學科的例子也不少，是目前仍舊較實用的著作。曹氏的書，大部分是從西方著作編譯而成，並不太實用。嚴氏的書，是他治史數十年的經驗結晶，對研究史學者有很大的助益。其中也談到論文的格式，但具體的規格並不多。

三　國內學者集體著作

1. 論文寫作研究　段家鋒、孫正豐、張世賢主編　臺北市　三民書局　1983 年 10 月；1992 年 5 月　增訂初版
2. 報告與論文撰寫手冊　新竹師範學院學生輔導中心編　新竹市　新竹師範學院　1991 年 8 月；1994 年 5 月　增訂版

前一書集國內研究社會科學學者呂亞力、彭文賢、林嘉誠等十餘人的論文而成，基本上是為研究社會科學的學生而設。後一書是集林慶彰、張春興、周虎林、王國昭等九位學者的論文而成。其中有多位中文學界的學者，所談到的格式和舉例，也較符合中文學界的需要。

　　這十餘年間，臺灣學界又出版了幾種新書：
1. 撰寫博碩士論文實戰手冊　朱浤源主編　臺北市　正中書局　1999 年 11 月　初版
2. 大學寫作進階課程——研究報告寫作指引　高光惠、楊果霖、蔡忠霖合著　臺北市　三民書局　2007 年 9 月　初版

朱泫源主編的書，一看書名就具有挑戰性。該書的作者網羅了臺灣各
大學的教授和研究機構的研究人員五十餘名。每位學者寫他最專長的
一小節，所以觀點非常新穎，而且實在。可惜談理論的地方還是比較
多，舉實例的地方還有不足。且它的撰稿者大多是學社會科學和自然
科學，所舉的例子對中文學界來說不夠貼切。高光惠等合著的書，是
一本相當實用的著作。由於是中文學界的教授來撰寫，所以舉例也相
當妥當。可惜談論文格式的地方，稍嫌簡略。

四　大陸學者的著作

　　大陸有關學術論文寫作的書，出現的比較晚，大概一九八一年才
有。這三十年間，累積的相關著作大概有二十餘種。筆者所知的有如
下十四種：

1. 怎樣寫學術論文　王力、朱光潛等著　北京市　北京大學出版社
　1981 年 5 月

2. 文科論文寫作　張盛彬主編　北京市　北京大學出版社　1989 年
　10 月

3. 大學生研究生論文寫作十五講　戴知賢著　北京市　中國廣播電視
　出版社　1991 年 6 月

4. 學術論文寫作　高瑞卿著　長春市　吉林文史出版社　1991 年 7 月

5. 文科論文寫作概要　任鷹著　北京市　北京大學出版社　1991 年
　11 月

6. 論文寫作與答辯　朱禮生、朱江著　南昌市　江西高校出版社
　1996 年 8 月

7. 學術論文寫作　陳妙雲著　廣州市　廣東人民出版社　1998 年 8 月

8. 學術論文寫作　高小和主編　南京市　南京大學出版社　2002 年

9.學術論文寫作通鑑　陶富源著　合肥市　安徽大學出版社　2005
　年 4 月
10.文科研究生治學導論　馮光廉主編　合肥市　安徽教育出版社
　2005 年 9 月
11.怎樣寫論文──十二位名教授學術寫作縱橫談　王力、朱光潛等著
　瀋陽市　遼寧教育出版社 2006 年 1 月

大陸這一類的著作，大抵談理論的地方多，該舉實例的地方太少，讀
完各書，對論文的真正格式仍一知半解。所以各個大學的學位論文還
有發表在各個期刊的單篇論文，格式都非常的凌亂。可見，這些學術
論文寫作規範，並沒有發揮應有的作用。大陸學界需要一本可以統一
寫作規範的著作，已經是很明顯的事實。

四　本書寫作的方式

　　筆者以為寫作論文，不僅要重視論文的格式，寫作前的蒐集資
料，更是論文寫作成敗的關鍵。且個別格式的規定之外，也應有完整
的實例，供讀者參考。本書即在這種構想下分為上編〈資料蒐集方
法〉，下編〈論文寫作方法〉和〈附錄〉。

上編　資料蒐集方法

　　第一章〈蒐集資料前的預備工作〉，是要告訴讀者在蒐集資料之
前，就應充實相關的研究知識，以古代作為研究方向的讀者，應當有
相當充足的古籍知識，才足以應付各種不同的狀況。這方面的知識包
括目錄、版本、校勘、辨偽、輯佚、避諱、類書、叢書、方志、新史
料等方面。此外，自己研究方向的相關知識，也可以利用讀通史、讀

斷代史、讀史料學、熟讀研究方向的基本文獻等方式來加強。至於檢查資料的常用參考書也應依個人的研究方向斟酌購買。

　　第二章〈圖書館與電子資源的利用〉，現在是個資訊爆炸的時代，以個人的財力不可能擁有一切所需的參考資料，每一位讀者都必須利用圖書館。因此，告訴讀者圖書館重要的分類法，如何利用搜尋引擎，如何利用官方和民間機構的網站資源，也是論文寫作指引這一類書的必要篇幅之一。

　　第三章〈工具書與電子資源的利用〉，圖書館的藏書動輒百萬冊，期刊也有數千種，這麼繁多的資料，非利用工具書來駕馭不可。本章先說明利用工具資源的方法，再舉寫作論文最常用到的檢索人物、書籍、論文的工具資源，供讀者參考。

　　第四章〈資料的蒐集、整理和摘記〉，是要告訴讀者利用工具資源蒐集資料時，正確的程序如何？那些工具資源一定要檢索。為了讓讀者對整個過程有較清楚的概念，本章立兩節〈資料蒐集方法示例〉，分別舉徐天璋和林履信加以演練。又蒐集來的資料如何整理，摘記時應注意那些事項，也立一節討論。

下編　論文寫作方法

　　第五章〈如何選擇論文的研究方向〉，即一般所說的論題選擇。本章告訴讀者選擇論文方向應遵守的原則，並舉例說明選擇研究方向的方法。

　　第六章〈論文的撰寫〉，告訴讀者撰寫論文應先擬定大綱，大綱的訂定乃依資料而來，並舉馮曉庭《宋初經學發展述論》、許俊雅《日據時期臺灣小說研究》兩書的大綱作為實例。其次，寫作時如何使用標點符號，如何引用資料，也立專節討論。撰稿時應從那個部分

入手，如何修改，也有一節的篇幅。

　　第七章〈論文的附註〉，附註為現代論文必須具備的格式之一，附註的作用、類別，每條附註引用資料的格式，應如何註記，實在非常困擾論文寫作者，本章各節皆一一舉實例加以說明。

　　第八章〈論文的附件〉，論文除主體部分外，另有圖表、書影、附錄、參考書目等附件，附加這些附件有何意義，如何編製這些附件，都有詳細的解說。其中的參考書目，是反映作者論文水平的指標之一，除了說明編輯方法外，更舉實例兩種供讀者參考。

附錄

　　一是〈各主要圖書分類法綱目表〉，列舉〈中國圖書分類法〉、〈中國圖書館分類法〉、〈杜威十進分類法〉、〈國會圖書館分類法〉之綱目，供讀者參考。

　　二是〈學術論文舉例〉，舉林慶彰〈從詩經看古人的價值觀〉、鍾彩鈞〈羅整菴的理氣論〉、林瑞明〈賴和《獄中日記》及其晚年情境〉為例，讀者可從實例體會論文的格式及寫作方法。

　　三是〈研究計畫舉例〉，國內各大學碩士、博士班入學考試時，都必需繳交研究計畫，但有不少學生不知如何入手，因此，附上楊晉龍〈錢注杜詩及其在注杜史上地位的研究〉、張廣慶〈清代公羊學研究〉兩篇研究計畫，供讀者擬計畫時參考。

　　四是〈注音符號、國語羅馬字、威妥瑪式和漢語拼音對照表〉，因國語的注音方式有多種，國內外學者所使用的方式多所不同，為減少使用上的困難，乃編製此表。

　　五是〈大陸簡體字與正體字對照表〉，因國內讀者不熟悉大陸簡體字者仍甚多，所以轉載此一對照表，以協助讀者解決疑難。

第一章　蒐集資料前的預備工作

第一節　研讀古籍的相關知識（上）

　　在文、史、哲學這個領域，不論研究古代或現代，免不了都要涉及古代留下來的典籍。要研讀或檢查古代的典籍，如果能具備相關的知識，不但可事半功倍，更可免除不必要的疏失。筆者以為相關的典籍知識非常多，要一一說明並不容易，也非本書論旨的所在。本小節僅說明具備這些典籍的相關知識，對寫作論文的作用。至於相關典籍知識的詳細說明，可參考高振鐸主編《古籍知識手冊》（濟南市：山東教育出版社，1988 年 12 月）一書，最為詳備。該書主編高教授已授權萬卷樓圖書公司出版臺灣版。另外，劉兆祐先生的《治學方法》（臺北市：三民書局，1999 年 9 月）和《文獻學》（同前，2007 年 3 月），也應細讀。

一　目錄學的知識

　　談到目錄學知識對寫作論文的重要性時，首先要注意的是，目錄即是彙集資料的媒介，寫作論文首先必得蒐集資料，蒐集資料不可能自己逐條查閱，首先必須靠前人留下的各種目錄。既如此，目錄的重要性也就很清楚了。要增強目錄學的知識，應詳讀劉兆祐先生的《中國目錄學》（臺北市：五南圖書出版公司，1998 年 7 月）一書。這裡要談的目錄學知識有以下數個方面：

（一）目錄的種類

目錄因其作用不同，有各種各樣的目錄，如史志目錄、學科目錄、特種目錄、藏書目錄、營業目錄等都是。史志目錄，是附於正史的藝文志、經籍志，如：《漢書》〈藝文志〉、《隋書》〈經籍志〉等都是。這些史志目錄，可作為檢查一個時代，或某一時段書籍存佚的根據。如《漢書》〈藝文志〉是根據當時內府藏書編錄而成，可作為先秦至西漢末期典藏圖書的根據。學科目錄，是為某一學科編製的目錄。學科目錄是反映某一學科研究水平的指標，有間接提升該學科研究水平的作用。藏書目錄，是某圖書館的藏書帳冊，有些重要圖書館都編有藏書目錄，如：《國立中央圖書館善本書目》、《京都大學人文科學研究所漢籍分類目錄》等都是。營業目錄是指各書局、出版社的出版目錄，可以知道那些書是由那家書局出版，價格如何，以作為選購書籍之參考。

（二）檢查目錄應注意事項

對目錄的了解越深刻，蒐集到的資料也越完整。檢查目錄時應特別注意：

　　1. 熟悉目錄的編排方法。

　　2. 了解目錄的性質、體例和作用。

　　3. 了解目錄收錄資料之時限和範圍。

　　4. 資料的可信度如何？

　　5. 資料收集是否齊備。

有些目錄出版後有評介文字，可作為了解該目錄的參考，林慶彰主編《當代新編專科目錄述評》（臺北市：臺灣學生書局，2008 年 10 月），收入兩岸學者有關專科目錄的書評二十四篇，對近年編輯的專

科目錄之優缺點有較詳細的分析，可供參考。

二　版本學的知識

　　從事古代學術研究，古籍版本知識相當重要，除應特別注意版本學上的各種術語外，也應該了解歷代版本的演變。有關版本學的著作很多，這裡推薦參考屈萬里、昌彼得兩先生合著的《圖書板本學要略》（臺北市：中國文化出版事業社，1953 年 6 月）和李致忠的《古書版本學概論》（北京市：書目文獻出版社，1990 年 8 月）兩書。古籍版本與撰作論文的關係相當密切，這裡要強調的是：

（一）同一古籍卷數不同，內容也往往有出入

　　這點蒐集資料時最應注意。如：朱子的《周易本義》，坊間流傳的本子，經傳混合排列，這是明永樂以來書商所改，與《周易本義》的原本出入很大。研究《周易本義》一書應參考宋本（廣學社印書館有影本）。又如：明梅鷟的《尚書考異》，《四庫全書》本為五卷，孫星衍的《平津館叢書》本，則為六卷。兩者不僅卷數有別，後者各卷的內容約加多五分之一以上。又如：王世貞的《藝苑卮言》有八卷、十卷、十二卷本，內容多寡不一。干寶《搜神記》也有八卷、二十卷本之別，內容相差甚多。王楙的《野客叢書》有三十卷，但《稗海》本、《寶顏堂祕笈》本僅十二卷。所以，蒐集資料時，應把各種可能蒐集到的版本蒐集完備，進行比對。至於現代的圖書，內容有時也出入很大，如龐樸的《公孫龍子研究》，臺灣有木鐸出版社、里仁書局兩個翻印本，里仁本將其中內容刪去約一半。像這種情形甚多，參考時不得不注意。

（二）序跋、目次之有無

　　古書前的序跋、目次，有些印本、抄本往往加以刪削，對研究工作非常不方便，如乾隆時代編纂的《四庫全書》所收各書，幾乎都把序跋刪除，有些書的目次因太繁重，如《明文海》，也被刪去。阮元編《皇清經解》、王先謙編《皇清經解續編》時，不但各書之內容有所刪削，書前、後的序跋也都未加收錄。如：閻若璩的《尚書古文疏證》本有黃宗羲的序，《皇清經解續編》本把它刪去。

（三）白文本和注釋本

　　古書因時代久遠，往往必須有注本，注本也有時代先後，時代愈後的往往吸取前人的注解成果，而後出轉精，如：司馬遷的《史記》一書有白文本，有裴駰《集解》、司馬貞《索隱》、張守節《正義》的「三家注」本，又有在這之上又加上瀧川資言（龜太郎）之「考證」的《史記會注考證》本，要參考時當然以《史記會注考證》本為最方便。各朝代詩人的詩文集，大多是白文本，但有些名家的詩文集，則有各種不同的注本，如杜甫的詩集，注本不少，較有名的如：錢謙益的《錢牧齋注杜詩》、楊倫的《杜詩鏡銓》等都是，韓愈的詩有錢仲聯的《韓昌黎詩繫年集釋》，文章則有馬其昶的《韓昌黎文集校注》等。作研究時，最好先利用後人的注解本。

（四）木刻本和新校本

　　民國以來用新式標點點校古籍的風氣很盛，經、史、子、集各類的重要書籍，都有點校本，頗方便讀者，但原來木刻本的書並不因此即可廢棄。如：中華書局有新校本《二十五史》，各書點校雖有些許錯誤，但是逐漸取代原有木刻本，是不爭的事實。原來的《百衲本二

十四史》，如就版本學、校勘學的角度來說，仍有其價值。有些新校本因點校者學養不足，往往有不少錯誤，如：中華書局新校本《明儒學案》，有甚多疏失，朱鴻林先生曾作《明儒學案點校釋誤》（臺北市：中央研究院歷史語言研究所，1993 年）加以糾正。可見雖有新校本，以前的木刻本仍不可廢棄。利用近人點校本，應參考全國古籍整理出版規劃領導小組辦公室編《古籍整理出版情況簡報》和國務院古籍整理出版規畫小組編印的《古籍點校疑誤彙錄》[1]等相關資料，可得知各點校本的優劣。

三　校勘學知識

有關校勘學的知識可參考王叔岷先生的《斠讎學》（臺北市：中央研究院歷史語言研究所，1995 年 6 月修訂 1 版）、陳垣《校勘學釋例》（臺北市：臺灣學生書局，1971 年 4 月）、倪其心《校勘學大綱》（北京市：北京大學出版社，1987 年 7 月）、張涌泉、傅傑《校勘學概論》（南京市：江蘇教育出版社，2007 年 4 月）等書。這裡要提出來說明的是：

（一）並非每一論題都有校勘問題

有些學者特別強調校勘學在傳統學術研究有多麼重要。其實，在寫作論文的過程中，並非每一論題都有校勘問題，有時全篇論文有涉

1　《古籍點校疑誤彙錄》主要收集各種文史哲期刊和大專院校學報上發表的有關古籍整理的批評性文章，第一輯收 1983 年的文章，第二輯收 1984 年的文章。以上兩輯由該小組自行出版。第三輯收 1985 年的文章，第四輯收 1986 年的文章，第五輯收 1987 年文章，第六輯收 1988 年的文章。以上三至六輯，由中華書局出版。一至五輯，2002 年 10 月有中華書局重印本。

及校勘問題的,也僅數個字而已。但也有論題則全篇皆是校勘問題,如:出土簡帛、敦煌卷子等文獻異文的研究,非有專精的校勘知識是研究不來的。所以校勘學的重要與否,應視論題的性質而定。

(二) 利用近人的校勘成果

古書的校勘,往往是後出轉精,如就儒家的十三經來說,阮元刊刻《十三經注疏》時,所作的《校勘記》,就利用古今中外的校勘成果。正史校勘方面,清乾嘉時代有錢大昕的《廿二史考異》、王鳴盛的《十七史商榷》,民國初年有張元濟的《校史隨筆》,晚近數十年陸續出版的新校本《廿五史》,各卷後,皆有新的校勘記。這些晚出的校本往往吸收前人的研究成果,後出轉精。所以作研究時,應能儘量採用近人的校勘成果。

四　辨偽的知識

古籍中有偽書是人人皆知的問題,作研究時,如何面對偽書的問題?首先應了解什麼是偽書,辨偽的方法如何,歷代辨偽學的發展情形,這方面,可參考鄭良樹的《古籍辨偽學》(臺北市:臺灣學生書局,1986 年 8 月)和楊緒敏的《中國辨偽學史》(天津市:天津人民出版社,1999 年 3 月)。

(一) 並非每一論題皆有辨偽問題

除非以考辨某一偽書為論題的論文,否則在寫作論文的過程中,必須利用辨偽知識的,往往僅是論文要處理問題的一小部分而已。所以,是否用到辨偽知識,也要視論文的內容而定。有些名人,後人假託他的名字的書不少,如:明代的楊慎、李贄、湯顯祖等,要研究他

們的著作，就得先花費一些考辨的工夫。有些詩、詞人的作品有偽作，或他人作品誤入，也需有考辨工夫，如：李白的〈菩薩蠻〉、〈憶秦娥〉、岳飛的〈滿江紅〉都是研究古代詩詞的棘手問題。

（二）利用工具書確定是否偽書

要確認那些書是偽書，並不需自己一本本的去論辨，民國初年張心澂曾編成《偽書通考》（上海市：商務印書館，1939 年），收錄偽書 1059 種，可謂集偽書大成之著作。張氏又將其書繼續增訂，於 1959 年再度出版，所收之偽書較前增加 45 部，計有 1104 部。1984 年，鄭良樹先生又出版《續偽書通考》（臺北市：臺灣學生書局，1984 年 6 月）三大冊，收集張氏《偽書通考》所未收之辨偽資料和現代之研究論文。另新增偽書 42 種，以說部和集部為多。民國以前偽書的詳細論辨資料大多已收入張氏和鄭氏兩人之著作中。近數十年，臺灣在特殊的戒嚴文化下，又新增各種偽書和違礙書幾有數百種，尚未作系統的整理。筆者曾撰有多篇討論當代偽書的文章，都已收入《圖書文獻學研究論集》（臺北市：文津出版社，1990 年 1 月）一書中，可參考。

（三）偽書也有其價值

今人認定是偽書的，其所以成為偽書的原因不一。有些書根本是後代學者誤認作者，或根據傳說所加，如《易》歷伏羲、文王、孔子三聖，《周禮》為周公所作等，今人大多已不相信。另一種被認為是偽書的是春秋、戰國諸子之著作，如：《管子》、《莊子》、《晏子春秋》等，前人以為非管仲、莊周、晏嬰所作，所以是偽書，今人漸漸把這些書認為是當時一個學派的集體著作，既如此，就不會貶損它們的學術價值。即使有意作偽的《古文尚書》二十五篇，它是為提倡古

學而作的，可說反映了魏晉時代的學術傾向。又如明代嘉靖年間出現的《子貢詩傳》、《申培詩說》，都是有意作偽的書，除了反映明代人自由解《詩》的態度外，也是作偽者有意提倡漢學的明證。由此可見偽書往往反映了某種時代意義，這點學界尚未有充分的體會。

五　輯佚的知識

　　有些古書在流傳過程中慢慢亡佚了，但這些書中的文字段落在當時或亡佚之前曾被引用過，如果將這些被引用過的文字段落一一加以錄出，這些被輯出之資料，就是輯佚書。輯佚書雖無法反映原書的全部面貌，但對貧乏的古代史研究資料來說，即使一鱗半爪也彌足珍貴。要了解歷代輯佚學的發展演變，可參考《中國古籍輯佚學論稿》（長春市：東北師範大學出版社，1998 年 9 月）一書。輯佚書與研究者的關係可說明如下：

（一）在斷定某書已亡佚之前，要先看看是否有輯本

　　我國唐以前的古籍亡佚得最厲害，如研究南北朝的經學，除皇侃的《論語義疏》以外，幾無完書[2]，所以要研究唐以前的學術，特別要注意當時的各本著作是否有輯本。由於這些輯佚書幾乎都收入某叢書中，而大部分的叢書都收入上海圖書館所編的《中國叢書綜錄》（上海市：上海圖書館，1959～1962 年）中，所以要檢查某書是否有輯本，可查《中國叢書綜錄》。近年孫啟智和陳建華編的《中國古佚書輯本目錄解題》（北京市：中華書局，2009 年 5 月），也很方便檢

---

[2]　皇侃《論語義疏》外，另有日本學者林秀一復原劉炫的《孝經述議》，鄭灼的《禮記子本疏義》，僅存〈喪服小記〉一卷，佚名撰的《講周易疏論家義記》，僅存九個卦。

索。

（二）輯佚資料往往有許多缺失

　　由於輯佚家的學養有所不足，甚或一時疏忽，所輯出來的資料，往往有不少缺失，如：

　1. 輯自類書，非原書字句。

　2. 以其他書為本書而誤輯。

　3. 漏輯。

　4. 誤以其他注疏為本書。

所以，使用輯佚資料應特別小心。葉國良先生曾撰有〈詩三家說之輯佚與鑒別〉（《國立編譯館館刊》9 卷 1 期，1980 年 6 月）一文，可參考。另外，曹書杰的《中國古籍輯佚學論稿》第十一章〈佚文獻的考究〉，也可參考。

（三）古書作偽與輯佚之關係

　　有不少偽書，作偽者往往將各種典籍引用的文字輯出，加以貫穿成文。所以，這些偽書有不少輯佚的資料在內。如東晉出現的偽《古文尚書》二十五篇，輯自先秦典籍所引《古文尚書》的字句不少，明末出現的《竹書紀年》，疑為范欽所輯，輯有不少古本《竹書紀年》的佚文。從另一個角度來說，這些偽書也是另一種形態的輯佚書。

（四）輯佚工作以清代最興盛

　　輯佚工作從明代末期已逐漸受到重視，孫瑴輯《古微書》，是輯緯書的先導。清乾隆時代編《四庫全書》，四庫館臣從《永樂大典》中輯出四百種佚書，稱為「永樂大典本」。清乾嘉以後，輯佚學大盛，嚴可均輯《全上古三代秦漢三國六朝文》，馬國翰輯《玉函山房

輯佚書》、黃奭輯《漢學堂叢書》（後改名為《黃氏逸書考》）、王仁俊
輯《玉函山房輯佚書續編》，都是學術史上的偉大事業。今人所以對
先秦漢魏六朝之文獻還能有效的掌握，這些學者的輯佚之功不可沒。

第二節　研讀古籍的相關知識（下）

六　避諱的知識

在古代為避尊者或帝王的名諱，立有各種避諱的方法，今人從事
研究如能略具避諱的知識，對研究工作也有不少助益。有關避諱的系
統著作，有陳垣先生的《史諱舉例》（臺北市：文史哲出版社，1974
年 9 月），最為簡明扼要。近年發現周廣業的《經史避名彙考》（臺北
市：明文書局，1981 年 10 月），它的學術價值尚有待學界肯定。

（一）應略知歷代帝王之諱字表及改字情形

如漢光武帝名秀，「秀」字改為「茂」，「秀才」改稱「茂才」。晉
文帝名司馬昭，所有「昭」字或改為「明」字，或改為相關的字，所
以「昭君」改為「明君」；《國語》一書的注者，原名「韋昭」，改名
「韋曜」。清聖祖名玄燁，「玄」字或改為「元」字，或改為相關的
字，所以「鄭玄」作「鄭元」，「玄武門」作「神武門」。清高宗名弘
曆，所有「弘」字改作「宏」，「曆」字改作「歷」。如果能略知改字
情形，讀古書時，就不會有不知所以然的困惑。

（二）可運用避諱斷定書籍編著時代或刊刻年代

如盧文弨曾得到揚雄《太玄經》舊本，書末署「干辦公事張宴校
勘」。「干辦公事」原作「勾辦公事」，因避南宋高宗趙構之名諱，改

「勾」字為「干」。可知此一舊本校於南宋高宗時代。又如，宋刻本
《說文解字繫傳》，避諱至「慎」字，可知為南宋孝宗年間的刻本。
又如，有《雷峰塔經》，卷前有吳越國王的刻書題記「吳越國王錢俶
造此經」。錢俶原名錢弘俶，因避宋太祖之父趙弘殷之諱，改名錢
俶。此經之題記既作「錢俶」，可見為宋太祖以後所作。

七　類書的知識

　　類書顧名思義是以類為綱，將各種同類資料按時代先後順序彙集
而成的書。由於類書僅僅是資料的彙編，傳統的木刻本字體密密麻
麻，又沒有新式標點，青年學子望而生畏。也因此失去利用類書資料
來協助研究的機會。要增加類書方面的知識，可參考胡道靜的《中國
古代的類書》（北京市：中華書局，1982 年 2 月）和趙含坤《中國的
類書》（石家莊市：河北人民出版社，2005 年 5 月）。利用類書來作
研究，至少應注意下列幾點：

（一）要熟悉類書之體例

　　類書的編排有一定之體例，每一大類中有小類，如《藝文類聚》
卷 1～2 為天部，天部下又分小類。各小類下的資料，大抵先列故
事，後排詩文。檢索資料時，應每一類仔細檢覈，以免遺漏，各朝代
所編的類書，同一類的資料，類名往往有不同，如有關歲時的資料，
《藝文類聚》是「歲時部」，《白氏六帖》是「四時節臘部」，《太平御
覽》是「時序部」。如有關各地方的資料，《藝文類聚》在「州郡
部」，《古今圖書集成》是在「方輿匯編・職方典」。唯有仔細查檢各
個類目，熟悉編排方法，才容易找到所要的資料。

（二）類書所引資料都有刪節

　　類書所引的資料，往往輾轉引錄，甚或經過刪節，所以與原文大多有出入，引用時應儘可能覆按原文。如：徐堅等撰的《初學記》卷三《歲時部・春一・敘事》所引梁元帝《纂要》，和《太平御覽》卷十九《時序部四・春中》所引，內容略有出入，《初學記》較詳，《太平御覽》較略。又如：宋高承所編《事物紀原》卷八《什物器用部》的「撲滿」一條，所引《西京雜記》，乃摘錄其中相關資料而成，非引錄原文。

（三）類書越晚出資料越多

　　類書從三國時代已開始編纂，現存時代較早的類書大都是唐代編輯，如：歐陽詢等的《藝文類聚》、虞世南的《北堂書鈔》、徐堅等的《初學記》、白居易的《白氏六帖事類集》等都是。這些類書雖收集唐及唐以前的資料相當完備，但資料的完備度總比不上宋人李昉所編的《太平御覽》、王應麟所編的《玉海》。宋人的類書，資料又不及清人陳夢雷等所編的《古今圖書集成》。所以，在檢查古代類書時，如就資料的完備度來說，當然是後出的類書資料較多。所以，《古今圖書集成》可說是古來資料最豐富的類書。

（四）利用類書索引或資料庫檢索資料

　　類書所收的資料非常繁複，為有效利用其中的資料，非依賴各種類書的索引不可。類書的索引大多為近人所編，如日人山田英雄編《北堂書鈔引書索引》（名古屋：采華書林，1973 年），中津濱涉編《初學記引書引得》（大阪，著者，1973 年）、《藝文類聚引書索引》（東京：中文出版社，1974 年）。周次吉編《太平廣記人名書名索

引》（臺北縣：藝文印書館，1973 年），宇都宮清吉、內藤戊申編
《冊府元龜奉使部外臣部索引》（京都：東方文化學院，1938 年）。
至於最大的類書《古今圖書集成》，文星書店版曾編有《古今圖書集
成索引》（臺北市：文星書店，1964 年），牟潤孫也編有《古今圖書
集成中明人傳記索引》（香港：明代傳記編纂委員會，1963 年）。以
上這些索引都可協助檢索資料。近年，電子資料庫興起，《古今圖書
集成》有多種電子版，其中以故宮博物院和東吳大學合作的「數位
《古今圖書集成》」最方便使用。

八　叢書的知識

　　所謂叢書是將許多書集合成一部更大的書，其作用在保存文獻，
方便流傳，有不少篇幅甚小，或內容偏僻的書，如果單獨刊行，恐有
失傳之虞，但因被收入某叢書，夾帶在各書中，這些資料也被完整的
保存下來。以前青年學子對叢書的了解往往不足。要增強這一方面的
知識，可參考李春光的《古籍叢書述論》（瀋陽市：遼瀋書社，1991
年 10 月）一書。近年新編的大型叢書太多，優劣得失如何，可參考
林慶彰主編《近現代新編叢書述論》（臺北市：臺灣學生書局，2005
年 9 月）。

（一）叢書資料往往互相因襲

　　刊刻書籍用的板片，在某一書刊印流傳後，往往輾轉流傳到另一
人手裡，這人如果將這些板片加以增補，以另一書名出版一部新的叢
書，書名雖不同，大部分的內容、版式可能都相同。利用叢書時，各
叢書間的相互關係不可不注意。如明末毛晉的《津逮祕書》板片，張
海鵬增補後用來印《學津討源》、《借月山房彙鈔》、《墨海金壺》。《墨

海金壺》的板片，錢熙祚又用來印《守山閣叢書》。

（二）叢書所收資料往往非足本

這點是使用者應特別注意的地方。如陶宗儀的《說郛》，所收各書往往是選錄性質。陳繼儒的《寶顏堂祕笈》，所收《春渚紀聞》僅有前五卷，刪去一半；《野客叢書》原書三十卷，僅收十二卷；《詞源》取其中之下卷，改名為《樂府指迷》。胡維新《兩京遺編》所收兩漢諸子，多非足本。又如：商濬《稗海》所收《齊東野語》刪去一半，而和《癸辛雜記》混為一書；《蒙齋筆談》是將葉夢得的《岩下放言》削去近半，顛倒次序，改名而成；《搜奇異聞錄》是竊取洪邁《容齋隨筆》的內容，顛倒次序而成。較出名的叢書，如《四庫全書》、《皇清經解》，也往往隨意刪改，或刪去序跋、目次。

（三）叢書所收資料往往真偽相雜

這點以明代以來的叢書最為嚴重，如：范欽所輯《范氏奇書》所收《竹書紀年》是偽書；王文祿《百陵學山》所收《詩傳孔氏傳》、《詩說》是偽書；何允中輯《廣漢魏叢書》，所收《詩傳孔氏傳》、《詩說》、《竹書紀年》也都是偽書。至於《道藏》所收呂嵒的《易說》等書，也都是偽書。

（四）晚近出版的大叢書

近數十年出版的大叢書，其總目和子目都未收入《中國叢書綜錄》（上海市：中華書局，1959 年）、《中國近代現代叢書目錄》（上海市：上海圖書館，1979 年 9 月）中。這些叢書，由於部頭相當大，所收資料不少。

綜合性的，如：嚴一萍所編《百部叢書集成》（臺北市：藝文印

書館），新文豐出版公司的《叢書集成新編》、《叢書集成續編》、《叢書集成三編》，上海書店的《民國叢書》，北京圖書館古籍出版編輯組編的《北京圖書館古籍珍本叢刊》（北京市：書目文獻出版社）、黃永武主編的《敦煌寶藏》（臺北市：新文豐出版公司）。與《四庫全書》有關的有《續修四庫全書》（上海市：上海古籍出版社）、《四庫全書存目叢書》、《四庫禁燬書叢刊》（北京市：北京出版社）、《四庫未收書輯刊》（北京市：北京出版社）等多種，提供了不少罕見的資料。

專科性的，如：嚴靈峰編的《書目類編》（臺北市：成文出版社）、嚴靈峰編的《無求備齋易經集成》（臺北市：成文出版社）、《論語集成》、《孟子集成》、《老子集成》（以上均臺北市：藝文印書館）、中華書局的《古本小說叢刊》（北京市：中華書局）、上海古籍出版社的《古本小說集成》（上海市：上海古籍出版社），臺灣文听閣圖書公司出版的《民國時期經學叢書》等都是。讀者要知道那些書有被收入，除查原書或圖書館的館藏目錄外，別無他途。

九　方志的知識

以前研究方志，祇不過把它當作一種史學的資料，近來逐漸注意到方志資料對文學研究的價值，劉兆祐先生作有〈中國方志中的文學資料及其運用〉（《漢學研究》3 卷 2 期，1985 年 12 月）一文，即是一例。利用方志資料時，應注意的是：

（一）方志中各類資料都應善加利用

各種方志中，都有人物志、藝文志、職官志、詩文選錄等，利用資料時，不可祇注意其中的傳記資料和著作資料，而忽略了其他方面的資料。張增元所編的《方志著錄元明清曲家傳略》（北京市：中華

書局，1987 年 2 月）一書，從方志中發現以前未著錄的戲曲家有一百二十四人，也發現了一百多種罕見之曲目，方志在研究古典戲曲的價值於此可見。可惜，張增元先生因祇徵引曲家本人的小傳，其他方面的資料未及過目，有些曲家的生卒年，或相關資料，也未及採用。

（二）可用籍貫、仕履來檢查傳記資料

利用方志中的傳記資料，雖有朱士嘉編的《宋元方志傳記索引》、日人山根幸夫編的《日本現存明代地方志傳記索引稿》、潘銘燊編《廣東地方志傳記索引》（香港：中文大學出版社，1989 年）等書，但是我國現存地方志約有七千六百部，能夠編入索引的方志仍舊相當有限。在索引不足的情況下，要檢查方志中的傳記資料，可根據要找的人物的籍貫來檢查，如籍貫是常熟的，可查常熟縣志。另外，所要檢查的人物也許在多處當過官，或遷居好多次，各該處的方志也都有他們的傳記資料，必須一一加以檢索，資料才能完整。

十　新史料的知識

自清末以來有不少以前被忽略，或從地下出土的史料出現。研究這些新史料蔚為風潮，發展成好多新的學科，如：敦煌學、甲骨學、金石學、簡牘學都是。要了解出土文獻的概況，可參考駢宇騫、段書安所著《本世紀以來出土簡帛概述》（臺北市：萬卷樓圖書公司，2000 年＿＿月）。由於研究這些新史料的論文太多，要檢索也不太容易，多年前黃曉斧編的《新史料檢索與利用》（成都市：四川大學出版社，1988 年 4 月）一書，有點過時。較新的目錄還有待學者去編輯。

近二十餘年來，大陸各地新出土的資料也不少，對研究古代史的貢獻很大，特別值得注意，茲按時代先後臚列如下：

1. 1972 年 4 月，在山東省臨沂縣銀雀山一號、二號漢墓出土大批竹簡，經整理有《孫子兵法》、《孫臏兵法》、《六韜》、《尉繚子》、《管子》、《晏子春秋》等。

2. 1973 年 5 至 12 月，在河北定縣四〇號漢墓出土的竹簡，經整理有《論語》、《儒家者言》、《哀公問五義》、《保傅傳》、《太公》、《文子》、《六安王朝五鳳二年正月起居記》、《日書·占卜》等。

3. 1974 年春，在湖南省長沙馬王堆三號漢墓出土之古帛書有：《老子》甲乙本、《老子》乙本卷前佚書《黃帝四經》、《周易》、《戰國縱橫家書》、《相馬經》，以及天文占星佚書、醫經方等佚書。

4. 1975 年底至 76 年春，在湖北省雲夢睡虎地十二座秦墓中發掘了大批秦代竹簡，共計一一〇〇餘枚，包括《南郡守騰文書》、《大事記》、《為吏之道》及各種律文。

5. 1977 年在安徽阜陽地區雙古堆一號漢墓，發掘了大批竹簡，包括：《蒼頡篇》、《詩經》、《周易》、《年表》、《大事記》、《雜方》、《作務員存》、《行氣》、《相狗經》、《楚辭》、《離騷》殘片、《刑德》、《日書》等。

6. 1978 年在湖北隨縣戰國曾侯乙墓，發現藏有大批的竹簡，內容記載儀葬的車馬兵甲，共二四〇枚，總字數約六六九六字，是戰國時期研究上，一次重大的發現。

7. 1993 年冬，在湖北荊門市郭店一號楚墓中，出土八百餘枚竹簡，扣除無字簡，有字簡共七三〇枚，一三〇〇〇多字。內容多為道家、儒家著作，為中國思想史研究，提供了重要的文獻資料。

8. 1994 年 5 月，上海博物館在香港收購了七百多枚竹簡。同年，香港人士又再度收購性質相同的竹簡四九七枚，捐贈上海博物館。這些就是有名的「上海博物館藏戰國楚竹書」，又稱為「上

海博物館藏竹簡」或「上博簡」。這批竹簡的內容，包含一百餘
種文獻，大部分均為佚書，十分珍貴。

9. 1996 年夏秋之際，在湖南長沙市出土了大量三國東吳簡牘，數
量高達十多萬枚，總字數超過三百萬字，內容多為未為人知的三
國時期吳國歷史資料，對漢語史、漢字史、文獻學的研究來說，
有重要的研究價值。

10. 2002 年 9 月到 2003 年 1 月，湖北省棗陽市南部的九連墩楚墓，
出土了一千餘枚竹簡，是歷年來楚墓出土竹簡最多的一次。對於
楚史研究、楚文化研究、先秦文化研究而言，具有重要價值。

以上對研究中國古代的歷史學、哲學、文學、法學、軍事學、地
理學、地圖學、宗教、藝術、文字、書法、天文學、醫學、生物學、
化學等，都有極大的史料價值。較詳細的介紹，可參考趙吉惠〈近二
十年考古新發現與先秦古文獻研究的新進展〉（《歷史文獻研究》，北
京新三輯，1992 年 7 月）一文。有關這些史料與古代學術的關係，
則可參考李學勤先生《簡帛佚籍與學術史》（臺北市：時報文化出版
公司，1994 年 12 月）一書。

第三節　充實研究論題的相關知識

除廣泛充實研讀古籍的相關知識外，對於自己研究論題的相關知
識，也需要花費半年甚至更久的時間來加以充實。所謂相關知識大抵
可以從下面幾個方面來說明：

一　研究論題的背景知識

所謂背景知識可大可小，大抵來說，可分為三個層次：

（一）學科的背景知識

　　一個論題，可能很單純地屬於某一個學科，也可能跨兩三個學科。不論是研究者主修的學科，或論題涉及的學科，都有它的知識系統。唯有了解各學科知識系統的特色，才能對論題作較深入的論述。所以，研究中國國學，要先讀國學概論的書，研究經學要先讀經學概論的書，研究文學要先讀文學概論的書。各學科的概論僅能對該學科有粗淺的了解，要深入了解各學科知識的結構和研究方法，仍應從文獻的了解入手。如以中國文學來說，應仔細閱讀下列著作：

1. 中國文學文獻學　張君炎著　南昌市　江西人民出版社　1986年 12 月
2. 中國古典文學史料學　徐有富主編　南京市　南京大學出版社　1992 年 7 月
3. 中國文學史料學　潘樹廣主編　合肥市　黃山書社　1992 年 8 月

中國文學有辭賦、詩、詞、曲、散文、小說和文學批評等都應有其史料學，現有的都是詞學方面的文獻學，有兩種：

1. 詞學史料學　王兆鵬著　北京市　中華書局　2004 年 5 月
2. 詞文獻研究　任德魁著　天津市　南開大學出版社　2010 年 4 月

如以研究中國歷史來說，可參考以下著作：

1. 國史史料學[3]　本社編輯部編著　臺北市　崧高書社　1985 年 8 月

3　本書根據陳高華、陳智超編著《中國古代史史料學》（北京市：北京出版社，1983 年 1 月）重新排版出版。

2. 中國歷史文獻學　王余光著　武漢市　武漢大學出版社　1988
年 11 月

3. 中國古代史史料學　安作璋主編　福州市　福建人民出版社
1994 年 7 月

4. 中國歷史文獻學　曾貽芬、崔文印著　北京市　學苑出版社
2001 年 6 月

5. 中國歷史文獻學（修訂本）　楊燕起、高國抗主編　北京市　北
京圖書館出版社　2003 年 9 月

哲學和經學方面，尚未有此類史料學或文獻學的著作。

（二）通代的背景知識

有大部分的研究論題是屬於某個時代中某一人物或事項的研究。
為了建立上、下時代相關的背景知識，必須對通代知識有所了解，以
免基本知識太過貧乏而鬧笑話。如：研究古典文學，必須有相當豐富
的古典文學知識，所以仔細閱讀一兩部中國文學史的著作，這是最起
碼的要求。研究古代哲學的人，也是一樣，不必再多作說明。

要建立通代的背景知識，除閱讀各專科的通史外，也可以閱讀通
代的史料學著作和作品選讀來加以充實。史料學的著作，以中國哲學
史的較多。以「中國文學史史料學」、「中國經學史史料學」為名的，
尚未見到。倒是中國哲學史方面的史料學著作不少，如：

1. 中國哲學史史料學初稿[4]　馮友蘭著　上海市　上海人民出版社

4　此書 1977 年 3 月，臺灣有牧童出版社翻印本，作者改為「馬崗」，書名改作「中國
思想史資料導引」，內容頗多竄改，原書的附錄〈中國哲學史料學參考資料〉，也
刪去。

　　1962 年 12 月

2. 中國哲學史史料學　張岱年著　北京市　三聯書店　1982 年 6
　　月；臺北崧高書社　1985 年 6 月

3. 中國哲學史史料學概要　劉建國著　長春市　吉林人民出版社
　　1983 年 5 月

4. 中國哲學史史料源流舉要　蕭萐父著　武漢市　武漢大學出版社
　　1998 年 5 月

有關中國古代史的史料學著作，數量更多（見本書「參考書目」），讀
者可以選一兩種作全面性的閱讀。

　　除了史料學的著作外，也應熟讀各專科的重要文獻。在大陸各學
科都有相關作品選，以作為閱讀、研究的基礎，在臺灣似乎仍未養成
這種風氣，所以這一類的著作可說少之又少。大陸所編有關古典文學
的有十多種，有些曾發行過數十萬套，足見其重要性。常見的有：

1. 中國文學作品選　王瑩、李平選注　北京市　北京大學出版社
　　4 冊　1986 年 6、10、11 月

2. 中國古典文學作品選　鄧魁英主編　北京市　北京師範大學出版
　　社　5 冊　1987 年 4、5、7 月

3. 中國歷代文論選　郭紹虞編　上海市　中華書局　3 冊　1962～
　　63 年；上海市　上海古籍出版社　4 冊　1979～80 年　增訂再
　　版；臺北市　華正書局　1980 年 4 月

4. 中國文學史參考作品選　黃文吉主編　臺北市　臺灣學生書局
　　1999 年 9 月

在中國哲學史方面有：

1. 中國哲學史資料選輯　中國科學院哲學研究所中國哲學史組編

　　臺北市　九思出版社　1978 年　臺二版

2. 中國歷代哲學文選　北京大學哲學研究室編　臺北市　木鐸出版
社　1980 年 3 月

3. 中國哲學文獻選編　陳榮捷編著　楊儒賓等譯　臺北市　巨流圖
書公司　1993 年

4. 中國思想史參考資料集（先秦至魏晉南北朝卷）　彭林、黃樸民
主編　北京市　清華大學出版社　2005 年

5. 中國思想史參考資料集（隋唐至清卷）　劉國忠、黃振萍主編
北京市　清華大學出版社　2004 年 2 月

6. 中國思想史參考資料集（晚清至民國卷）　張勇主編　北京市
清華大學出版社　2004 年 2 月

不論那一學科，透過對作品、文獻的直接了解，才能建立自己的詮釋
觀點，而不流於人云亦云。

（三）斷代的背景知識

　　除通代的知識外，也應把焦點集中在研究論題所在時代的基本知
識，由於跟研究論題有最直接的關係，能充實相關知識的文獻都應熟
讀，以減少敘述到這時段時的錯誤。斷代的知識必須靠斷代史來建
立。最根本的辦法是讀正史中的各個斷代史。如研究唐代，就熟讀
《舊唐書》、《新唐書》，陳寅恪先生所以成為唐史的權威，跟他能熟
讀《新、舊唐書》有關。但是，正史中的斷代史份量太重，如果不是
歷史科系的學生，也可以讀現代作者的著作，如唐史可以讀呂思勉的
《隋唐五代史》，岑仲勉的《隋唐史》等。

　　此外，近年也出版不少斷代的史料學著作，和研究現況的著作，
如：

1. 唐史史料學　黃永年、賈憲保著　西安市　陝西師範大學出版社
   1989 年 12 月

2. 元史學概說　李治安、王曉欣編　天津市　天津教育出版社
   1989 年 7 月

3. 明史研究備覽　李小林、李晟文主編　天津市　天津教育出版社
   1988 年 2 月

4. 清史史料學初稿　馮爾康著　天津市　南開大學出版社　1986
   年 2 月

5. 清史史料學　馮爾康著　臺北市　臺灣商務印書館　1993 年 11
   月

至於近現代史的史料學數量更多，如：

1. 中國近代史料學稿　張革非、楊益茂、黃名長編著　北京市　中
   國人民大學出版社　1990 年 3 月

2. 中國近代史史料概述　陳恭祿著　臺北市　弘文館出版社　1987
   年 2 月

3. 中國近代史研究入門　林增平、林言椒主編　鄭州市　河南人民
   出版社　1990 年 10 月

4. 中國現代史史料學　張憲文著　濟南市　山東人民出版社　1985
   年 11 月

5. 中國現代史史料學　何東著　北京市　求實出版社　1987 年 7 月

6. 中國現代史研究入門　王檜林主編　鄭州市　河南人民出版社
   1994 年 7 月

如就古典文學的各個斷代來說，近年出版的史料學著作不少，茲舉例

如下：

1. 先秦兩漢文學史料學　曹道衡、劉躍進著　北京市　中華書局
　　2005 年 2 月
2. 中古文學文獻學　劉曜進著　南京市　江蘇古籍出版社　1997
　　年 12 月
3. 魏晉南北朝文學史料述略　穆克宏著　北京市　中華書局　1997
　　年 1 月
4. 隋唐五代文學史料學　陶敏、李一飛著　北京市　中華書局
　　2001 年 11 月
5. 元代文學文獻學　查洪德、李軍著　北京市　中國社會科學出版
　　社　2002 年 12 月

如就斷代中國哲學史來說，相關史料學著作雖不多，也有斷代的思想
史、哲學史著作可參考。如研究宋明理學，可參考邱漢生等著《宋明
理學史》（北京市：人民出版社，1984～1987 年），專研明代思想，
可參考容肇祖著《明代思想史》（上海市：開明書店，1941 年）。

二　研究論題本身的知識

　　充實研究論題本身的知識，對論文資料的蒐集有絕對的幫助，這
可從兩方面入手：

（一）熟讀研究論題的基本文獻

　　這是進入研究論題最基礎的工作，試想連自己研究論題的內容都
不夠熟悉，如何下手去蒐集資料？這可舉一兩個例子來說明。

　　一個想研究《詩經》的人，不可僅依賴大學時選修《詩經》讀過的幾十篇詩篇作為研究的基礎，應將三百五篇熟讀多遍，否則，如：李辰冬的〈釋詩采苣〉（《文壇》47、48 期，1964 年 5、6 月）、周策縱的〈卷阿考〉（《清華學報》新 7 卷 2 期，1969 年 8 月），怎麼知道它是《詩經》的篇名，而將這些論文蒐集下來。又如：屈萬里先生的〈「罔極」解〉（《大陸雜誌》1 卷 1 期，1950 年 7 月）、筆者的〈釋詩「彼其之子」〉（《中國書目季刊》19 卷 4 期，1986 年 3 月），怎麼知道是在解釋《詩經》的字詞而加以蒐集？研究某一位作家，詩文別集中的文章篇名、詩篇篇名等都應熟悉，才不會在蒐集資料時，忘了加以採錄。

（二）利用各種研究資料彙編

　　除了研究對象的基本著作要熟讀外，有不少論題，學者都編有研究資料彙編，如能利用這些研究資料彙編，也很容易建立起有關的知識。這種研究資料彙編，大抵以人物、書籍、主題為收錄的對象。

　　以人物為主的數量相當多，歷代人物的有：

1.王充卷　蔣祖怡編著　鄭州市　中州書畫社　1983 年 10 月
2.三曹資料彙編　河北師院中文系古典文學教研組編　北京市　中華書局　1980 年
3.陶淵明卷　北京大學、北京師範大學中文系編　北京市　中華書局　1962 年
4.杜甫卷（上編唐宋之部）　華文軒編　北京市　中華書局　1964 年
5.韓愈資料彙編　吳文治編　北京市　中華書局　1983 年
6.柳宗元卷　吳文治編　北京市　中華書局　1964 年
7.白居易卷　陳友琴編　北京市　中華書局　1962 年

8.李賀研究資料　陳治國編　北京市　北京師範大學出版社
　1983 年

9.杜牧研究資料彙編　譚黎宗編　臺北縣　藝文印書館　1972 年

10.歐陽修資料彙編　洪本健編　北京市　中華書局　3 冊　1995
　年 5 月

11.蘇軾研究彙編　四川大學中文系唐宋文學研究室編　北京市
　中華書局　5 冊　1994 年 4 月

12.黃庭堅和江西詩派卷　傅璇琮編　北京市　中華書局　上、下
　冊　1978 年

13.李清照資料彙編　褚斌杰等編　北京市　中華書局　1984 年

14.陸游卷　孔凡禮、齊治平編　北京市　中華書局　1962 年

15.楊萬里范成大卷　湛之編　北京市　中華書局　1964 年

16.關漢卿研究資料　王鋼編　鄭州市　中州書畫社　1987 年

17.關漢卿研究資料　李漢秋、袁有芬編　上海市　上海古籍出版
　社　1988 年 10 月

18.楊慎研究資料彙編　賈順先、林慶彰編　臺北市　中央研究院
　中國文哲研究所　1992 年 10 月

19.湯顯祖研究資料彙編　毛效同編　上海市　上海古籍出版社　2
　冊　1986 年 9 月

20.李伯元研究資料　魏紹昌編　上海市　上海古籍出版社　1980
　年

現代文學人物的研究資料彙編，大陸出版的數量更多，茲不一一舉
例，讀者可在圖書館查到。

以書籍為主的，有：

1. 琵琶記資料彙編　侯百朋編　北京市　書目文獻出版社　1989
   年 12 月

2. 牡丹亭研究資料考釋　徐扶明編　上海市　上海古籍出版社
   1987 年 6 月

3. 西遊記資料彙編　朱一玄、劉毓忱編　鄭州市　中州書畫社
   1983 年

4. 三國演義資料彙編　朱一玄、劉毓忱編　廣州市　百花文藝出版
   社　1983 年

5. 水滸資料彙編　馬蹄疾編　北京市　中華書局　1980 年　2 版

6. 三言兩拍資料　譚正璧編　上海市　上海古籍出版社　1980 年

7. 紅樓夢卷　一粟編　上海市　中華書局上海編輯所　1963 年；
   臺北市　新文豐出版公司　1989 年

8. 孽海花資料　魏紹昌編　上海市　上海古籍出版社　1982 年
   增訂本

9. 老殘遊記資料　魏紹昌編　上海市　中華書局上海編輯所　1962
   年

以主題編輯的，如：

1. 中國古典編劇理論資料匯輯　秦學人、侯作卿編　北京市　中國
   戲劇出版社　1984 年 4 月

2. 廿四史俠客資料彙編　龔鵬程、林保淳編　臺北市　臺灣學生書
   局　1995 年 9 月

以上，有關人物、書籍、主題的研究資料彙編，範圍也許還不夠廣，

數量也不夠多，但不可否認的，祇要該研究論題前人已編有研究資料
彙編，不但可以很快建立起有關此一論題的基本知識，也省卻不少蒐
尋資料的時間。

第四節　購置相關參考用書

　　一個研究者也許並不吝於去購置與研究論題直接相關的各種著
作，但如要購置大套的叢書、全集、書目、索引、字辭典等，可能要
猶豫了。這是相當不正確的觀念。所以造成此種觀念，一方面是師長
的誤導，以為到學校檢索即可，另方面是對學術的熱忱不夠，寫論文
祇是一時之手段，一旦得到學位，將來不再寫論文，擁有那麼多參考
用書，豈不浪費。筆者勸有心把作學問當作終身事業的讀者，能斟酌
購置相關參考用書，以方便時時檢閱。不然，如夜間發現問題，又沒
有工具書可查，一定很不好受。

一　檢查人物的參考書

（一）辭典

　　在蒐集資料和閱讀的過程中，常常會碰到許多人名，他們的時
代、事蹟如何，都需要一本收羅較宏富的人名辭典，以備隨時檢索。
檢查歷代人物的，可利用臧勵龢等編、許師慎增補的《中國人名大辭
典》（臺北市：臺灣商務印書館，1990 年）和張撝之、沈起煒、劉德
重主編《中國歷代人名大辭典》（上海市：上海古籍出版社，1999 年
2 月）。如果檢索現代人物，可利用徐友春主編《民國人物大辭典》
（石家莊市：河北人民出版社，2007 年增訂本）和高增德主編《中
國現代社會科學家大辭典》（太原市：書海出版社，1994 年 5 月）。

（二）年譜目錄

　　一位歷史人物往往有很多人為他編過年譜，這些年譜收集在那些書，或由那個出版者出版，當然要靠年譜總目的指引。可利用的年譜目錄，有：王德毅編《中國歷代名人年譜總目》（臺北市：華世出版社，1979 年）、謝巍編《中國歷代人物年譜考錄》（北京市：中華書局，1992 年 11 月）和楊殿珣編《中國歷代年譜總錄》（北京市：書目文獻出版社，1980 年）。

（三）字號索引

　　很多歷史人物都有別名、字號，更有書齋名。有些學者，如明人方以智的字號有二十多個，閱讀文獻資料時，如有別名字號索引，將可隨時檢查。坊間這類書不少，重要的有：陳德芸編《古今人物別名索引》（臺北縣：藝文印書館，1965 年）；楊廷福、楊同甫編《清人室名別稱字號索引》（上海市：上海古籍出版社，1988 年 11 月）；陳玉堂編《中國近現代人物名號大辭典》（杭州市：浙江古籍出版社，1993 年 5 月）。

（四）生卒年表

　　要了解某些學者的時代先後，或查知某學者的正確年代，就必須靠生卒年表。姜亮夫曾編《歷代名人年里碑傳總表》（上海市：商務印書館，1937 年），1959 年姜氏曾加以修訂增補，改名為《歷代人物年里碑傳綜表》，臺灣文史哲出版社翻印者，即此一版本。1965 年臺灣商務印書館請楊本章增補部分民國人物生卒年資料，仍用原書名《歷代名人年里碑傳總表》。兩種版本各有得失，都可參考。

二　檢查書籍、論文的參考書

檢查古代書籍時，像《四庫全書總目》、《續修四庫全書總目提要》是隨時要具備的工具書，此外還有：

（一）古籍典藏

現存有那些古籍，典藏在那裡，這是作古代研究時，最先要知道的，所以有關古籍的典藏目錄就特別重要，如《中國古籍善本書目》、《臺灣公藏善本書目書名、人名索引》、《臺灣公藏普通本線裝書目書名、人名索引》，都是隨時要檢索的工具書。

（二）叢書典藏

自己所需要的書是否收藏在某一叢書中？該叢書那個圖書館有收藏？這也是研究者必須知道的。叢書目錄有很多，重要的有：上海圖書館編《中國叢書綜錄》（上海市：中華書局，1959～1962 年）；陽海清編《中國叢書廣錄》（武漢市：湖北人民出版社，1999 年 4月）。

（三）專門目錄

每一個人的研究論題各不相同，但大抵可以分成幾個大類。研究經學的人，如《經義考》，和林慶彰主編的《經學研究論著目錄（1912～1987）》、《經學研究論著目錄（1988～1992）》、《經學研究論著目錄（1993～1997）》、《日本研究經學論著目錄》，最好能置於案頭，可隨時檢閱。研究哲學的人，目前雖還未有較完整的文獻目錄，方克立等編《中國哲學史論文索引》（北京市：中華書局，1986

年），收錄較豐富，可購置。研究古典文學的人，也尚無較完備的文
獻目錄，國立編譯館主編《中國文學論著集目·正編》（臺北市：五
南圖書公司，1996 年）、《續編》（同前，1997 年），雖不太完備，仍
可參考。研究文學史的人，有：（1）陳玉堂著《中國文學史書目提
要》（合肥市：黃山書社，1986 年 8 月）；（2）吉平平、黃曉靜編
《中國文學史著版本概覽》（瀋陽市：遼寧大學出版社，1992 年 6
月）；（3）黃文吉編著《臺灣出版中國文學史書目提要》（臺北市：萬
卷樓圖書公司，1996 年 2 月）等書可參考。研究詞學，黃文吉主編
《詞學研究書目》（臺北市：文津出版社，1994 年）和林玫儀主編
《詞學論著總目》（臺北市：中央研究院中國文哲研究所，1996
年），是檢查詞學論著不可或缺的工具書。

三　檢查字詞的參考書

閱讀古籍時，有不了解的字詞，就必須檢查各種字、辭典，作為
一個研究者，案頭上購置幾部字、辭典應是很平常的事，不可覺得是
一種浪費。

（一）綜合性字辭典

這種大型的字、辭典，收錄字辭很多，檢查時比較夠用。臺灣所
出版的，如《中文大辭典》、《大辭典》、《辭海》、《辭源》、《重編國語
辭典》；大陸出版的，如《漢語大字典》、《漢語大辭典》、《中國文學
大辭典》；日本出版的，如《大漢和辭典》，可擇要購置一兩種。

（二）特種辭典

是為某種特殊用途而編的辭典，如檢查古文字，需有甲骨文字

典、金文字典、篆字辭典；檢查虛字，需有虛字字典；檢查通假字，需有通假字典；檢查典故，需有典故辭典；檢查官制，需有官制辭典。

（三）專科辭典

除上述各辭典外，每一專門學科也多有數種不等的辭典。研究經學的，除有《經學辭典》外，也有多種《周易辭典》、《詩經辭典》、《春秋左傳辭典》、《三禮辭典》。研究哲學、文學的，也都有各式各樣的辭典，讀者都可依自己的研究需要來選購。

四　叢書和各種總集

這是較大型的研究資料，很多讀者以為到圖書館借閱或檢索即可，但要看每位讀者的實際需要，如能就研究專長擇要購置，對研究工作當然有幫助。

（一）正史

指一般所說的《廿五史》，研究歷史的人，時時要查閱各史中的資料，家中有一套《廿五史》，將有意想不到的方便。不是專門研究歷史，而是研究某一斷代的哲學、文學，最少也應購置該時代的斷代史，如研究明代思想，至少應有一部《明史》。

（二）專門叢書

各個專門學科都有重要的叢書，如研究經學的，有《十三經注疏》、《通志堂經解》、《皇清經解》、《皇清經解續編》、《無求備齋易經集成》、《大易集成》，……等。研究戲曲的有《古本戲曲叢刊》、《善

本戲曲叢刊》；研究小說的有《古本小說叢刊》、《古小說集成》、……等，讀者可視研究專長，擇要選購。

（三）文學總集

近數十年來，中國有計畫的編纂各文體的總集已達十多種，如連清代以來的一起計算，數量更可觀，文章總集，有：

　　1. 嚴可均編《全上古三代秦漢三國六朝文》

　　2. 董誥總撰《全唐文》

　　3. 曾棗莊、劉琳主編《全宋文》

　　4. 陳述輯校《全遼文》

　　5. 閻鳳梧主編《全遼金文》

　　6. 李修生主編《全元文》

　　7. 錢伯城、魏同賢、馬梓根主編《全明文》

辭賦總集有：

　　1. 費振剛等輯校《全漢賦》

詩歌總集有：

　　1. 逯欽立輯校《先秦漢魏晉南北朝詩》

　　2. 清聖祖御定《全唐詩》

　　3. 北京大學古文獻研究所編《全宋詩》

　　4. 閻鳳梧、康金聲編《全遼金詩》

　　5. 薛瑞兆、郭明志主編《全金詩》

　　6. 楊鐮主編《全元詩》

7. 全明詩編纂委員會編《全明詩》

詞總集有：

1. 曾昭岷等編《新編全唐五代詞》
2. 唐圭璋編《全宋詞》
3. 唐圭璋編《全金元詞》
4. 張璋主編《全明詞》
5. 全清詞編纂研究室編《全清詞》

散曲總集有：

1. 隋樹森編《全元散曲》
2. 謝伯陽編《全明散曲》
3. 凌景埏、謝伯陽編《全清散曲》

戲曲總集有：

1. 王季思主編《全元戲曲》
2. 陳萬鼐主編《全明雜劇》
3. 林侑蒔主編《全明傳奇》

這些總集，大部分都已完成，僅《全明文》、《全元詩》、《全明詩》、《全清詞》等，仍在編纂中。有關歷代文學總集較詳細的論述，請參考筆者主編《中國歷代文學總集述評》（臺北市：萬卷樓圖書公司，2007 年 10 月）一書。

　　以上各種參考書，讀者可視專長和研究需要加以選購，就可避免連查一本簡單的工具書都要跑圖書館的麻煩。相對地，可把節省下來的時間，用於論文內容的思考和寫作上。

第二章　圖書館與電子資源的利用

　　論文的研究方向選定以後，下一步的工作就是蒐集資料。蒐集資料，除了可以到書店、師友的書房蒐集外，大部分的研究者都必須進圖書館。因此，與圖書館有關的知識，也應具備。本章限於篇幅，所談的僅是最簡單的知識。讀者如果需要更詳細的說明，可以參考王振鵠等著《圖書資料利用》（臺北縣：國立空中大學，1991 年 2 月），薛理桂、顧力仁、賴美玲編著《圖書館使用實務》（臺北縣：國立空中大學，1995 年 1 月）二書。

第一節　認識圖書分類法

　　圖書館的資料能否作最充分的利用，端看圖書分類法的使用。我國古代的圖書，大多依經、史、子、集四部來分類。這種分類法施行了一、兩千年，至清末民初各種新式的書籍陸續出現，始漸失去其實用性。當時的圖書館學家紛紛創立新的分類法，如：中國圖書分類法、中國圖書十進分類法等都是。新中國成立以後，茲選擇臺灣各圖書館最廣泛使用的《中國圖書分類法》和大陸圖書館最常用的《中國圖書館分類法》，分別作簡單的介紹。

一　中國圖書分類法

　　《中國圖書分類法》係前南京金陵大學圖書館長劉國鈞於民國

18 年編製。此一分類法是以美國《杜威十進分類法》為基礎，但為適合中文資料之需要，劉氏將杜威分類法各大類的位置略加更動，增加有關中國圖書的類目，並刪掉其中不適用的類目。民國 53 年起，賴永祥先生曾加以修訂。這一分類法將全部的資料分為十大類，類下分小類，小類下分目，所有的類目以阿拉伯數字代表。十大類的名稱是：

000	總類	500	社會科學類
100	哲學類	600	史地類（中國）
200	宗教類	700	史地類（世界）
300	自然科學類	800	語文類
400	應用科學類	900	美術類

以上每一大類又複分為十小類，如 100 的哲學類又可複分為：

100	哲學總論	150	論理學（理則學）
110	思想	160	形而上學；玄學
120	中國哲學	170	心理學
130	東方哲學	180	美學
140	西洋哲學	190	倫理學

每一小類又複分十類，如 120 的中國哲學，又複分為：

120	中國哲學總論	125	宋元哲學
121	先秦哲學	126	明代哲學
122	漢代哲學	127	清代哲學

123　魏晉六朝哲學　　128　現代哲學

124　唐代哲學

總共有九項，129 所以空白，是分類法中有時要預留類目，以便容納新的資料。每一項下又可再細分成目，其符號以小數點（‧）隔開，如 121 的先秦哲學，又可分為下列各目：

121.1　易經　　　　121.6　法家

121.2　儒家　　　　121.7　陰陽家、縱橫家

121.3　道家　　　　121.8　雜家

121.4　墨家　　　　121.9　其他

121.5　名家

每一目下又可再細分，直到小數點以下數位為止。如此層層的展開，使每一本書都有一個分類號。也就是每一本書都有一適當的排架位置。

但是，同類的書籍可能不止一本，所以一部書除了給予一個分類號外，又有著者號、作品號、部冊號和特藏號，總共五種號碼，以組成一個「索書號」。著者號的編訂，大多採用王雲五的四角號碼檢字法，將作者的姓氏取左右上角兩個號碼，名字則各取左上角一個號碼，如：王守仁為 1032；單名的，則取名字的左右上角兩個號碼，湊成四個數字，如：胡適是 4730。至於作品號，是為了區別同類書中同一著者的各種不同著作而設。通常是在著者號碼後附加阿拉伯數字，如＿2，＿3 等。它可以幫助區別分類號和著者號都相同的著作。同一部書，不只一冊時，就得用「冊次號」來區別，如：V.1、V.2、V.3 等。而圖書館收藏的同一種書不止一本時，即需用「部次號」，如 C2、C3 等來區別。此外，對限制外借的資料，就需加「特

藏號」，以資區別，如 R 或△代表參考書，S 代表善本書。茲舉例如
下：

S⋯⋯特藏號
121.2⋯⋯分類號
2028-2⋯⋯著者號、作品號__索書號
V.1⋯⋯冊次號
C2⋯⋯部次號

}　——索書號

　　當然，並非每一本書都具備這麼多號。大部分的書，僅有分類號
和著者號而已。每一本書所具有的「索書號」，除寫在書名頁、封底
等處外，通常都印在「書標」上，黏貼於書背的下端，或封面的右下
角，以作為讀者索書，或圖書館排架、清點圖書的根據。

二　中國圖書館分類法

　　《中國圖書館分類法》，原稱《中國圖書館圖書分類法》，是新中
國成立後編訂出版的一部具有代表性的大型綜合性分類法，是中國境
內使用最廣泛的分類法，簡稱「中圖法」。《中圖法》出版於 1975
年，2010 年出版第五版。《中圖法》包括五個基本部類，二十二個大
類，其類目如下：

馬克思主義、列寧主義、毛澤東思想、鄧小平理論
　　A 馬克思主義、列寧主義、毛澤東思想、鄧小平理論
哲學、宗教
　　B 哲學、宗教
社會科學

C 社會科學總論

D 政治、法律

E 軍事

F 經濟

G 文化、科學、教育、體育

H 語言、文字

I 文學

J 藝術

K 歷史、地理

自然科學

N 自然科學總論

O 數理科學和化學

P 天文學、地球科學

Q 生物科學

R 醫藥、衛生

S 農業科學

T 工業技術

U 交通運輸

V 航空、航天

X 環境科學、安全科學

綜合性圖書

Z 綜合性圖書

三　杜威十進分類法

（Dewey Decimal Classification，簡稱 DDC 或 DC）

　　《杜威十進分類法》是 1876 年美國圖書館學家杜威（Melvil Dewey）所創製。是當今世界上運用最廣的圖書分類法。該法已經譯成三十多種語言，在全世界二十萬座以上的圖書館使用。目前該法已出版到二十版，有 4 冊。

　　該法將人類知識分為十大類。分別用阿拉伯數字作代表。杜威認為總類是無所屬的，故用 0 代表；哲學是一切的根源故用 1 代表；宗教是哲學的定論，故用 2 代表；原始時代先有宗教信仰，然後社會才能團結，故用 3 代表社會科學；社會形成後語言才趨統一，故用 4 代表語言學；有了語言文學，才能研究自然科學，故用 5 代表自然科學；先有理論科學，才有應用科學，故用 6 代表應用科學；奠定了必要的科學基礎，才有餘力從事藝術、文學活動，故以 7 和 8 代表藝術和文學；歷史為人類一切活動的總記錄，故用 9 代表。

　　該法每一類的組合數字，至少由三位數字組合而成。茲將十大類的類目臚列如下：

000　Generalities（總類）

100　Philosophy & psychology（哲學、心理學）

200　Religion（宗教）

300　Social sciences（社會科學）

400　Language（語言）

500　Natural sciences & mathematics（自然科學、數學）

600　Technology（Applied sciences）（技術、應用科學）

700　The arts（藝術）

800　Literature（文學）

900　Geography & history（地理、歷史）

這十個大類，每類又分十個小類，每一類又可分為十目，數字超過三位數時，後面加小數點。每一目又分為十個子目，如此一層層的細分下去，可無窮地展開。

　　我國各圖書館的西文圖書，不是以此法來分類，即以《國會圖書館分類法》來分類。中文學界所使用較多的漢學書籍，中國哲學是在181，中國文學是在895，中國歷史是在951。讀者可從這些類目找到所需的書籍，也可以利用線上公用目錄來查詢。

四　國會圖書館分類法

（Library of Congress Classification，簡稱 LCC 或 LC）

　　《國會圖書館分類法》是美國國會圖書館為了因應館務的需要，自1898年編成2分類表，即 Bibliography and Library（書目及圖書館學），並於1902年出版後，各分類表一直在出版或再版，有些部分尚未制訂，有些已修訂多次。

　　該法將人類知識分為 21 大類。是用英文字母和阿拉伯數字混合標記來代表類目，而以 26 個英文字母中的 21 個字母各自代表一個大類，目前 I、O、W、X、Y 五個字母尚未使用，可留待以後擴展時使用。各大類名稱如下：

A　Ceneral Works—Polygraphy（總類）

B　Philosophy・Psychology・Religion（哲學・心理學・宗教）

C　Auxiliary Sciences of History（歷史輔助科學）

D　History: General and Old World（歷史：通史及古世界史）

E－F　History：America（歷史：美洲史）

G　Geography‧Anthropology‧Recreation（地理學‧人類學‧娛樂）

H　Social Sciences（社會科學）

J　Political Science（政治科學）

K　Law（法律）

L　Education（教育）

M　Music（音樂）

N　Fine Arts（美術）

P　Language and Literature（語言與文學）

Q　Science（自然科學）

R　Medicine（醫學）

S　Agriculture（農業）

T　Technology（應用科學）

U　Military Science（軍事科學）

V　Naval Science（海軍學）

Z　Bibliography and Library Science（目錄學與圖書館學）

每一大類又可再分若干副類，在代表大類的字母後面添加 1 至 2 個字母作為副類，如：

D　General History（世界史）

DS　Asia（亞洲）

副類之下，可再用 0 至 9 的阿拉伯數字，如：

DS　　Asia（亞洲）

DS280　　China（中國）

阿拉伯數字之後，可再加小數點來作細分。國內各圖書館的西文國書有一大半以上用此法來分類。中文學界所需的漢籍圖書，中國歷史是分在 DS 類之下，文學是分在 PJ 類之下。至於中國哲學的書，在此法中並沒有適當的位置，大多被分入 DS 類下。這是使用此法查詢漢學書籍時應注意的事。

第二節　圖書館與電子資源的關係

當今是電子資源爆炸的時代，許多人以為只要用資料庫來檢索資料就可以了，這是太相信資料庫所造成的不正確觀念，應及早更正。在這樣的時代，圖書館與電子資源的關係是密不可分的，茲申論如下：

一　圖書館建置資料庫

比較有藏書規模的圖書館，往往把特色館藏建置成資料庫，如中國國家圖書館、上海圖書館、南京圖書館、臺灣國家圖書館、中央研究院傅斯年圖書館。以中央研究院傅斯年圖書館為例，該館建置了「漢籍全文電子文獻」資料庫、「傅斯年圖書館善本古籍檢索系統」、「內閣大庫檔案資料庫」、「考古資料數位典藏資料庫」等十餘種資料庫。

二　圖書館購置資料庫

　　大部分的圖書館都會購置資料庫，但由於購置資料庫必需一大筆經費，所以每年能購置的資料庫，也不可能太多。所以資料庫的數量越來越多，圖書館能購置的也相當有限。如何在有限的經費中，去提高資料庫購置的數量，這是圖書館經營者所必須面對的重要課題。譬如：檢索中國古籍的資料庫，已多達一百三十餘種，圖書館不能每種資料庫都購買。應該選擇資料庫收錄古籍數量多、檢索較為方便者購買。但是哪些收的數量比較多、檢索比較方便，挑選的時候也是煞費功夫的事。

三　建構使用電子資源的環境

　　圖書館應有無線網路，可供筆記型電腦無線上網使用。並提供電源插座和防竊鎖孔，供筆記型電腦讀者使用。讓讀者能夠在圖書館中，有一個方便、安全的電子資源使用環境，避免圖書館提供電子資源的電腦區域，人滿為患的窘境。

四　承擔電子資源著錄格式統合的角色

　　電子資源的著錄是當今學術界的一大問題。比較有規模的圖書館，應該召集其他圖書館，共同訂定一種比較合理的電子資源著錄格式，並推廣到學術界。讓學術界寫作論文時，能夠有一個可以遵循的準則，這是目前最迫切的事情。

五　應教導民眾如何使用電子資源

　　較具規模的圖書館，可定期開班，請專家或圖書館員來授課。同時，館內應派駐數名資訊技術人員，以便隨時提供讀者使用電子資源的技術支援。實行一段時間以後，讀者使用電子資源的頻率一定會提高。

六　扮演電子資源監督者的角色，輔導資料庫繼續擴充

　　由於圖書館員天天在使用這些電子資源，所以對於電子資源的優缺點，一定瞭若指掌。如果能將這些缺點反應給資料庫的建置者，讓他有所改進和擴充。對整體電子資源水平的提升，應該指日可待。

第三節　電子資源指引

　　如果把資料庫看成一本本的工具書，電子資源指引就像一本工具書目錄。由於資料庫無時無刻在增加，一本電子資源指引出版兩三年就已經過時，必須重新修改、增訂才能提供讀者最新的資訊。這方面的著作可分成兩大類，一是文獻檢索用書，二是數位資源簡介。茲分述如下：

一　文獻檢索用書

　　這類的著作等於「中文參考用書指引」，為配合實際需要，加入電子資源的檢索部分。筆者用過的有：

1. 資訊與網路資源利用　謝寶煖著　臺北市　華泰文化事業公司
　　2004 年 3 月
2. 工具書使用和文獻檢索　高小方、顧濤編著　南京市　南京大學
　　出版社　2005 年 8 月
3. 文獻檢索與利用　花芳編著　北京市　清華大學出版社　2009
　　年 9 月
4. 文史文獻檢索教程（修訂本）　王彥坤編著　北京市　商務印書
　　館　2010 年 9 月

其中以王彥坤的著作出版最晚，資料蒐羅最齊全，該書第四章〈文史
文獻檢索中的計算機應用〉，分兩節，第一節〈計算機文獻檢索概
說〉，討論計算機文獻檢索系統、原理、步驟、類型等。第二節〈文
史文獻數據庫簡介〉，分別檢索性文獻數據庫、原始文獻數據庫、參
考性文獻數據庫。本書蒐羅各科資料庫相當完備，可供參考的地方甚
多，學者應購置一本，供隨時檢索之用。

二　數位資源簡介

　　這種著作往往以手冊的型式發行，由於出版兩三年就過時淘汰，
所以這裡介紹最新出版的著作，讀者使用時，可以注意看看是否有新
版本的出現或修訂、增訂的版本，以便和最新的資訊相接軌。

1、2010 年國際漢學研究數位資源選介
　　漢學研究中心編　臺北市　該中心　2010 年 10 月

　　漢學研究中心於 2004 年始編《國際漢學研究數位資源選介》，收
錄 249 個網站。2007 年修訂重編，收錄 251 個網站。本書重新整

理、修訂、並增補新資料，計收入網站、資料庫 365 個，附錄 163 個，另附其他單位、地區協助調查「國際中文文獻」、「國際中文文獻數位典藏總覽」，成果 522 個。

　　全書依網站、資料庫主要內容與性質，分工具資源、古籍文獻、哲學、宗教、科技、文化社會、歷史地理、族譜傳記、考古文物、語言文字、文學、藝術等十二類，各類之下再依具體收錄內容再分若干小類。所收錄之網站、資料庫如需取得授權、付費或加入會員方可使用者，文中皆有說明，如「大學數字圖書館國際合作計畫」介紹的文末說：「使用者需註冊後方可登錄使用。」（頁 15）「臺灣日日新報資料庫」文末說：「本系統需付費使用。」（頁 31），本書資料新穎，收羅宏富，足供參考。

2、現有文史哲電子資料庫的利用與檢討（一～四）

第一輯《國文天地》第 23 卷 2 期（266 期）　2007 年 7 月
　（1）臺灣地區漢學相關電子資料庫綜述　（張晏瑞）
　（2）古籍文獻數位化的價值淺談　（陳惠美）
　（3）漢籍電子文獻「二十五史資料庫」評介　（王桂蘭）
　（4）「中華民國期刊論文索引系統 WWW 版」評介　（林敏）
　（5）「中國期刊全文資料庫」評介　（袁明嶸）
　（6）「全國碩博士論文資訊網」的價值與缺失　（劉千惠）
　（7）「中國博碩士論文全文資料庫」簡介　（馮曉庭）
　（8）「臺灣文史哲論文集篇目檢索系統」述評　（趙威維）

第二輯《國文天地》第 23 卷 4 期（268 期）　2007 年 9 月
　（1）「中文古籍書目資料庫」評介　（張晏瑞）

（2）「中國基本古籍庫」簡介　（黃智信）

（3）「中國大陸各省地方志書目查詢系統」述評　（郭明芳）

（4）「超星數字圖書館」述評　（鄭育如）

（5）突破類書之分類與應用——「數位《古今圖書集成》」
　　（鄭淑君）

（6）「文淵閣四庫全書電子版」述評　（孫秀玲）

（7）「臺灣日日新報全文電子資料庫」評介　（袁明嶸）

（8）「《中國大百科全書》智慧藏知識庫」評介　（倪瑋均）

第三輯《國文天地》第 26 卷 9 期（309 期）　2011 年 2 月

（1）Google 搜尋引擎在漢學資源的檢索與利用　（張晏瑞）

（2）華藝線上圖書館的簡介和應用　（梁雅英）

（3）「國學數點論壇」的利用與檢討　（謝智元）

（4）「Hy Read 臺灣全文資料庫」評介　（吳怡青）

（5）港澳期刊網簡介　（黃智信）

（6）臺灣碩博士論文知識加值系統述評　（林彥廷）

（7）出土文獻相關網站評介　（黃澤鈞）

第四輯《國文天地》第 26 卷 10 期（310 期）　2011 年 3 月

（1）利用維基百科檢索資料的方法　（陳水福）

（2）利用論壇網站檢索資料的方法　（張晏瑞）

（3）中央研究院漢籍全文資料庫　（郭明芳）

（4）「中華古籍善本國際聯合書目系統」評介　（蔡育儒）

（5）「中國古籍善本目錄導航系統」介紹　（翁敏修）

（6）浙江大學數字圖書館國際合作計畫　（吳宜璇）

（7）「英國中文書目聯合目錄」資料庫述評　（張家維）

（8）韓國教育與研究信息機構之「RISS 資料庫」簡介　（陳亦伶）

全部四輯，共介紹三十種資料庫，並略作檢討。以前有關文獻檢索或數位資源介紹的書，大都用一兩百字介紹一個資料庫，甚至篇幅更少。這個專輯每篇介紹都有數千字之多，要利用這些資料庫之前如能先閱讀這些文章，應該很快就可入手。

3、數字化工具書

　　桑良至編著　合肥市　安徽大學出版社　2010 年 9 月

　　本書是大陸第一本數位化工具書的系統介紹，全書分為十二章，第一章〈工具書的檢索方法〉，第二章〈數字化字典、辭典〉，第三章〈數字化百科全書〉，第四章〈集成化參考工具（國內）〉；第五章〈集成化參考工具（國外）〉，第六章〈年鑑、手冊、圖譜與名錄〉，第七章〈統計資料、學位論文〉，第八章〈網上書店、圖書館電子資源〉，第九章〈標準、專刊等參考工具〉，第十章〈搜索引擎及其參考工具〉，第十一章〈大學圖書館參考工具〉，第十二章〈資源導航與重點研究基地〉。本書蒐羅資料非常宏富，章節安排也相當合理。是一本介紹電子資源的重要參考書。

4、國科會人文處日語研究資源指引手冊

　　臺北市　國立臺灣大學圖書館　2010 年 11 月

　　自 2008 年 12 月起，臺灣國科會人文處委託國立臺灣大學圖書館執行「第二外語（日語）研究資源建置計劃」，在二十一位日語學門專家學者的指導和協助下，歷經學群分析、資料庫試用、意見評估、

議價採購等程序，最後為全國一百七十多所大專院校引進十一種日語資料庫，並蒐集逾四百種可公開使用的免費網路資源，彙整於日語研究資源建置計劃網站。主題涵蓋法律、政治、歷史、藝術、文學、語言、宗教、經濟、臺灣研究等，形式除圖書、期刊、報紙外，也有影音多媒體等資料，希望能成為全國日語學術資源最豐富的入口網站。

為方便讀者更有效率地使用日語資源，特製作資源指引手冊，依主題領域介紹本計劃所引進之資料庫及常用公開取用資源，另有更詳細之日語學術資源，可於網站上尋得。本手冊分為五部分：一是計劃網站介紹，二是綜合主題，三是人文領域，四是社會領域，五是華人文化圈領域，其中以華人文化領域與我們關係最密切，該領域分中國文化與臺灣研究兩部分，中國文化部分有「全國漢籍データベース」、「東洋學文獻類目檢索」、「中國近現代文學關係雜誌記事データベース」等資料庫的介紹，臺灣研究分臺灣總督府相關系列、日據時期重點報刊、各圖書館日文舊籍三大類，其中有臺灣日日新報YUMANI 清晰電子版、臺灣時報、日治時期全文影像系統的介紹。

第四節　善用搜尋引擎

Internet 是世界上最大且最開放的信息資源網，內容可說無所不包。要在這麼龐大信息海洋尋找自己所需要的信息，不能不依靠一些功能強大的搜尋引擎。

以下介紹幾種著名的搜尋引擎。

一　Google

Google 是由拉里‧佩奇（Larry Page）和謝爾蓋‧布萊（Sergey

Brin）所創辦。成立於 1998 年 9 月 4 日，Google 成立的宗旨在於組織全世界的資訊，讓全球使用者都能免費使用。Google 網站所提供的服務，除搜尋之外，還提供許多網路應用服務，例如 Gmail 郵件信箱、線上文件、行事曆、網路地圖、網路相簿、部落格、免費軟體等，都是免費的。與漢學相關，可以利用的是：Google 簡易搜尋、進階搜尋、新聞搜尋、圖片搜尋、圖書搜尋、學術搜尋、字典功能、翻譯功能、庫有網頁（頁庫存檔）等。

　　Google 的功能這麼多，如何利用它來檢所漢學電子資源？最簡單的方式，就是打開 Google 網站，輸入關鍵詞，接著點選「Google 搜尋」按鈕即可。此外，在搜尋結果畫面「左側」，我們可以設定一些過濾資料，例如：相關圖片、影片、即時信息、書籍、地方資訊、部落格、討論等類型的資料，去作篩選。

　　更詳細的介紹，可參考張晏瑞〈Google 搜尋引擎在漢學資源的檢索與利用〉一文。[1]

二　百度

　　2000 年 1 月，李宏彥從美國矽谷回到中國，創建了百度。百度是全球最大的中文搜尋引擎，最大的中文網站。員工最初不足十人，現在員工人數已超過七千人，成為中國最受歡迎，最有影響力的網站。

　　百度搜尋引擎的各種產品，包括：以網路搜尋為主的功能性搜尋，以貼吧為主的社區搜索，針對各區域、行業所需的百科搜尋、MP3 搜尋，以及門戶頻道、IM 等，全面覆蓋了中文網路世界所有的搜尋需求。以檢索「王恩洋」，出現的介面如下：

1　見《國文天地》26 卷 9 期（2011 年 2 月），頁 4～9。

三　維基百科

　　2001 年 1 月 15 日正式成立，由維基媒體基金會負責維持。

　　維基百科是一個基於 WiKi 技術的全性多語言百科全書協作計劃，同時也是一部用不同語言寫成的網站百科全書。其目標及宗旨，是為全人類提供自由的百科全書，是一個動態的，可自由訪問和編輯的全球知識體。

　　維基百科由來自全世界的自願者協同寫作，自 2001 年英文版成立以來，維基百科不斷地快速成長，已經成為最大的資料來源網站之一。在 2008 年吸引了超過 684000000 的訪客。目前在超過 250 種的語言版本中，共有六萬名以上的使用者上傳了超過 1000 萬篇條目。截至目前，共有 279309 篇條目以中文撰寫；每天有數十萬的訪客，作出數十萬次的編輯，並建立數千篇新條目，已讓維基百科的內容變得更完整。

　　維基百科最大的價值，就是他能夠快速、方便地提供讀者所需要的資訊，只需有一臺能上網的電腦，就能在很短的時間內獲得解答。相較於 Google、Yahoo 等搜尋引擎，維基百科所提供的是問題的「答案」而非「與答案相關的網頁」，可以省去使用者篩選資訊的時間，提高學習的效率。

　　較詳細的介紹，可參考陳水福〈利用維基百科檢索資料的方法〉[2]一文。

四　Yahoo 奇摩

　　Yahoo! 奇摩自 2001 年 2 月與 Yahoo! 網站集團正式合併營運之後，成為臺灣位居領導地位之入口網站。目前 Yahoo! 奇摩是臺灣最受網友歡迎的網際網路領導網站。Yahoo! 奇摩使用 Yahoo! 集團的網站搜尋資料庫，同時透過介面的調整，為臺灣使用者提供優質且多元的網路內容與服務，並創造在地化、好用且生活化的網站使用介面。

2　見《國文天地》26 卷 10 期（2011 年 10 月），頁 4~9。

五　互動百科

中文百科知識網站互動百科為潘海東所建置。正如百度之於 Google，互動百科複製的是美國維基百科的模式。不同的是，維基百科在美國是以公益的方式在運作，而互動百科在中國的商業模式卻格外清晰，因此可以說互動百科是中國式維基百科。

第五節　重要圖書館的官方網站

許多有館藏特色的圖書館都有他們的網站，站內有各式各樣的資料庫，對這些圖書館能有多一份的了解，檢索資料也就更方便，也充實了研究論文的內容。

一　中國國家圖書館

中國國家圖書館網站為中國大陸具國家代表的圖書館網站。該館為中國國家總書庫，國家書目中心，國家古籍保護中心，肩負保存中國文獻的重責。為有效保存文獻同時達到便利讀者使用的效果，該館決定進行數位化工作。

國家圖書館自 2000 年開始進行館藏資源的數位化，目前建立的數位資源內容包含中文電子圖書、博士論文、民國文獻、線上講座、線上展覽、甲骨實物與甲骨拓片、敦煌文獻、金石拓片、地方誌、西夏文獻、年畫、老照片，音像資源等。包括類型有文本、圖像、音訊、視頻等。特色資料庫，以國家圖書館自建特色數位資源為主。

特色資料庫文獻涵蓋中文圖書、博士論文、民國文獻（圖書、期

刊和法律）、音視頻、數位方志、甲骨實物與甲骨拓片、金石拓片、西夏文獻、年畫、中國學資料庫等。以民國圖書、期刊為例，該館網站中的民國圖書資料庫，收錄民國元年（1911）至民國三十八年（1949）年間，所出版的圖書資料，共收錄民國圖書 6229 種，其中具有全文影像資源的有 6453 冊，文獻類型包含民國時期的政治、軍事、外交、經濟、教育、思想文化、宗教等各種類型圖書，讓讀者可以透過網際網路進行瀏覽和研究。該網站中的民國期刊資料庫，收錄 4350 種期刊的電子影像，可供全文瀏覽。內容包含國家圖書館中所保存的民國中文期刊，以及館藏的民國期刊微縮膠片。預計三年內，還要完成近六百萬的微縮膠片製作。對民國時期的研究者來說，是不可或缺的資料庫。

　　除了自建資料庫外，該圖書館還收錄許多重要資料庫，例如：方正電子圖書、中國知網、維普期刊數據庫、人大複印資料全文數據庫、萬方數據庫、全國報刊索引數據庫等非該館所建置的數據庫。讓讀者透過該館網站，即可相互連結，相當便利。

二　臺灣國家圖書館

　　臺灣國家圖書館網站為臺灣具有代表性的圖書館網站。該館為典藏文獻及協助研究發展，針對該館所藏資資訊，建構了包含目錄、全文、資訊等相關資料庫，涵蓋古籍、圖書與期刊。同時，該館在體制下設立漢學研究中心，全力推動漢學研究，並且建置數個專題資料庫，供讀者使用。

　　目前臺灣國家圖書館網站中收錄的資料庫有：期刊文獻資訊網、古籍文獻資訊網、全國圖書書目資訊網、華文知識入口網、知識之窗（網路資源選介系統）、國家典藏數位計畫。漢學研究中心下的專題

資料庫包含：國際漢學博士論文摘要資料庫，收錄筆數 10539 筆，以該中心典藏的海外漢學博士論文為主。明人文集聯合目錄資料庫，收錄筆數 3159 筆，整合包括故宮、臺灣大學、中研院傅斯年圖書館、國家圖書館及漢學研究中心所藏明人文集之目錄資料。兩漢諸子研究論著目錄資料庫，收錄筆數 11425 筆，根據該中心 1998 年及 2003 年出版之《兩漢諸子研究論著目錄》（1912～1996）、（1997～2001）紙本資料彙整而成。經學研究論著目錄資料庫，收錄筆數 59132 筆，是根據本中心 1989、1999 年及 2002 年出版之《經學研究論著目錄》（1912～1987）、（1988～1992）、（1993～1997）紙本資料彙整而成。敦煌學研究論著目錄資料庫，收錄筆數 12778 筆，根據該中心 2000 年出版之《敦煌學研究論著目錄》（1908～1997）紙本資料彙整而成。外文期刊漢學論著目錄資料庫，收錄筆數 30918 筆，根據該中心出版之季刊《外文期刊漢學論評彙目》第一卷至第十七卷之紙本資料，彙整建置而成。魏晉玄學研究論著目錄資料庫，收錄 12250 筆，是根據該中心 2005 年出版之《魏晉玄學研究論著目錄》（1884～2004）紙本資料彙整而成。漢學中心出版品全文資料庫，收錄筆數 2560 筆，收錄本中心《漢學研究》與《漢學研究通訊》自 1982 年起各期篇目與經授權的全文資料。

三　上海圖書館

　　上海圖書館是大型的綜合性研究型公共圖書館，於 1952 年 7 月建館。上海科學技術情報研究所是一所大型的綜合性研究型公共圖書館，也是全國第一家省市級圖書情報聯合體，更是世界十大圖書館之一。1995 年 10 月，上海圖書館和上海科技情報研究所合併，成為結合傳統圖書與現代科技的新時代圖書館。該館所藏的歷史文件有 370

萬冊，距今 1400 年的《維摩詰經》是該管最早的館藏圖書。以民國
文獻的館藏為例，該館所收藏的民國文獻，已編目的有 14 萬種，33
萬冊，其中孤本數量就高達 2 萬 8 千餘種，待編目的圖書還有 51 萬
冊。除了圖書之外，近現代報紙有 1850 種，1949 年以前出版的各種
報紙有 3543 種；雜誌部份，1949 年以前出版的各類雜誌共有 18733
種，共 35 萬冊。由此可見，上海圖書館是全國保存民國文獻最多最
豐富的地方。此外，值得一提的是該館在館藏電子資源的檢索上，提
供一個便捷的「跨庫檢索」功能叫「網路資源一鍵通」。透過這個功
能，可以在單一的網站介面上，檢索該館館藏的電子資料庫，包含：
期刊、學位論文、電子圖書、專利＼商標、特色文獻等，十分便利。
讀者透過網站首頁的一鍵通「統一檢索」連結，即可開啟該功能的畫
面。

四　南京圖書館

　　南京圖書館的前身，最早是 1907 年由清兩江總督端方創辦江南
圖書館。民國成立後，改名國立中央大學國學圖書館、又改名江蘇省
立國學圖書館、國立中央圖書館。1950 年正式名命為國立南京圖書
館。1954 年，由於江蘇建省，需要一個省級圖書館，因此又改名為
南京圖書館。

　　該館館藏資料豐富，扣除 1948 年底，蔣復璁攜帶館藏珍籍 13 萬
冊轉運臺灣外，還有許多珍貴館藏。以民國文獻為例，該館收藏 70
餘萬冊民國文獻，包括民國時期圖書四十萬餘冊、期刊近萬種、報紙
千餘種。因此，南京圖書館是目前大陸境內為數不多，保存民國文獻
資料最為完整的省級公共圖書館之一。

五　重慶圖書館

　　重慶圖書館的前身，是民國政府為紀念美國總統羅斯福，於 1947 年設立的「國立羅斯福圖書館」，1950 年更名為「國立西南人民圖書館」，後定名「重慶圖書館」。重慶圖書館是首批「全國古籍重點保護單位」和「重慶市科普教育基地」，為文化部評定的「國家一級圖書館」。現有館藏文獻三百餘萬冊，包含：民國時期出版物、古籍線裝書、聯合國資料等，已形成在國內外頗有影響的三大館藏特色。以民國時期出版品為例，該館現有民國時期出版品 76611 種、177621 冊，其中抗戰文獻三萬四千餘萬種。該館是我國抗戰時期圖書、報刊收集最全、最完整的圖書館之一。在電子資源的檢索上，該館透過掃描方式，對館藏民國書刊進行數位化處理。最後收錄 1400 餘萬頁、2 億多字。是目前中國大陸境內，第一家將抗戰書籍全部數位化並且提供網路瀏覽功能的圖書館。

六　湖北圖書館

　　湖北省圖書館始建於 1904 年，由湖廣總督張之洞創辦。館藏總量達四百九十六萬餘冊，其中古籍善本四十六萬餘冊，數字資源總量超過 13TB，館藏量相當豐富。以民國文獻為例，該館建置「館藏民國時期中文圖書書目數據庫」網站，從 2001 年起，開始將館藏民國時期圖書文獻，用中國圖書館分類法，分別歸類編目，於 2003 年完成。透過該網站，可以查詢湖北圖書館館藏民國時期圖書文獻三萬八千六百餘條。此外，還建立「館藏革命文獻目錄數據庫」，收錄中國革命文獻數據 1095 種，全面、集中的將館藏歷史文獻資料作了整理，

提供使用者使用。

第六節　民間機構的的網站資源

一　中國知網

　　中國知網為國家知識基礎設施 CNKI 項目下所建置的資料庫網站，於 1998 年發起，透過世界銀行與清華大學、清華同方等單位的主導下，於 1990 年開始建構該網站。是目前世界上收錄論文量最大的資料庫網站。

　　該資料庫下包含多種資料庫，與文史哲學科相關的資料庫有：中國學術期刊網絡出版總庫、中國博士學位論文全文數據庫、中國優秀碩士學位論文全文數據庫、中國重要會議論文全文數據庫、中國學術輯刊全文數據庫、國學寶典、中國重要報紙全文數據庫等數據庫。該網站收錄的資料量相當龐大，並且不斷的在增加中。在使用上，讀者可以透過有採購該網站使用權的圖書館進行檢索，或者是自行向該網站訂購儲值點數，取得個人使用權。

二　超星數據庫

　　超星數據庫為綜合性電子書資料庫。該資料庫的電子書格式，廣泛獲得中國許多單位所採用。因此各單位在掃描紙本資料、建立數位化的圖書時，所採用的格式，即超星數據庫的格式。其中如「國家檔案文獻庫」、「古代文獻圖書館」、「北大圖書館古籍圖書」和「地方志圖書館」等。該資料庫所提供的資料，主要是以電子書為主。且該資料庫設計目的，是以閱讀為主，因此多直接掃描原書，無法對書中內

容加以檢索和再利用！但由於資料量龐大，因此對學術研究，仍具有特殊價值。目前該資料庫為付費使用，使用者可以透過有採購該資料庫使用權的圖書館，或是個人自行儲值點數，取得個人使用權。

三　萬方數據庫

萬方數據庫為綜合性資料庫，由北京萬芳數據股份有限公司所建置。該數據庫提供學術期刊、學位論文、學術會議等儒學相關論文全文影像。目前該資料庫的資料不定期的在新增當中，網站上提供最新的更新資訊，並提供一般檢索、高級檢索、分類瀏覽等功能，另外提供「查新」工具，透過關鍵詞的檢索，查詢檢索「關鍵字」的論文。是中國大型綜合性學術論文資料庫網站。使用該網站，需透過個人購買點數外，另外可以尋找有購置使用權的圖書館，於網域內使用該資料庫。

四　讀秀網

讀秀網是由大量全文資料及資料基本資訊組成的超大型資料庫。該資料庫收錄三百一十五萬種中文圖書、十億頁全文數據，並以此為基礎，為用戶提供深入內容的章節和全文檢索。並且提供部分文獻的原文閱讀，以及快速搜尋各種類型的學術文獻資料。透過該網站簡潔的檢索畫面，和簡便的檢索功能設定。能夠透過單一的檢索，獲得全面性的資料。對學術研究來說，是一個相當好用的文獻資料服務平臺。

五　國學數典論壇

　　國學數典論壇網站為社群網站的一種，該網站提供討論區讓網友
互相交流意見。該網站的特色在於：網站提供完整的上傳下載功能。
許多網友透過該功能，大量上傳圖書、古籍的電子檔。由於資料量相
當大，因此形成一種非官方的電子書資料庫。該網站板塊分為數典版
務、數典資訊、數典專欄、外文文獻等區塊。各板塊皆有各類型檔案
下載的分類，數典資訊類，為文獻求助專頁，透過文獻求助，達到文
獻傳遞的效果。數典專欄為文獻分享專頁，透過各自上傳的文獻，使
有心尋找文獻的人一個取得的機會。該網站採取會員積分制度，於該
網站互動程度越多的人，可以使用該網站越多的功能，也能取得較佳
的下載權限。

六　北大中文論壇

　　北大中文論壇網站為北京大學中國語文學系所及其相關的學科學
術、課程討論和創作交流網站。網站提供北大中文系新聞公告、學術
論壇、專題討論區、原創區、網上課堂區、北大中文站務區。在學術
論壇區內，設有中國現當代文學、中國古代文學、古典文獻學、漢語
語言學、語音學、比較文學、文藝學、中文資訊處理等論題，供使用
者交流討論。專題討論區內，設有漢語詞彙學、第二語言教學與習得
研究、語文教育、影視藝術、中文專著期刊、學界動態、文學藝術漫
談、語言文字漫談、文學貼圖等論題。其他的討論區，亦提供各種論
題，讓使用者可以盡情發揮交流。學術研究者，可到該尋寶，並且透
過網站的服務，與北大學生交換意見。

第三章　工具書與電子資源的利用

　　研究論題的資料是無所不在的，個人在有限的時間內很難將各種類型的資料一一加以檢索，為了節省蒐尋的時間，且使檢索的資料不至於遺漏太多，就必須依靠各種類型的工具書和各種電子資源來協助檢索。本章並非現有工具書和電子資源的全面性介紹，而是僅介紹蒐集資料時較常用的工具書和電子資源而已。

　　由於電子資源越來越豐富，檢索又方便，有些電子文獻已逐漸取得主流的地位。有些紙本工具書，也退居輔助的腳色。也就是說，檢索時利用電子資源，要覆查時才利用紙本工具書，像要檢索《二十五史》資料時，可以利用臺灣中央研究院歷史語言研究所建置的「二十五史資料庫」，要核對資料的正確性時，才利用紙本的《二十五史》。這可以說是資料檢索的一大革命，為適應這趨勢，本章將用同一類的電子資源和工具書合併介紹。讀者可以參照比較，選擇最適合的檢索工具。

第一節　如何利用工具資源

　　對於一位剛要踏入學術殿堂的初學者來說，如何在茫茫書海中找到所需的資料？大部分的人都會說：「利用工具書」。但是，工具書的數量那麼多，根據盛廣智、許華應、劉孝嚴等主編的《中國古今工具書大辭典》（長春市：吉林人民出版社，1991 年 12 月）所收的工具書，就有一萬多種，如果加上該書遺漏的和近年出版的，數量將更

多。如何將這麼多工具書作有效的利用，以找到所需的文獻資料，是準備要寫論文的讀者最迫切的事。以下提出幾點建議：

一　利用線上工具書集成網站

　　線上工具書是一種數位化後的工具書，它收錄有紙本工具書的內容，又提供資料庫檢索的功能，在檢索的速度和廣度上，都較紙本工具書快速、廣泛。因此，許多工具書在出版紙本之後，都陸續往數位化的線上工具書發展，以提供讀者便利的檢索方式。讀者在檢索某方面的資料時，往往需要參考眾多工具書。因此，為了方便讀者，就出現了一種「線上工具書集成網站」。這種網站，透過資料庫的串聯方式，使讀者能夠利用單一的檢索畫面，進行多本工具書的檢索。檢索的結果，彙整於一個統一的頁面上，方便使用者瀏覽，對使用者來說，十分便利。這種網站，最具代表性的就是「中國工具書集錦在線」（http://refbook.cnki.net/）。

　　「中國工具書集錦在線」是中國信息基礎設施建設中的一個項目，隸屬於中國知網下的中國工具書網絡出版總庫。該網站收錄了近兩百多家出版社所出版的工具書，約四千多部，詞條數量高達二千三百萬條，目前仍然持續收錄當中。該資料庫收錄的工具書類型包含：漢語辭典、雙語辭典、專科辭典、百科全書、鑑賞辭典、醫藥圖譜、人物傳記、年表、語錄、手冊等類型的工具書。使用者可以透過首頁上「書目索引」的功能，查詢該網站收錄工具書的目錄，或自己需要的工具書是否收錄於該網站。對於準備研究或寫論文的讀者來說，可以先透過「工具書集成網站」的檢索，先掌握住部分的資料。再進一步利用工具書指南，查找更為詳細的資料。

二　利用工具書指南

　　工具書指南是一種工具書的工具書。它分門別類的告訴讀者要檢查某一類資料時有那些工具書可用，那些工具書的好壞優劣如何？是讀者使用工具書時最方便的指導老師，每一位想寫論文的讀者，手頭上都應擁有一種至數種不等的工具書指南，以便隨時檢閱。

　　現在，在臺灣較流行的工具書指南有以下數種：

1. 《中文參考資料》　鄭恆雄著　臺北市　臺灣學生書局　1982 年
2. 《中文參考用書指引》　張錦郎編著　臺北市　文史哲出版社 1983 年 12 月　增訂 3 版
3. 《怎樣使用文史工具書》　不題作者　臺北市　明文書局　1985 年 3 月　再版
4. 《文史工具書手冊》　朱天俊、陳宏天著　臺北市　明文書局 1985 年 11 月
5. 《文史參考工具書指南》　陳社潮著　臺北市　明文書局　1995 年 2 月
6. 《中文參考資源》　謝寶煖著　臺北市　文華圖書館管理資訊公司　1996 年 10 月
7. 《如何利用中文參考資源》　吳玉愛著　臺北市　文華圖書館管理資訊公司　1997 年 9 月

第二種是國立中央圖書館（1996 年 4 月改為國家圖書館）編纂張錦郎先生所編，資料收集豐富，並有詳細的解說。可惜，當時僅以臺灣可見的工具書為收錄範圍，大陸近數十年所編的工具書都未收入。另臺灣近十多年間新出的工具書，因該書未曾再修訂，也沒有收入。但和其他工具書指南相比，仍是較實用的一種。

　　第三至五種是大陸和香港的學者所編，雖也納入臺灣部分新編工具書，但因對臺灣工具書出版情況所知不多，能收入者仍相當有限。如就建立工具書的基本知識來說，仍舊值得參考。

　　大陸近十多年出版的工具書指南多至數十種，有的稱工具書指南，有的稱工具書辭典，有的叫文獻檢索與利用，這些書對檢索工具書都有其功用，但除圖書館或個別學者擁有外，很難大量購入。下面介紹數種較重要的：

1. 文史工具書評介　張旭光編著　濟南市　齊魯書社　1986 年 5 月
2. 中文工具書及其使用　祝鼎民編著　北京市　北京出版社　1987 年 7 月
3. 中國歷史工具書指南　林鐵森主編　北京市　北京出版社　1992 年 2 月
4. 中文工具書導論　詹德優編著　武漢市　湖北教育出版社　1994 年 12 月
5. 文史工具書辭典　祝鴻熹、洪湛侯主編　杭州市　浙江古籍出版社　1990 年 12 月
6. 中國古今工具書大辭典　盛廣智、許華應、劉孝嚴主編　長春市　吉林人民出版社　1991 年 12 月
7. 社會科學文獻檢索與利用　來新夏、惠世榮、王榮授編著　天津市　南開大學出版社　1986 年 8 月
8. 中國古典文學文獻檢索與利用　袁學良編著　成都市　四川大學出版社　1988 年 11 月

這些工具書指南，讀者可以挑選一兩種，花一兩個月的時間仔細閱讀，並要到圖書館將重要的工具書實際檢閱。有些重要的工具書，更應自己購置，置於案頭，隨時檢查。

三　熟習各種檢字法

　　工具書的檢索方法，從古至今約有百種以上，如漢代的《爾雅》，是把內容相同的歸為一類來檢索，可說是分類檢索法，《說文解字》將字納入五百四十部首中，可說是部首檢索法，宋代的《廣韻》，按韻部檢索，可說是音序檢索法。這些可說是近代工具書檢索法的源流。當然，近代學者也有不少新發明的檢索法，一直廣為現代工具書所使用。茲介紹數種最常用的檢索法：

（一）部首法

　　多用於語文辭典。部首大多以《康熙字典》為準。由於從小學起所用的辭典，都是用部首法。國人檢查以部首編排的工具書困難比較少。如有困難，書後也往往附有筆畫索引或音序索引。

（二）筆畫法

　　先按字的筆畫多少，同筆畫的再按部首順序，或點橫直撇捺之順序排列，有不少專科辭典使用這種檢索。國人從小就有教漢字的筆畫，使用筆畫法也不會有困難。

（三）四角號碼檢字法

　　這種檢字法是王雲五所發明，現在很多工具書都使用這種檢字法，如《中國古今人名大辭典》、《中國叢書綜錄》等都是。在這裡沒有篇幅可以教讀者如何學會這種檢字法。胡適曾為這種檢字法編「筆畫號碼歌」：「一橫二垂三點捺，點下帶橫變零頭；叉四插五方塊六，七角八八小是九。」先背熟這首歌，並購一本王雲五的《四角號碼檢

字法》（臺北市：臺灣商務印書館，1968 年 12 月，臺 2 版，人人文庫本）備於案頭，隨時翻閱，將使你查閱工具書的效率大增。

（四）注音符號檢字法

是根據 1928 年國民政府公布的注音符號 37 個及四個聲調來排列的檢字法，不少語文辭典使用此種檢字法。

（五）漢語拼音字母檢字法

1958 年 2 月 11 日中國大陸第一屆全國人民代表大會第五次會議通過推行「漢語拼音方案」，此後此一方案廣泛使用於各種工具書的編排。現在大陸各種工具書即使以此分類、筆畫編排的，書後的輔助索引也用此種檢索法。由於此種拼音法，國人沒有學過，又與西方通用的威妥瑪式、耶魯式不同，所以對國人來說，大感困擾。本書附錄四有〈注音符號與漢語拼音對照表〉可參考。

（六）日文五十音檢字法

大都使用於日人編輯的工具書。由於日人編輯的工具書範圍廣，數量又多，不懂日文的讀者必相當苦惱。

（七）英文字母檢字法

大多使用於英美學者所編的工具書，如《清代名人傳略》、《明代名人傳》。國人從小學英文，所以困難不大。此外，還有按學術分類來編排的檢索法。因各學科的內容差別甚大，很難有統一的規範。這種分類法，只要按目次頁的指示都可查到所需的資料。

綜合來說，以四角號碼法、漢語拼音字母法、日文五十音法較困擾讀者。為提高研究工作的效率，應將這些困難逐一克服。

四　了解工具書的體例

　　每一本工具書都有它收錄資料的時間斷限、收錄資料的範圍、編排方式等等，讀者使用工具書時，應先閱讀各本工具書的「凡例」或「編輯說明」，以熟悉工具書的體例，才能正確地找到所需的資料。

　　就時間斷限來說，近人所編的工具書大都標有收錄資料的起訖時間，但是古人所編的工具書則沒有，如朱彝尊的《經義考》，祇能根據朱氏是清初人來斷定，資料應收到清初，所以清康熙以後的經學著作，《經義考》中應查不到。《四庫全書總目》編於清乾隆年間，嘉慶年間的著作並沒有收進去。這些除了靠平時所累積的知識外，也可查工具書指南，最好是閱讀書前的例言或凡例。

　　就收錄資料的範圍來說，讀者更應仔細弄清楚。如有些目錄，祇收專書，不收單篇論文。有些則不收學位論文、會議論文、報紙論文。了解收錄資料的範圍，才能利用其他的工具書來補足。如檢查經學資料的讀者，利用筆者主編的《經學研究論著目錄》時，應知道他不收日本和歐美的經學資料。日本方面，可利用筆者主編的另一本《日本研究經學論著目錄》來檢索。歐美方面，還沒有編，可利用《東洋學文獻類目》來檢索。

　　就編排方式來說，除應注意工具書的檢索方法外。各種工具書為節省篇幅，往往有很多省略符號，所以有些工具書的「凡例」多達十數頁，相當煩瑣。對這些省略情況如果不了解，查資料往往弄錯或遺漏。如《中國文化研究論文目錄》的資料條目，往往將期刊、論文集用省稱，如不利用書後的「一覽表」回復原名，到圖書館就很難查到資料。《中華民國期刊論文索引》在資料條目中，將有轉頁的期刊論文用「＋」號表示。讀者如果不知該符號表示轉頁，影印該論文時，

往往會漏印轉頁之部分。

筆者以為工具書的「凡例」應越簡單越好，最好是不看「凡例」也可正確的查到資料。但編工具書的人和機關很多，大家都有自己的一套，使用者只好耐心的應付。

五　善用輔助索引

一本理想的工具書，不論資料是用何種檢索方法編排，書後大多附上一種以上的輔助索引。讀者可以利用這些輔助索引來協助檢索，以避免遺漏資料。例如，按分類法編排的目錄，如果要檢索一位學者有多少著作，就得從第一頁一條條檢閱，但如果有作者索引就可根據作者索引的指示，很快查到所需的資料。可見輔助索引的重要性。編輔助索引最有名的例子，是余秉權所編《中國史學論文引得》。該書所收資料條目是按作者姓名筆畫排列，書後附兩種輔助索引，一是「卷期及年月輔助索引」，這一索引以期刊為單位將各卷期的出版年月按順序編排，並列出所收該期論文條目的頁數。另一是「標題檢字輔助索引」，可藉由標題字檢索到所需的資料。另一個顯著的例子是周迅、李凡、李小文編的《1522 種學術論文集史學論文分類索引》，該書條目是按分類編排，書末附從各條目摘錄下來的「書名索引」、「人名索引」兩種輔助索引。用分類查不到，或怕有所遺漏的，可再用「書名」、「人名」查一次，可使資料更完整。

可惜，大陸出版的目錄、索引大多沒有輔助索引，檢索時資料是否有漏檢，很難作覆按，這是相當遺憾的事。

第二節　檢查人物的工具資源

　　以前檢查人物的資料都靠工具書，現在應該先利用電子資源。像搜尋引擎，如：Google、Yahoo、百度、維基百科、互動百科、讀秀網，都可以用關鍵詞或直接用人名查到不少相關的資料。「中國工具書集錦在線」網站，收錄不少人名辭典，像《中國語言學人名大辭典》、《中華當代文化名人大辭典》、《中國當代藝術界名人錄》、《中國當代篆刻家辭典》、《荷蘭當代文化名人大辭典》等辭典，也收錄不少人物的傳記資料。有不少圖書館也有他們的傳記資料庫，像「復旦大學圖書館古典文獻資料庫」他有《清人碑傳索引》、《明人傳記辭典》也可利用。把這些資料加以整理，然後不足的地方再利用紙本工具書加以補充，資料就可以比較完備。

　　紙本工具書，依其資料類型有辭典、索引、年表、年譜、姓名錄等，為了方便敘述，不依資料類型來分，而以通代和斷代來區別：

一　通代

（一）索引

廿四史傳目引得　梁啟雄編　上海市　中華書局　1936 年；臺北市　臺灣中華書局　1980 年

二十五史人名索引　二十五史刊行委員會編　上海市　開明書店　1935 年；臺北市　臺灣開明書店　1961 年

二十四史紀傳人名索引　張忱石、吳樹平編　北京市　中華書局　1980 年；臺北市　宏業書局　1981 年

（二）辭典

中國人名大辭典　臧勵龢編　上海市　商務印書館　1921 年；臺北
　　市　臺灣商務印書館　1977 年
　　◎這是最老牌的人名辭典，可惜內容稍嫌簡略，且人名下不註生
　　卒年。
中國歷代名人辭典　南京大學歷史系編　南昌市　江西人民出版社
　　1982 年
中國歷史人物辭典　吳海林、李延沛編　哈爾濱市　黑龍江人民出版
　　社　1983 年
中國文學家大辭典　譚正璧編　上海市　光明書局　1934 年；臺北
　　市　河洛圖書出版社　1978 年
中國文學家辭典　北京語言學院《中國文學家辭典》編委會編　成都
　　市　四川人民出版社
　　古代第一分冊（先秦～隋）　1980 年
　　古代第二分冊（唐代）　1983 年
　　現代第一分冊　1979 年
　　現代第二分冊　1982 年
中國音樂舞蹈戲曲人名辭典　曹惆生編　上海市　商務印書館　1959
　　年
中國美術家人名辭典　俞劍華編　上海市　上海人民美術出版社
　　1981 年

（三）生卒年表、年譜總目

歷代名人年里碑傳綜表　姜亮夫編　臺北市　臺灣商務印書館　1965
　　年；臺北市　文史哲出版社　1985 年 2 月　再版

中國歷史人物生卒年表　吳海林、李延沛編　哈爾濱市　黑龍江人民
　　出版社　1981 年
中國歷代名人年譜總目　王德毅編　臺北市　華世出版社　1979 年
中國歷代人物年譜考錄　謝巍編　北京市　中華書局　1992 年 11 月
中國年譜辭典　黃秀文主編　上海市　百家出版社　1997 年 5 月

（四）別號、筆名

古今人物別名索引　陳德芸編　臺北市　藝文印書館　1965 年；臺
　　北市　新文豐出版公司　1978 年
中國歷代書畫篆刻家字號索引　商承祚、黃華編　北京市　人民美術
　　出版社　1960 年；臺北市　文史哲出版社　1974 年

二　先秦

（一）索引

中國上古人名辭彙及索引　潘英編　臺北市　明文書局　1993 年 9
　　月
　　◎收上古人物二八六二人，但人名達四四八九個。檢查最為方便。
史記人名索引　鍾華編　北京市　中華書局　1977 年；臺北市　洪
　　氏出版社　1978 年

（二）辭典

春秋左傳詞典　楊伯峻編　臺北縣樹林鎮　漢京文化事業公司　1987
　　年 1 月
左傳詳註詞典　陳克炯編　鄭州市　中州古籍出版社　2004 年

史記人物辭典　張克、黃康白、黃方東編　南寧市　廣西人民出版社
　　1991 年 5 月
史記辭典　倉修良主編　濟南市　山東教育出版社　1991 年 6 月

三　秦漢

（一）索引

史記人名索引　鍾華編　北京市　中華書局　1977 年；臺北市　洪
　　氏出版社　1978 年
漢書人名索引　魏連科編　北京市　中華書局　1979 年
後漢書人名索引　李裕民編　北京市　中華書局　1979 年

（二）辭典

史記人物辭典　同前
史記辭典　同前

四　魏晉南北朝

（一）索引

三國志人名錄　王祖彝編　北京市　商務印書館　1956 年
三國志人名索引　高秀芳、楊濟安編　北京市　中華書局　1980 年
晉書人名索引　張忱石編　北京市　中華書局　1977 年；臺北市
　　學海出版社　1978 年
南朝五史人名索引　張忱石編　北京市　中華書局　1985 年 11 月
北朝四史人名索引　陳仲安、譚兩宜、趙小鳴編　北京市　中華書局

2 冊　1988 年 9 月

(二) 辭典

三國志辭典　張舜徽主編　濟南市　山東教育出版社　1992 年 4 月

五　隋唐五代

(一) 索引

隋書人名索引　鄧經元編　北京市　中華書局　1979 年

新舊五代史人名索引　張萬起編　上海市　上海古籍出版社　1980
　　年

唐五代人物傳記資料綜合索引　傅璇琮、張忱石、許逸民編　北京市
　　中華書局　1982 年；臺北市　文史哲出版社　1993 年 12 月

唐五代五十二種筆記小說人名索引　方積六、吳冬秀編　北京市　中
　　華書局　1992 年 7 月

(二) 合傳

登科記考　（清）徐松著　趙守儼校　北京市　中華書局　1984 年 8
　　月

六　宋代

(一) 索引

宋史人名索引　俞如雲編　上海市　上海古籍出版社　4 冊　1992 年
　　10 月

宋會要輯稿人名索引　王德毅編　臺北市　新文豐出版公司　1978
　　年

四十七種宋代傳記綜合引得　哈佛燕京學社編　臺北市　成文出版社
　　1966 年

宋人傳記資料索引　昌彼得等編　臺北市　鼎文書局　1974 年～76
　　年

宋人傳記資料索引補編（三冊）　李國玲編　成都市　四川大學出版
　　社　1994 年 8 月

中國地方志宋代人物資料索引　沈治宏、王蓉貴編　成都市　四川聯
　　合大學　1997 年 8 月

（二）合傳

宋代名人傳　Franke, Herbert 主編　臺北市　南天書局　1978 年
　　◎收宋代重要人物 441 人。

七　遼金元代

（一）索引

遼金元傳記三十種綜合引得　哈佛燕京學社編　臺北市　成文出版社
　　1966 年

遼金元人傳記索引　梅原郁、衣川強合編　日本是　京都大學人文科
　　學研究所　1972 年

遼史人名索引　曾貽芬、崔文印編　北京市　中華書局　1982 年

金史人名索引　崔文印編　北京市　中華書局　1980 年 1 月

元史人名索引　姚景安編　北京市　中華書局　1982 年 2 月

元人傳記資料索引　王德毅、李榮村、潘柏澄合編　臺北市　新文豐
　　出版公司　1980 年～1983 年

（二）合傳

Repertory of Proper names in Yuan Literary Sources.（元朝人名錄）
　　Igor de Rachewiltz 編　臺北市　南天書局　1988 年 7 月

八　明代

（一）索引

明史人名索引　李裕民編　北京市　中華書局　1985 年 5 月

八十九種明代傳記綜合引得　田繼琮等編　北平市　哈佛燕京學社
　　1935 年

明人傳記資料索引　國立中央圖書館編　臺北市　該館　1965 年 1
　　月

明遺民傳記資料索引　謝正光編　臺北市　新文豐出版公司　1990
　　年 12 月

明代傳記叢刊索引　周駿富編　臺北市　明文書局　1992 年

明清進士題名碑錄索引　朱保炯、謝沛霖編　上海市　上海古籍出版
　　社　1980 年；臺北市　文史哲出版社　1982 年 7 月
　　◎收錄明清兩朝各科（共 210 科）考中的進士 51624 人。

（二）合傳

Dictionary on Ming Biography（1368-1644）（明代名人傳）Goodrich L.
　　Carrington、房兆楹編　紐約市　哥倫比亞大學出版部　1976 年

（三）生卒年表

明清儒學家著述生卒年表　麥仲貴編　臺北市　臺灣學生書局　1977年

九　清代

（一）索引

三十三種清代傳記綜合引得　杜聯喆、房兆楹編　北平市　哈佛燕京學社　1932 年；臺北市　成文出版社　1966 年；臺北市　鼎文書局　1973 年

清代碑傳文通檢　陳乃乾編　北京市　中華書局　1959 年

清代傳記叢刊索引　周駿富編　臺北市　明文書局　1990 年

明清進士題名碑錄索引　朱保炯、謝沛霖編　上海市　上海古籍出版社　1980 年；臺北市　文史哲出版社　1982 年 7 月

（二）合傳

清史列傳　佚名著　王鍾翰點校　北京市　中華書局　　1987 年

國朝耆獻類徵初編　李桓編　臺北市　文友書店　1966 年

　　◎收清初至道光三十年（一八五〇）之名人傳記一萬六千二百八十六人

清代人物傳稿　清史編委會編　上編　北京市　中華書局　1984 年～；下編　瀋陽市　遼寧人民出版社　1984 年 9 月～

　　◎上編已出版 10 卷，下編已出版 8 卷。

Eminent Chinese of the Ching Dynasty（1644～1912）（清代名人傳

略）Hummel, Arthur W.編　臺北市　成文出版社　1956 年

清代名人傳　恆慕義主編　中國人民大學清史研究所譯　西寧市　青
　　海人民出版社　1990 年 2 月

　　◎前書之翻譯本

清代學人錄　李春光著　瀋陽市　遼寧大學出版社　2001 年 12 月

（三）生卒年表、年譜總目

明清儒學家著述生卒年表　同前

清代人物生卒年表　江慶柏編著　北京市　人民文學出版社　2005
　　年 12 月

近三百年人物年譜知見錄　來新夏著　上海市　上海人民出版社
　　1983 年 4 月

（四）別號、筆名

清人別名字號索引　王德毅編　臺北市　編者自印本　1985 年 3 月

清人室名別稱字號索引　楊廷福、楊同甫編　上海市　上海古籍出版
　　社　1988 年 11 月

十　民國

（一）索引

中國近代人物傳記資料索引　國立中央圖書館編　臺北市　中華叢書
　　編審委員會　1973 年

辛亥以來人物傳記資料索引　王明根主編　上海市　上海辭書出版社
　　1990 年 12 月

二十世紀中國人物傳記資料索引　傅德華主編　上海市　上海辭書出
　　版社　2010 年 4 月

(二) 辭典

Biographical Dictionary of Republican China.（民國名人辭典）
　　Boorman, Howard　L.編　紐約市　哥倫比亞大學出版部　1967
　　～71 年
現代中國人名辭典　霞山會編　東京市　該會　1982 年
中國現代史辭典（人物部分）　中國現代史辭典編輯委員會編　臺北
　　市　中央文物供應社　1985 年 6 月
中國近現代人名大辭典　李盛平主編　北京市　中國國際廣播出版社
　　1989 年 4 月
當代中國社會科學學者大辭典　陳榮富、洪永珊主編　杭州市　浙江
　　大學出版社　1990 年 3 月
民國人物大辭典（增訂本）　徐友春主編　石家莊市　河北人民出版
　　社　1991 年 5 月
中國人名大辭典（當代人物卷）　中國人名大辭典編輯部編　上海市
　　上海辭書出版社　1992 年 12 月
臺灣文學辭典　徐迺翔主編　成都市　四川人民出版社　1989 年 10 月
臺灣文學家辭典　王晉民主編　南寧市　廣西教育出版社　1991 年 7
　　月

(三) 合傳

民國百人傳　吳相湘撰　臺北市　傳記文學出版社　1971 年
民國人物小傳　劉紹唐主編　臺北市　傳記文學出版社　1975～82
　　年

中國當代社會科學家（1～11 輯） 《文獻》編輯部等編 北京市
　　書目文獻出版社 1982～1990 年 7 月

中國現代社會科學家傳略（1～10 輯） 晉陽學刊編輯部編 太原市
　　山西人民出版社 1982～1987 年 7 月

當代中國社會科學名家 劉啟林主編 北京市 社會科學文獻出版社
　　1989 年 6 月

中國現代語言學家（1～4 冊） 中國語言學家編寫組編 石家莊市
　　河北人民出版社 1981～1985 年

中國現代六百作家小傳 李立明撰 香港 波文書局 1977 年

臺灣歷史人物小傳（明清時期） 國家圖書館編 臺北市 該館
　　2001 年 12 月增訂再版

臺灣歷史人物小傳（日據時期） 國家圖書館編 臺北市 該館
　　2001 年 12 月增訂再版

日據時代臺灣文學作家小傳 黃武忠編 臺北市 時報文化公司
　　1980 年 8 月

臺灣近代名人錄（5 冊） 張炎憲、李筱峰、莊永明編 臺北市 自
　　立晚報社 1987～1990 年

臺灣百年人物誌（1～2 冊） 公共電視臺策劃 臺北市 玉山社
　　2005 年 3 月

（四）別號、筆名

　　檢查古今人別名、字號，「中國工具書集錦在線」有《古代名人
字號辭典》、《中國近現代人物別名辭典》可以利用，至於紙本工具書
則有：

中國近現代人物名號大辭典 陳玉堂編 杭州市 浙江古籍出版社
　　1993 年 5 月

二十世紀中國作家筆名錄（增訂版）　朱寶樑編　臺北市　漢學研究
　　中心　1989 年 6 月

第三節　檢查書籍的工具資源

　　利用電子資源檢索書籍，可以分成幾個方面。第一、僅能檢查書
目者，各個圖書館都有建置常用的古籍書目資料庫，例如：中國國家
圖書館、上海圖書館、臺灣國家圖書館、臺灣中央研究院傅斯年圖書
館等都是。現在比較常用的是臺灣的有「中文古籍書目資料庫」、「傅
圖館藏善本圖籍資料庫」、上海圖書館「古籍書目數據庫」、大陸的有
中國國家圖書館「中華古籍善本國際聯合書目系統」、「中國古籍善本
目錄導航系統」，另外像「古籍網」、「孔夫子舊書網」等民間成立的
古籍資訊流通網站，如果運氣好的話，也可以找到需要的古籍。第
二、可以檢索全文的電子資源，臺灣方面最常用的是中央研究院史語
所「漢籍電子文獻資料庫」、「國家圖書館古籍影像檢索系統」、「傅斯
年圖書館善本古籍影像檢索系統」。大陸方面最常用的是「中國基本
古籍庫」、浙江大學大學數字圖書館國際合作計畫、超星圖書館。另
外還有單收一套書或一種書的資料庫，如：「文淵閣四庫全書電子
版」、「四部叢刊」、「永樂北藏」、「全臺詩」、「臺灣文獻叢刊」、「臺灣
文獻叢刊續編」、「故宮東吳古今圖書集成」。

　　如果擔心資料不夠完備，可以檢索下列的電子資源和紙本工具
書。

一　查歷代著錄

藝文志二十種綜合引得　哈佛燕京學社引得編纂處編　1933 年；臺

北市　成文出版社　1966 年

漢書藝文志　班固撰　顏師古注　臺北市　世界書局　1963 年

漢書藝文志講疏　顧實著　上海市　上海古籍出版社　1984 年

漢書藝文志注釋彙編　陳國慶著　北京市　中華書局　1983 年 6 月

漢書藝文志通釋　張舜徽著　武漢市　湖北教育出版社　1990 年

漢書藝文志研究源流考　傅榮賢著　合肥市　黃山書社　2007 年 4
月

隋書經籍志　長孫無忌等撰　臺北市　世界書局　1963 年

隋書經籍志考證　章宗源著　收入《二十五史補編》臺北市　臺灣開
明書店　1967 年

隋書經籍志考證　姚振宗著　收入《二十五史補編》臺北市　臺灣開
明書店　1967 年

隋書經籍志詳考　興膳宏、川合康三著　東京都　汲古書院　1995
年 7 月

　　◎使用《隋書》〈經籍志〉，應參考清代以來之研究成果

兩唐書經籍藝文合志等五種　臺北市　世界書局　1963 年

宋史藝文志廣編等九種　臺北市　世界書局　1963 年

西夏遼金元藝文志等二十五種　臺北市　世界書局　1963 年

明史藝文志廣編等五種　臺北市　世界書局　1963 年

重修清史藝文志　彭國棟纂修　臺北市　臺灣商務印書館　1968 年

清史稿藝文志拾遺　王紹曾主編　北京市　中華書局　2000 年 9 月

　　◎上冊，經、史部；中冊，子、集、叢部；下冊，索引。全書著
錄 54880 部。

二　查現存古籍

（一）大陸地區

中國古籍善本書目　中國古籍善本書目編輯委員會編　上海　上海古
　　籍出版社
　　經部　1989 年 10 月
　　史部（上、下）　1993 年 4 月
　　子部　1994 年 12 月
　　集部　1998 年 6 月
　　叢部　1990 年 12 月
中國古籍總目　中國古籍總目編纂委員會編　北京市　中華書局；
　　上海市　上海古籍出版社
　　經部　沈乃文主編
　　史部　陳先行主編　2009 年
　　子部　宮愛東主編
　　集部　陳力主編
　　叢書部　陽海清主編 2009 年

（二）臺灣地區

臺灣公藏善本書目書名索引　國立中央圖書館編　臺北市　該館
　　1971 年
臺灣公藏普通本線裝書目書名索引　國立中央圖書館特藏組編　臺北
　　市　該館　1982 年

（三）日本

東京大學東洋文化研究所漢籍目錄　東京大學東洋文化研究所編　東
　　京都　該所　1973 年
京都大學人文科學研究所漢籍分類目錄　京都大學人文科學研究所編
　　京都　人文科學研究協會　1981 年
靜嘉堂文庫漢籍分類目錄　靜嘉堂文庫編　臺北市　古亭書屋影印本
　　1969 年
內閣文庫漢籍分類目錄　內閣文庫編　臺北市　古亭書屋影印本
　　1970 年

（四）美國

美國國會圖書館藏善本書目　王重民輯錄　袁同禮重校　臺北市　文
　　海出版社影印本　1972 年
普林斯敦大學葛斯德東方圖書館中文善本書目　屈萬里撰　臺北市
　　藝文印書館　1975 年
美國哈佛大學哈佛燕京圖書館藏中文善本書志　沈津著　桂林市　廣
　　西師範大學出版社　2011 年
柏克萊加州大學東亞圖書館中文古籍善本書志　陳先行　上海市　上
　　海古籍出版社　2005 年

（五）叢書

中國叢書綜錄　上海圖書館編　上海市　中華書局　1959～1962
　　年；上海市　上海古籍出版社　1986 年
　　◎楊家駱先生曾將本書分開重印，將第一冊改名為《叢書總目類
　　　編》，附於楊先生所著《叢書大辭典》（臺北市：中華學典館復

館籌備處，1970 年 7 月，3 版）之後；將第二、三冊改名為
《叢書子目類編》（同上，1967 年 10 月）。後來，文史哲出版
社也將《叢書子目類編》重新翻印出版。

中國叢書綜錄補正　陽海清編　揚州市　江蘇廣陵古籍刻印社　1984
　　年 8 月

中國叢書廣錄　陽海清編　武漢市　湖北人民出版社，1999 年

中國近現代叢書目錄　上海圖書館編　上海市　該館　1979 年

臺灣各圖書館現存叢書子目索引　王寶先編　舊金山中文資料中心
　　1975～1976 年

三　查現代圖書

（一）民國時期

全國總書目　平心編　上海市　生活書店　1935 年；收入書目類編
　　第 48、49 冊　臺北市　成文出版社　1978 年 7 月；上海市　上
　　海書店　1991 年；生活全國總書目　北京市　國家圖書館出版
　　社　2010 年

民國時期總書目（1911～1949）　北京圖書館編　北京市　書目文獻
　　出版社

　哲學・心理學　1991 年 12 月

　語言文字　1986 年 8 月

　文學理論・世界文學・中國文學（上、下）　1992 年 11 月

　外國文學　1987 年 4 月

哈佛燕京學社所藏民國時期圖書總目　龍向洋編　桂林市　廣西師範
　　大學出版社　2010 年 6 月

抗日戰爭時期出版圖書聯合目錄　四川省中心圖書館委員會編　成都
　　市　四川大學出版社　1992 年 10 月

（二）大陸地區

全國總書目　國家出版事業管理局版本圖書館編　逐年出版
　　◎此書為檢查大陸出版圖書最重要之工具書，由 1949 年開始，
　　　大抵每年一冊。
中國國家書目　北京圖書館《中國國家書目》編委會主編　北京市
　　書目文獻出版社　1987 年～
全國新書目　國家出版事業管理局版本圖書館編　1950 年～
　　◎1950 年創刊，初為季刊，後改為雙月刊，1954 年改為月刊。
　　　是檢查大陸每月出版新書最有用的刊物。
臺灣地區「大陸研究」圖書聯合目錄　行政院大陸委員會大陸資訊中
　　心編　臺北市　該委員會　1995 年 7 月

（三）臺灣地區

中華民國出版圖書目錄彙編（1～5 輯）　國立中央圖書館編　臺北
　　市　該館　1964 年～
中華民國出版圖書目錄　國立中央圖書館編目組編　臺北市　該館
　　1960 年～
　　◎1960 年創刊，為檢查臺灣地區出版新書最方便的刊物。
書目季刊　書目季刊編委會編　臺北市　書目季刊社　1966 年～
全國新書資訊月刊　臺北市：國家圖書館　1999 年～
全國新書資訊網　http://isbn.ncl.edu.tw
全國圖書書目資訊網　http://nbinet3.ncl.edu.tw/

四　查專科圖書

（一）經學

經義考新校　（清）朱彝尊編　林慶彰等主編　上海市　上海古籍出
　　版社　2010 年 12 月

四庫全書總目　（清）紀昀等撰　臺北縣　藝文印書館　1969 年

續修四庫全書提要　臺北市　臺灣商務印書館　1971 年

續修四庫全書總目提要（經部）　中國科學院整理　北京市　中華書
　　局　1994 年

經學研究論著目錄（1912～1987）　林慶彰主編　臺北市　漢學研究
　　中心　1989 年 12 月

經學研究論著目錄（1988～1992）　林慶彰主編　臺北市　漢學研究
　　中心　1995 年 6 月

乾嘉學術論著目錄（1900～1993）　林慶彰主編　臺北市　中央研究
　　院中國文哲研究所　1995 年 5 月

晚清經學研究文獻目錄（1901～2000）　林慶彰、蔣秋華主編　臺北
　　市　中央研究院中國文哲研究所　2006 年 10 月

日本研究經學論著目錄（1900～1992）　林慶彰主編　臺北市　中央
　　研究院中國文哲研究所　1993 年 11 月

易學書目　山東圖書館編　濟南市　齊魯書社　1993 年 12 月

（二）哲學

四庫全書總目　（清）紀昀等撰　同前

續修四庫全書提要　同前

周秦漢魏諸子知見書目　嚴靈峰編　臺北市　正中書局　6 冊　1975
　　～1978 年

孔子研究論文著作目錄（1949～1986）　中國社會科學院哲學研究所
　　資料室編　濟南市　齊魯書社　1987 年 5 月

朱子學研究書目新編　吳展良編　臺北市　國立臺灣大學　2004 年
　　11 月

日本儒學研究書目　林慶彰、連清吉、金培懿編　臺北市　臺灣學生
　　書局　1998 年 7 月

（三）宗教

佛藏子目引得　許地山編　臺北市　成文出版社　1966 年；上海市
　　上海古籍出版社　1986 年

閱藏知津　（明）釋智旭編　北京市　線裝書局　2001 年 12 月

大藏會閱　會性法師撰　臺北市　天華出版社　4 冊　1979 年

道藏子目引得　翁獨健編　臺北市　成文出版社　1966 年；上海市
　　上海古籍出版社　1986 年

道藏提要　任繼愈主編　北京市　中國社會科學出版社　1991 年 7 月

（四）史學

四庫全書總目　（清）紀昀等撰　同前

續修四庫全書提要　同前

中國史學名著題解　張舜徽主編　北京市　中國青年出版社　1984
　　年

中國史書目提要　謝保成、賴長陽、田人隆編　鄭州市　中州古籍出
　　版社　1991 年 9 月

八十年來史學書目（1900～1980）　中國社會科學院歷史研究所編

北京市　中國社會科學出版社　1984 年

漢史文獻類目　馬先醒編　臺北市　簡牘社　1976 年

宋史研究論文與書籍目錄（1905～1981）　宋晞編　臺北市　中國文
化大學出版部　1983 年增訂本

明代史籍彙考　傅吾康（Franke, Wolfgang）編　臺北市　宗青圖書
公司　1978 年

晚明史籍考　謝國楨撰　上海市　上海古籍出版社　1981 年 3 月

中國近八十年明史論著目錄　中國社會科學院歷史研究所明史研究室
編　南京市　江蘇人民出版社　1981 年 2 月

中國史志類內部書刊名錄（1949～1988）　李永璞主編　濟南市　山
東人民出版社　1989 年 3 月

臺灣研究書目　黃士旂編　臺北市　捷幼出版社　1991 年 1 月

（五）語言、文字學

小學考　（清）謝啟昆撰　臺北市　廣文書局　10 冊　1969 年

中國傳統語言學要籍述論　姜聿華　北京市　書目文獻出版社　1992
年 12 月

文字音韻訓詁知見書目　陽海清、褚佩瑜、蘭秀英編　武漢市　湖北
人民出版社　2002 年 10 月

甲骨學論著提要目錄三種　邵子風、彭樹杞、胡厚宣等編　臺北市
華世出版社　1975 年

百年甲骨學論著目　宋鎮豪主編　北京市　語文出版社　1999 年 7 月

（六）中國文學

四庫全書總目　（清）紀昀等撰　同前

續修四庫全書提要　同前

中國古典文學名著題解　中國青年出版社編輯部編　北京市　中國青
　　年出版社　1980 年
中國文學古籍博覽　李樹蘭編　太原市　山西人民出版社　1988 年
中國古代文學名著辭典　張俊、李道英主編　成都市　四川人民出版
　　社　1992 年 2 月
中國文學史書目提要　陳玉堂　合肥市　黃山書社　1986 年 8 月
中國文學史著版本概覽　吉平平、黃曉靜編　瀋陽市　遼寧教育出版
　　社　1992 年 6 月
臺灣出版中國文學史書目提要（1949～1994）　黃文吉主編　臺北市
　　萬卷樓圖書公司　1996 年 2 月
唐集敘錄　萬曼撰　臺北市　明文書局　1982 年
宋人別集敘錄　祝尚書　北京市　中華書局　2004 年 5 月
清人詩集敘錄　袁行雲　北京市　文化藝術出版社　1994 年
清人文集別錄　張舜徽撰　臺北市　明文書局　1982 年
清人詩文集總目提要　柯愈春　北京市　北京古籍出版社　2002 年 2
　　月
清人別集總目　楊忠　李靈年編　合肥市　安徽教育出版社　2000
　　年 7 月
中國現代文學作品書名大辭典　周錦編　臺北市　智燕出版社　3 冊
　　1986 年 9 月
中國現代文學作品辭典　佘樹森等主編　北京市　北京大學出版社
　　1990 年
中國現代文學名著辭典　朱金順、蔡清富主編　成都市　四川人民出
　　版社　1993 年 6 月
中華民國作家作品目錄新編　李瑞騰、封德屏主編　臺北市　行政院
　　文化建設委員會　1999 年

楚辭書目五種（修訂本）　姜亮夫編　上海市　上海古籍出版社
　　1993 年 2 月

楚辭書目五種續編　崔富章編　上海市　上海古籍出版社　1993 年 2
　　月

詞學研究書目（上、下冊）　黃文吉主編　臺北市　文津出版社
　　1993 年 4 月

詞學論著總目　林玫儀主編　臺北市　中央研究院中國文哲研究所

曲海總目提要　董康輯補　臺北市　新興書局　1967 年

古典戲曲存目彙考　莊一拂編　上海市　上海古籍出版社　1982 年
　　12 月

善本劇曲經眼錄　張棣華著　臺北市　文史哲出版社　1976 年 6 月

戲曲小說書錄解題　孫楷第著　北京市　人民文學出版社　1990 年
　　10 月

戲曲要籍解題　李惠綿著　臺北市　正中書局　1991 年 12 月

中國戲曲研究書目提要　中國藝術研究院戲曲研究所資料室編　中國
　　戲劇出版社　1992 年 7 月

中國通俗小說書目　孫楷第撰　臺北市　鳳凰出版社　1974 年

古小說簡目　程毅中編　北京市　中華書局　1981 年；臺北市　龍
　　田出版社　1982 年

中國文言小說書目　袁行霈、侯忠義編　北京市　北京大學出版社
　　1981 年 11 月

倫敦所見中國小說書目提要　柳存仁著　臺北市　鳳凰出版社　1974
　　年

日本東京所見中國小說書目　孫楷第撰　臺北市　鳳凰出版社　1974
　　年

中國通俗小說總目提要　江蘇省社會科學院明清小說研究中心編　北

京市　中國文聯出版公司　1990 年 2 月

紅樓夢研究文獻目錄　宋隆發編　臺北市　臺灣學生書局　1982 年

第四節　檢查論文的工具資源

一　綜合性

利用電子資源檢索大陸的學術論文，最方便的應該是「中國知識資源總庫」裡面的「中國期刊全文數據庫」、「中國期刊全文數據庫」（世紀期刊）兩個資料庫的簡介，並未說明兩者間的差別，但二十世紀八十年以前的文章，十篇僅能夠檢索到二、三篇。必要時應檢索中國國家圖書館、上海圖書館、南京圖書館、重慶圖書館的民國文獻的資料庫。也可以檢索「大成老舊刊數據庫」，以及「浙江大學高等學校中英文圖書數位化國際合作計畫」、「讀秀網」等。在臺灣方面，可檢索「臺灣期刊論文資料庫」。在港澳方面，可以檢索「港澳期刊網」。在日本方面，可檢索「GeNii 學術網站」。在韓國方面，可檢索「RISS 資料庫」。

二　專門學科

（一）經學

經學研究論著目錄（1912～1987）林慶彰主編　臺北市　漢學研究中
　　心　1989 年 12 月

經學研究論著目錄（1988～1992）林慶彰主編　臺北市　漢學研究中
　　心　1995 年 6 月

經學研究論著目錄（1993～1997）林慶彰、陳恆嵩主編　臺北市　漢
　　學研究中心　2002 年 4 月

乾嘉學術研究論著目錄（1900～1993）林慶彰主編　臺北市　中央研
　　究院中國文哲研究所　1995 年 5 月

晚清經學研究論著目錄（1901～2000）林慶彰、蔣秋華主編　臺北市
　　中央研究院中國文哲研究所　2006 年 10 月

日本研究經學論著目錄（1900～1992）　林慶彰主編　臺北市　中央
　　研究院中國文哲研究所　1993 年 10 月

（二）哲學

中國哲學史論文索引　方克立等編　北京市　中華書局　1986 年～

中國思想、宗教、文化關係論文目錄　中國思想宗教史研究會編　臺
　　北市　明文書局　1981 年 3 月

孔子研究論文著作目錄（1949～1986）　中國社會科學院哲學研究所
　　資料室編　濟南市　齊魯書社　1987 年 5 月

兩漢諸子研究論著目錄　陳麗桂主編　臺北市　漢學研究中心　1999
　　年

兩漢諸子研究論著目錄續編　陳麗桂主編　臺北市　漢學研究中心
　　2003 年

魏晉玄學研究論著目錄　林麗真主編　臺北市　漢學研究中心　2005
　　年

朱子研究書目新編 1900～2002　吳展良編　臺北市　國立臺灣大學
　　出版中心　2007 年

（三）史學

中國史學論文索引（第一編）　中國科學院歷史研究所第一、二所編

北京市　科學出版社　1957 年

◎收錄 1900 年至 1937 年 7 月之史學論文三萬多篇。

中國史學論文索引（第二編）　中國社會科學院歷史研究所編　北京

市　中華書局　1979 年

◎收錄 1937 年 7 月至 1949 年 9 月之史學論文三萬多篇。

中國歷史地理學論著索引（1900～1980）　杜瑜編　北京市　書目文

獻出版社　1986 年 4 月

中國文化研究論文目錄　國立中央圖書館編輯　臺北市　臺灣商務印

書館　1982 年～

第一冊　國父與先總統蔣公研究、文化與學術、哲學、經學、圖

書目錄學

第二冊　語言、文字學、文學

第三冊　歷史（一）～通史、斷代史

第四冊　歷史（二）～專史

第五冊　傳記

第六冊　著者索引

◎收 1949 年至 1979 年間，臺灣地區之單篇論文條目十二萬篇

中國古代史論文資料索引（上、下）　復旦大學歷史系資料室編　上

海市　上海人民出版社　1985 年 11 月

戰國秦漢史論文索引　張傳璽等編　北京市　北京大學出版社　1983

年 3 月

戰國秦漢史論著索引續編　張傳璽主編　北京市　北京大學出版社

1992 年 11 月

史記研究資料索引和論文專著提要　楊燕起、俞樟華編　蘭州市　蘭

州大學出版社　1989 年 5 月

魏晉南北朝史研究論文書目引得　鄺利安編　臺北市　臺灣中華書局

1971 年

隋唐五代史論著目錄　中國社會科學院歷史研究所隋唐史研究室編
　　南京市　江蘇古籍出版社　1985 年

宋史研究論文與書籍目錄（增訂本）　宋晞編　臺北市　中國文化大
　　學出版部　1983 年

中國近八十年明史論著目錄　中國社會科學院歷史研究所明史研究室
　　編　南京市　江蘇人民出版社　1981 年

清史論文索引　中國社會科學院歷史研究所清史研究室編　北京市
　　中華書局　1984 年 6 月

中國近代史論文索引　徐立亭、熊煒編　北京市　中華書局　1983
　　年

（四）考古學

中國考古學文獻目錄（1949～1966）　中國社會科學院考古研究所圖
　　書資料室編　北京市　文物出版社　1978 年

敦煌學研究論著目錄　鄭阿財、朱鳳玉編　臺北市　漢學研究中心
　　1987 年 4 月

（五）語言、文字學

中國語言學論文索引　中國科學院語言研究所編　香港　三聯書店
　　1979 年 9 月

（六）中國文學

文學論文索引（1～3 編）　陳碧如、張陳卿、劉修業等編　臺北市
　　臺灣學生書局影印本　1970 年

中國古典文學研究論文索引（1949～1980）　中山大學中文系資料室

編　南寧市　廣西人民出版社　1984 年 6 月

中國文學研究文獻要覽（1945～1977）　吉田誠夫、高野由紀夫、櫻
　　田芳樹合編　東京都　紀伊國屋書店　1979 年

詞學研究書目（1912～1992）　黃文吉主編　臺北市　文津出版社
　　1993 年 4 月

詞學論著總目　林玫儀主編　臺北市　中央研究院中國文哲研究所
　　1995 年 6 月

中國古典戲曲研究資料索引　香港大學中文學會編　香港　廣角鏡出
　　版社　1989 年 9 月

中外六朝文學研究文獻目錄（增訂版）　臺北市　漢學研究中心
　　1992 年 6 月

唐代文學論著集目、補編　羅聯添、王國良編　臺北市　臺灣學生書
　　局　1979 年 7 月

Bibliography of Selected Western Works on Tang-Dynasty Literature（唐
　　代文學西文論著選目）　Nienhauser, William H. Jr.（倪豪士）編
　　臺北市　漢學研究中心

日本研究中國現當代文學論著索引（1919～1989）　孫立川、王順洪
　　編　北京市　北京大學出版社　1991 年 8 月

三　文集篇目

四庫全書文集篇目分類索引　中華化復興運動推行委員會四庫全書索
　　引編纂小組主編　臺北市　臺灣商務印書館　1989 年 1～3 月

全上古三代秦漢三國六朝文篇名目錄及作者索引　臺北市　宏業書局
　　1975 年

宋人文集索引　佐伯富編　京都　京都大學文學部東洋史研究會編

1970 年

元人文集篇目分類索引　陸峻嶺編　北京市　中華書局　1979 年

清代文集篇目分類索引　王重民等編　北平市　北平圖書館　1935
　　年；北京市　中華書局　1965 年；臺北市　國風出版社　1965
　　年影印本

四庫全書文集篇目分類索引　昌彼得主編　臺北市　臺灣商務印書館
　　1989 年
　　◎又分：雜誌之部、學術之部（上）、學術之部（中）、學術之部
　　（下）、傳記之部

現代論文集文史哲論文索引　楊國雄、黎樹添合編　香港　香港大學
　　亞洲研究中心

1522 種學術論文集史學論文分類索引　周迅等編　北京市　書目文
　　獻出版社　1990 年 2 月

臺灣文史哲論文集篇目檢索系統　國家圖書館　臺北大學古典文獻學
　　研究所合作建置
　　◎收錄臺灣地區 1945-2005 年間出版之文史哲論文集 3300 種，
　　論文篇目 6 萬篇。是目前檢索臺灣出版論文集最佳工具。

四　學位論文

　　檢索學位論文最方便的電子資源，在中國大陸方面有中國優秀碩
士學位論文全文資料庫、中國博士學位論文全文資料庫，不過這兩個
資料庫遺漏太多，相當不可靠，如要檢索博士論文可檢索中國國家圖
書館特色館藏資源中的「博士論文」資料庫。要不然，可以進入各個
博碩士授予學校的網站。在臺灣最方便檢索的是臺灣國家圖書館建置
「臺灣博碩士論文知識加值系統」。另外，香港部分，可以檢索「香

港博碩士論文檢索系統」。

　　可檢索的紙本目錄如下：

全國博碩士論文分類目錄　政治大學社會科學資料中心編

　　◎收錄 1949 年～1975 年以及部分 1976 年之論文，共 8708 篇。

全國博碩士論文分類目錄（續編）　國立政治大學出版

　　◎收錄 1976 年～1980 年以及部份 1981 年之論文，計 8774 篇。

中國博士學位論文提要　中國北京圖書館學位學士論文收藏中心編製

　　◎收錄 1981 年起的博士學位論文，書目文獻出版社於 1992 年開
　　　始，以圖書形式出版。其中社會科學部分為一冊，自然科學部
　　　分共三冊。

除此之外，部份專門學科，也有出版專科博碩士論文目錄，例如：

中國經學（1978～2007）相關博碩士論文目錄　林慶彰、蔣秋華主編
　　陳亦伶編輯　臺北市　萬卷樓圖書公司　2009 年 10 月

佛教相關博碩士論文提要彙編（1963～2000）　香光尼眾佛學院圖書
　　館編　嘉義市　香光書香出版社　2001 年 5 月

佛教相關博碩士論文提要彙編（2000～2006）　香光尼眾佛學院圖書
　　館編　嘉義市　香光書香出版社　2007 年 9 月

第四章　資料的蒐集、整理和摘記

第一節　資料蒐集的方法

蒐集資料時最應注意的是，用什麼方法最節省時間，蒐集資料也最完備。以下提供幾種蒐集資料的基本原則：

一　充分利用網路資源

當今網路非常發達，各式各樣、大大小小的資料庫都有。以前把網路資源，列為輔助工具，現在已翻轉過來，應以網路資料為主，紙本工具書為輔。網路資源可先從搜尋引擎入手，現較通用的搜尋引擎有類似索引的 YAHOO！奇摩、Google、百度百科，也有類似百科全書的互動百科、維基百科等，都可以找到所需要的資料。另外，也有各式各樣的資料庫，如查古籍的有中文古籍書目資料庫、中國基本古籍庫，查期刊的有中文期刊全文資料庫、HyRead 臺灣全文資料庫，查博碩士論文的有中國博碩士論文全文資料庫、全國博碩士論文資訊網等。但是這些資料庫都不是很完備，要隨時利用紙本工具書來作補充。

二　利用最有利的圖書館

大部分的研究者都有自己所屬的學校和研究機構。當然最先要利

用的就是自己學校和研究機構的圖書館。可是,各個圖書館的歷史長短不一,收藏範圍也不盡相同,所以作研究時,應選擇對自己最方便、且最有利的圖書館來蒐集資料。如以藏書量的多寡來說,國立中央圖書館、臺灣大學圖書館、清華大學的收藏最多。以收藏古籍來說,國立中央圖書館、中央研究院傅斯年圖書館、臺灣大學、臺灣師範大學、東海大學最多。此外,在使用某些特定資料時,也應注意那些圖書館較方便。例如:想研究清代學術的人,以中央研究院傅斯年圖書館和臺灣大學文學院聯合圖書館所藏清代資料較多,其他各圖書館資料都很少。又如:想查尋民國初年的期刊,大抵以中央研究院傅斯年圖書館和文哲所圖書館較多。如要查尋近數十年來的大陸藏書,應以漢學研究中心、國際關係研究中心、清華大學、中央研究院中國文哲所圖書館較豐富,如要查臺灣研究資料,當以國立中央圖書館臺灣分館、臺南市立圖書館較為豐富。另外,有些圖書館某些學科的藏書特別豐富,如國防部情報資料中心,有相當多的大陸資料,文訊雜誌的文藝資料中心,有相當多的現代文學資料。

一個研究者應從各種圖書館的簡介和請教專家,得知自己所需的資料在那些圖書館收藏最多,利用起來最方便。

三　檢查必要的工具書

除了選對圖書館外,也應能正確的利用工具書。工具書一般都根據內容的體裁分為書目、索引、字辭典、類書、百科全書、年鑑、年表、傳記資料、地理資料、手冊等。這些工具書只要檢查工具書指南一類的書,大抵都已收入。但是,工具書指南數量多,且良莠不齊,使用時應數本交互使用。除了可利用工具書指南來查尋所需的工具書外。也應注意自己的研究論題,利用那些工具書最有效。一般來說,

以跟研究論題關係最密切的工具書最方便，其次是相關的工具書，三是一般綜合性的工具書。

四　檢查相關論著

除了藉檢查工具書來查尋資料外，也可以蒐集與研究論題相關的論著，專著方面，包括一般的著作、論文集和學位論文。論文方面有期刊論文、報紙論文、會議論文等。有些論著往往有關於該論題研究現況的敘述或檢討，這是蒐集研究資料最便捷的方法。另外，各論著的附註和參考書目也可提供相當多的參考資料。

例如要研究鄭玄，將坊間研究鄭玄著作中的附註所引到的書目，和參考文獻中的資料綜合整理，已是一份相當完整的「鄭玄研究書目」。

五　檢查相關研究資訊

為了預防有新的研究成果出現而自己不知道，應時時注意新的出版資訊或相關學術活動。較常報導相關資訊的刊物，如《漢學研究通訊》有「國內外學術會議」、「研究機構及學校動態」、「學位論文目錄」、「新近出版論文集彙目」、「期刊學術論文選目」；《書目季刊》有「海峽兩岸文史哲學術著作新書提要」等固定欄目，也時有專題書目和書評書介。《中國文哲研究通訊》有「專題演講」、「學人介紹」、「書目文獻」、「研究動態」、「文哲譯粹」等欄目。《文訊雜誌》有「人文關懷」、「談文論藝」、「人物春秋」、「本期專題」、「活動報導」、「書評書介」、「藝文史記」等欄目。《經學研究論叢》，每輯除有關研究各經的學術論文外，也有「經學人物」、「專題書目」、「會議報

導」、「出版資訊」等資料性的欄目。

　　除了上述這些較具報導性和資料性的刊物外，各個專門研究領域都有相關的刊物，如研究哲學的有《當代》、《孔孟月刊》、《孔孟學報》、《鵝湖》、《鵝湖學誌》、《中國哲學史》、《哲學研究》等；研究文學的有《中外文學》、《臺灣文學學報》、《文學臺灣》、《文學評論》、《文學遺產》等，都應隨時瀏覽，以取得最新的學術資訊。

六　請教專家

　　所謂專家，一般是指對某問題有專門研究的人，由於這個社會上有形形色色的事物和問題，當然也有各式各樣的專家。這裡所指的專家是對學術問題有專門研究的人，學校和研究機構的教授、研究人員，都可以說是某一領域的專家，有需要時可以跟他們請教。請教時，透過其他師長的介紹，當然最理想，有時毛遂自薦也未嘗不可。

　　有些專家是指親身經歷該時段或該事件的人。如要研究近代某一時段的問題，有不少親歷該時段的人，該時段的問題這些人最清楚，如果能請教他們，不但可以得到不少書本上找不到資料，甚至可釐清或解決心中不少疑惑。如研究日據時代的新文學，有不少當時很活躍的文學家都還健在，如果有機會向他們請教問題，當然可以得到不少意外的結果。

　　另外，要研究近代的某些學者，除他們留下來的書面資料外，也可以請教跟這些學者關係密切的朋友、弟子和家屬。例如：想研究當代新儒家人物唐君毅、牟宗三、徐復觀等人，他們在香港、臺灣等地有不少親近的弟子，能請教他們，研究問題一定可以事半功倍。

　　以上六點，並非已完全概括所有蒐集資料的方法，由於篇幅，所作的說明也不夠詳細，但願讀者能舉一反三，蒐集到所需的資料。

　　此外，在蒐集資料時，也應略有著作權的概念，以免觸犯刑責。如明知是盜版書而加以散布（含無償流通，如借給同事、同學閱讀），就觸犯著作權法第 83 條和 93 條，得處兩年以下有期徒刑。如影印時，必須用圖書館的影印機或是「非供公眾使用」的影印機（如自己家中所有）影印，如果是用影印店的機器影印，就有可能構成「重製罪」，得處三年以下有期徒刑。蒐集資料時，雖不一定有人緊盯著，隨時要提出檢舉，但也應知道合法與非法的分際，以免觸法。

第二節　資料蒐集方法示例（上）

　　要指導讀者如何蒐集資料，除告訴讀者有哪些電子資源和工具書的特性外，也要將電子文獻和工具書的利用方法，向讀者演練一遍，這就如同做料理，除要知道市場所在，需哪些菜色外，也能動手炒一道菜作示範。以前有關論文寫作的書，都未能做到這一點，能給讀者的幫助也相當有限。

一　工具書與電子文獻檢索人物資料流程

（一）先檢索二手資料，例如：維基百科、互動百科、中國大百科、大英百科。

（二）再檢索廣泛的網路資料，例如：Google、Yahoo、百度。並進一步從網路資料中，檢索相關的資料、訊息或網頁。

（三）再透過工具書檢索，例如：《學術論文寫作指引》所列紙本工具書，擇取相關者，列出清單，逐一檢索。並將各書檢索到的資料，一一做紀錄，以便日後查詢，同時避免重複檢索，或掛一漏萬。

（四）結合網路資料與工具書檢索，相互參照工具書與網路檢索所
　　　得資料。進一步的針對資料，進行更深入的檢索。

二　人物資料檢索範例

　　本節以清末民初學者徐天璋為例，將檢索過程演練一遍，讀者可
以跟著操作，多多練習，數次以後必能上手。

（一）二手資料：

　　維基百科、互動百科、中國大百科、大英百科均查無資料。

（二）網路資料：

（1）Yahoo：221 筆
（2）Google：618 筆
（3）百度：1400 筆
（4）CNKI 中國知網（跨庫檢索）：0 筆
（5）萬芳數據庫（跨庫檢索）：0 筆

　　綜合網路資料，透過逐步的分類，可以陸續整理出有關徐天璋的
相關資訊。依照檢得的資料，將網路資料陸續歸類後，重新加以組
織，以求完整清楚。本範例分為：生平資料、交友資料、著作資料、
相關研究資料。組織後的網路資料查詢結果如下：

生平資料

　　徐天璋，字睿川，清末民初江蘇泰州人，經學家，擅考據學。曾
參與民國泰縣國學研究社。有子徐浚仁。（不確定是否還有其他孩

子）

交友資料

⊙韓國鈞，字紫石，江蘇海安人，清光緒五年（1879年）中舉，曾任江蘇省省長，抗戰時期，大力支持新四軍建立蘇北抗日根據地，並與陳毅結下深厚友誼。韓國鈞擅書法，其書法堅勁而不失於烈、沉酣而不失於滯，陳毅評價「以顏骨兼歐法，挺秀圓潤之致」。韓國鈞為徐天璋的書法題簽，並給予較高評價，稱其「宏深博大，媲美船山」。

⊙民國學者繆潛，重修《招隱山志》的民國學者繆潛稱徐天璋「博通十三經者也，壬子丙辰江都、曲阜提倡講經，爭聘先生主席」。

⊙民國泰縣國學研究社相關資料：民國泰縣國學研究社設圖書館內，十一年知事鄭（即縣知事鄭輔東，筆者注）延韓國鈞、吳同甲、劉顯曾、王貽牟、袁鑣為社長，劉法曾、沈秉乾、陳恩洽、管得泉、高炳華、徐天璋、單毓元、徐藻、徐炳華、陳祖培、王斯謀、馬錫純、王諶謀、曹學曾為評議員，訂簡章十二條。社長主持社務，指示學員讀書方法並研究經世有用之學問及經史、政治、詩賦。凡願入社者，經甄錄以後為學員。每月一課、四題，課畢開評議會，擇優調員住社，餘亦給獎，仿書院制，首八元，末第四十名一千文。年撥小寶帶橋船捐一千元。十六年春，停辦。（〈民國泰縣國學研究社小識〉，《泰州晚報》2010年11月7日家鄉版。http://blog.tznews.cn/u/48900/archives/2011/96902.html）

著作資料
詩經集解辨正

二十卷　民國十二年鉛印本　書名由韓國鈞題簽，泰縣韓氏鉛印本
不分卷　清徐天璋撰　續四庫、總志、江蘇省立國學圖書館　按：
販書偶記著錄　二十卷。

論語實測

二十卷　徐天璋

楚辭叶韻考

四卷　附一卷　徐天璋　清抄本　四庫未收書輯刊　集部　第 10
輯　第 13 冊 165 頁
四卷　徐天璋考　沈世德校　蕪城寓館手抄本　辛亥秋七月　線裝
4 冊
四卷　附厘正前韻一卷　徐天璋撰　抄本
北京市　北京出版社發行　新華書店經銷　2000 年

睿川易義

正編十卷　副編六卷　續編二卷　徐天璋撰　民國十三年鉛印本
8 冊 1 函
（鈐印：江甯辛氏弢藏、辛氏石雯珍藏書畫章　活字本　8 冊　紙
本　提要：是書含周易卦旨、提要、訓詁、象數、變通、義理、
音句、考證品物、占應、筮說、集解等編，幅八卦圖說一卷。）

坤　坤上　坤下

泰州　徐天璋睿川　演

（卦旨）菁撰偶餘爲陰其爻畫一二三餘皆偶謂之老陰六畫純陰則謂之坤三

三坤旁錯乾三三在天成象日蝕風疆在地成形平原黃壤在世運渾穆無爲

在人寬厚長者

（義理）陰偶廬中含宏化光曰坤坤從土從申土位寄王西南也

坤元亨利牝馬之貞君子有攸往先迷（句）後得主（讀）利（句）西南

得朋東北喪朋安貞（句）吉

（提要）坤爲地道臣道坤德日盛象文王曰新其德也先迷蒙難羑里後得主

利者錫爲方伯也西南得朋庸蜀羌髳微盧彭濮助周者接踵而至東北喪朋

徐奄淮夷飛廉惡來助紂者奔北倒戈也

（訓詁）坤順也牝母馬昏惑日迷先迷謂以才智先人暗於事也依止曰主後

睿川易箋合編　上經　二十二

正編十卷　副編六卷　續編二卷　徐天璋撰　民國十三年　鉛字排印本

合編九卷　徐天璋撰　清宣統三年鉛印本　遼寧、吉林、東師、香港中文大學

四書箋疑疏證

八卷　（清）泰州　徐天璋箋　（清）徐浚仁（徐天璋男）疏，光緒丙申中一堂刊

尚書句解攷正

　徐天璋（清）　清刊本（臺灣師大善本）

孟子集注箋正

　十四卷　徐天璋撰　民國二十五年　揚州簫聲館鉛印本

闕里講經編

　一卷　徐天璋撰　續修四庫全書總目提要　經部　上冊

空山堂文集

　12 卷　詩集　6 卷

堯典九族考

　徐天璋　《民國期刊資料分類彙編・經史關係》目錄　頁 148

　徐天璋，睿川　國學叢刊　第 3 卷第 1 期　1926 年　（大成）

爾雅釋丘

　徐天璋睿川　國學叢刊　第 3 卷第 1 期　1926 年　（大成）

遊玉環山記

　徐天璋　國學叢刊　第 3 卷第 1 期　1926 年　（大成）

答李西垣書

　徐天璋　國學叢刊　第 3 卷第 1 期　1926 年　（大成）

泰州徵獻錄

　徐天璋　民國抄本

【相關研究資料】

繆潛在京口（鎮江）夾山修志，曾就《詩經》中的疑義相問於徐天璋，徐天璋對答後說：「《詩三百》皆國政，不僅無淫奔之詩，兼無民俗之詩。」後來，繆潛到揚州再訪徐天璋，觀其《詩經集解辨正》，「首引《小序》，次引《集傳》，終引諸家，引而不議，然後自為辨正，悉本《左傳》、《史記》、〈世家〉諸書為按，銜接一氣，佐證天然，非惟訓詁義理考據精詳，且於人物典禮時事吻合，發古人所未

發」。徐天璋談到自己的《詩辨》,「予願為古人諍友也,不願為應聲蟲也」

整理完上述資料後,利用上述資料的關鍵值,進一步加以檢索。例如:有關其生平、交友等資料,可檢索:徐浚仁、泰縣國學研究社、韓國鈞、繆潛、沈世德、江蘇泰州縣志(清末民初一段資料)、京口夾山縣志(清末民初一段資料),確認是否有與徐天璋相關的外圍資料,並做為未來查詢紙本工具書的檢索對象。

(三)檢索紙本工具書

透過網路資料的檢索,大致可以確認徐天璋為經學家、考據學家、楚辭學家。可據此挑選有關這三類學科的相關工具書,加上涉及清末民初時期的人物傳記資料索引、小傳、辭典等工具書,以及地方志中的資料加以檢索,將網路資料補錄完整。除檢索徐天璋本人資料外,亦可檢索其友朋的資料,這些資料中,或許會記載有關徐天璋的相關事蹟。

(四)交互檢索

透過紙本工具書檢得的資料,再將關鍵人物、社團、著作等,上網查詢。經過交互比對後,便可以將人物資料勾勒出一個較完整的雛形,以便進一步加以考證、研究。

第三節　資料蒐集方法示例(下)

前一節以清末學者徐天璋為例,這一節將以日治時期臺灣學者林履信為例,來說明如何蒐集相關的資料。

　　早年臺灣研究並不受鼓勵，且可能招惹許多麻煩，因此，日治時期臺灣的相關資料，根本未有效的整理，更談不上對專家的研究。近十多年來情況稍有改觀，但研究工作也僅是萌芽而已。由於林履信是屬於日據時代的經學家、實業家，可以說是現代人，資料的形態和古人並不相同，所以蒐集林履信資料的方法也稍有異於古人。

一　檢索電子文獻資料

（一）二手資料：

　　維基百科、互動百科、中國大百科均查無資料

（二）網路資料：

　　（1）Yahoo：142 筆
　　（2）Google：1040 筆
　　（3）百度：847 筆
　　（4）CNKI 中國知網（跨庫檢索）：0 筆

以上的筆數扣除與林履信無關的筆數，資料的數量並不多，但不要以為林履信的資料僅僅如此而已。林履信是板橋林家的子弟，也是臺灣社會的賢達，當時的報紙和雜誌應該有相關的報導，將已經建置資料庫的報紙和雜誌，檢索的結果是：

　　（1）《臺灣日日新報》（大鐸）：128 筆
　　（2）《臺灣日日新報》（漢珍）：210 筆
　　（3）《漢文臺灣日日新報》（漢珍）：2 筆

（4）《臺灣時報》：0 筆

這裡要提出說明的有幾點：一是大鐸公司版筆數之所以比漢珍版少很多，是因為漢珍版比較仔細。二是「漢文臺灣日日新報」，為何只有兩筆資料？《臺灣日日新報》是 1898 年日人守屋善兵衛併購《臺灣新報》和《臺灣日報》而成。《臺灣日日新報》創刊初期有六個版面。1910 年 11 月以後增為八版，其中漢文版占有兩個版面。自 1905 年 7 月 1 日以後，報社將漢文版擴充，獨立發行《漢文臺灣日日新報》，每日六個版面，於 1911 年 11 月 30 日，恢復以往於日文版中添加兩頁漢文版的做法，《漢文臺灣日日新報》也正式停刊。由於很早就停刊，有關林履信的資料很少。

　　為了避免資料遺漏，可根據國家圖書館參考組編《臺灣研究網路資源選介》（臺北市：國家圖書館，2006 年 12 月），挑選可能有資料的資料庫，一一加以檢索。可檢索的資料庫分析如下：

（1）臺灣大百科全書　0 筆
（2）臺灣文獻整合查詢系統　0 筆
（3）國家文化資料庫　0 筆
（4）臺灣人物誌
　　　有 6 筆，《時勢與人物》、《臺灣官紳年鑑》（頁 78）、《臺灣人士鑑》（頁 472）、《臺灣人士鑑》（頁 466）、《臺灣官紳年鑑》（頁 482）、《臺灣人物評》（頁 72），各有一筆。以上六筆皆為傳記資料。
（5）臺灣當代人物誌　0 筆
（6）臺灣文獻叢刊續編　20 筆
　　　其中十九筆為林履信在《臺灣詩薈》所發表的論文，另一筆為

　　林履信的簡介。

此外,「讀秀網」的資料相當豐富,也應該檢索。「讀秀網」檢索時,
分知識、圖書、期刊、報紙、學位論文等分支,所收林履信的資料筆
數分析如下:

　　（1）知識：612 筆
　　（2）圖書：9 筆
　　（3）期刊：5 筆
　　（4）報紙：0 筆

根據以上電子文獻中所收的資料,可以將傳記資料整理成一篇小傳,
著作資料也可以編成一份簡單的著作目錄。但不論傳記和著作目錄,
都還不太完備,應再檢索紙本工具書中的資料來做補充。根據筆者檢
索的經驗,電子資源所能給讀者的僅僅百分之四十而已,其他百分之
六十的資料,還是得靠紙本工具書而得。所以讀者不可以因為電子資
源很豐富,而輕忽了紙本工具書在研究上的作用。

二　檢索紙本工具書

　　首先,要看看能不能找到更多的林履信的傳記資料,林氏是日治
時代的人物,近數十年官修的方志應該有收錄他的傳記資料,經檢查
《重修臺灣省通志》卷十〈藝文志著述篇〉和《臺北市志》卷七〈人
物志〉,都有林履信的傳記資料。再查其他工具書,下列數種也有林
履信的傳記資料:

（1）《板橋林氏家傳》

　　有王國璠所撰〈林公履信傳略〉。

（2）《臺灣歷史人物小傳》（日據時期）

　　有郭啟傳所撰林履信小傳。

（3）《臺灣史辭典》

　　有許雪姬所撰林履信小傳。

將上面所收集電子文獻和這裡的紙本資料加以整理，林履信的生平事蹟也就更清楚了。

　　接著，檢索林履信的著作資料。我們仍就從《重修臺灣省通志》卷十〈藝文志著述篇〉開始檢索，著錄林履信的著作有《希莊學術論叢》、《洪範の體系的社會經綸思想》、《蕭伯納的研究》、《臺灣產業界之發達》四種。其中《洪範の體系的社會經綸思想》一種為「讀秀網」所無。

三　整理相關文獻

　　經一次次的檢索，資料蒐集得差不多，就可以將資料條目編成一份林履信的著作目錄，作為檢索資料的依據。提供範例如下：

上編　林履信著作目錄

一　專著

1. 洪範の體系的社會經綸思想

　　臺北市　如水社學術時事研究部　50 頁　1930 年（昭和 5 年）3 月（如水社講演集第二輯）

2. 洪範體系中之社會經世思想　林慶彰譯

日據時期臺灣儒學參考文獻　上冊　頁 370-387　臺北市　臺灣學生書局　2000 年 10 月

3. 希莊學術論叢　第一輯

廈門市　廣福公司出版部　174 頁　1932 年（昭和 7 年）12 月 25 日

（1）釋學術

（2）一元論

（3）憎新主義與愛新主義

（4）社會制度硬化的原因

（5）中華民族之敬天思想

（6）「巫」與「史」之社會學的研究

（7）筆史

4. 希莊學術論叢　第二輯

廈門市　廣福公司出版部　136 頁　1935 年（昭和 10 年）12 月 25 日

（1）學術研究之態度

（2）社會問題與社會學

（3）生物進化之理法

（4）中華種族之起源

（5）中華革命之社會學的研究—緒論

（6）新社會建設讜言

5. 希莊學術論叢　第三輯

引言

（1）社會學研究法

（2）個人本位與社會本位

（3）社會制度論

（4）中華民族思想之開展及其特色

（5）洪範之體系的社會經綸思想

（6）教育概觀

6. 臺灣產業界之發達

上海市　商務印書館　131 頁　1946 年

上海市　商務印書館　1947 年

7. 蕭伯納略傳

廈門市　廣福公司出版部　54 頁　1933 年 12 月 1 日初版（希莊小叢書第一冊）

廈門市　廣福公司出版部　54 頁　1934 年 2 月 10 日再版

海鳴集續集（秦賢次主編）　頁 2～45　臺北縣立文化中心　1996 年 7 月

8. 蕭伯納的研究

長沙市　商務印書館　277 頁　1939 年 7 月　初版

二　論文

（一）經學

1. 洪範之社會學的研究

臺灣詩薈　第 10 號　頁 647～654　1924 年 11 月

日據時期臺灣儒學參考文獻　上冊　頁 363～369　臺北市　臺灣學生書局　2000 年 10 月

2. 洪範之體系的社會經綸思想[1]

原出處待查（預計收入希莊學術論叢　第三輯）

1　本文日文本曾以專書型態，於 1930 年 3 月，由如水社學術時事研究部出版。本文大概是林氏的中文本，未見。

（二）學術思想

1. 釋學術

　　臺灣詩薈　第 2 號　頁 105～110　1924 年 3 月

　　希莊學術論叢　第 1 輯　頁 1～14　廈門市　廣福公司出版部

　　1932 年 12 月 25 日　日據時期臺灣儒學參考文獻　上冊　頁 327～

　　331　臺北市　臺灣學生書局　2000 年 10 月

2. 學術研究之態度

　　原出處待查

　　希莊學術論叢　第 2 輯　頁 1～19　廈門市　廣福公司出版部

　　1935 年（昭和 10 年）12 月 25 日

3. 儒家教學精神

　　臺灣詩薈　第 21 號　頁 581～583　1925 年 9 月

　　日據時期臺灣儒學參考文獻　上冊　頁 388～390　臺北市　臺灣

　　學生書局　2000 年 10 月

4. 筆史

　　臺灣詩薈　第 5 號　頁 325～330　1924 年 6 月

　　希莊學術論叢　第 1 輯　頁 164～174　廈門市　廣福公司出版部

　　1932 年 12 月 25 日

5. 人原

　　（1）臺灣詩薈　第 13 號　頁 29～32　1925 年 1 月 15 日

　　（2）臺灣詩薈　第 14 號　頁 79～102　1925 年 2 月 15 日

　　（3）臺灣詩薈　第 15 號　頁 167～170　1925 年 3 月 15 日

　　（4）臺灣詩薈　第 16 號　頁 235～240　1925 年 4 月 15 日

　　（5）臺灣詩薈　第 17 號　頁 311～316　1925 年 5 月 15 日

　　（6）臺灣詩薈　第 18 號　頁 369～373　1925 年 6 月 15 日

　　（7）臺灣詩薈　第 19 號　頁 441～444　1925 年 7 月 15 日

（8）臺灣詩薈　第 20 號　頁 513～517　1925 年 8 月 15 日

（9）臺灣詩薈　第 21 號　頁 585～588　1925 年 9 月 15 日

（10）臺灣詩薈　第 22 號　頁 651～654　1925 年 10 月 15 日

6. 一元論

（1）臺灣詩薈　第 6 號　頁 367～372　1924 年 7 月

（2）臺灣詩薈　第 7 號　頁 427～432　1924 年 8 月

（3）臺灣詩薈　第 8 號　頁 505～509　1924 年 9 月

（4）臺灣詩薈　第 9 號　頁 573～577　1924 年 10 月

希莊學術論叢　第 1 輯　頁 15～73　廈門市　廣福公司出版部
1932 年 12 月 25 日

（正）學藝雜誌　第 12 卷 2 號　頁 11～20　1933 年 3 月 15 日

（續）學藝雜誌　第 12 卷 3 號　頁 37～48　1933 年 4 月 15 日

7. 憎新主義與愛新主義

臺灣詩薈　第 12 號　頁 787～793　1924 年 12 月

臺灣日日新報　第 8 版　1925 年（大正 14 年）1 月 2 日

社會科學論叢　第 3 卷第 7 號　頁 77～86　1931 年 7 月

希莊學術論叢　第 1 輯　頁 74～89　廈門市　廣福公司出版部
1932 年 12 月 25 日

8. 「巫」與「史」之社會學的研究

希莊學術論叢　第 1 輯　頁 148～163　廈門市　廣福公司出版部
1932 年 12 月 25 日

社會科學論叢　第 4 卷第 7 號　頁 89～98　1933 年 1 月 1 日

9. 中華民族之敬天思想

臺灣詩薈　第 10 號　頁 647～654　1924 年 11 月

希莊學術論叢　第 1 輯　頁 134～147　廈門市　廣福公司出版部
1932 年 12 月 25 日

　　日據時期臺灣儒學參考文獻　　上冊　　頁 354～362　　臺北市　　臺灣學生書局　　2000 年 10 月

10.中華學術思想之精義

　　（1）臺灣日日新報　　第 4 版　　1924 年（大正 13 年）11 月 28 日
　　（2）臺灣日日新報　　第 4 版　　1924 年（大正 13 年）11 月 29 日
　　（3）臺灣日日新報　　第 4 版　　1924 年（大正 13 年）11 月 30 日
　　（4）臺灣日日新報　　第 4 版　　1924 年（大正 13 年）12 月 3 日
　　（5）臺灣日日新報　　第 4 版　　1924 年（大正 13 年）12 月 4 日
　　（6）臺灣日日新報　　第 4 版　　1924 年（大正 13 年）12 月 6 日
　　（7）臺灣日日新報　　第 4 版　　1924 年（大正 13 年）12 月 8 日
　　（8）臺灣日日新報　　第 4 版　　1924 年（大正 13 年）12 月 9 日
　　（9）臺灣日日新報　　第 4 版　　1924 年（大正 13 年）12 月 10 日
　　（10）臺灣日日新報　　第 4 版　　1924 年（大正 13 年）12 月 12 日
　　（11）臺灣日日新報　　第 4 版　　1924 年（大正 13 年）12 月 13 日
　　（12）臺灣日日新報　　第 4 版　　1924 年（大正 13 年）12 月 14 日
　　（13）臺灣日日新報　　第 4 版　　1924 年（大正 13 年）12 月 16 日
　　（14）臺灣日日新報　　第 4 版　　1924 年（大正 13 年）12 月 17 日
　　日據時期臺灣儒學參考文獻　　上冊　　頁 332～353　　臺北市　　臺灣學生書局　　2000 年 10 月

11.中華民族思想之開展及其特色
　　原出處待查
　　預計收入希莊學術論叢　　第 3 輯

　　（三）生命科學

1. 生物進化之理法
　　原出處待查
　　希莊學術論叢　　第 2 輯　　頁 50～72　　廈門市　　廣福公司出版部

136 頁　1935 年（昭和 10 年）12 月 25 日

2. 中華種族之起源

　　原出處待查

　　希莊學術論叢　第 2 輯　頁 73～110　廈門市　廣福公司出版部

　　136 頁　1935 年（昭和 10 年）12 月 25 日

　　（四）教育

1. 教育概觀

　　原出處待查

　　預計收入希莊學術論叢　第 3 輯

　　（五）社會學

1. 社會學研究法

　　原出處待查

　　預計收入希莊學術論叢　第 3 輯

2. 社會制度論

　　原出處待查

　　預計收入希莊學術論叢　第 3 輯

3. 社會制度硬化之原因

　　原出處待查

　　希莊學術論叢　第 1 輯　頁 90～133　廈門市　廣福公司出版部

　　1932 年 12 月 25 日

4. 社會制度之硬化與愛新主義

　　（1）臺灣日日新報　第 4 版　1925 年（大正 14 年）9 月 9 日

　　（2）臺灣日日新報　第 4 版　1925 年（大正 14 年）9 月 12 日

　　（3）臺灣日日新報　第 4 版　1925 年（大正 14 年）9 月 14 日

　　（4）臺灣日日新報　第 4 版　1925 年（大正 14 年）9 月 16 日

　　（5）臺灣日日新報　第 4 版　1925 年（大正 14 年）9 月 18 日

（6）臺灣日日新報　第 4 版　1925 年（大正 14 年）9 月 20 日

（7）臺灣日日新報　第 4 版　1925 年（大正 14 年）9 月 22 日

（8）臺灣日日新報　第 4 版　1925 年（大正 14 年）9 月 23 日

（9）臺灣日日新報　第 4 版　1925 年（大正 14 年）9 月 24 日

（10）臺灣日日新報　第 4 版　1925 年（大正 14 年）9 月

（11）臺灣日日新報　第 4 版　1925 年（大正 14 年）9 月 28 日

（12）臺灣日日新報　第 4 版　1925 年（大正 14 年）

（13）臺灣日日新報　第 4 版　1925 年（大正 14 年）10 月 2 日

（14）臺灣日日新報　第 4 版　1925 年（大正 14 年）

（15）臺灣日日新報　第 4 版　1925 年（大正 14 年）

（16）臺灣日日新報　第 4 版　1925 年（大正 14 年）

（17）臺灣日日新報　第 4 版　1925 年（大正 14 年）

（18）臺灣日日新報　第 4 版　1925 年（大正 14 年）10 月 20 日

（19）臺灣日日新報　第 4 版　1925 年（大正 14 年）

（20）臺灣日日新報　第 4 版　1925 年（大正 14 年）11 月 3 日

（21）臺灣日日新報　第 4 版　1925 年（大正 14 年）11 月 7 日

（22）臺灣日日新報　第 4 版　1925 年（大正 14 年）11 月 16 日

（23）臺灣日日新報　第 4 版　1925 年（大正 14 年）11 月 15 日

（24）臺灣日日新報　第 4 版　1925 年（大正 14 年）11 月 25 日

（25）臺灣日日新報　第 4 版　1925 年（大正 14 年）11 月 29 日

（26）臺灣日日新報　第 4 版　1925 年（大正 14 年）12 月 1 日

（27）臺灣日日新報　第 4 版　1925 年（大正 14 年）12 月 5 日

（28）臺灣日日新報　第 4 版　1925 年（大正 14 年）12 月 7 日

（29）臺灣日日新報　第 4 版　1925 年（大正 14 年）12 月 14 日

（30）臺灣日日新報　第 4 版　1925 年（大正 14 年）12 月 19 日

（31）臺灣日日新報　第 4 版　1925 年（大正 14 年）12 月 23 日

（32）臺灣日日新報　第 4 版　1925 年（大正 14 年）12 月 27 日

（33）臺灣日日新報　第 4 版　1925 年（大正 14 年）12 月 29 日

（34）臺灣日日新報　第 4 版　1926 年（昭和 1 年）5 月 2 日

（35）臺灣日日新報　第 4 版　1926 年（昭和 1 年）5 月 6 日

（36）臺灣日日新報　第 4 版　1926 年（昭和 1 年）5 月 8 日

（37）臺灣日日新報　第 4 版　1926 年（昭和 1 年）5 月 10 日

（38）臺灣日日新報　第 4 版　1926 年（昭和 1 年）5 月 12 日

（39）臺灣日日新報　第 4 版　1926 年（昭和 1 年）5 月 19 日

（40）臺灣日日新報　第 4 版　1926 年（昭和 1 年）5 月 20 日

（41）臺灣日日新報　第 4 版　1926 年（昭和 1 年）5 月 21 日

（42）臺灣日日新報　第 4 版　1926 年（昭和 1 年）5 月 23 日

（43）臺灣日日新報　第 4 版　1926 年（昭和 1 年）5 月 24 日

（44）臺灣日日新報　第 4 版　1926 年（昭和 1 年）5 月 27 日

（45）臺灣日日新報　第 4 版　1926 年（昭和 1 年）5 月 28 日

（46）臺灣日日新報　第 4 版　1926 年（昭和 1 年）6 月 1 日

（47）臺灣日日新報　第 4 版　1926 年（昭和 1 年）6 月 3 日

（48）臺灣日日新報　第 4 版　1926 年（昭和 1 年）6 月 7 日

（49）臺灣日日新報　第 4 版　1926 年（昭和 1 年）6 月 8 日

（50）臺灣日日新報　第 4 版　1926 年（昭和 1 年）6 月 15 日

（51）臺灣日日新報　第 4 版　1926 年（昭和 1 年）6 月 17 日

（52）臺灣日日新報　第 4 版　1926 年（昭和 1 年）6 月 19 日

（53）臺灣日日新報　第 4 版　1926 年（昭和 1 年）7 月 1 日

（54）臺灣日日新報　第 4 版　1926 年（昭和 1 年）7 月 9 日

（55）臺灣日日新報　第 4 版　1926 年（昭和 1 年）7 月 15 日

5. 中華革命之社會學的研究——緒論

　　原出處待查

希莊學術論叢　第 2 輯　頁 111～132　廈門市　廣福公司出版部
136 頁　1935 年（昭和 10 年）12 月 25 日

6. 個人本位與社會本位

原出處待查

預計收入希莊學術論叢　第 3 輯

7. 新社會建設蒭言

原出處待查

希莊學術論叢　第 2 輯　頁 133～136　廈門市　廣福公司出版部
136 頁　1935 年（昭和 10 年）12 月 25 日

8. 保存聘禮廢除聘金

社會事業之友　第 5 號　1929 年

9. 阿片吸食禁止問題

臺灣日日新報　第 3 版　1930 年 4 月 5 日

10. 社會問題與社會學

學藝雜誌　第 15 卷 9 號　頁 17～27　1936 年 11 月 15 日

希莊學術論叢　第 2 輯　頁 20～49　廈門市　廣福公司出版部
1935 年 12 月 25 日

（六）政治

1. 公平政治和真正輿論

（上）臺灣民報　第 241 號第 4 版　1929 年（昭和 4 年）1 月 1 日

（下）臺灣民報　第 242 號第 5 版　1929 年（昭和 4 年）1 月 8 日

2. 新らしき臺灣の建設

（1）臺灣新民報　第 322 號第 16 版　1930 年（昭和 5 年）7 月
16 日

（2）臺灣新民報　第 323 號第 11 版　1930 年（昭和 5 年）7 月
26 日

（3）臺灣新民報　第 324 號第 14 版　1930 年（昭和 5 年）8 月 2 日

3. 不負了祖國的臺灣

臺灣月刊（上海）　第 1 卷第 1 期　頁 5～9　1946 年 1 月 1 日

（七）地理

1. 汕頭文卷錄

（上）臺灣日日新報　第 4 版　1927 年 9 月 22 日

（下）臺灣日日新報　第 4 版　1927 年 9 月 23 日

（八）序跋

1. 御製清文繙譯全藏經序

臺灣詩薈　第 13 號　頁 32　1925 年 1 月 15 日

2. 伯兄東甯草序

臺灣詩薈　第 4 號　頁 226　1924 年 5 月

3. 「蕭伯納的研究」序

海鳴集續集（秦賢次主編）　頁 46～57　臺北縣板橋市　臺北縣立文化中心　1996 年 7 月

（九）新聞學

1. 創刊十週年在際して

臺灣新民報　第 322 號　第 206 版　1930 年（昭和 5 年）7 月 16 日

（十）古典詩

1. 接建部遞吾師來詩，謹用其和蔗庵任臺灣總督感懷韻寄懷（七言律詩）

車綏曾沾稽古榮，又敷吾道被蓬瀛。

儀瞻嶽嶽高山仰，論著□□大筆橫。

師教欣看濡赤崁，忠言喜共矢丹誠。

鯤溟遠高盼軒過，知有嘉謨詔後生。

下編　林履信研究論著目錄

（一）傳記

1. 林履信
   時事と人物
2. 林履信　林進發
   臺灣官紳年鑑　臺北市　成文出版社　1999 年，據昭和 9 年刊
   本影印（日治時期臺灣文獻史料輯編第 28 號）
3. 林履信氏　林進發
   臺灣人物誌　頁 72～73　臺北市　成文出版公司　1999 年 6 月
4. 林履信
   臺灣人名辭典（改訂臺灣人士鑑，昭和 12 年）　頁 472　日本
   圖書瑛センター　1989 年 5 月
5. 林公履信傳略　王國璠
   板橋林氏家傳　頁 105～109　林家自印本　不著出版年月
6. 林履信
   臺北市志　卷 9　人物志　頁 113～114　臺北市　臺北市文獻委
   員會　1980 年 6 月 30 日；臺北市　成文出版社　1983 年 3 月影
   印本
7. 林履信生平簡介
   海鳴集續集（秦賢次主編）　卷首　臺北縣板橋市　臺北縣立文
   化中心　1996 年 7 月
8. 林履信
   重修臺灣省通志　卷十　藝文志著述篇　頁 664

9.林履信簡介　林慶彰撰

　日據時期臺灣儒學參考文獻（林慶彰編）　上冊　頁 325～326

　臺北市　臺灣學生書局　2000 年 12 月

10.林履信　郭啟傳撰

　臺灣歷史人物小傳（日據時期）　頁99　臺北市　國家圖書館

　2002 年 10 月

11.林履信　許雪姬撰

　臺灣史辭典　頁 496　臺北市　遠流出版事業公司

12.日治臺灣的家族、政治與文化──板橋林家林履信的例子　鄭麗

　榕撰　臺灣教育史研究會通訊　第 64 期　頁2～17　2010 年 1 月

（二）著作研究

1.希莊學術論叢（簡介）

　重修臺灣省通志　卷十　藝文志著述篇　頁 238

2.林履信：蕭伯納的研究（圖書介紹）

　圖書季刊　第 2 卷 1 期　頁 100　1940 年 3 月

3.蕭伯納的研究（國內新書介紹）

　世界傑作精華　第 4 號　頁 429～450　1940 年 4 月 15 日

4.林履信的《尚書》〈洪範〉研究　林慶彰撰

　2002 年漢學研究國際研討會論文集　頁 249～261　雲林縣斗六市

　雲林科技大學漢學資料整理研究所　2003 年 11 月

5.林履信及其〈洪範〉社會經世學　陳恆嵩撰

　儒學研究論叢（日據時期臺灣儒學研究專號）　頁133～142　臺

　北市　臺北市立教育大學人文藝術學院儒學中心　2008 年 12 月

第四節　資料的整理和摘記

在蒐集資料時，你會發現，有些資料可以直接影印，用影印的最省時，又可避免抄寫錯誤，但影印資料一多，要如何整理才方便使用，也是一件花時間的事。有些資料可能在珍本古籍中，或太過於零碎，無法用影印來處理，就必須利用卡片來摘記。本節先談資料的摘記，再談如何整理。

一　書目卡的應用

用卡片來記載資料，一則可以幫助記憶，二則可以訓練思考、組織能力，即使個人電腦已很普遍的時代，也無法完全取代卡片的地位。一般來說，卡片可分為書目卡和資料卡兩種。書目卡專門登載專著、論文等書目資料，供隨時檢索或將來編參考書目之用。為免將來覆按時資料殘缺不全，各條資料的目錄項應儘量求完整。每一條資料應記載的目錄項如下：

（一）專著：書名、作者（譯者、編者）、出版地、出版者、頁數、出版時間。如：

《中國楚辭學史》　易重廉著　長沙市　湖南出版社　611 頁 1991 年 5 月

（二）叢書中的專著：書名、作者、叢書名、出版地、出版者、頁數、出版時間。如：

《詩經通論》　姚際恆著、顧頡剛點校　姚際恆著作集第一冊 臺北市　中央研究院中國文哲研究所　533 頁　1994 年 6 月

（三）期刊論文：篇名、作者、期刊名、卷期、頁數、出版時間。

如：

　　〈論校古書之方法及態度〉　王叔岷著　《文史哲學報》　第
　　3 期　頁 37～59　1951 年 12 月

（四）報紙論文：篇名、作者、報紙名、版次、出版時間。如：

　　〈從賴和看當前臺灣文學創作處境〉　宋澤萊著　自由時報
　　第 29 版（自由副刊）　1995 年 5 月 27 日

（五）論文集論文：篇名、作者、論文集名、頁數、出版地、出版
　　者、出版時間。如：

　　〈元祐詩風的形成及其特徵〉　張宏生著　《宋代文學研究叢
　　刊》創刊號　頁 183～200　1995 年 3 月

（六）學位論文：論文名、作者、學校名、頁數、畢業時間、指導教
　　授。如：

　　《鄭玄王肅詩經學比較研究》　鄒純敏著　國立臺灣大學中國
　　文學研究所碩士論文　297 頁　1993 年 5 月　張以仁、程元敏
　　指導。

這種書目卡大小規格與圖書館的目錄卡片一樣，是 7.5 公分×12.5 公
分，向圖書館用品公司買現成的，或自己到紙行裁切都可以。

　　除了上述目錄項必須完備外，在卡片上也可以記載該書收藏的所
在和書號，以便將來借閱或覆按之用。有時，也可以在卡片記上該書
的要點，或自己的觀感。總之，卡片是為自己治學方便之用，在自己
方便的原則下，儘可能利用它來輔助記憶。

　　由於各種出版品的來源不一，如英、法、德、日、韓文，加上中
文，它們的出版品各有各的記年。為了使資料有出版先後的順序，對
於某些資料的出版年代，應儘可能加註西元年代，讀者可以在案頭上
準備一本年代對照表以便隨時翻檢之用。較常用的是王學穎的《中、

日、韓、西曆、干支、佛曆、回曆年代對照表》（臺北市：編者，
1974 年）、藤島達朗、野上俊靜編《東方年表》（東京市：平樂寺書
店，1992 年 6 月）。

　　書目卡主要的目的是協助完成論文的寫作，為了方便寫作期間隨
時檢查之用，或將來編輯參考書目之用，應作適當的分類，並可向圖
書館用品公司購買目錄盒或小型的目錄櫃來保存。如果會使用個人電
腦，將所抄來的書目資料打入電腦，將更方便檢索。

二　資料卡的應用

　　資料卡主要是為抄錄或黏貼零星的資料之用。成篇的論文可以用
影印本保存。零星的資料影印不方便，有些珍本古籍，根本不允許複
印，這些就得利用資料卡來協助記錄和整理資料。

　　資料卡並沒有固定的規格，坊間能買到的尺寸也有多種，較常見
的是 10×15 公分的卡片。除了買現成的之外，也可以集合幾個同
學，委託印刷廠訂做。書目卡可以用白紙裁印而成，資料卡由於記載
文字比較多，最好有線條，以免書寫時文字歪斜。作資料卡除了前面
書目卡所提到的目錄項應記載清楚外，必須注意的有：

1. 每一張卡片祇記一項資料，不可為節省卡片，記載多筆不同的資
   料。
2. 為免將來查閱時不方便，最好祇記正面，反面讓它空白。
3. 資料抄錄完畢，應作校對工夫，以免將來發現錯誤時，必須重新
   找原書核對，浪費時間。

　　作資料卡，不外是摘錄原文、改寫原文和敘述大意等項，茲分述
如下：

（一）摘錄原文

這是一般做資料卡最常用的方式。摘錄時必須忠實於原文，即使原文有空圍、錯字，或其他錯誤，也必須照錄，然後再括弧或附註，把正確的字註明出來，決不可隨意增刪。如有要加註自己的意見，應用標點符號將原文和自己的話分開，以免時間一久，記憶模糊，把自己的話誤以為是古人的話。

（二）改寫原文

古人的著作，由於時間的隔閡，語文表達方式也有不同，因此讀起來頗多詰屈贅牙，全文引錄，不但太過冗長，且讀者也不易讀懂，此時可以將引錄的文字重新改寫。這種方法，不但可以訓練徹底深入了解資料的能力，對讀者閱讀該論著也有不少助益。但是，必須注意的是，改寫時千萬不能斷章取義，歪曲事實。

（三）敘述大意

一大段話、一篇論文，甚至一本書，都可以用兩三句話來敘述其中大意。這種方法在訓練你對一篇文章，或一本書了解的程度。如果對所讀過的資料根本一知半解，大意必定寫不出來。相反地，為了想寫出該資料的大意，必定會更細心的去閱讀。這對提升理解能力必有幫助。

（四）把外文譯成中文

有些用外文發表的論著，如覺得論點不錯，將來寫作論文時可能會用到，也可以把它譯成中文。如果對自己的外文能力不是很自信，也可以連原文一併請專家過目，以減少錯誤。

一張資料卡，為了減少使用時翻來覆去地看，最好只記一面，如果必須記兩面，必須在資料卡底部的右下角（如果是直寫的資料卡，就在左下角），加註「見反面」，以免使用時把資料看漏了。一筆資料如果必須使用好多張資料卡，在每一張卡的末了，必須加註「續下頁」，次一張卡的開頭，則加註「承上頁」，等一筆資料記完，就在每張卡上加註「5-1」、「5-2」……等符號，然後用訂書機訂在一起，或用細線把它們穿在一起，以免被拆散。

資料卡累積到某個程度就必須加以整理。一般為了某一篇學位論文所作的資料卡，往往都扣緊論文的章節來摘錄資料，要整理時，可依照論文的章節來分類。這樣做，可以得知那些章節的資料已充足，那些章節的資料必須加強，如果資料確實不足，應考慮刪去不寫。但是，一個研究者在閱讀某本書或某篇論文時，見到與自己專長領域相關的資料，往往也會摘記下來，久而久之，必也累積不少資料，要整理這些資料卡，就必須有分類的概念。由於每個人的研究大都集中在某一學科上，圖書館的圖書分類法根本不適用，所以每一研究者碰到整理資料卡時都有專為自己使用的分類法，在這裡很難做一致的規範。

分類處理後的資料卡，至少應有抽屜把它排列起來。排列的方法，如同圖書館的分類卡，依編目先後順序排列。不過，一般書桌的抽屜都不夠高，卡片突出抽屜外。要是能配合自己卡片的大小，訂製資料卡片櫃，那就更方便了。如果沒辦法做卡片櫃，也應該用繩子把卡片串起來，平放在抽屜內。決不可隨意堆放，或夾在書頁中。筆者常在圖書館的書裡，發現夾有抄好的資料卡，我很為那些做資料卡的人惋惜，辛辛苦苦的成果，最後竟丟失了。當然，如果把這些抄錄來的資料隨時輸入電腦，由電腦來貯存、整理和檢索，用卡片整理的問題也就不存在。但除非輸入的資料已經過嚴格校對，否則原來抄錄的

資料最好不要丟棄。

三　影印資料的整理

影印資料，除了零星的不成篇文字，可以貼入資料卡，依照資料卡的整理方式來處理外，其他影印一整本書或一篇論文，都會碰到如何整理的問題。現在影印技術發達，一整本書的影印，可以印得和原書一模一樣，要提醒大家的是，一定也要把版權頁一起印，否則，就不知出版者和出版時間，增加引用時的困擾。一般學位論文都沒有版權頁，影印時一定要印封面、書名頁，否則連作者是誰也將發生問題。

要特別說明的是，影印單篇論文時，對各種期刊的編輯情況也應有所了解。早期臺灣的期刊和現在大陸的各種刊物，刊載論文轉頁的情形相當多。有些論文索引對這種轉頁的現象並沒有反映出來，有些則用某種符號反映，如：國立中央圖書館的《中華民國期刊論文索引》把有轉頁的論文，在頁數後用「＋」號表示。讀者如果沒有閱讀索引前的凡例，根本不會去注意「＋」號的意思。所以，影印資料時有轉頁的很容易漏印。這點千萬要小心。

當印好每一篇資料後，必須儘快把資料的出處加註在每篇第一頁的篇題下，或其他空白處，以免將來引用或編參考書目時不知出處。註記出處的方法和前述編書目卡的方式相同，如果從專書印出來的，應註明書名、作者、出版地、出版者、出版時間，如果是出自期刊，應註明刊名、作者、卷期、出版時間，如果是出自報紙，應註明報紙名、作者、出版時間、版次。最近數年，有些期刊已將出處預先打印在各篇論文的第一頁上，如：《中國文哲研究集刊》、《臺大中文學報》、《東海學報》、《思與言》、《經學研究論叢》等都是，節省讀者不

少註明出處的時間。

　　整理這些影印資料，較常用的方法有下列數種：

1. 將內容性質相同的裝訂成冊，如研究湯顯祖的讀者，可以把研究湯氏的論文，分成：湯顯祖生平、戲曲總論、紫釵記、牡丹亭、邯鄲記、南柯記、湯沈之爭等類，加以裝訂成冊。

2. 可利用資料夾，將所輯得的資料按類別放入資料夾中。國立中央圖書館的現代作家資料，輯錄現代作家的生平傳記、著作年表、手稿、評論文獻、翻譯文獻等，有六百餘家，就是用資料夾來整理。

3. 購買效率櫃來整理。坊間有各式各樣的效率櫃，將櫃子分成數十個小抽屜，可放 B5、B4 的影印資料，每一抽櫃放一小類資料，抽屜前有標籤，可寫上類目，相當方便。

第五章　如何選擇論文的研究方向

第一節　選擇研究方向的幾個原則

　　一般討論學術論文寫作的書，都把這一章定為「如何選擇論文題目」，其實，更正確的說，應該是選擇一個適合自己的研究方向。這個方向有明確的主題、範圍和資料，論文寫作者就是在這個大方向下進行寫作活動。在論文完稿後，才試著給一個最能反映論文內容的題目，所以，本書把「選擇論題」改為選擇研究方向。

　　有好的研究方向，雖不一定可以寫出出色的論文，但至少為將來完成一本出色的論文奠下了良好的基礎，也為將來的學術生涯，踏出成功的第一步。所以，選擇研究方向的事，非特別謹慎不可，以下先討論選擇研究方向的幾個原則。

一　應與興趣相合

　　一個人在日常生活裡，沒有興趣的事，不會去做，如勉強去做，也會做不好。寫論文的情形跟做事一樣，能符合自己的興趣才有可能寫好。可是，問題在於當今有不少想寫論文的人，是因外在的壓力不得不寫論文，似乎還沒有發現自己興趣的所在。碰到這種人，筆者往往會問他，如果有經學、哲學、歷史、語言文字學、文學等幾種學科的書擺在一起，你比較喜歡那一學科的書籍？經過一段時間的自我觀察，如果比較喜歡文學，那也許就可以把文學當作興趣的所在。這也

並不表示你對其他學科沒有興趣，祇能說文學是主要的興趣。在學術分工這麼細密的時代，一個人對學術的興趣儘可有多種，但專攻學科也祇能有一個。如果興趣和專攻學科能完全吻合，那是再好不過的事。

對某一學科有興趣，也不完全等於對某一研究方向有興趣。因為在同一學科中，學問的性質也有很大的差別，如研究經學的有考據和義理之別，研究中國哲學的有儒、道、佛之別，就宋明理學來說，更有程朱學派與陸王學派之別；研究歷史的，有政治史、社會史、經濟史、思想史、制度史之別；研究中國文學的，更有文學理論、古文、詩、詞、戲曲、小說之別。一位初學者進入一門學科後，需要有較長時期的觀察才能知道自己的興趣所在。在選擇研究方向時，如果是在自己興趣的範圍內，研究起來也比較得心應手，也可避免中途更換研究方向的麻煩。如果在研究一段時間以後，發現現有的研究方向與自己的興趣不合，也應儘速評估更換方向的可能性。

二　應考慮自己的能力

現在我國的大學碩士班修業時限是六年，博士班是八年，但大多數學生碩士班是讀三、四年，博士班是四、五年，這中間還包括修學分等，實際上能寫論文的時間也僅僅兩、三年而已。在這段期間內，是否有能力作某個論題的研究，也應好好考慮。論題如涉及太多外文文獻，就要考慮自己的能力是否能勝任，如：有人想研究明末朱舜水對日本儒學的影響，就要考慮到在兩三年間能否充分利用日語文獻，並充分了解江戶時代的學術文化背景，如果沒有這個能力，這個研究方向當然要取消。又如：有人想研究清末民初中日雙方的學術文化交流，我方學者的資料也許較能掌握，日方的文獻雖不一定用日文，但

後人的研究成果，大多是用日文發表，自己是否有能力閱讀，如果不能勝任，自然無法作研究。

　　除了語文能力外，有不少研究者往往想用西方的哲學和社會科學的理論來解釋傳統學術問題，或作東西學術問題的比較，這樣的研究大方向也未嘗不可，但要考慮到在這兩三年間，自己吸收西方哲學和社會學理論的能力如何，這不是讀一兩本翻譯本就可以應付的，應有直接閱讀原版書的能力，並作長期的研究，才有可能活用這些理論，否則將流於理論的橫向移植，對自己的論文不但沒有幫助，反而給後學作了錯誤的示範。近年來，有不少論文因過度套用西方理論而不知所云，初學者應引以為戒。

三　範圍應大小適中

　　一般討論論文寫作的書，都強調論題不宜太大，或論題要小，筆者以為研究方向的大小應有其伸縮性，譬如：起先作研究時，方向較大，有深一層的認識後，才把研究方向縮小。如果把論題縮得太小，且整天祇抱著題目找資料，將使研究者的格局太過狹隘，很難培養出大學者宏觀通識的能力。因此，研究方向大小的選擇，應以研究時間的長短、資料的多寡作為考慮的首要因素。時間太短、資料又多，當然無法如期完稿。如果論題太小、資料又少，也寫不出好論文。

　　一個研究方向，往往可以分為許多層次，每一個層次就是一個研究的子方向，到底要選擇那一層次的方向來研究，完全看個人的因素。為使讀者分清各層次論題的差別，茲舉例如下：

層次 / 學科	第一層次	第二層次	第三層次	第四層次
經學	春秋三傳研究	春秋公羊傳研究	公羊傳的政治思想	公羊傳的夷夏觀
	朱子思想研究	朱子之經學思想	朱子之詩學理論	朱子之淫詩說
哲學	先秦道家思想研究	莊子思想研究	莊子的自然主義	莊子〈養生主〉研究
	明代思想研究	陽明學派研究	管志道思想研究	管志道的三教論
史學	清代外交史	晚清對外交涉	曾紀澤的外交	曾紀澤與中俄伊犁交涉
	民初史學思想研究	古史辨派的史學理論	顧頡剛的史學理論	顧頡剛的古史層累說
文學	唐詩研究	盛唐詩研究	杜甫詩研究	杜甫〈三吏、三別〉研究
	日據時代新文學研究	日據時代小說研究	楊逵小說研究	楊逵〈送報伕〉研究

四　資料是否容易取得

　　一篇論文的好壞，除寫作者的能力外，另一部分的因素是資料是否充足。如果就臺灣歷史三、四百年的發展來說，清政府統治時期，由於處於學術邊陲地區，既沒有學術資料，也沒有偉大的學者。日據時期的五十年，大陸的漢文資料很不容易進口；國民政府遷臺的六十餘年，是動員戡亂的戒嚴時期，大陸圖書根本不准進口。由於臺灣的地區環境，和近百年的特殊時局，臺灣各圖書館的藏書都不多，祇有國立中央圖書館的善本書，國立臺灣大學和中央研究院傅斯年圖書館的普通線裝書較可觀。但是，很多重要的資料在臺灣仍不易見到。當

我們在選擇研究方向時，就應把資料是否容易取得，列為重要的考慮因素，如：想研究清末學者徐天璋，這是以前從來沒有人注意到的論題。但是徐天璋的經學著作分散在海內外各地，一時很難加以蒐集。以一兩年來研究這一論題，時間是否充足，都應考慮。如要研究日本的江戶時代的「尚書學」資料都存在日本的圖書館，能否取得是相當高難度的事情，如果沒有把握，最好另外選題。由此可見，在選擇研究方向時，資料的因素一定要考慮進去。

五　應能推陳出新

　　一般論文寫作規範，都強調論題要新，意思是前人可能沒有研究過，或研究的水平不高。筆者以為選擇前人沒有研究過的方向來研究，就如同擴張土地的領域，祇能作橫面的發展，除了這種研究的大方向外，也應該在前人的基礎之上，能推陳出新。這是學術研究的縱深累積，同一主題有此累積，才能看出學術發展演變的面貌。因此，學術研究論題並不擔心重複，擔心的是，能否在前人的論題之外，有新的詮釋方法，而得出新的結論。例如：從梁啟超的〈戴東原哲學〉（《飲冰室文集》，卷 40）、胡適的《戴東原的哲學》（上海市：商務印書館，1927 年 10 月），到余英時的《論戴震與章學誠》（臺北市：華世出版社，1977 年 9 月），他們都研究戴震的思想，讀者很容易看出，余英時先生的著作是在有新材料和新方法的條件來完成的，這就是推陳出新。

　　如果研究方向僅從橫的方向拓展，終有一天研究論題會被用盡。所以也應從縱的方向來作累積堆高的工作。因此，在選擇研究方向時，前人已有很多研究成果的論題，如果自己覺得可以推陳出新，不妨加以嘗試，如研究劉宗周思想的學位論文已有五、六篇；研究戴震

思想的，也有四、五篇，可以將前人的研究成果取來作深入的檢討，發現尚有研究的空間，就可著手去研究。

第二節　選擇研究方向的方法

既已知道選擇論題的原則，就可以入手來決定要研究的方向。我們先假設這位要寫論文的讀者，已具備與自己研究論題的某些相關知識，例如：要研究宋詩的人，不但已讀過中國文學史、中國文學批評史，甚至讀過宋詩史。又如：要研究乾嘉學術的人，不但讀過中國思想史、中國哲學史的書，也讀過梁啟超、錢穆的《中國近三百年學術史》，甚至讀過某些乾嘉學者的研究論著。有這些基礎知識才能來談如何選擇論題。

一　檢討前人研究成果

既已選定一個研究方向，如研究文學、哲學、經學、語言文字學、……等等；甚至方向更明確，如：宋代詩、明代哲學、乾嘉經學等。就可將此一研究方向內的研究成果拿來加以檢討。檢討的步驟如下：

（一）前人研究論著的數量有多少

可就單篇論文（包括期刊論文、會議論文、報紙論文）、專著（包括一般專著、學位論文）來統計，看看數量有多少？完成的時代如何？如果數量不多，且完成的時代都比較早，表示前人研究成果還未達某一水平，就有作為論題的可能。

（二）前人研究成果的品質如何

這時不可能將這些研究成果一一讀過才斷定其品質，可就論著的頁數份量，還有作者的學術成就，作大概的判斷，如果還有研究的空間，就可作為儲備的論題之一。

（三）著手蒐集前人研究成果

在大概判斷某一論題可作研究時，不可貿然即選定該論題，應該徹底的將前人的研究成果全部收集到，並經仔細閱讀分析，才能決定前人成果的好壞，再作去取的打算。

（四）作最後的衡量判斷

如果前人的研究成果不少，品質也達到相當的水平，就應考慮自己是否有新的詮釋方法，或掌握新的研究材料，如果自己覺得不一定有把握勝過前人，祇好放棄，再從新尋找論題。

以上的程序，可以舉乾嘉時代經學的研究為例來加以說明，當一位讀者有意要研究某一論題時，他可以將筆者歷年所主編的《經學研究論著目錄（1912～1987）》、《經學研究論著目錄（1988～1992）》、《經學研究論著目錄（1993～1997）》、《日本研究經學論著目錄》、《乾嘉學術研究論著目錄》等五本目錄中，有關清乾嘉的部分全部錄出，刪除重複，就可用這些條目來作檢討：

1. 如純就經學的研究來說，研究論著的數量可能有數百條。可見研究成果不少。如以此作為論題，範圍可能太大，是否可縮小到一個經學家的研究，或是其中一經研究成果的研究，或是他們考據方法的研究。

2. 將所有論著條目依考據家加以歸類，看看各考據家的研究論文有多少？根據統計，像戴震、章學誠、王念孫父子、段玉裁等人的研究成果已相當豐碩，是否可找到適當的論題，應再考慮。倒是像秦蕙田、江聲、余蕭客、朱筠、金榜、孫希旦、任大椿、莊述祖、朱彬、牟庭、張惠言等人的研究成果都不多，可就上述各家的學術貢獻，選其中一人作為論題。

3. 如不以人為研究論題，而想以其中一經的研究成果或它們的考據方法作為論題，可將研究成果的條目依《易》、《書》、《詩》、《三禮》、《春秋》、《四書》的順序排列，看看各經的研究成果如何，以決定研究那一經，或以考據方法來排列，以決定是否研究考據方法？

4. 將選定預備作為研究論題的前人研究成果，儘量找到並作最後評估。論題的研究資料是否容易獲得，也在評估之列，如果不容易獲得，即使前人研究成果不多，是個好題目，也不可貿然選定該論題，而考慮是否放棄。

　　既已選好論題，就可按本書第四章〈資料的蒐集、摘記和整理〉所敘述的方式來蒐集資料，並作撰寫論文的打算。

二　徵求師長意見

　　既是在學中的研究生，在學校裡一定有老師，甚至有自己的指導教授，也有比自己高年級的學長。如果不是在學學生，也有他以前母校的師長。再不行的話，也可以透過其他師長的介紹，或自己毛遂自薦，找到比較理想的請教對象。

　　一般來說，一位學有專精的教授，他長年講授某一學科，和長年指導學生的過程中，對該學科必有相當深的研究心得，且也逐漸累積

不少可深入研究的論題。譬如多年前筆者上屈萬里先生的「中國經學
史」的課，屈先生以馬宗霍《中國經學史》為教本，講到某個經學人
物，或經學問題時，會提示有那些問題可研究，一年下來也累積了十
多個論題。這些論題有的後來作為屈先生指導學生的學位論文。另
外，比自己高年級的學長，往往經驗比較豐富，也可以提供一些意
見。他們的意見也可以作為一種參考。以下再分兩方面來討論：

（一）自己選題過程中時時徵詢師長的意見

在前面所述自己選題的過程中，為了避免因經驗不足，造成錯
誤，可時時將自己檢討前人成果的方法和步驟，向師長請教，如果師
長覺得方法可行，才可再繼續下去。在蒐集前人研究成果時，有些不
易找到的資料，也可請教師長該如何找到。由於時時和師長保持連
繫，那位老師又是你的指導教授，那你所選的論題他自然會同意，以
免再三更換題目的麻煩。

（二）由指導教授指定題目

前面說過在某學科學有專精的教授，又是你的指導教授，在你找
不到適當的題目時，他可以順理成章的給你一個論題。不過，指導教
授也許並沒有對這一論題作過很仔細的評估，所以你接到這一論題，
並按程序蒐集資料，作過評估以後，應將整個過程向指導教授報告，
以便決定是否採用這一題目，或改換另一論題。切忌接到一論題，以
為是教授所給，即使不可做也不好意思提出，而硬著頭皮勉強進行，
等做不下去，又要重新選題，不但浪費時間、精力，也給指導教授相
當不好的印象。

第六章　論文的撰寫

第一節　擬定大綱

在閱讀過某些相關的專著和論文資料後，就應擬定寫作大綱。論文的大綱，好像是開車時的各種標線，它可協助你寫作時的思考方向，也可按大綱慢慢將蒐集來的資料作歸類的工作。論文之大綱約可分為下列數個部分：

一　導論部分

導論或叫導言、緒言、緒論。這是引導讀者進入論文主題的引導性文字。這一部分的文字，並沒有硬性規定要寫些什麼，但根據前人撰寫的論文，大抵有下列幾個方向：

1、敘述研究動機

是什麼樣的因素促成你來寫作這篇論文？

2、敘述研究價值

此一論題的研究，有何學術價值，或現實的意義？

3、敘述研究範圍

有些論題有時間或範圍的限制，必須要加以說明，如：以漢初、

明初、清初、民初為範圍作研究的,應將這些時段的上下限作說明,所採用的定義是自己的見解,或採用某人的說法,也應加以說明。

4、前人研究成果的檢討

一個論題所以值得研究,除論題本身的價值外,前人對此一論題的研究成果如何,也應加以檢討,前人的研究成果如果還沒達到一定的水平,這個論題才有繼續做的必要。所以,論文的讀者往往看看這一段的檢討,即可知此一論文價值的所在。

5、研究方法

有不少寫作論文的研究者對研究方法一項最感困擾,到底是該寫些什麼?其實研究方法,也沒有硬性規定。有不少學生把它寫成蒐集材料的方法,這也未嘗不可。但如果是指使用的觀點,或指某種西方傳入的社會科學方法來說,問題可能是比較複雜,某一論題如使用結構主義的方法來作論述,當然應該向讀者說明何以必須使用此種方法?使用此一方法可以達到怎樣的效果?其他各種方法的使用也都如此。一般來說,祇要有助於達到論文預期效果的方法都可混合使用。如僅偏於某一種方法,不見得可作周備的觀照。

二　正文部分

這是論文的主體部分,依論文性質不同,各有不同的論述方式。論文的章節多寡也依材料而定。要注意的是:

1、章節間應作合理的安排

如研究一個歷史人物,總應從生平、著作討論起,才進入他的事

功、思想、影響等的討論。有些學者看到一篇論文的正文一開始即討論該被研究者的生平、著作，即視為方法老舊，而給予極低的評價。筆者以為這要看論題而定。在研究某些耳熟能詳的人物，前人已留下大量的傳記、年譜，如：李白、杜甫、蘇軾、戴震。當要論述這些人的詩篇技巧、思想等時，自不必有長篇累牘的生平傳記、著作等資料。但如果研究到某些不見經傳的人物，有關被研究者生平、著作資料是了解這個人最基本的材料，自應有詳加敘述的必要，不然如何知人論世？

2、章節的擬定以能突顯所定的預期效果為主

　　一篇論文的正文，就是這篇論文的靈魂部分，論文是否能達到預期的效果，正文章節的安排最為重要。如研究一個時段的學術思想，到底應該以人為主，或以思想概念、討論主題為主，往往見仁見智。最理想的安排，可分為上下篇，上篇討論當時學術思想的變遷，和思想家討論的重要論題；下篇則以人為主，以突顯這些思想家在該時段的重要性。由上面的例子可知，正文的安排必須從各種不同的角度來思考，以越周延越好。

三　結論部分

　　撰寫結論，有很多人不知如何入手，有些人把它當作「結語」，來發抒寫作過程中的甘苦。這就失去所謂結論的意義。既是一篇論文的結論，就應關照到以下數點：

1、前文論證部分的回顧

　　應將前面各章主要論證的部分，也就是論文的主要創見，簡潔的

加以敘述。使讀者在閱讀此一結論，即可知本論文的創見和貢獻所在。

2、可兼述本論文研究的不足和將來待努力的地方

　　一本論文，不可能將所有問題全部解決，在作結論時，最好能將有所不足的地方加以說明，以便自己和有心的研究者將來繼續研究之用。

第二節　論文大綱示例

例一

《宋初經學發展述論》

馮曉庭著　東吳大學中研所碩士論文　民國 84 年 6 月

緒論

　第一節　宋初經學涵蓋的範圍與研討價值

　　一、宋初經學涵蓋的範圍

　　二、宋初經學的研討價值

　第二節　前人研究成果與本文的討論方式

　　一、前人研究成果檢討

　　二、本文的討論方式

上篇

第一章　承繼與設限──宋初官方的經學政策

　第一節　唐五代官方經學政策略述

　第二節　中央政府推動下的典籍編修與付梓工程

例二

《日據時期臺灣小說研究》

許俊雅著　臺灣師範大學國文研究所博士論文　民國 81 年 5 月

緒論

　第一節　本文寫作緣起

三、臺灣新文學的第三階段（1937～1945 年）

（一）戰時體制與皇民化運動

（二）戰時的文學社群

　1、風月俱樂部與《風月報》

　2、臺灣文藝家協會與《文藝臺灣》

　3、啟文社與《臺灣文學》

　4、臺灣文學奉公會與皇民文學

（三）本階段特色

第二章　日據時期臺灣小說作者及其角色分析

第一節　小說作者之相關資料及生平傳略

一、「日據時期臺灣小說」及其「作者」之界定

二、日據時期臺灣小說作者資料表

三、重要作者傳略

第二節　小說作者之角色分析與創作主題

一、出身階層

二、出身地

三、教育程度

四、意識形態

五、職業

第三章　日據時期臺灣小說蘊含的思想內容

第一節　批評舊社會的陰暗面

一、養女習俗

二、媒妁聘金

三、蓄妾風習

四、民間宗教信仰

五、求神治病之風習

圖表目錄

表三：論述婦女問題之文章一覽表

表四：臺北大稻埕迎城隍裝八將與掛枷人數表（1928～1931 年）

表五：1922 年日臺郵政局職員工資差別表

表六：閩南方言詞彙之書寫呈歧異者

表七：以「狂」或「死」為敘事模式之小說作品

附錄

附錄一：日據時期臺灣小說刊行表

附錄二：三六九小報刊行小說一覽表

附錄三：日據時期臺灣小說集刊行表

附錄四：日據時期在臺日人小說刊行表

附錄五：日據時期在臺日人小說集刊行表

附錄六：日據時期臺灣文藝雜誌一覽表

主要參考書目

第三節　標點符號使用法

　　古人寫書並沒有使用標點符號，漢代起開始有句讀的方式，把語意已完的叫句，語氣未完的叫讀。宋代開始在旁邊加圈點，所以從宋代以來的部分古書有加圈點。但大部分的古書仍舊沒有標點。

　　民國初年，經胡適、陳望道、高語罕、孫俍工、鄒熾昌等人研究訂立新式標點符號，民國八年由教育部頒布，一共十二種，後來把其中的點號分為逗號（，）和頓號（、），又新添了專為外國人姓名用的音界號（·），就變成十四種。這十多年間書本的編排，由傳統的鉛字撿字，改為中文打字，再進步為電腦打字，以前制定的多種符號也逐漸被改造。最近數年大陸標示書名、篇名的新符號，席捲臺灣學術界，呈現新舊混用的混亂現象，也造成作者寫作時不少的困擾。

古代留下的典籍有將近十萬種之多，大多沒有標點。最近數十年中國大陸和臺灣等地進行古籍整理，已完成點校出版的雖有數千種之多，但也僅是留存古籍的一小部分而已。古書沒有標點既佔大部分，以傳統文化為研究對象的研究者，在引用古書時，就必須自己為這些引用的資料加上標點。標點的正確與否，對讀者實有相當深刻的影響。其次，標點符號的正確使用，也是構成優秀論文的條件之一。反之，一篇內容、論點都好的論文，標點符號卻錯誤連篇，也是白璧之瑕。既如此，對標點符號的使用就應特別小心。本文祇能作簡略的敘述，詳細用法可參考劉玉琛《標點符號用法》（臺北市：國語日報社，1977 年 8 月）。

所謂「標點符號」，是由「標號」和「點號」構成。標號有書名號、私名號、引號、夾註號、問號、驚嘆號、刪節號、破折號。點號有句號、頓號、逗號、冒號、音界號。茲分別說明如下：

一　標號

（一）書名號（﹏﹏）

用於書名、篇名、雜誌名、報紙名、電影名、歌曲名的左邊，或下邊。符號的長度與所用的名稱相等。例如：

四庫全書總目

孟子公孫丑上

中國文哲研究集刊

悲情城市

大風歌

由於文字的編排方式改變，原來加在左邊的書名號變得相當不方便。十多年前，《國立中央圖書館館刊》和《中國文化新論》（臺北市：聯經出版事業公司，1981 年 12 月）已率先將書名號改為〔 〕，遂與原先的夾註號（〔 〕）相混。海峽兩岸交流以後，大陸標註書名、篇名的符號遂廣為此地學術界和各種文字媒體所使用，其標示方法如下：

1. 書名號以《 》表示，如：《全上古三代秦漢三國六朝文》。
2. 篇名號以〈 〉表示，如：胡適〈詩經言字解〉。
3. 書名、篇名合用時，以前用《 · 》表示，如《莊子·天下》。現在改為「《莊子》〈天下〉」，會比較合理。

原先使用的書名號，不論書名、篇名皆加，但是大陸的標示符號傳入後，書名和篇名符號不同，如「易傳」、「詩序」、「大學」、「中庸」，到底要加書名號或篇名號，一定很困擾研究者。此外，有些人寫作時在古書篇名後喜加一「篇」字，如「天下篇」，「靈公篇」，使用大陸的篇名號時，可將「篇」字括入篇名號中，如《莊子》〈天下篇〉、〈衛靈公篇〉。

(二) 私名號（──）

用於人名、地名、國名、朝代名、種族名或學派名的左邊。符號長度與所用名稱相符，例如：

至聖先師孔子

浙江省於潛縣

有虞氏、有熊氏

浙東學派

近年由於使用打字，畫私名號不太方便，有不少論著多已省略。

(三) 刪節號（……）

用於表示省略所引用之原文，或語句未完、意思未盡時。刪節號所用的點（‧）是六點佔兩格，且要在每一格的正中間，不可偏左或偏右。寫作論文時最常用刪節號的情況有二，一是為古人的引文加刪節號。古書往往沒加標點，引文有刪節也沒有加上足以識別的符號。讀者引用該段文字，在為其加上標點符號時，如該段文字本來是有所刪節的，應使用刪節號加以標示。明人楊慎引古書時有刪節，引用楊慎著作，應儘量與原書核對，將刪節部分用刪節號標出，如：《升菴外集》引《史記》：「魏豹、彭越，雖故賤，然已席卷千里，南面稱孤，懷叛逆之意。」（卷 40，頁 9）如查《史記》〈魏豹彭越列傳〉，知「南面稱孤」句下，楊氏刪去「喋血乘勝，日有聞矣。」二句，所以為這段引文加標點時，應作：「魏豹、彭越，雖故賤，然已席卷千里，南面稱孤。……懷叛逆之意。」

第二種情況是為自己的引文加刪節號。引文如果太冗長，或有部分與論點不相關，就可適當加以刪節，刪節時應儘量保持作者原意，不可斷章取義，如：《大學》古本，乃孔門相傳舊本耳。朱子疑其有所脫誤，而改正補緝之，在某則謂其本無脫誤，悉從其舊而已矣。……今讀其文詞，既明白而可通；論其工夫，又易簡而可入；亦何所按據而斷其此段之必在於彼，彼段之必在於此，與此之如何而缺，彼之如何而補？（《傳習錄》，卷中）

(四) 破折號（──）

表示下文語意有轉折或下文係對上文的解釋，用破折號置於上文與下文之間。破折號應佔兩格，且用於格子的中間。例如：

故北方之畏奚恤也，其實畏王之甲兵也——猶百獸之畏虎也。
（《戰國策》〈楚策〉）

破折號還有一種用法，表示「到」的意思，最常見的是年代和頁數。
為了美觀，這種用法最好祇佔一格，如：

劉歆（？-23）
黃宗羲（1610-1695）
《顧頡剛讀書筆記》，第五卷，頁 123-158。

（五）夾註號（（）或[ ]）

在文句內因需補充意思、註釋或對原文有疑問時使用，其常見的
用法有二：

1. 在論文裡標明註解起止時使用，如：
    清初的經世學家顧炎武（1613～1682）
    說經當以孔子之言為主。（《經義考》，卷 115，頁 1）
2. 在劇本中用來說明情感或動作的文字，須用夾註號括起來，如：
    （老旦、丑持筐采茶上）乘穀雨，采新茶，一旗半搶金縷芽。
    （《牡丹亭》，第八齣，〈勸農〉）

（六）引號（「」單引號，『』雙引號）

用以表示引用語起止的符號。引文中如果又有引文，就必須再加
一組引號。在這種情況下，是先用單引號（「」），再用雙引號（『』）
一直沒有統一之標準，筆者以為應先用單引號，再用雙引號，如：

> 子夏問曰:「『巧笑倩兮,美目盼兮,素以為絢兮』,何謂
> 也?」子曰:「繪事後素。」曰:「禮後乎?」子曰:「起予者
> 商也,始可與言詩已矣。」(《論語》〈八佾〉)

另外,大陸和臺灣很多橫排的論著,往往把" "作為單引號,把' '作為
雙引號來使用。又在日本的漢學著作,則把『 』,當作書名號來用。

(七) 問號 (?)

用於發問、懷疑、反詰,或有異議語氣句子的後面。例如:

> 子曰:「人而不仁,如禮何?人而不仁,如樂何?」(《論語》
> 〈八佾〉)

另外,在標註年代時,有些不能確定的年代往往用問號 (?) 表示,
如:

> 馬端臨 (1254~?)
> 江有誥 (?~1851)

如所提到的人還健在,在卒年的部分,絕不可用問號,而應用空格,
如:

> 湯志鈞 (1932~)。

（八）驚歎號（！）

用於表示驚訝、感歎、強調、祈求等帶有被動情感句子的後面，如：

　　子曰：「朝聞道，夕死可矣！」（《論語》〈里仁〉）

　　（旦）不到園林，怎知春色如許！（《牡丹亭》第十齣〈驚夢〉）

二　點號

（一）句號（。）

用於一個完整文句，或一段文字結尾的後面，如：

　　子曰：「君子不器。」（《論語》〈為政〉）

　　陳子龍云：「〈禹貢〉則聖人治天下之書也。」（《經義考》，卷94，頁10）

（二）逗號（，）

表示句內頗短的停頓，用於意思沒完的詞組或短語等的語尾，如：

　　子曰：「學而不思則罔，思而不學則殆。」（《論語》〈為政〉）

　　這人姓王，名冕，在諸暨縣鄉村裡住，七歲上死了父親。（《儒林外史》）

（三）頓號（、）

用於兩個以上連用語（包括片語和短句）的中間。或標示條列次

序的數字之後，如：

> 子曰：「巧言、令色、足恭，左丘明恥之，丘亦恥之。」（《論語》〈公冶長〉）

> 王圻作《道統考》，取儒林世系，收秦、漢、魏、晉、南北朝、隋、唐諸儒於宋儒之前，以為宋以前諸儒不可廢。（《明代經學研究論集》，頁 17）

（四）分號（；）

用於前後兩個意思很密切的句子中間，使上下兩部分所欲表達的意思連貫。

> 孟子曰：「可以取，可以無取；取，傷廉。可以與，可以無與；與，傷惠。可以死，可以無死；死，傷勇。」（《孟子》〈離婁下〉）

（五）冒號（：）

用於提起下文或總結上文，主要的用法有：

1. 用下文說明上文時，上文之後用冒號，如：

> 五行：一曰水，二曰火，三曰木，四曰金，五曰土。（《尚書》〈洪範〉）

2. 是在「曰」、「言」、「云」、「說」等動詞之後用冒號，如：

> 子曰：「朝聞道，夕死可矣。」（《論語》〈里仁〉）

3. 是總結上文，如：

> 庖丁為文惠君解牛。手之所觸，肩之所倚，足之所履，膝之所踦，砉然響然。奏刀騞然，莫不中音：合於桑林之舞，乃中經首之會。（《莊子》〈養生主〉）

（六）音界號（·）

用於音譯外國人姓與名之間，或用來代替所用的計算單位。用於譯名者，如：

班傑明·艾爾曼（Benjamin Elman，1946-　）

用於計算單位者，如：

何楷採《詩集傳》之說者 3·5 首。

諷刺詩佔全部詩作比例的 35·5%。

大陸把書名號和篇名號都改成《》，在書名和篇名連用時，就用這種音界號（·）來隔開，如：《孟子》〈梁惠王下〉。日文著作，則將這種音界號作專有名詞間的頓號來使用，如：「哲學·文學·歷史學·經濟學·政治學·地理學·人類學等學問。」

第四節　引用資料的方式

寫作論文時，必然會引用到古人或時人的資料，引用時應特別注意：

引用資料長短要適中

一兩萬字的短篇論文，引文可儘量短小，有時用節要或引述大意，再加附註即可。長篇的論著，引文可較多、較長，但也不能漫無限制的徵引，這有被譏為抄書的嫌疑。馮友蘭的《中國哲學史》，引錄各哲學家的話語太多，稱為「引錄式」哲學史，頗為當代哲學史家

所譏。

應忠於原文，不可隨意刪改

所引資料應一句一字皆忠於原文，如原文有不通順或錯誤的地方，也應用附註或引文後加以說明，不可用已意加以刪改。

轉引文字必須覆核原文

有時從其他資料中轉引而得的引文，必須找到原文加以覆按，非不得已，應盡量避免轉引。

以下討論引用資料的幾種方式：

一　隨文引用

這是在行文中直接引用引文的一種方式，有別於下文所要討論的「方塊引文」。引文是短句，或短篇的韻文，為使行文不致因「方塊引文」而打斷，往往用隨文引用的方式。例如：

仕與隱的觀念一直支配著中國古代文人對於生命形態的抉擇。「學而優則仕」（註 33）是孔子的一種人生理念，但卻也只是在「邦有道」（註 34）的情況下才有這樣的抉擇，因為他堅持「不仕無義」（註 35）的信念；如若「邦無道」，孔子說：「則可卷而懷之」（註 36），是以他對於子路所遇見的「以杖荷蓧」的老者，直覺的判斷就是那人是個「隱者」，而「使子路反見之」（註 37）。作為儒家的一代宗師，孔子亦肯定「隱」之路途仍有某種程度的可行性。（李瑞騰：《寂寞之旅──中國

文學論稿》，頁 93）

這一段文字，把所引孔子的話，用附註的方式註出。又如：

> 就《易傳》來說，姚氏有《易傳通論》六卷，該書已亡佚。姚
> 氏《古今偽書考》「易傳」條論《易傳》真偽時，曾說：「予別
> 有《易傳通論》六卷。」（頁 1）《四庫全書總目》所收姚氏
> 《庸言錄》的提要說：「其姚氏說經也，如闢圖書之偽，則本
> 之黃宗義，……至祖歐陽修、趙汝之說，以《周易‧十翼》為
> 偽書，則尤橫矣。」（卷 119，子部，雜家類存目 6）可見姚氏
> 並不以《易傳》為孔子所作。（林慶彰：〈姚際恆治經的態
> 度〉）

這段文字引到《古今偽書考》和《四庫全書總目》兩書，都以隨文引
用，並在引文之後註明卷數、頁數的方式來敘述。

二　方塊引文

引用資料稍長，或為突顯該引文，可將引文獨立處理，稱為「獨
立引文」。由於這種引文篇幅較長，往往排成方塊形，所以又稱「方
塊引文」。這種方塊引文，是從正文分出，另起一行低三格從第四格
開始書寫，在引文前後也不需加引號，例如：

> 漢人解經，注重訓詁名物；宋人解經，專講義理。這兩派截然
> 不同。啖、趙等在中間，正好作一樞紐，一方面把從前那種沿
> 襲的解經方法，推翻了去；一方面把後來那種獨斷的解經方法

> 開發出來。啖、趙等傳授上與宋人無大關係，但見解上很有關
> 係，承先啟後，他們的功勞，亦自不可埋沒啊！（梁啟超：
> 《儒家哲學》，頁 36）

這段引文，首行從第四格開始書寫，以下各行也是如此，形成一「方塊」。在第一句「漢人解經」之前，不必加引號；最後一句，「亦自不可埋沒啊！」之後，也不必加引號。

　　有時，為了加強引證的效果，把討論同一主題的話引在一起，形成一組方塊引文。如：從清代以來貶抑明代經學的言論甚多，如果把它引在一起，就可引清代以來對明學的觀感，茲將這組方塊引文排列如下：

> 專門經訓授受源流，則二百七十餘年間，未聞以此名家者。經
> 學非漢、唐之精專，性理襲宋、元之糟粕，論者謂科舉盛而儒
> 術微，殆其然乎！（《明史》〈儒林傳〉，卷 282，頁 7222）

> 明自萬曆以後，經學彌荒，篤實者局於文句，無所發明，高明
> 者騖於玄虛，流為恣肆。（《四庫全書總目》，卷 5，經部易類
> 5，頁 17，《易義古象通》八卷提要）

> 論宋、元、明三朝之經學，元不及宋，明又不及元。（皮錫
> 瑞：《經學歷史》，頁 283）

這三段引文構成一方塊引文群，各段之後，都應註明出處（或直接註在引文之下，或用附註方式位於文末。詳見本編第七章）。也衍生一個小問題，為了區別這三段引文，各段引文之間最好一行，或者在各

段引文的第一句，再低兩格，從第六格寫起，第二行起仍一如一般的方塊引文低三格。

上面談的都是引一般的散文，至於引韻文也有應特別注意的地方。引詩也可以像一般散文，每行低三格，一直寫到該行的最後一字，然後再換行，如：

> 九重城闕煙塵生，千乘萬騎西南行。翠華搖搖行復止，西出都
> 門百餘里；六軍不發無奈何？宛轉蛾眉馬前死。花鈿委地無人
> 收，翠翹金雀玉搔頭。君王掩面救不得，回看血淚相和
> 流。……（白居易：〈長恨歌〉）

這種引用方式比較常見於古詩，如果是絕句、律詩，往往一句或兩句一行，充分反映出形式整齊之美，如：引五言絕句：

> 功蓋三分國，名成八陣圖。
> 江流石不轉，遺恨失吞吳。（杜甫：〈八陣圖〉）

又如：引七言律詩：

> 鳳凰臺上鳳凰遊，鳳去臺空江自流。
> 吳宮花草埋幽徑，晉代衣冠成古丘。
> 三山半落青天外，二水中分白鷺洲。
> 總為浮雲能蔽日，長安不見使人愁。（李白：〈登金陵鳳凰
> 臺〉）

另外，詞的結構較特殊，它的形式是長短句，不能像律詩、絕句那樣

形式整齊，所以無法排成一方塊體，引用時，一如引用散文，一行書寫到底，再寫第二行。但詞有上、下闋，甚至三闋，闋與闋之間，應該空兩格，以方便讀者辨認，如：

> 幾日行雲何處去？忘了歸來，不道春將暮。百草千花寒食路，香車繫在誰家樹？　　淚眼倚樓頻獨語，雙燕來時，陌上相逢否？撩亂春愁如柳絮，依依夢裡無尋處。（歐陽修：〈蝶戀花〉）

引用戲曲的曲牌，和引詞的形式相同，都是一行寫到底再換行，但因它沒有上、下闋的問題，所以不必空兩格。至於戲曲中的對話，在戲曲本子中往往是連著書寫，為了讓眉目清楚，可以將每一角色都提到每一行的開頭，如：

> （丑）李老爺這般傷感，敢認的他家？老婆子若說起，一發可憐。這府裡有個郡主，招了個丈夫，一去不來。有個什麼韋秀才，報說他丈夫誰家招贅了，不信，訪得明白，整了一個月日，又是我妹子為媒，招了個後生相伴，因此賣了這釵。
> （生哭科）我的妻啊！
> （丑驚科）原來就是參軍爺夫人，老婆子萬死萬死！
> （生悶到扶起介）妻啊，是俺負了你也！（湯顯祖：《紫釵記》第 46 齣〈哭釵〉）

又引用新詩時，很多詩人往往藉詩形式的安排來突顯出詩的效果，引用時最好能按照作者原來安排的形式，如：

給我一瓢長江水啊長江水

酒一樣的長江水

醉酒的滋味

是鄉愁的滋味

給我一瓢長江水啊長江水（余光中：〈鄉愁四韻〉之一）

三　刪節原文

引用資料如果太長，或其中有部分文字與論旨無關，都可略加刪節，以收簡明扼要之效。但刪節時，應注意文意的連貫，不可斷章取義。祇要有刪節的地方，一定要加上刪節號，一段引文，可能刪其中一部分，如：

古今人情一也，作詩者，人亦猶人情耳。……若詩不合人情，亦何貴有詩哉！（《詩經通論》，頁244）

也可以刪其中好幾部分，如：

古者以天下為主，君為客，凡君之所畢世而經營者，為天下也。今也以君為主，天下為客，……屠毒天下之肝腦，離散天下之子女，以博我一人之產業，……敲剝天下之骨髓，……以奉我一人之淫樂，……為天下之大害者，君而已矣。（黃宗羲：《明夷待訪錄》〈原君〉）

又引用韻文需刪節時，如果是古詩，應一行書寫到底，在有刪節的地方加刪節號即可，如：

天方薦瘥，喪亂弘多。……昊天不傭，降此鞠訊；……昊天不
惠，降此大戾。……昊天不平，我王不寧。(《詩經》〈小雅〉
〈節南山〉)

如果是絕句、律詩，由於引用時編排成一大方塊，如果刪節其中一兩
句，應整句加刪節號，如：

相見時難別亦難，東風無力百花殘。
春蠶到死絲方盡，蠟炬成灰淚始乾。
……，……。
蓬萊此去無多路，青鳥殷勤為探看。(李商隱：〈無題〉)

四　摘錄大意

有時要引的文字實在太長，不論全引或刪節都不恰當，這時也許
可以摘錄該段文字的大意。例如：楊慎《升菴外集》有〈希夷易
圖〉、〈易圖考證〉兩條，篇幅都很長，為讓讀者知道其內容，可摘錄
大意如下：

楊慎這兩段話，要點有三：(一)說明〈先天圖〉作於陳摶，
〈後天圖〉作於邵雍。邵雍所以作圖，乃因孔子《易》學難
明，作圖以闡發之。朱子所以不明言作者，是因為那些圖源於
道士陳摶，不敢直接說出來。(二)朱子《易學啟蒙》，似乎以
為先有易圖，然後才有《易》〈繫辭〉中的解說文字。楊慎舉
〈太極圖〉，因「易有太極」一語而作，〈七月流火圖〉因〈七
月〉一詩而作，以糾正朱子觀念的錯誤。(三)後人以易圖入科

舉考試，實不明《易》學淵源所造成的荒謬行為。如果不明易圖的來源，即不可謂之明經。（林慶彰：《清初的群經辨偽學》，頁80）

這種摘錄大意的方式，在敘述劇情大要時常常會用到。有時說到某一劇本，為讓讀者能了解劇情內容，往往需要把劇情大要敘述一下，如：湯顯祖的《邯鄲記》，採其大要如下：

此劇敘呂翁路經邯鄲，於旅邸中遇山東盧生，盧思榮貴不得，呂翁授之以枕，生遂入夢。夢中娶清河崔氏女，女家資財甚厚，生由是榮顯。三十餘年間，榮盛赫奕，一時無比，而寵辱之數，得喪之理，生死之情，亦盡知之。初，生入夢時，店主正蒸黃粱為饌，及生夢醒，黃粱尚未熟也。事出唐沈既濟〈枕中記〉，元人馬致遠有《黃粱夢》雜劇，湯顯祖敷演而成此記。（張棣華：《善本劇曲經眼錄》，頁58～59）

第五節　撰寫和修改初稿

當資料蒐集得差不多，且已全部閱讀過，重要的部分也已作成筆記卡，就可以根據所擬的大綱來寫作初稿。在正式談到寫作初稿之前，對讀者有以下幾點建議：

一　撰作初稿前應注意事項

（一）在資料應用方面

　　寫作初稿是根據所蒐集的資料和抄錄的筆記卡來進行，所以在撰寫初稿前，一定要將這些資料按大綱的先後順序整理好，以便寫每一章、每一節時參考之用。有時為了節省時間，避免錯誤，可將影印資料剪貼於初稿之上，遇到有需要作附註的地方，應將附註的數碼記在該記的位置，各附註的文字可用另紙書寫。否則，將來再回過頭來作附註，不但浪費時間，有些資料因一時匆忙，反而找不到。已用過的卡片，應記號，以免重複使用，或將未使用者誤以為已用，反而有所遺漏。

（二）在文字應用方面

　　學術論文的文字，有別於文學作品，應以簡潔扼要的實用文為主，有些同學，為了表示典雅，想用文言文來書寫，除非自信自己寫文言的能力很強，否則請不要輕易作這種嘗試，還是用白話文來書寫比較好。在行文中，「了」、「嗎」、「呢」、「罷」……等語尾疑問詞、感歎詞，除非必要，應儘量少用。行文中述及古人和今人皆直呼其名即可，如果是尊敬的前輩，或自己的老師，在名字之後加「先生」即可。以前的論文中，常常見到「××師」、「本師××先生」的用法，現在已逐漸減少。另外，在引用到自己尊敬的前輩、老師和朋友的說法，有時會加一些恭維語，「當代最偉大的思想家」、「當代史學大師」、「國學大師」、「我的朋友」……等等，都會給人不夠客觀的感覺，應儘量少用。又有些有爭議的問題，在沒有充分的論據之下，要

作論斷，語氣應稍和緩，像「已成定論」、「毫無疑義」、「鐵證如山」……等用語，都應謹慎使用。

（三）在內容結構方面

　　各章、各節的文字，字數應盡量均勻，有時從論文章節結構的安排，就可以看出論文作者的組織能力，所以各章節文字絕不可太過懸殊，如果有些章節的材料稍多，刪去又覺得可惜，可以將原來的一節分為上下兩節。有時，用一節或兩節的篇幅也無法容納，可以從以前的節提升為章，就可以避免章節字數不夠平均的毛病。另外，也要時時考慮到章節與章節間承接關係，不可讓人有突兀的感覺。

二　從正文開始撰寫

　　論文的正文是指前言（緒言、緒論）和結論（結論）以外的部分。正文的章數，可能有四、五章，也可能多至十數章，那些章節應該先寫，應視論題的性質及著重點而定。一般來說，如果是以一個人作為研究對象，且兼顧及他的生平、著述和學術的話，生平和著述的章節應該先寫，這樣才能從生平、著述的了解，進一步來了解他的學術。茲以丁原基先生《王獻唐先生之生平及其學術研究》（臺北市：東吳大學中國文學研究所博士論文，1993 年 6 月）為例，該書除前言、結論外，分六章：

　　　　第一章　王獻唐先生之生平
　　　　第二章　王獻唐先生之著述
　　　　第三章　王獻唐先生之目錄板本學
　　　　第四章　王獻唐先生之校讎學

　　第五章　　王獻唐先生之金石學

　　第六章　　王獻唐先生維護山東文獻之成就

從丁先生的論文，可知第一章的生平、第二章的著述，是應該先寫，第三至五章的目錄板本學、校讎學、金石學，因是平行的論題，那一章先寫都無所謂。至於第六章維護山東文獻之成就，是對王獻唐一切學術有全盤了解後才撰寫。

　　如果是以一個專題作為論題，則除了影響該專題的時代背景應先撰寫外，其他各章都可依自己熟悉的程度，決定先寫或後寫。如筆者所撰《清初的群經辨偽學》（臺北市：文津出版社，1990 年 3 月）一書，章節如下：

　　第一章　　導論

　　第二章　　清初辨偽風氣的興起

　　第三章　　考辨易圖

　　第四章　　考辨《古文尚書》

　　第五章　　考辨《詩傳》和《詩說》

　　第六章　　考辨《周禮》

　　第七章　　考辨《大學》

　　第八章　　考辨《中庸》

　　第九章　　考辨《石經大學》

　　第十章　　結論

除第一、十章的導論、結論外，第二章辨偽風氣的興起，一定要先寫，才能較徹底掌握該時段的學術風貌。至於第三至九章，因為都是平行的論題，那一章先寫都可以，但以從自己已很熟悉的論題先寫為

佳。

三　撰寫導論和結論

　　論文的導論和結論，應寫些什麼，在本章第一節擬定大綱時已有說明，讀者可以參考。撰寫導論，所以必須留在最後，是因為導論會討論到前人的研究成果，會提出研究方法等。這些都必須在論文全部正文撰寫完成後，才比較容易動筆。就前人的研究成果來說，所以要將這些成果加以檢討，主要是要確定此一論題還有沒有可撰寫的空間，那些是前人尚未論及的地方，當我們在撰寫每一章節時，一定會對相關之研究成果作詳細的閱讀，之後，才下筆撰寫。所以，如能在正文撰寫完畢後，再來撰寫這一部分的導論，必能有較中肯的評述。至於導論中如述及研究方法，必須留待最後才撰寫，道理也是很明顯。如果沒有將正文中的每一問題作過深入的研究，如何可得知方法的正確。所以，研究方法儘管可以預設，但必須經過研究過程中層層的檢驗，一次次的修正，才能得出正確的結論。

四　修正初稿

　　當正文和導論、結論全部完成後，可將論文擱置一段時日，再來修改。修改時，應著重在下列幾個方面：

（一）資料之增刪

　　在撰寫過程中，有時某些章節的資料稍嫌不足，或引用資料不夠貼切，或引用資料太長，……等等，都可作適當的增刪。此外，為減少錯誤，某些轉引的資料，也可藉修正的機會，一一與原書核對。

（二）論據之加強

有時為證成某一論點，會儘量蒐集更多的證據，但論據有時是無所不在的，匆忙中所蒐得的論據也許略有不足，也可以藉修正的機會，略加補強。另外，如有論點不夠周延的地方，也可以略加修訂。

（三）文字之潤飾

學術論文非文學作品，以簡潔扼要為主。但在撰寫初稿時，要兼顧的方面很多，往往無暇照顧到文字是否通順，說理是否明確，這些都可以藉修正的機會加以修改。修改時，最好將論文初稿逐字朗讀，就可以發現是否通順。也可以請同學或學長代為校閱一次，這除可修正文字外，也可以幫你發現是否有錯，以便及時改正。

（四）附註之增補

撰寫初稿時，有該加註的地方而未作註，有附註的出處一時找不到的，都可以在修正時加以增補。

第七章　論文的附註

第一節　附註的意義和作用

　　古人寫文章，如果引用他人的資料，有的直接引用，不註所出，後人把這種情形認為是抄襲；有的僅註明書名而已，由於所引該書的作者，版本都未註出，且同書名的又多，後人欲知所引書的究竟，就得大費周章，為它作引書考，這是坊間《禮記正義引書考》、《太平廣記引書考》之類的書不少的原因所在。現代學者，受西方影響，強調論文必須有附註，往往以有無附註作為衡量學術論文高下的標準，可是打開各個學校的學位論文，附註不符合規範的可說不少。坊間的各種學術論文寫作指引的書，也都有談到附註，可惜所舉的例子，往往不適合中文學界，讀者即使讀了仍舊不知如何加註。本節先從附註正名、附註的作用、位置等談起。

一　附註正名

　　為書籍作註解起於春秋戰國時代，這種注解到漢代時最為興盛。當時把這種註解稱為「訓」、「詁」、「傳」、「箋」、「解詁」、「章句」……等等，統稱作「注」。到了明代，改作言字旁的「註」，段玉裁《說文解字注》說：「漢、唐、宋人經注之字，無有作註者，明人始改注為註，大非古義也。」（11 篇上 2，頁 20）筆者以為文字流傳既久，要糾正也不是那麼容易，作「注」或「註」皆無妨。這種為書

籍的內容作註，以協助了解的方式，今人統稱為「注釋」，或作「註釋」。現在要談的「註」，是近代學術論文寫作的一種格式，它的作用和類別有很多，為了跟自古流傳下來的「注解」、「注釋」有所分別，本書將這種「注」正名為「附註」。

二　附註的作用

現代的學術論文，附註不夠仔細，會被視為草率，附註的格式不合規定，也會影響論文的評價。所以附註與論文本身可說是唇齒相依，缺一不可。這是寫作學術論文時，必須謹記在心的事。如從作者的角度來說，附註至少有下列數點作用：

1. 提示資料出處，並陳述資料的權威性。
2. 指引讀者參考相關的資料。
3. 補充說明正文中的論點。
4. 糾正前人資料的錯誤。
5. 向提供意見或提供資料者表達感謝之意。

如對讀者來說，可以根據附註來覆按資料，或藉附註的指示，得到更多相關的資料。

第二節　附註的位置

由於目前附註的方式來自西方的學術論文，起先大家一味模仿，一律將註放在章節之末，有時附註有一兩百條，讀者常常有不勝前後翻檢之苦，嚴耕望先生曾說：「這種章節後的附註，對於讀者本來就

有前後翻檢之勞的毛病，甚至於影響閱讀的情趣，若翻到後面，只是註明出處，並無其他說明，往往使人不免失望。」（《治史經驗談》，頁 120）所以，又有不少學者將僅註明出處和僅數個字的短註，都放在正文中，上下加括號即可。一般論文寫作指引的書，在談附註時，都僅用文末附註來談，恐怕不太周備。

一　文內附註

即在行文所引的資料或論點之下，直接註明出處，不再將出處放在文末的附註。這種文內附註本是古人作註時通行的方式，但有時註文太長，往往影響行文的連貫性，更影響讀者之閱讀。所以，筆者以為此種文內附註，應僅限於註明出處或簡單的說明時使用，例如：

> 再就《禮記》來說，姚氏有《禮記通論》，該書已亡佚，杭世駿的《續禮記集說》引其佚文有五十餘萬字，近有簡啟楨的輯本，編入《姚際恆著作集》第二、三冊中。杭世駿的《續禮記集說》云：「（姚氏）著《九經通論》，中有《禮記通論》，分上、中、下三帖。」（卷首，姓氏，頁 10）這種編排方式，與傳統按《禮記》四十九篇之順序排列者不同。柳詒徵《劬堂讀書錄》云：「姚氏自以其意評判《戴記》各篇之高下，而分為上、中、下三等。據杭書所集姚氏說，有所謂列上帖、列中帖、列下帖者。」（《文瀾學報》1 卷 1 期，1935 年 1 月）可知，姚氏將《禮記》各篇分上、中、下帖是一種品評的等級。等級之高下，以能否得儒學之真義為標準。（林慶彰：〈姚際恆治經的態度〉）

這一段文字引到杭世駿的《續禮記集說》、柳詒徵的《劬堂讀書錄》，都直接將出處註在引文之後，而不作文末附註。另有在方塊引文之末直接作註，例如：

> 近姚立方作《偽周禮論注》四本，桐鄉錢君館於其家多日，及來謁，言語疏率，瞠目者久之。囁囁嚅嚅而退，然立方所著亦不示我，但索其卷首總論觀之，直紹述宋儒所言，以為劉作，予稍就其卷首及宋儒所言者略辨之，惜其書不全見，不能全辨，然亦大概矣。(《西河文集》，書七，頁 220）

這是在方塊引文之後，直接將出處註出。

但這種附註法也有缺點，即引書的版本如何，不容易從註中看出來。如這裡所引《續禮記集說》是用什麼版本？所以，要用文內附註，書末或文末往往必須加附參考書目。

二 當頁附註

即在附註所在的當頁，將註文附於該頁的一邊，論文如果是直排，則為該頁的左邊；如果是橫排，則是書頁的下端。這種附註方式，嚴耕望先生說：「這種體式既不會妨礙正文，有中間隔斷的毛病，而檢對起來又極方便，不必前後翻檢，更不至使人有失望的感覺。」(《治史經驗談》，頁 121～122）由於這種附註有很多優點，再加上個人電腦發達，每一作者可以自己隨意編排。所以，把附註放在當頁的也越來越多。

這裡舉一個論文橫排的當頁註為例：

　　一九五一年五月，熊氏完成《與友人論六經》一書④，計有
七萬餘言。其中論《周禮》一書約佔五分之三之篇幅。此為熊氏
有關《周禮》思想之所在。所謂《與友人論六經》之「友人」是
誰，有董必武和毛澤東二說。⑤個人以為該書應是以長函的方式
寫給董必武，後來董氏轉呈給毛澤東看。董氏為中共的開國元
老，並非學術中人，熊氏何以要與之論六經，且特別多談艱澀枯
燥之《周禮》，後文將加以討論。

---

④本文所採用者，為 1988 年 3 月明文書局本。

⑤郭齊勇的《熊十力及其哲學》、《熊十力與中國傳統文化》，皆以
　為寫給毛澤東。翟志成〈論熊十力思想在一九四九年後的轉
　變〉一文曾云：「一九五一年熊十力撰《論六經》，該書實際上
　是向毛澤東上書，都約七萬言，力言實行社會主義。……《論
　六經》由林伯渠、董必武、郭沫若轉致毛澤東。」後來，郭齊
　勇的《熊十力傳》則以為：「友人係指董必武。熊十力春天與董
　見面時就想與他談儒家經典，後取筆談形式。全書於六經中對
　《周禮》發揮甚多，帶有空想社會主義色彩。」

三　文末附註

　　是指在論文章節之末作註。這還是目前最流行的附註方式。如果
是單篇論文，附註當然在該文之末，如果是有章節的專著，附註是在
一章之後，還是各節之後，作者可自行斟酌，但以在各節之後，較為
方便。由於大多數讀者都知道什麼是文末附註，所以不再舉例。

四　附註編號的位置

除前面提到三種附註的位置外，當頁註和文末附註在應加註的文句之下都應有附註的編號。現行的編號不太統一，有的用註一、註二、註三、……；有的用❶❷❸……，省去「註」字；有的用①②③……。筆者以為正文中為各註所加的編號，應與附註上頭的編號一致，如果是用註一、註二，兩邊都要一樣。

至於行文時，要將附註編號加在那個位置，目前也是非常分歧，本書試著作如下的規定：

（一）文句未結束時，加在逗點之前

例 1：

如同他在留美期間說明社會分工的需要以及強調個人應當各盡所長，「各行其是，各司其事」的原則一般⑩，他這時仍然傾向於相信個人在自己的崗位上盡力即能有貢獻。

例 2：

顧炎武提出「經學即理學」①，黃宗羲提出「六經皆載道之書」②，基本上都是希望能將已分裂數百年的儒學統合為一，這是重建儒學的第一步。

（二）文句已結束時，加在句點之後

他也不曾說明個人在社會上各種勢力的影響下，需要有那些客觀條件相配合，才可能改造社會。⑫

第三節　附註的類別

　　附註如前文所云有許多的作用，但如果將各論文中的附註加以分析，大抵可分為以下兩個大類：

一　資料性的附註

（一）說明所引資料之出處

　　這是最常見的一種出處，幾乎每篇論文百分之八十以上的附註，都是這一類的附註，如：

　例一：

　　　見（明）黃佐撰：《南雍志》（臺北市：偉文圖書公司，1976年），卷 6，〈職官年表下〉，頁 13 下。又見（明）黃儒炳撰：《續南雍志》（臺北市：偉文圖書公司，1976 年），卷 11，〈職官表下〉，頁 27 上。

（二）提示相關資料

　　對於論文中所提到的某個問題，論文作者願意提供所知的相關論著作為參考，就可加註，這一方面可表示作者的博學多識，也提供讀者不少方便，如：

　例二：

　　　討論周人天命思想論著相當多。早期有郭沫若的《先秦天道觀的進展》（上海市：商務印書館，1933 年 5 月）一書，晚近討

論此問題專著不少，如黎建球的《先秦天道思想》（臺北市：
箴言出版社，1974 年 7 月）；李杜的《中西哲學思想中的天道
與上帝》（臺北市：聯經出版事業公司，1978 年 11 月）；楊慧
傑的《天人關係論》（臺北市：大林出版社，1981 年 1 月）；
黃湘陽的《先秦天人思想述論》（臺北市：文史哲出版社，
1984 年 4 月）；傅佩榮《儒道天論發微》（臺北市：臺灣學生
書局，1985 年 10 月）等。這些書對周人的天命觀都有較詳細
的討論，可參考。

（三）提示原文資料

有時為了論文行文之簡潔，對某人論點僅摘要敘述，至於其原文
則可在附註中全部或部分引出，好讓讀者覆按，如：

例三：

李先芳說：「先儒舊說，二南二十五篇為正風，〈鹿鳴〉至〈菁
莪〉二十二篇為正小雅；〈文王〉至〈卷阿〉十八篇為正大
雅，皆文武成王時詩，周公所定樂歌之詞。〈邶〉至〈豳〉十
三國為變風，〈六月〉至〈何草不黃〉，五十八篇為變小雅，
〈民勞〉至〈召旻〉十三篇為變大雅，皆康昭以後所作，及考
安成劉氏曰：『詩人各隨當時政教善惡，人事得失而美刺之，
未嘗有意於為正為變，後人比而觀之，遂有正變之分，所以正
風雅為文、武、成王時詩，變風雅為康、昭以後所作。而〈豳
風〉不可以為康、昭以後之詩也。』大抵就各詩論之，以美為
正，以刺為變，猶之可也。若拘其時事，分其篇帙，則其可疑
者多矣。」詳見李氏撰：《讀詩私記》（臺北市：臺灣商務印書
館，1983 年，影印《文淵閣四庫全書》本），卷一，〈辨詩本

無變風變雅之名〉條。

二　說明性的附註

（一）補充說明論文中的某些論點

在論文行文中，對某一論點，有時為兼顧文氣順暢，有時怕詳細申論會離題太遠。這時，可以在附註中加以補充申論。這也是常見的一種附註，如：

例四：

大抵而言，中國帝制下的君權雖然有一些如所謂「天」與「理」、和君權傳統本身所帶來的限制，卻缺乏「形式化、制度化」的限制。如同余英時所指出，即使時而成為君權行使的阻力的官僚體系，也「祇能要求操縱者遵守機器運行的合理軌道，但是卻無力阻止操縱這運用這部機器去達成甚至是相當不合理的任務。」詳見余英時：〈君尊臣卑下的君權與相權〉，《歷史與思想》（臺北市：聯經出版事業公司，1976 年），頁50～75。

例五：

江西自山谷以來，即有卒歸於唐詩之渾化的傾向，《名賢詩話》載山谷自黔南歸，詩變前體，且云：須要唐律中作話計，乃可言詩。其後如陸游、楊萬里，都認為學江西者定須上參唐人。因此，整體地看來，由江西到嚴羽這類標舉盛唐的詩論，乃是一條脈絡的發展，具有理論上的必然，而非反動。至於

陸、楊等人通過知性反省以上追唐人，為什麼不會跟專學晚唐的四靈等人相似，更值得我們深思。

（二）訂正前人論點的錯誤

有時論文所提到的前人論點有錯誤，在行文中不方便加以辨證，可以利用附註加以辨證，如：

例六：

朱敦儒的卒年，胡適《詞選》朱敦儒小傳曾根據「屈指八旬將到」（〈西江月〉），「今年生日，慶一百省歲」（〈洞仙歌〉）等語，猜想他「大概活到九十多歲，……死於孝宗淳熙初年，約當 1175」（商務版，頁 188）。其實這是錯誤的。近人王學初根據《建炎以來繫年要錄》卷一八一與趙與峕《賓退錄》卷六，論定他是卒於紹興二十九年（1149）。我們查《建炎以來繫年要錄》卷一八一紹興二十九年繫事，將會發現如此記載：「左朝奉郎致仕宋敦儒卒於秀州」，則「宋」乃「朱」字形近而誤。另外四庫全書本（即永樂大典本）《建炎以來繫年要錄》錯的更離譜，除「朱敦儒」誤作「宋郭儒」外，「卒」字之下又脫「於秀州」三字。《賓退錄》卷六述說朱敦儒去世的經過甚詳：「朱希真夢記略云：『紹興戊寅（二十八年）除夜，體中不佳，三更方得睡。至一山館，（以下夢境略）……忽驚起，索燈火，目想心思，縱筆為記。』次日己卯（二十九年）歲旦，子孫環侍，朱出此記示之，且云：『所遊甚樂，悔不便為住。』計後八日，又自云：『好去好去，自有快樂。』三更初，端坐啟手足，神色不亂，寂然而逝，七日方斂，舉體柔軟，氣貌如生。」時間亦與《要錄》吻合。由以上記載，可確

定朱敦儒卒於紹興二十九年，實際只活七十九歲。他詞云：
「屈指八旬將到」，還說得過去，至於說：「今年生日，慶一百
省歲」，這個「省」字未免太有彈性了，難怪善於考證的胡適
先生要誤以為他活到九十多歲。

（三）感謝前人提供資料或意見

在論文寫作過程中，一定有不少師友幫忙提供資料，或對論文內
容提出意見。這大都可以在論文的序文中表達感謝之意。但單篇論文
並沒有序，祇能在後記，或用附註的形式表示感謝。假如某一問題的
觀點因某人提供意見而有所修改，也可以在該論點之下加註，表達感
謝之意，如：

例七：

本論文研究期間，承蒙秦賢次先生慷慨借用其珍藏之張資平相
關資料，謹此致謝。

第四節　附註的目錄項

附註中所述及的資料，都應儘量註明作者、書名或篇名、出版
地、出版者、出版時間、版次、卷冊、章節、頁次等。茲分別討論如
下：

一　關於作者

這裡所說的作者，包括著者、編者、注疏者、輯者、點校者、修

訂者、翻譯者、……等等。著錄作者名，大抵根據書名頁、版權頁和
封面。

（一）作者題名是筆名、別號，而又能察知本名時，應將本名加
上括號，置於筆名之後，如：

胡拙甫（熊十力）:《韓非子評論》

（二）若一作品有二位或三位作者，則按順序列出所有作者。有
些則加上「合著」、「合編」、「合譯」、……等字樣，如：

黃壽祺、張善文:《周易譯註》。
黃重添、徐學、朱雙一:《臺灣新文學概觀》。
王俊義、黃愛平合著:《清代學術與文化》。

（三）若有三個以上的作者，則僅著錄第一位作者，而於其後加
「等撰」、「等編」、「等譯」……之字樣，如：

謝冰瑩等編譯:《新譯四書讀本》。
劉登翰等主編:《臺灣文學史》。

（四）古書的註釋者往往分好幾層次，應分別加以註明，有時為
了讓讀者對註釋者的時代更清楚，也可加上朝代名，如：

（漢）毛亨傳、鄭玄箋、（唐）孔穎達疏:《毛詩正義》。
（漢）司馬遷撰、（宋）裴駰集解、（唐）司馬貞索隱、張守節
正義:《史記三家注》。

（五）古書頗多偽作，作者可題為「舊題×××撰」，如：

　　舊題（漢）孔安國傳、（唐）孔穎達疏：《尚書注疏》。
　　舊題（周）子貢撰：《詩傳》。

（六）古書已亡佚，經後人輯出者，應將輯佚者標明，如：

　　（晉）孫毓撰、（清）馬國翰輯：《毛詩異同評》三卷。

（七）古書有新點校者，應將點校者標明，如：

　　（清）孫詒讓撰，王文錦、陳玉霞點校：《周禮正義》。

（八）作者為機關、團體時，應將機關、團體標出，如：

　　國立中央圖書館：《中國文化研究論文目錄》。

二　關於書名和篇名

　　（一）古書中有很多異名，註記時應以所引用版本之書名為主，如：胡廣所編《詩傳大全》，又稱《詩經大全》；《書傳大全》，又稱《書經大全》，註記書名時，應以引用的版本為主。
　　（二）引用之資料有副標題時，該副標題應一併加以註記，如：

　　林衡哲、張恆豪編：《復活的群像 —— 臺灣三十年代作家列

傳》。

（美）斯特倫著，金澤、何其敏譯：《人與神：宗教生活的理解》。

（三）所引資料，如為論文集中之一篇，應先註記篇名，再註記論文集名，如：

董金裕：〈白鹿洞書院學規對韓儒李退溪教學的影響〉，見聯合報國學文獻館編：《第二屆域外漢籍國際學術會議論文集》（臺北市：編者，1989 年 2 月），頁 489～503。

（四）為節省篇幅，書名和篇名在第二次出現時，可用簡稱，但應註明「以下簡稱×××」，如：

胡適：《胡適留學日記》（以下簡稱《留學日記》）
胡頌平：《胡適之先生年譜長編初稿》（以下簡稱《年譜長編》）

（五）期刊有分版時，應加括號註記於刊名之後，如：

《輔仁學誌》（文學院之部）
《廈門大學學報》（哲學社會科學版）
《內蒙古社會科學》（文史哲版）

（六）期刊、報紙有改名者，引用改名前之資料，不可註記改名後之刊名，如：《中國時報》原名《徵信新聞報》，引用改名之前的資料，不可註記為《中國時報》。

三　關於出版項

　　所謂出版項包括：出版地、出版者、出版日期、版次、所屬叢書等項。

（一）出版地

1. 出版者大多在都會區，要註明出版地時，為配合圖書館編目規則，在臺北市出版的，出版地作「臺北市」，在新北市板橋區出版的，出版地如果有改制者，改制前出版的書，不可用改制後的出版地！如：臺北縣板橋市出版的，不可改作新北市板橋區。改制後出版的才註記作「新北市板橋區」，「東京都」註記作「東京市」，如：

   > 何欣：《當代臺灣作家論》（臺北市：東大圖書公司，1983 年12 月）。
   > 濱口富士雄：《清代考據學思想史的研究》（東京市：圖書刊行社，平成 6 年 10 月）。

2. 中國的出版者往往以地名命名，如「上海古籍出版社」、「廣東人民出版社」[1]，讀者在註記出版地和出版者時常有所混淆，將「上海」、「廣東」誤作出版地，而註記作「上海：古籍出版社」、「廣東：人民出版社」。正確的註記方式應該如下：

1　著者按：中國在北京的人民出版社，就稱為「人民出版社」，而不是「北京人民出版社」，所以註記出版地和出版者應作「北京市：人民出版社」，而不是「北京市：北京人民出版社」，讀者應特別加以區分！

　　上海市：上海古籍出版社

　　廣州市：廣東人民出版社

3. 在書名頁、版權頁都找不到出版地，但能確定其所在者，則將出版地加方括號。如不能確定，則在出版地這一項，註記「出版地不詳」，如：

　　朱紹侯主編：《中國古代史研究入門》（〔鄭州〕：河南人民出版社，1989 年 1 月）。

（二）出版者

1. 註記出版者，應用全稱，惟名稱中有「有限」、「股份有限」、「股份有限公司」等字，可以省略，如：「萬卷樓圖書有限公司」，可以省作「萬卷樓圖書公司」；「三民書局股份有限公司」，可以省作「三民書局」。

2. 出版者名稱，要如實註記，不可隨意篡改，如：「聯經出版事業公司」，不可省作「聯經」，或作「聯經書局」、「聯經出版社」等。「商務印書館」也不可改作「商務出版公司」、「商務書局」、「商務出版社」等。

3. 某些出版者有加「臺灣」二字，不可隨意省略，如：「臺灣商務印書館」不可省作「商務印書館」。「臺灣中華書局」也不可省作「中華書局」。因為大陸、香港仍舊有「商務印書館」、「中華書局」，為免混淆，應用該出版者的全稱。

4. 一般出版者改名，或學校升格改名，引用改名前之出版品，註記

出版者時，不可用改名後之名稱，如引用「中央圖書館」之出版品，註記時，不可將出版者改作「國家圖書館」；引用「臺灣省立師範大學」之出版品，不可將出版者改作「國立臺灣師範大學」；引用「中國文化學院」之出版品，不可將出版者改作「中國文化大學」。

5. 出版者如果為作者本人，則可註記「作者自印本」，如：龍宇純：《中國文字學》（臺北市：作者自印本，1994 年 9 月，6 版）。

（三）出版日期

1. 註記出版日期，應以實際引用資料的出版日期為準，不可引用後出的版次，卻註記初版的出版日期。

2. 各國出版品的記年法各有不同，如臺灣用「民國」，日本用「昭和」、「平成」，大陸、香港、美國等地用西元，不可任意改為「民國」。

3. 為求記年方式統一，可將「民國」、「昭和」、「平成」等紀年，換算成西元紀年，如：

　　王夢鷗：《文學概論》（臺北縣：藝文印書館，1976 年 5 月）。（原用「民國」紀年）
　　松川健二編：《論語思想史》（東京市：汲古書院，1994 年 2 月）。（原用「平成」紀年）

4. 一部大叢書，出版日期綿延數年，各冊又未分別註明出版日期，則以該叢書第一冊出版日期為準，如：影印《文淵閣四庫全書》、《古本小說叢刊》、《古小說集成》等都是。

（清）李清馥：《閩中理學淵源考》（臺北市：臺灣商務印書館，1983 年，影印《文淵閣四庫全書》本）。

5. 期刊、報紙之論文，不必註記出版地、出版者，僅註明出版日期即可，如：

屈萬里：〈論出車之詩著成的時代〉，《清華學報》新 1 卷 2 期（1957 年 4 月），頁 102～108。

葉石濤：〈新舊文學論爭與張我軍〉，《臺灣新聞報》，第 19 版，1995 年 9 月 2 日。

6. 學位論文沒有版權頁，註記時以封面所印的日期為準。
7. 未出版之學術會議論文，註記時以會議的日期為準。

（四）版次

1. 版次的註記以所引出版品之版次為主，惟臺灣出版品將印刷一次稱為「一版」，與世界各地不同，但也不可將所註記之「版」，改為「刷」，祇好依所見者分別註記。

2. 出版品之「初版」或「一刷」，可不用註記，以後各版，或各刷都應註記。

武內義雄：《中國思想史》（東京市：岩波書店，1988 年 2 月，43 刷），第 17 章〈經學的統一〉，頁 196。

張錦郎：《中文參考用書指引》（臺北市：文史哲出版社，1983 年 12 月，增訂三版），頁 171。

3. 有些書已非初版，但未註明版次，則以版權頁所註記出版日期為

準。

（五）叢書

引用的出版品如屬於某叢書，則應將叢書名註記於出版日期之後，有版次者註記則於版次之後，如：

（清）郝懿行：《爾雅義疏》（臺北市：臺灣中華書局，1968年9月，臺二版，《四部備要》本）。

（六）其他注意事項

1. 引用古書（善本書和普通線裝書），其出版項各圖書館已有一定的著錄方法，並編輯成善本書目或普通線裝書目，註記時，應以各該書目所著錄的出版項（版本）為準，如：

（明）顧祖訓編：《狀元圖考》（明萬曆三十五年刊，清初武林陳氏增補本）

（清）費密：《費氏遺書三種》（清光緒三十四年大關唐代成都怡蘭堂刊本）

2. 引用手稿本時，整個出版項僅需註明「手稿本」即可。

楊逵：〈自由勞假者生活斷面〉（手稿本）。

3. 有些翻印本，缺版權頁，也無法查知何時翻印，出版項則註明「翻印本，出版時地不詳」，如：

郭沫若：《十批判書》（翻印本，出版時地不詳）。

司馬長風：《中國新文學史》（翻印本，出版時地不詳）。

四　關於章節、卷期、頁數

1. 古書的卷數、頁數都刻在書口，頁數是兩頁（葉）共用一頁碼，可在頁碼後加「上」、「下」之字樣，以示分別。如：

（明）高攀龍：《高子遺書》（明崇禎五年嘉善錢士升等刊本），卷7，頁2下～3上，〈崇正學闢異說疏〉。

2. 古書的影印本往往將四頁拼成一頁，且重編頁碼，引用時仍應註記原頁碼，如：

（清）閻若璩：《尚書古文疏證》（臺北縣：漢京文化事業公司，影印《皇清經解續編》本），卷8，頁1上。

（明）陸容：《菽園雜記》（臺北市：臺灣商務印書館，1986年3月，影印《文淵閣四庫全書》本），卷3，頁14上。

3. 引用現代專著，有章節者，應將章節一併註記，如：

湯志鈞：《近代經學與政治》（北京市：中華書局，1989年8月），第3章〈經學的演變〉，頁97。

佐野公治：《四書學史の研究》（東京市：創文社，昭和63年12月），第7章〈科舉と四書學〉，頁387。

4. 引用期刊論文，應註明卷期、頁數。

　　錢穆：〈讀詩經〉，《新亞學報》第 5 卷 1 期（1960 年 8 月），頁
1～48。

5. 有些期刊是卷期和總期數並用，註記時最好兩者並存，如：

　　王爾敏：〈周禮所見婦女之地位及職司〉，《漢學研究》第 12 卷
2 期（總第 24 號）（1994 年 12 月），頁 3。
　　章培恆：〈三談百回本《西遊記》是否吳承恩所作〉，《中華文
史論叢》1986 年第 4 輯（總第 40 輯）（1986 年 12 月），頁 277。

6. 中國大陸期刊的卷期，大都用××××年×期，許多讀者誤以為
××××年為出版年，所以註記為「○○○○（刊名）第×期×
××年」，正確的註記方式是：

　　張啟成：〈試論陳風〉，《貴州文史叢刊》1985 年 4 期（1985 年
4 月）

7. 引用報紙論文，應註明版次。當今的報紙版次太多，往往分為幾
大類，用 A、B、C、D 來區別，註記時在版次前應加上 A、B、
C、D 字母，以免混淆。

　　屈萬里：〈周易卦辭利西南不利東北說〉，《中央日報》，第 9 版，
1994 年 10 月 27 日。
　　李筱峰：〈哪些機構應該裁併？〉，《自由時報》，第 A21 版，2011

年 6 月 12 日

8. 引用資料時，或註明該資料之起訖頁數，或註明所引資料、論點
之頁數，或兩者皆註記，視情況而定。

程元敏：〈朱子所定國風中言情諸詩研述〉，《孔孟學報》第 26
期（1973 年 9 月），頁 153～164。（註明起訖頁數）

饒宗頤：〈張惠言詞選述評〉，《詞學》第 3 輯（1985 年 2 月），
頁 109。（所引論點之頁數）

林明德：〈梁啟超與《新小說》〉，《中國現代文學國際研討會論
文集》（臺北市：中央研究院中國文哲研究所，1995 年 6 月），
頁 67～84。引文見頁 78。

五　再次引用

同一資料引用兩次以上（含兩次）時，依下列方法註記：

1. 作者、書名、章節、頁數全同時，僅需註明「同前註」，卷數、
頁數不同時，應將不同之卷、頁數標出，如：

註 1：　王叔岷：〈論校書之難〉，《臺大中文學報》第 3 期（1989
年 12 月），頁 1。

註 2：　同前註。

註 3：　同前註，頁 3。

2. 再次徵引的註，如果不接續，則應將被徵引原註的數碼標出，再

　　註記徵引的卷數和頁數，如：

　　註 1： 徐朔方：《湯顯祖評傳》（南京市：南京大學出版社，
　　　　　 1993 年 7 月），第 2 章〈坎坷的仕途〉，頁 59。
　　註 2： 鄭培凱：《湯顯祖與晚明文化》（臺北市：允晨文化公
　　　　　 司，1995 年 11 月）， 頁 221。
　　註 3： 同註 1，第 3 章〈最後的歲月〉，頁 202。

六　轉引資料

1. 所引資料並非親見，而是轉引自他書者，應註明轉引資料之出
   處，如：

　　陳第：《松軒講義》，頁 16。轉引自容肇祖：《明代思想史》（臺
　　北市：臺灣開明書店，1975 年 3 月，臺 4 版），頁 277。

2. 除非原資料已亡佚，或確實找不到，否則應儘量避免轉引資料。

七　引用電子資源

　　引用電子資源時，由於各種電子資料庫、網站編碼方式不同，往
往會產生一大串的網址，註說出處應避免複製此一大串網址於附註
中，一方面讀者不可能逐一輸入網址檢索，另方面網址或許因資料庫
的設計會有所變動，意義不大。因此僅須註明網站首頁網址，再加上
相關檢索條件、文章標題、發表時間即可。例如：

1. 引用資料庫

> 註 1： 《史記》〈儒林列傳〉引：「申公獨以詩經為訓以教，無
> 傳（疑），疑者則闕不傳。」見司馬遷：《史記》卷一百
> 二十一〈儒林列傳〉第六十一，「新漢籍全文資料庫」
> （http://hanchi.ihp.sinica.edu.tw/）。

2. 引用檢索網站

> 註 1： 羅倬漢：〈禮樂與社會階層〉，引自讀秀網網站（http://
> edu.duxiu.com）。本文原刊於《學原》，2 卷 8 期（1948
> 年 12 月），頁 21-25。
>
> 註 2： 中央研究院中國文哲研究所點校的《經義考》「百度百
> 科」也有批評。見「百度百科」網站「經義考」詞條
> （http://baike.baidu.com）。

3. 引自網頁

> 註 1： 龔鵬程：〈鵬程隨筆：霧鎖北京〉，龔鵬程網站（http://
> www.fgu.edu.tw），2005 年 11 月 6 日發表。

八　綜合整理

　　前述各項，乃就作者項、書名項、出版項、章節、卷期、頁數、
再次引用、轉引資料等項分別舉例加以說明，為使讀者對附註的註記
方式有更清晰的概念，茲按資料的類型再作綜合整理：

（一）引用古籍原刻本

（宋）司馬光：《資治通鑒》（南宋鄂州覆北宋刊龍爪本），卷
2，頁 2 上。

（二）引用古籍影印本

（明）郝敬：《商書辨解》（臺北縣板橋市：藝文印書館，1969
年，《百部叢書集成》影印《湖北叢書》本），卷 3，頁 2 下～
3 上。

（三）引用現代專著

王夢鷗：《禮記校證》（臺北縣板橋市：藝文印書館，1976 年
12 月），頁 102。

劉綬松：《中國新文學史初稿》（北京市：人民文學出版社，
1979 年 11 月），上卷，第 1 編第 2 章〈文學革命的實績〉，頁
50～51。

（四）引用期刊論文

趙制陽：〈姚際恆詩經通論評介〉，《中華文化復興月刊》第 13
卷 12 期（1980 年 12 月），頁 75～86。

顧志華：〈試論王鳴盛的目錄學〉，《華中師範大學學報》（哲學
社會科學版）1990 年 4 期（總第 86 期）（1990 年 7 月），頁 62～
65。

（五）引用論文集論文

余英時：〈清代思想史的一個新解釋〉，《歷史與思想》（臺北

市：聯經出版事業公司，1976 年 9 月），頁 121～156。

容肇祖：〈明太祖的《孟子節文》〉，林慶彰編：《中國經學
史論文選集》（臺北市：文史哲出版社，1993 年3月），下冊，
頁 307～317。

（六）引用學位論文

張以仁：《國語研究》（臺北市：臺灣大學中文研究所碩士論
文，1958 年 6 月），頁 201。

（七）引用會議論文

李威熊：〈明代經學發展的主流與旁支〉，「明代經學國際研討
會」論文（臺北市：中央研究院中國文哲研究所，1995 年 12 月
22、23 日），頁 10。

（八）引用報紙論文

丁邦新：〈國內漢學研究的方向和問題〉，《中央日報》，第 22
版，1988 年 4 月 2 日。

第五節　附註舉例

例一：

　　為了讓讀者對論文的附註有一較完整的概念，本節將舉兩個實
例，一是引用古書較多的例子，茲舉筆者《明代經學研究論集》（臺
北市：文史哲出版社，1994 年 5 月）一書所收〈明末清初經學研究

的回歸原典運動〉的附註為例：

註　一　有關王弼研究《易經》的具體成就，可參考湯用彤撰：〈王
　　　　弼之周易論語新義〉，收入《魏晉思想》（臺北市：里仁書
　　　　局，1984 年 1 月），〈魏晉玄學論稿〉，頁 87～106。又，林
　　　　麗真撰：《王弼及其易學》（臺北市：國立臺灣大學文學院，
　　　　1977 年 2 月）。

註　二　有關啖助、陸淳、趙匡等人研究《春秋》之具體成果，請參
　　　　考宋鼎宗先生撰：《春秋宋學發微》（臺北市：文史哲出版
　　　　社，1986 年 9 月，增訂再版），第二章〈春秋宋學之濫觴〉，
　　　　第二節〈李唐異儒為春秋宋學之先河〉。

註　三　詳見梁氏撰：《中國近三百年學術史》（臺北市：臺灣中華書
　　　　局，1969 年 5 月，臺 5 版），頁 1～10。《清代學術概論》
　　　　（臺北市：臺灣中華書局，1970 年 3 月，臺 5 版），頁 3。

註　四　余先生前二文，收入所撰：《歷史與思想》（臺北市：聯經出
　　　　版事業公司，1976 年 9 月），頁 87～156。後一文收入《史
　　　　學評論》（1983 年 1 月），頁 19～98。

註　五　林聰舜所撰：《明清之際儒家思想的變遷與發展》（臺北市：
　　　　國立臺灣師範大學國文研究所博士論文，1985 年 5 月）一
　　　　書，對梁啟超的「理學反動」說，和余英時先生的「內在理
　　　　路」說，都有批評。詳見該書第六章第二節，〈明清之際儒
　　　　家新思潮興起背景的檢討〉。本文所引林氏之論點，見頁
　　　　412。

註　六　有關《河圖》、《洛書》有四十五數和五十五數之不同。劉牧
　　　　所著《易數鈎隱圖》，其中有〈太皞氏受龍馬負圖〉，共有黑
　　　　白點子四十五，劉氏以為是《河圖》。又有〈洛書五行生數

圖〉和〈洛書五行成數圖〉，劉氏以為是《洛書》。後來，朱震的《漢上易傳》和朱子的《周易本義》，所附的《河圖》是五十五點，《洛書》是四十五點。本文採用後一種說法。

註　七　有關明人改動《周禮》順序的著作，可參考清紀昀等撰：《四庫全書總目》（臺北縣：藝文印書館，1969 年），卷 23，經部，禮類存目一，頁 11～13。

註　八　有關宋、元、明三代學者更改《大學》的著作，可參考李紀祥撰：《兩宋以來大學改本之研究》（臺中市：東海大學歷史研究所碩士論文，1982 年 6 月）。更改《中庸》的詳細情形，可參考高明先生撰：《禮學新探》（香港：中文大學聯合書院中文系，1963 年 11 月）所收《中庸辨》一文。

註　九　上述李翱、蘇軾、張元成等人之說法，可參考高明先生撰：《禮學新探》，頁 194～199。

註一〇　以上所引各書，大多已亡佚，其融會儒釋的情形，可參考《四庫全書總目》，卷 37，經部，四書類存目，頁 19～25。

註一一　全祖望概括顧氏的意見說：「（先生）晚益篤志六經，謂古今安得別有所謂理學者？經學即理學也。自有舍經學以言理學者，而邪說以起，不知舍經學，則其所謂理學者，禪學也。」詳見全氏撰：《埔亭集》（臺北市：華世出版社，1977年3月），卷12，《亭林先生神道表》。

註一二　以上陳應潤的說法，見《四庫全書總目》，卷 4，經部易類四，頁 25。宋濂的論辨，見宋氏撰：《宋文憲公全集》（臺北市：臺灣中華書局，《四部備要》本），卷 36，頁 2，〈河圖洛書說〉。王褘的論辨見王氏撰：《王忠文公集》（臺北縣：藝文印書館，《百部叢書集成》影印《金華叢書》本）卷 1，頁 1，〈河圖論〉；頁 22，〈河圖辨〉；頁 27，〈洛書辨〉。楊慎

的論辨，見楊慎撰，焦竑編：《升菴外集》（臺北市：臺灣學
生書局，1971 年），卷 24，頁 7，〈希夷易圖〉；頁 8，〈易圖
論下〉、〈易圖論後〉。陳元齡的論辨，見陳氏撰：《思問初
編》（臺北市：臺灣學生書局，1971 年 5 月），卷 1，頁 8，
〈圖書〉；頁 12，〈後天〉。

註一三　黃宗羲考辨《易圖》的見解，詳見黃氏撰：《易學象數論》
（臺北：廣文書局，1981 年 2 月），卷 1〈論圖書〉、卷 2〈論
先天圖〉。

註一四　黃宗炎之《圖學辨惑》，後人皆誤作《圖書辨惑》，如《四庫
全書總目》，卷 6，經部易類六，頁 12；甘鵬雲撰：《經學源
流考》，頁 41；蕭一山撰：《清代通史》，卷上，頁 975；鄭良
樹撰：《古籍辨偽學》，頁 88 等皆是。

註一五　毛氏有關《河圖》的論辨，見《河圖洛書原舛編》（清嘉慶
元年刊《毛西河先生全集》本），頁 11～17。有關《洛書》
的論辨，見 14～18。

註一六　陸象山曾給朱子兩封信懷疑〈太極圖〉的作者。這兩封信今
已不傳。但可從陸象山給朱子的信中，看出大概的內容。象
山與朱子討論〈太極圖〉的信有三封，今皆收入象山所撰：
《陸九淵集》（臺北市：里仁書局，1981 年 1 月），卷 2。

註一七　毛氏撰：《太極圖說遺議》，有清嘉慶元年刊《毛西河先生全
集》本。〈復馮山公論太極圖說書〉，收入毛氏撰：《西河文
集》（臺北市：臺灣商務印書館，《國學基本叢書》本），書
五，頁 186～188。

註一八　勞思光先生以為《參同契》和《上方大洞真元妙經品》所附
之圖，時代無法確定。《十重圖》，與《太極圖》，只有一點
形似，似乎不可作為《太極圖》的根源。詳見勞氏撰：《中

國哲學史》第3卷上冊（香港：友聯出版社，1980年6月），
頁141～147。

註一九　　以上吳棫的論辯，見閻若璩撰：《尚書古文疏證》（臺北縣：
漢京文化事業公司，《皇清經解續編》本），卷8，頁1。朱熹
的論辯，見白壽彝輯：《朱熹辨偽書語》（臺北市：世界書
局，《偽書考五種》本）。吳澄的論辯，見所撰：《書纂言》
（臺北縣：漢京文化事業公司，《通志堂經解》本），目錄，
頁7～8。梅鷟的論辯，見所撰：《尚書考異》（清嘉慶19年刊
《平津館叢書》本）。郝敬的論辯，見所撰：《尚書原解》
（《百部叢書集成》影印《湖北叢書》本）。

註二〇　　黃宗羲之論辨，見所撰：《南雷文定·三集》，卷1，頁1，
《尚書古文疏證序》。顧炎武之論辨，見所撰：《日知錄》
（臺北市：明倫出版社，1968年10月），卷2，頁39，〈泰
誓〉條；頁51，〈古文尚書〉條；頁55，〈豐熙偽尚書〉條。
朱彝尊的論辨，見所撰：《曝書亭集》，卷58，〈尚書古文
辨〉；卷42，〈讀蔡仲之命篇書後〉、〈讀武成篇書後〉。胡渭
的論辨，見閻若璩撰：《尚書古文疏證》卷5上，第65條；
卷6上，第87條、第88條等所引。

註二一　　周應賓的論辨，見所撰：《九經考異》（明萬曆間刊本），〈詩
經考異〉，頁1。陳弘緒的論辨，見朱彝尊撰：《經義考》，卷
100，頁3所引〈申培詩說跋〉。陳元齡的論辨，見所撰：《思
問初編》，卷3，〈詩說、詩傳〉條。何楷的論辨，見所撰：
《詩經世本古義》（臺北市：臺灣商務印書館，影印文淵閣
《四庫全書》本），卷首，〈論二雅〉。

註二二　　王士祿的論辨，見汪琬撰：《堯峰文鈔》（臺北市：臺灣商務
印書館，影印文淵閣《四庫全書》本），〈節孝王先生傳〉。

朱彝尊的論辨，見所撰：《經義考》，卷 100，〈端木子賜詩傳〉偽本、〈詩說〉偽本；卷 113，〈豐氏坊魯詩世學〉等條。姚際恆的論辨，見所撰：《詩經通論》（臺北市：廣文書局，1971 年 12 月）卷前〈詩經論旨〉。

註二三 宋人對《周禮》的論辨，詳見葉國良撰：《宋人疑經改經考》（臺北市：國立臺灣大學中國文學研究所碩士論文，1978 年 6 月），第四章第一節《周禮》部分。

註二四 方孝孺的論辨，見所撰：《遜志齋集》（臺北市：臺灣商務印書館，《國學基本叢書》本），卷 4，《周官》二篇、《周禮辨疑》四篇；卷 12，《周禮考次目錄序》。王褘的論辨，見所撰：《青巖叢錄》（臺北縣：藝文印書館，《百部叢書集成》影印《金華叢書》本），頁 15。陳仁錫的論辨，見朱彝尊撰：《經義考》，卷 120，頁 16 引。

註二五 毛奇齡撰：《與李恕谷論周禮書》說：「近姚立方（際恆）作偽《周禮論註》四本，桐鄉錢君（煌）館於其家多日，及來謁，言語疏率，瞠目者久之。囁囁嚅嚅而退。然立方所著亦不示我，但索其卷首總論觀之，直紹述宋儒所言，以為劉歆偽作。予稍就其卷首及宋儒所言者略辨之，惜其書不全見，不能全辨，然亦大概矣。」文中所提及的《周禮論注》四本，即姚氏的《周禮通論》，根據毛氏所述，可知姚際恆以《周禮》為劉歆偽作。毛氏給李塨的信，收入《西河文集》，書七，頁 220。

註二六 有關陳確《大學辨》一書的詳細研究，可參考詹海雲撰：《陳乾初大學辨研究》（臺北市：明文書局，1986 年 8 月），第四章《陳乾初對大學的辨難》、第五章《大學辨的要旨》。

註二七 姚際恆所撰：《禮記通論》，已亡佚，其佚文散見於杭世駿所

撰：《續禮記集說》（清光緒 30 年浙江書局刊本）中。本文所
述姚氏有關《大學》、《中庸》的論點，即取自杭氏之書。

註二八　有關闡釋傳刻《石經大學》之資料，可參考林慶彰撰：《豐
坊與姚士粦》（臺北市：東吳大學中國文學研究所碩士論
文，1978 年 5 月），第四章第一節〈石經大學之影響〉；李紀
祥撰：《兩宋以來大學改本之研究》，第四章〈偽石經大學〉。

所以要引這篇論文的附註作例子，是因為引用的資料相當廣，包括古
書中的單刊本、叢書、現代著作中的專著、叢書、論文集論文、期刊
論文、學位論文等都已引到。讀者在閱讀前一節時，也許對一篇完整
的附註還沒有十分完整的概念，在看了這篇附註以後，對於應如何作
註，相信可達舉一反三之效。

例二：

這是楊貞德的〈胡適科學方法觀論析〉（《中國文哲研究集刊》第
5 期，頁 129～154，1994 年 9 月）一文的附註。該文附註原有 84
條，為節省篇幅，祇取前 23 條。

1.胡適著、唐德剛譯註：《胡適口述自傳》（臺北市：傳記文學
出版社，1981 年），頁 14；胡適：《四十自述》，《胡適作品
集》（以下簡稱《作品集》）（臺北市：遠流出版事業公司，
1986 年），冊 2，頁 35～36。

2.根據胡適晚年的回憶，他七、八歲時能背誦此書，五十多年
後還可以記得其中的一部份。胡頌平：《胡適之先生年譜長
編初稿》（以下簡稱《年譜長編》）（臺北市：聯經出版事業
公司，1984 年），冊 6，頁 2336。

3. 胡適：《四十自述》，頁 18～20、59。

4. 胡適曾指出，宋儒誤事「致我神州民族科學思想墮落無遺」；他也曾分別為文批評傳統的承繼制度與曹大家《女誡》。詳見適之〈無鬼叢話（三）〉，《競業旬報》28（1908年 9 月 25 日），頁 37；（社說）：〈論承繼之不近人情〉，《競業旬報》29（1908 年 10 月 5 日），頁 1～5；鐵兒：〈曹大家女誡駁議〉，《競業旬報》37～39（1908～1909 年）。

5. 鐵兒：〈愛國〉，《競業旬報》34（1908 年 11 月 24 日），頁 5。

6. 胡適：《胡適留學日記》（以下簡稱《留學日記》，見《作品集》，冊 34～37），冊 34，頁 44～45。稍後，胡適曾在 1911 年 10 月間，以近二千言的書信與梅光迪「論宋儒之功）。見《留學日記》，冊 34，頁 73。但是因為該信不知所終，也就無從得知胡適於信中所議之究竟。

7. 《留學日記》，冊 36，頁 3～4。

8. 例見胡適：〈南遊雜憶〉，《作品集》，冊 16，頁 208～209。胡適年曾經幾次肯定儒家「修己以安百姓」的原則。見《年譜長編》，冊 7，頁 2414；冊 8，頁 2799～2800。但是他並未因此重新嚴謹地評估中國傳統，或者減低他攻擊中國傳統時的火氣。

9. 關於「內聖外王」的意義、其中所關涉的問題、以及歷史上環繞這一主題所發展出的一些不盡相同的立場，參見 Chang Hao, "On the ching-shih〔經世〕ideal in Neo-Confucianism," Ch'ing-shih wen-t'i（清史問題）3.1（Nov.,1974），頁 36～61；張灝：〈宋明以來儒家經世思想試釋〉，中央研究院近代史研究所編：《近世中國經世思想研討會論文集》（臺北：中

央研究院近代史研究所，1984 年），頁 3～19；陳弱水：〈「內聖外王」的原始糾結與儒家政治思想的根本疑難〉，《史學評論》3（1981），頁 79～116。

10. 張灝：〈宋明以來儒家經世思想試釋〉，頁 12。

11. 朱熹曾說：「唯《大學》是曾子述孔子說古人為學之大方，門人又傳述以明其旨，體統都具。玩味此書，知得古人為學所鄉，讀《語》《孟》便易入。後面工夫雖多，而大體立矣。」黎靖德編：《朱子語類》（臺北市：文津出版社，1984 年），冊 1，頁 244。

12. 蔡仁厚曾就涵養、察識、敬、與即物窮理等議題討論朱熹的工夫論；詳見蔡仁厚：〈朱子的工夫論〉，鍾彩鈞編：《國際朱子學會議論文集》（臺北市：中央研究院中國文哲研究所籌備處，1993 年），上冊，頁 558～595。

13. 關於思考模式與個別思想的不同，參見 Lin Yu-sheng, The Crisis of Chinese Consciousness: Radical Antitraditionalism in the May Fourth Era (Madison: The University of Wisconsin Press，1979)，頁 27。

14. 參見 Chang, "On the ching-shih ideal in Neo-Confucianism," 頁 43～44。關於這一取向在孔、孟思想中的意義，參見陳弱水：〈「內聖外王」的原始糾結與儒家政治思想的根本疑難〉，頁 104～106。

15. 參見 Yu Ying-shih, "Morality and Knowledge in Chu Hsi's Philosophical System," in Chan Wing-tsit, ed., Chu Hsi and Neo-Confucianism (Honolulu: University of Hawaii Press, 1986)。

16. 最明顯的例子就是孔子栖栖遑遑而仍不獲見用。

17. 參見 Chang, "On the ching-shih ideal in Neo-Confucianism," 頁

44～45。

18.胡適在他第一篇介紹實驗主義的文字中，首先即表明：他以「實驗主義」取代日本人的「實際主義」為譯名，就是因為前者更能「點出這種哲學所最注意的是實驗的方法」。胡適：〈實驗主義〉，《作品集》，冊 4，頁 62、67。

19.汪暉曾經以一元式方法論為中心議題，追溯中國近代知識份子的科學觀如何受到宋明理學中格致傳統的影響。詳見汪暉：〈「賽先生」在中國的命運——中國近代現代思想中的「科學」概念及其使用〉，《學人》第 1 期（1991 年），頁 49～123。

20.胡適：〈問題與主義〉，《作品集》，冊 4，頁 115、142、146～147。

21.胡適：〈我的歧路〉，《作品集》，冊 9，頁 67。

22.同前註，頁 94。

23.John Dewey, How We Think (1933), The Later Works, 1925-1953, edited by Jo Ann Boydston (Carbonale: Southern Illinois University Press, 1981)（以下簡稱 LW）8:125。

第八章　論文的附件

第一節　圖表

　　論文除了主體的文字部分外，視實際需要可能還有插圖、表格、附錄、參考書目等，這些統稱為論文的附件。茲先從圖表討論起。

一　插圖資料

　　論文中的插圖往往視實際需要而定，很難作實際的分類，或者告訴論文寫作者應附件什麼樣的插圖，僅能提供一些原則性的規定：

（一）插圖的位置

　　插圖可放在論文前、論文中、論文後。

　　論文前的插圖往往是與論文內容相關的圖像，可協助讀者了解論文中人物的相關事蹟，如：孫康宜著、李奭學譯《陳子龍柳如是詩詞情緣》（臺北市：允晨文化公司，1992 年 2 月），書前即附有多張圖片：

1. 松江陳子龍墓園
2. 陳子龍雕像
3. 乾隆賜忠裕墓表
4. 今南京秦淮河畔樓舫
5. 柳如是畫

6. 傳為柳如是所作之畫迹與題款

7. 陳子龍手迹

8. 乾隆為紀念陳子龍所建之沆江亭

9. 顧廷龍手書〈陳子龍事略〉拓本

這些圖片都圍繞著論文中人物陳子龍、柳如是來編排，對協助了解陳子龍、柳如是自有相當的幫助。又如：許俊雅：《日據時期臺灣小說研究》（臺北市：臺灣師範大學國文研究所博士論文，1992 年 5 月）附有日據時代作家賴和、呂赫若、蔡秋桐、楊顯達、王詩琅、楊熾昌、林越峰、周定山、黃得時、……等人的照片和各種書影，對了解這些作家的相貌，也有助益。

論文中的插圖，必須儘量接近所需參考的正文，最好能附於當頁，如果當頁的篇幅不足，也應附於下一頁。所附的插圖以能置於上下左右版框之內為佳，如果太大，應加以縮小，太小的應放大。有時插圖插在論文中印刷處理非常不方便，也可將它集中放在論文之前後。

每一頁應放一張圖，或更多，視圖之大小，及版面是否美觀而定。論文中的插圖，除非是展開性的插頁，否則應與正文一起編頁碼，不應給予一個補充性的頁碼，如：「頁 20-1」、「頁 20-甲」。

（二）插圖的編號、標題和出處

插圖需按順序加以編號，如：圖一、圖二、圖三、……等，如果是圖和表一起編號，則稱：圖表一、圖表二、圖表三、……等。

在編號之下，應有該標題，才能讓讀者了解插圖的內容，插圖如果是引自他人的論著，標題不可隨意更改或替換，應按原作者所作之標題引錄。如果是自己製作的圖片，下標題要準確，以能反映圖片內

容為佳。

為了讓讀者知道插圖的來源，以便覆按，插圖應註明出處，其方式如下：

1. 作者自己製作的圖，因無出處，自不必註明；如果是作者拍攝的照片，應在標題之下加「本書作者攝」、「本書編者攝」，然後再加圓括號括起來，如：

圖一：四川新都楊慎博物館楊慎塑像（本書作者攝）

2. 圖片如採自其他著作應註明作者、書名、出版項，如將所採之書也列入參考書目，可省去出版項。

圖二：玄奘譯經十年之久的慈恩寺大雁塔

採自謝聰敏編《中華歷史圖鑑》（臺北市：聯經出版事業公司，1978 年）

3. 圖片如為某博物館、圖書館、私人所藏，應注明「採自××博物館」、「採自××圖書館」，如：

圖三：十七世紀南部臺灣圖（採自荷蘭海牙市國立檔案館）

二 表格資料

一如插圖，表格也是視論文需要才製作。至於表格的種類也很難在這裡作具體的說明，這裡僅提出原則性的注意事項：

（一）表格的位置

　　表格大都放在論文中或論文後。最理想的情況是正文提到表格時，即有表格出現，但因表格很佔篇幅，有時當頁的篇幅不夠，必須放在下一頁，有些論文甚至將表格集中在論文之後。為了讓正文和表格能有適當的連繫，正文提到表格時，應將要參考的表格編號註記出來，如「參附表一」、「見附表一」、……等。

（二）表格的編號、標題和出處

　　表格一如插圖，必須加上編號、標題，且也應該將所有的表格按先後順序列入書前的目次內。至於列入目次的那個位置，一般來說是「結論」部分之後，列「圖表」，再列「附錄」，最後才是「參考書目」。許俊雅《日據時期臺灣小說研究》的目次，即有「圖表目錄」，列有：

圖一：日據時期臺灣小說作者分布圖
表一：臺灣重要新文學雜誌刊物表
表二：日據時期臺灣小說作者資料表
表三：論述婦女問題之文章一覽表
表四：臺北大稻埕迎城隍裝八將與掛枷人數表（1928～1931 年）
表五：1922 年日臺郵政局職員工資差別表
表六：閩南方言詞彙之書寫呈歧異者
表七：以「狂」或「死」為敘事模式之小說作品。

讀者也可以從目次很快地找到自己所需要的表格。
　　表格如果是作者自己製作，因無出處，自不需註明；如果是採自

他書，就應註明所採資料的作者、書名、出版項。如果該資料已列入
參考書目，可以省略出版項，如：

　　表一：黃遵憲詩歌題材分類統計表（採自張堂錡：《黃遵憲及其
　　　　　詩研究》）

第二節　書影

　　書影是指書頁的影本。論文作者為了讓讀者了解研究論題所涉及
著作的原始面貌，或版本的流傳變遷，往往將該著作的封面、書名
頁、正文首頁影印下來作為書影，附於論文之前，或之後。

　　是否附書影端看論文作者之意願，不一定研究古代的論題才附書
影，近現代的論題所涉及的專著、期刊、報紙、書信及相關文件的書
影對讀者了解該時代的學術文化背景也有相當大的幫助。且有些罕見
的版本，作者能找到它作為書影，也可以讓讀者感受到論文作者所下
的苦心。因此，在論文之前附書影的作法也逐漸多起來。

　　但並非每一篇論文都可以附書影，個人以為下列數種類型的論文
附書影較有意義：

一　以某一書籍為研究對象

　　可以附該書歷代不同刻本、不同注本的各種版本的書影。如研究
許慎的《說文解字》，除《說文》本身白文本可作書影外，歷代的注
本，如南唐徐鉉、徐鍇兄弟的《說文解字繫傳》、明趙宧光《說文長
箋》、清段玉裁《說文解字注》、桂馥《說文解字義證》、王筠《說文

句讀》，⋯⋯等都可作為書影。楊振良的《牡丹亭研究》（臺北市：臺灣師範大學國文研究所，1988 年），研究湯顯祖《牡丹亭》一書，書前附有數種印本《牡丹亭》的書影，即是個明顯的例子。

二　以一個學者為研究對象

可以附該學者各種著作、各種不同版本的書影，如研究朱子的經學，他的著作非常多，可以附《周易本義》、《易學啟蒙》、《詩集傳》、《儀禮經傳通解》、《四書集注》⋯⋯等書各種版本的書影。研究一個學者的學位論文，多傾向在論文前後附書影，如楊麗圭的《鄭思肖研究及其詩箋注》（臺北市：中國文化學院中國文學研究所碩士論文，1977 年 6 月），附有鄭思肖詩文著作的書影十幅，即是明顯的例子。

三　以一個學派為研究對象

可以附該學派重要成員著作的各種版本作為書影，中國歷史上各個學科都有學派存在，如經學方面，清代有乾嘉學派、揚州學派；哲學方面，宋代有金華學派、湖湘學派；文學方面，宋代有江西詩派、清代有常州詞派、⋯⋯等，研究這些學派時，都可將重要成員的著作用作書影。龔鵬程的《江西詩社宗派研究》（臺北市：文史哲出版社，1983 年 10 月），在書前附有十多種書影，即是明顯的例子。

四　以一個特定時期為研究對象

可以附該時期重要學者的著作之書影。中國歷史上，某些時段往

往有相當明顯的集體意識，學者取為研究對象者甚多，如：魏晉、晚明、清末等都是。臺灣的日治時期，情況更為特殊，取為研究對象者更多。許俊雅的《日據時期臺灣小說研究》，書中除了附各種插圖外，另有楊逵《送報伕》、徐坤泉《可愛的仇人》、王白淵《蕀の道》、《風月報》、《臺灣文學》、《文藝臺灣》、《臺灣文藝》、《先發部隊》、《木瓜》、《あらたま》、……等數十幀書影，對了解日治時期的文學活動有相當的助益。

製作書影時應注意事項如下：

（一）書影的編排

書影的編排，端看書影的內容而定，如果是單一主題的書影，可按各書影時代先後排列，如朱子《詩集傳》的書影，可按宋、元、明、清的時代順序排列。如果是多主題的書影，可先分為數個類別，再按時代先後排列，例如王夫之著作的書影，可按經部、史部、子部、集部來分，各類中再以一書為單位，依版本的時代先後來排列。

（二）書影的編號和標題

書影編排好以後，應按順序加以編號，如「書影一」、「書影二」、「書影三」、……等。書影的標題，即該書影的書名，不可隨意增刪或省略，如書影是《春秋胡氏傳纂疏》，不可省作「春秋胡傳纂疏」，《昌黎先生集》，不可省作「昌黎集」。

（三）書影應加註作者、版本、收藏地點

書影的標題（書名）之下應加註作者、編註者和版本，這些都可依古籍書目所註記者轉錄，除非原書目所註記者有誤，不可隨意更

改。另外，為讓讀者方便覆按，應將收藏該書的圖書館標明，茲舉例如下：

> 書影一　《吳郡圖經續記》　（宋）朱長文撰　南宋紹興四年（1134）孫佑蘇州刊本（國立中央圖書館藏）
>
> 書影二　《東萊先生詩集》　（宋）呂居仁撰　宋刊本（日本內閣文庫藏）
>
> 書影三　《十竹齋畫譜》　（明）胡正言繪編　清康熙間芥子園覆明崇禎間刊彩色套印本（國立中央圖書館藏）

（四）書影採自他書者

書影如非自己製作，而是採自其他圖書者，也應加以註明，註記方法如下：

> 書影四　《國朝名臣事略》　（元）蘇天爵輯　元元統乙亥（三年）余志安勤有書堂刊本（採自《國立中央圖書館特藏選錄》　臺北市：該館，1986 年 7 月）

第三節　附錄

打開各個學校的學位論文，除了有圖表、書影之外，很多論文都有附錄，附錄的資料和正文中的引文有何不同？為何不納入正文中？通常附錄應附些什麼資料才符合要求？這些都有必要加以說明。

一　附錄的意義

在寫作論文的過程中，一定收集到不少與論文相關的原始資料；或為該論題人物所編的年表、年譜、著作目錄；或與該論題時代背景有關的各種統計資料；或是論文作者以前發表過，與本論題相關的論文，或是他人的論文。這些資料對了解本論文都有直接或間接的關係，為了讓讀者知道論文作者在研究過程中所花費的功夫，並讓讀者共享研究成果，往往可把這些資料當作附錄，附在論文中。

附錄資料往往篇幅比較長，不能放在正文的引文中，也不能當作附註來處理。有時引文祇引某資料的一小段或數句，為了讓讀者知道全文的內容如何，可以將這些資料作為附錄。這是附錄資料與引文間的關係。

附錄資料最好是與論題直接相關，如果連與論題不相關的資料也列入附錄，會讓人有不諧調的感覺。有人把自己以前發表的論文，不管與論題相不相關，全部作為附錄，反而影響到該論文的品質。所以，要編附錄應懂得取捨。

二　附錄的類別

由於各本論文的主題不同，每一論題又各有其資料範圍，所以很難將附錄作具體的歸類。但如以資料的形態來說，大抵可歸為三大類：

（一）與論題相關的原始資料

研究一個論題所收集的原始資料很多，論文中所能引用的相當有限，為了讓讀者知道這些資料的全部內容，省卻後人花時間再去蒐集，往往可以將這些資料作為附錄。如研究宋代女詞人李清照是否改嫁的問題，自宋代以來的雜史、筆記、文集等都有不少資料，論文作者可以將之作為附錄，提供讀者參考。又如：楊麗圭的《鄭思肖研究及詩箋注》，有一部分篇幅研究鄭思肖《鐵函心史》的真偽問題。書後附有張國維〈宋鄭所南先生心史序〉、張世偉〈題宋遺民鄭所南先生并書後〉、文從簡、陸嘉、陳宗之、陸坦、楊廷樞、姚宗典、姚宗昌、凌一槐、丘民瞻、華渚、……等人之〈跋〉。這十多篇序跋，都是從《心史》的各種版本錄下，省卻讀者不少蒐尋的時間。

（二）與論題相關的編輯性資料

為了補充說明論題的內容，有時論文作者會編輯年譜、年表、統計表、書目等作為附錄，如周彥文《毛晉汲古閣刻書考》（臺中市：東海大學中國文學研究所碩士論文，1980 年 4 月），書後附有〈毛晉代刊書目〉、〈知而未得書目〉、〈毛晉自著而未刻者〉三種作為附錄。廖雪蘭《評述花間集暨其十八作家》（臺北市：中國文化學院中國文學研究所碩士論文，1978 年 6 月），書末附有〈花間集十八作家所用詞牌統計表〉。連文萍《明代茶陵派詩論研究》（臺北市：東吳大學中國文學研究所碩士論文，1989 年 5 月），書末附有〈茶陵派人物事迹年表〉作為附錄。這些都是作者編輯的資料性附錄。

（三）與論題相關的研究論文

有時論文作者平常所撰寫的單篇論文，如與論文內容相關也可以

作為附錄，可省卻讀者另作檢索。如鍾振振的《北宋詞人賀鑄研究》
（臺北市：文津出版社，1994 年 8 月），書末附有作者所撰〈賀鑄
《六州歌頭》繫年考辨〉和〈賀鑄建中靖國元年蹤迹考索〉二文，這
都是與論題賀鑄有關的論文。又如：張高評《宋詩之傳承與開拓》
（臺北市：文史哲出版社，1990 年 3 月），書末附有作者自撰的〈從
《宋詩研究論著類目》、《宋詩論文選輯》論宋詩研究的方法和趨向〉
和〈《全宋詩》之編纂與資料管理系統之建立〉二文，都與論題宋詩
相關。

三　附錄的位置

　　就上文所引的各本論文來看，附錄大抵都附於論文的結論之後，
參考書目之前。但是，論文作者為了強調該附錄與論文中某章節的密
切關係，有時也可將附錄附在該章節之後，如：丁原基《王獻唐先生
之生平及其學術研究》（臺北市：東吳大學中國文學研究所博士論
文，1993 年 6 月），第二章〈王獻唐先生之著述〉後，即有兩個附
錄：

　　　　附錄一：王獻唐先生著作年表
　　　　附錄二：王獻唐先生室名別號彙錄

這是因這兩個附錄與王獻唐的著述有關的緣故。

四　附錄的編製方法

　　附錄如超過兩種（含兩種），就必須加以編號，如「附錄一」、
「附錄二」、……等，編號之下，一如圖表、書影，必須有標題，才

能讓讀者了解該附錄的內容。

　　附錄如果是作者所編，自不必註明出處，如果採自他書，各附錄之末應註明出處。註記方式與附註的註記法相同，但應加「採自」、「錄自」或「原載」等字樣。

(一) 採自古籍，如：

　　——採自（明）余祐編：《文公先生經世大訓》（明嘉靖五年湖廣布政司刊本），卷 1，頁 1。

(二) 採自專著，如：

　　——採自張舜徽撰：《清人文集別錄》（臺北市：明文書局，1982 年 2 月），卷 3，頁 85～86。

(三) 採自期刊：如：

　　——採自《國粹學報》第 1 年第 9 號（光緒 31 年 9 月），史篇，頁 1～5。

(四) 採自學位論文，如：

　　——採自丁原基撰：《王獻唐先生之生平及其學術研究》（臺北市：東吳大學中國文學研究所博士論文，1993 年 6 月），頁 13～34。

(五) 採自報紙，如：

　　——採自《自由時報》第 A5 版，2010 年 6 月 3 日。

第四節　參考文獻

一　參考文獻正名

如果打開我國的各本學位論文和專著，可以發現書後所附的參考文獻，名稱非常不統一，從用詞來說，大抵以「書目」、「文獻」、「資料」來命名的最多，各個用詞中又略有不同，如：

1. 以「書目」為名：有「引用書目」、「主要參考書目」、「引用及參考書目」、「引用及重要參考書目」等用法。
2. 以「文獻」為名：有「參考文獻」、「引用文獻」、「引用及參考文獻」等用法。
3. 以「資料」為名：有「參考資料」、「重要參考資料」、「引用資料」、「引用及參考資料」等用法。
4. 混用「書目」及「文獻」：有「引用書目及參考文獻」等用法。

其實，廣義的「書目」、「文獻」、「資料」的意義，很難加以區別，為免讀者混淆，本書正名為「參考文獻」。

二　編製參考文獻的意義

（一）展現作者在此一論題所下的功夫

作者研究一個論題，少則一兩年、多則五六年，所參考、引用的書籍不下數百種，都應列入參考文獻中。從參考文獻可以看出該引用

的資料是否都已收錄進去。一篇論文的好壞,從參考文獻是否完備,也可以看出端倪。

(二) 提供此一論題最完善的參考資料

由於論文寫作時間很長,用心的作者幾已把此一論題相關的資料全部收集完備。這些資料就應全部編入參考文獻中,將來有讀者要查尋相同或相關論題的資料,就可以以這本論文的參考文獻作為基礎,再作進一步的擴充。能這樣做,必節省不少蒐尋的時間。馬上要寫論文的讀者應該利用相關論文的參考文獻來蒐集資料。

三　編製參考文獻的方法

如果論文作者事先有將徵引和參考的每一本書都記入書目卡或輸入電腦中,那麼,祇要將書目卡或檔案資料,按自己所訂定的分類方法加以編排,即可編成參考文獻。所以事先製作書目卡或電腦存檔,即可節省將來編參考文獻的時間,每一讀者應能儘量採用。

如果自己覺得在寫論文過程中,有些引用或參考的資料,並沒有很仔細的記錄,你也可以趁論文校對時,將書目卡、存檔與論文核對一遍,補充遺漏的資料。

最麻煩的是沒有記書目卡,也沒存檔,參考和引用的圖書都已還給圖書館或朋友,則要作出一份完整的參考文獻,可能要比預先作紀錄要多出數倍的時間,這是最糟糕的情況。每一位論文寫作者應儘量避免此一情況的發生。

四　參考文獻的編排

　　現有文科的學位論文，書後所附參考文獻的編排方式，可說家家不同。所以造成此種現象，主要是缺乏一較合理的編排規範可循，每一位作者祇好按照自己的想法來編排，因此也就家家不同了。但如果仔細加以分析，大抵可分成兩類：

（一）按分類法編排

　　有的依照傳統的四部分類法，分經部、史部、子部、集部，再加上期刊論文或學位論文。有的則按照自己所訂的分類法來編排，由於各本論文的性質差別很大，大家的分類幾乎無規則可循。由於分類法很難找出一個共通的標準，所以有人改用筆畫字順法。

（二）按筆畫多寡編排

　　有不少作者受西文書編排法的影響，改用作者或書名的筆畫順序編排。此種編排法雖可解決分類法無所適從的麻煩，但也產生不少新問題，如果按作者筆畫編排，那古書中「（漢）毛亨傳、鄭玄箋、（唐）孔穎達疏《毛詩正義》四十卷」，作者到底該取那一位來編排，這並不是個孤例，在古書中這種情況相當多。更應考慮的是，參考文獻的用意是要在最簡單的時間內看出某一類中參考了那些書，或者可從參考文獻中很快地找到自己所需要的書。如果是這樣，顯然按作者或書名的筆畫來排列，並無法達到這一目的。

　　筆者給讀者的建議是，參考文獻仍應以分類法編排才能發揮它的功能。至於使用那種分類法，端看論文性質而定。如果論文中參考的

古書很多，且分布在經、史、子、集各類中，則仍應按四部分類排列，後面再加「論文」即可。另有必須注意的是：

1. 在經、史、子、集各類中，應再分小類，每一小類是否標出類目，作者可自行決定，但同一小類中的書，應按作者的時代先後編排。為了避免書名分類分錯、作者時代也弄錯，可參考《四庫全書總目》的分類法，也可從《四庫全書總目》中查到作者的大概時代。論文口試時，很多口試委員會問到參考文獻是根據什麼標準分類，如果是以《四庫全書總目》作依據，比較不會被挑剔。

2. 四部法之外，所加的「論文」一類，可包括學位論文、期刊論文、論文集論文、會議論文和報紙論文等。有些論文寫作者，把學位論文當作專書處理，也未嘗不可。這些論文仍應按內容性質做適當之分類。同一類的論文，再按發表時間先後加以編排。

　　如果所研究的是比較現代的論題，引用的是屬於現代學科體系下的著作，就不好用四部分類法。這時，最好改用圖書館專用的「中國圖書分類法」。這個分類法式將圖書分為總類、哲學類、宗教類、自然科學類、應用科學類、社會科學類、史地類、語文類、藝術類等十類。總類中最常用到的是文獻學和經學方面的書，如果用總類意思不清楚的話，可以改用文獻學或經學作為標題。其他各類也都可以靈活使用，譬如社會科學類包括統計、教育、禮俗、社會、經濟、財政、政治、法律、軍事等學科，參考文獻中有教育類的論著就立教育類，有禮俗的論著，就立禮俗類。各個類別的先後順序，可以按中國圖書分類法的綱目表來排列（詳見附錄一）。

　　有些人參考文獻涉及的學科範圍比較少，僅限於一兩個學科，如歷史、古文字學、聲韻學、現代文學，當然不適合用四部分類法，用

中國圖書分類法也不夠詳細，這時，可以參考各學科專科目錄的分類法，如：經學的分類，可以參考林慶彰主編《經學研究論著目錄》（臺北市：漢學研究中心，1989 年 12 月）；哲學的可以參考方克立主編《中國哲學史論文索引》（北京市：中華書局，1986 年 4 月～1994 年 7 月）；詞學的可以參考黃文吉主編《詞學研究書目》（臺北市：文津出版社，1993 年 4 月）；或林玫儀主編《詞學論著總目》（臺北市：中央研究院中國文哲研究所，1995 年 6 月）。這些專科目錄的分類都很詳細，可供參考。

　　另外，中文論文中多少會引到一些外文資料（包括日文、韓文、西文），如果數量不少，可另立「外文文獻」一類來容納，編排的順序是先日、韓文，再西文。日、韓文資料仍按分類編排，西文資料則按作者字母順序編排。如果外文資料的分量不多，可與中文資料混合編排，但仍排在每一類的最後。

五　參考文獻的目錄項

　　參考文獻的目錄項，一如附註的目錄項，每一項都應註記清楚。至於應將書名或作者列為目錄項的第一項，一直有不同的看法，筆者以為參考文獻既是要讓別人知道參考那些書，就應將書名列為第一項，且古書中的作者，有原著者、注者、疏者，如：「（漢）司馬遷著、（劉宋）裴駰集解、（唐）司馬貞索隱、張守節正義《史記三家注》」，書名可能都要排到第二行，要找個書名多麼麻煩，所以還是以書名列為第一項較理想。另外，應注意的是：

1. 參考書目所列各書，最好都不加書名號，以免符號太多，反而影響美觀。

2. 每一書之目錄項太長，必須換行時，應另起一行，比原一行縮一格書寫。

3. 書目中各條目著錄項間的標點可用可不用，如不用的話，各項間作空格即可。

4. 出版者之名稱，應用全稱，不可任意省略。惟「股份有限」、「有限」等字可省。

5. 書目直式排列時，數字一律用國字小寫；橫式排列時，用阿拉伯字。

6. 出版日期不僅記年，也應記月。

茲將各種體裁的資料列出所應註記的著錄項，舉例如下：

1. 古籍原刻本：書名、作者、刊本。如：

　　毛詩注疏　（漢）鄭氏箋　（唐）孔穎達疏　明崇禎三年毛氏
　　汲古閣刊本

2. 影印古籍叢書：書名、作者、叢書名、出版地、出版者、出版日期、版次（初版不用註記）。如：

　　漢上易傳　（宋）朱震撰　影印文淵閣四庫全書本　臺北市
　　臺灣商務印書館　1983 年
　　尚書考異　（明）梅鷟撰　百部叢書集成影印平津館叢書本
　　臺北縣　藝文印書館　1965 年

3. 現代專著：書名、作者、出版地、出版者、出版日期、版次。如：

陳乾初大學辨研究　詹海雲撰　臺北市　明文書局　1986 年 8 月

4. 期刊論文：篇名、作者名、期刊名、卷期、出版日期。如：

清代學術思想史重要觀念通釋　余英時撰　史學評論　第 5 期　1983 年 1 月

5. 論文集論文：篇名、作者名、論文集名、出版地、出版者、出版日期、版次。如：

宋人疑經的風氣　屈萬里撰　收入書傭論學集　臺北市　臺灣開明書店　1969 年 3 月

6. 學位論文：篇名、作者名、所屬學校名、畢業日期。如：

日據時期臺灣社會領導階層之研究　吳文星撰　臺北市　臺灣師範大學歷史研究所博士論文　1986 年

7. 會議論文：篇名、作者名、會議名稱、主辦單位、會議日期。如：

黃宗羲《孟子師說》試探　古清美撰　「明代經學國際研討會」論文　臺北市　中央研究院中國文哲研究所主辦　1995 年 12 月 22～23 日

8. 報紙論文：篇名、作者名、報紙名、版次、出版日期。如：

探求臺灣文學中的社會　李瑞騰撰　中央日報　第 18 版　1995 年 11 月 24 日

第五節　參考文獻舉例

前一節有關參考文獻的各項說明，可能不足以讓讀者構成一較完整的概念，為了彌補此一缺憾，擬舉兩個實例，提供讀者參考。

例一：

這是從林慶彰著《明代經學研究論集》（臺北市：文史哲出版社，1994 年 5 月）一書的參考文獻選出來的條目。該書的參考文獻所錄條目有三百餘條，為節省篇幅僅節錄一百條左右：

一　經部

周易王韓注　（晉）王弼、韓康伯撰　四部備要本　臺北市　臺灣中華書局　1979　年 7 月　臺 3 版

易傳　（宋）程頤撰　臺北市　臺灣學生書局　1981 年

漢上易傳　（宋）朱震撰　影印文淵閣四庫全書本　臺北市　臺灣商務印書館　1983 年

周易大全　（明）胡廣等撰　同上

河圖洛書原舛編　（清）毛奇齡撰　清嘉慶元年刊毛西河先生全集本

易學象數論　（清）黃宗羲撰　臺北市　廣文書局　1981 年 2 月

易學哲學史（中）　朱伯崑撰　北京市　北京大學出版社　1988 年 2 月

尚書注疏舊題　（漢）孔安國傳、（唐）孔穎達疏　十三經注疏本　臺北市　藝文印書館　1965 年

書疑　（宋）王柏撰　通志堂經解本　臺北縣　漢京文化事業公

司　1979 年

尚書譜　（明）梅鷟撰　北京圖書館古籍珍本叢刊影印清鈔本
北京市　書目文獻出版社　1990 年

尚書考異六卷　（明）梅鷟撰　百部叢書集成影印平津館叢書本
臺北縣　藝文印書館　1965 年

尚書古文疏證　（清）閻若璩撰　重編皇清經解續編本　臺北縣
漢京文化事業公司　1979 年

閻毛古文尚書公案　戴君仁撰　臺北市　中華叢書編委會　1963
年 3 月

尚書今註今譯　屈萬里撰　臺北市　臺灣商務印書館　1971 年 10
月

詩集傳　（宋）朱熹撰　臺北市　臺灣中華書局　1971 年 10 月
臺 4 版

詩疑　（宋）王柏撰　通志堂經解本　臺北市　漢京文化事業公
司　1979 年

王柏之詩經學　程元敏撰　臺北市　嘉新文化公司基金會　1968
年 10 月

魯詩世學　（明）豐坊撰　明趙勤軒藍格鈔本

詩經通論　（清）姚際恆撰　臺北市　廣文書局　1971 年 12 月
再版

詩經釋義　屈萬里撰　臺北市　中國文化大學出版部　1980 年

詩經評註讀本　裴普賢撰　臺北市　三民書局　1982 年 7 月

周禮問　（清）毛奇齡撰　清嘉慶元年刊毛西河先生全集本

陳氏禮記集說　（元）陳澔撰　影印文淵閣四庫全書本　臺北市
臺灣商務印書館　1983 年

續禮記集說　（清）杭世駿撰　清光緒 39 年浙江書局刊本

禮學新探　高明撰　香港　香港中文大學聯合書院中文系　1963
　　年 11 月

春秋傳　（宋）胡安國撰　四部叢刊續編本　臺北市　臺灣商務
　　印書館　1976 年

春秋宋學發微　宋鼎宗撰　臺北市　文史哲出版社　1986 年 9 月

左傳會箋　（日）竹添光鴻撰　臺北市　廣文書局　1969 年

四書集注　（宋）朱熹撰　臺北市　世界書局　1972 年　第 17 版

四書人物考　（明）薛應旂撰　明嘉靖戊午原刊本

論語集解　（魏）何晏撰　四部備要本　臺北市　臺灣中華書局
　　1970 年 6 月　臺 2 版

孟子注疏　（漢）趙歧注　題（宋）孫奭撰　十三經注疏本　臺
　　北縣　藝文印書館　1965 年

孟子外書　題（宋）熙時子注　拜經樓叢書本

兩宋以來大學改本之研究　李紀祥撰　臺中市　東海大學歷史研
　　究所碩士論文　1982 年 6 月

陳乾初大學辨研究　詹海雲撰　臺北市　明文書局　1986 年 8 月

王陽明經說弟子記　（清）胡泉編　臺北市　廣文書局　1975
　　年 4 月

經典稽疑　（明）陳耀文撰　影印文淵閣四庫全書本　臺北市
　　臺灣商務印書館　1983 年

中國經學史　（日）本田成之撰　臺北市　古亭書屋　1975 年 4
　　月

經學源流考　甘鵬雲撰　臺北市　廣文書局　1977 年 1 月

說文長箋　（明）趙宦光撰　明萬曆三十五年劉氏刊本

說文解字注　（清）段玉裁撰　臺北縣　漢京文化事業公司
　　1980 年

二　史部

新校史記三家注　（漢）司馬遷撰、（宋）裴駰集解、（唐）司馬
　　貞索隱、張守節正義　臺北市　世界書局　1972 年 12 月　再版

宋史　（元）脫脫等撰　臺北市　鼎文書局　1978 年

藩獻記　（明）朱謀㙔撰　杭州抱經堂書局刊本

明代名人傳　Goodrich 主編　臺北市　南天書局　1977 年 7 月

王陽明年譜　（明）錢德洪撰　王陽明全集本　臺北市　文友書
　　店　1980 年

光緒重修江西通志　（清）劉坤一等修、趙之謙等纂　清光緒 6
　　年刊本

南昌府志　（清）謝應鑅重修、曾作舟纂　清同治 12 年南昌縣學
　　刊本

唐會要　（宋）王溥撰　臺北市　世界書局　1960 年

欽定大清一統志　（清）和珅等撰　影印文淵閣四庫全書本　臺
　　北市　臺灣商務印書館　1983 年

千頃堂書目　（清）黃虞稷撰　書目叢編本　臺北市　廣文書局
　　1967 年

四庫全書總目　（清）紀昀等撰　臺北縣　藝文印書館　1969
　　年

四部要籍序跋大全　佚名撰　臺北市　華國出版社　1952 年

三　子部

中論　（漢）徐幹撰　漢魏叢書本　臺北市　新興書局　不注出
　　版年月

傳習錄　葉紹鈞點校　臺北市　臺灣商務印書館　1982 年

學言詳記　（明）陳龍正撰　幾亭全書　清康熙 3 年刊本

中國近三百年學術史　梁啟超撰　臺北市　臺灣中華書局　1969
　　年 5 月

人文精神之重建　唐君毅撰　臺北市　臺灣學生書局　1980 年

七修類稿　（明）郎瑛撰　臺北市　世界書局　1963 年

升菴外集　（明）楊慎撰、焦竑編　臺北市　臺灣學生書局
　　1971 年

通雅　（明）方以智撰　影印文淵閣四庫全書本　臺北市　臺灣
　　商務印書館　1983 年

國史舊聞　陳登原撰　臺北市　明文書局　1984 年 3 月

四　集部

韓昌黎集　（唐）韓愈撰　臺北市　河洛圖書出版社　1975 年 3
　　月

司馬文正公傳家集　（宋）司馬光撰　國學基本叢書本　臺北市
　　臺灣商務印書館　1968 年

陸九淵集　（宋）陸九淵撰　臺北市　里仁書局　1981 年 1 月

王廷相集　（明）王廷相撰　北京市　中華書局　1989 年 9 月

初學集　（清）錢謙益撰　四部叢刊初編縮本　臺北市　臺灣商
　　務印書館　1964 年

西河文集　（清）毛奇齡撰　國學基本叢書本　臺北市　臺灣商
　　務印書館　1968 年 12 月

抱經堂文集　（清）盧文弨撰　王文錦點校　北京市　中華書局
　　1990 年 6 月

胡適文存　胡適撰　臺北市　遠東圖書公司　1971 年

五　單篇論文

　　宋人疑經的風氣　屈萬里撰　書傭論學集　臺北市　臺灣開明書
　　店　1969 年 3 月

　　王陽明「大學問」思想析論　蔡仁厚撰　中國書目季刊　第 20 卷
　　1 期　1986 年 6 月

　　談楊升庵的作品　梁容若撰　書和人　第 133 期　1970 年 4 月 18
　　日

　　豐坊與古書世學　平岡武夫撰　東方學報　第 15 冊 3、4 分冊
　　昭和 21 年 11 月、22 年 6 月

　　第一個蒐集證據證明偽古文尚書的人——梅鷟　戴君仁撰　新時
　　代　第 1 卷 2 期　1961 年 2 月

　　焦竑與陳第——明末清初古音學研究的兩位啟導者　李焯然撰
　　語文雜誌　第 7 期　1981 年 6 月

　　漢宋學術異同論　劉師培撰　劉申叔先生遺書　第 1 冊　臺北市
　　京華書局　1970 年

　　清代漢學衡論　徐復觀撰　大陸雜誌　第 54 卷 4 期　1977 年 4
　　月 15 日

　　Tneodore de Bary: The Unfolding of Neo-Confucianism, Columbia
　　University Press. New York and London, 1975.

例二：

　　這是從黃惠禎的《楊逵及其作品研究》（臺北市：麥田出版公
司，1994 年 7 月）的參考書目中摘出，並略加修訂。這代表不受四
部分類法拘束的新式編排法：

一　書籍類

（一）楊逵相關著作

羊頭集　楊逵著　臺北市　輝煌出版社　1976 年 10 月

鵝媽媽出嫁　楊逵著　臺北市　前衛出版社　1985 年 3 月

壓不扁的玫瑰　楊逵著　臺北市　前衛出版社　1985 年 4 月　3
版

綠島家書　楊逵著　臺中市　晨星出版社　1987 年 3 月

睜眼的瞎子　楊逵著　臺北市　合森文化事業公司　1990 年 3
月

楊逵集　楊逵著、張恆豪主編　臺灣作家全集（短篇小說卷‧日
據時代）　臺北市　前衛出版社　1991 年 2 月

楊逵畫像　林梵著　臺北市　筆架山出版社　1978 年 9 月

楊逵的人與作品　楊素娟編　臺北市　民眾日報出版社　1979
年 10 月

楊逵的文學生涯　陳芳明編　臺北市　前衛出版社　1989 年 2
月　臺灣版 2 刷

（二）歷史類

臺灣民族運動史　吳三連、蔡培火等著　臺北市　自立晚報社
1987 年 1 月　4 版

臺灣地方史　陳碧笙著　北京市　中國社會科學院出版社　1982
年 8 月

被顛倒的臺灣歷史　王曉波著　臺北市　帕米爾書店　1986 年
11 月

臺灣社會運動史——文化運動　王詩琅譯　臺北市　稻鄉出版社

　　1988 年 5 月

　　臺灣政治運動史　連溫卿著，張炎憲、翁佳音編校　臺北市　稻
　　鄉出版社　1988 年 10 月

　　日本帝國主義下之臺灣　矢內原忠雄著、周憲文譯　臺北市　帕
　　米爾書店　1985 年 7 月

　　日據時代臺灣共產黨史（1928～1932）　盧修一著　臺北市　前
　　衛出版社　1990 年 5 月

　　臺灣歷史年表　楊碧川編　臺北市　自立晚報社　1988 年 6 月

（三）文學類

　　舊殖民地文學の研究　　（日）尾崎秀樹著　東京市　勁草書房
　　1971 年 6 月

　　臺灣新文學運動簡史　陳少廷著　臺北市　聯經出版事業公司
　　1981 年　3 刷

　　臺灣文學史綱　葉石濤著　高雄市　文學界雜誌社　1987 年 2
　　月

　　臺灣新文學史初編　公仲、汪義生著　南昌市　江西人民出版社
　　1989 年 8 月

　　臺灣小說發展史　古繼堂著　臺北市　文史哲出版社　1989 年 7
　　月

　　臺灣戰後初期的戲劇　焦桐著　臺北市　臺原出版社　1990 年 6
　　月

　　臺灣新文學運動四十年　彭瑞金著　臺北市　自立晚報社文化出
　　版部　1991 年 3 月

　　沒有土地，哪有文學　葉石濤著　臺北市　遠景出版社　1985
　　年 6 月

先人之血，土地之花　臺灣文學研究會主編　臺北市　前衛出版
社　1989 年 8 月　臺灣版 1 刷

臺灣文學的悲情　葉石濤著　高雄市　派色文化出版社　1990
年 1 月

走向臺灣文學　葉石濤著　臺北市　自立晚報社文化出版部　1990
年 3 月

日據下臺灣新文學（明集 5・文獻資料選集）　李南衡主編　臺
北市　明潭出版社　1979 年 3 月

二　期刊論文類

（一）楊逵相關論文

作家歸隱山林、心血灌輸花圃——楊逵希望別人投資合作　胡錦
媛著　自立晚報　1974 年 9 月 27 日

我要再出發——楊逵訪問記　夏潮編輯部撰　夏潮　第 1 卷 7 期
1976 年 10 月

拿鋤頭在地上寫作——訪永遠不老的楊逵先生　劉靜娟著　中央
月刊　第 14 卷 7 期　1982 年 5 月

楊逵的七十七年歲月——一九八二年楊逵先生訪問日本的談話記
錄　戴國煇、內村剛介訪問、陳中原譯　文季　第 1 卷 4 期
1983 年 11 月

追求一個沒有壓迫，沒有剝削的社會——訪人道的社會主義者楊
逵　陳春美著　前進廣場　第 15 期　1983 年 11 月 19 日

對人生充滿虔誠與熱愛——楊逵走了，留下歷史評價　王震邦著
民生報　第 9 版　1985 年 3 月 13 日

楊逵精神不朽　陳若曦著　中國時報　第 34 版　1985 年 3 月 29

日

歷史的寂寞——楊逵先生永垂不朽　陳映真著　中華雜誌　第
　261 期　1985 年 4 月

日據時代的楊逵——他的日本經驗與影響　葉石濤著　聯合文學
　第 1 卷 8 期　1985 年 6 月

論楊逵先生及其作品　胡秋原著　中華雜誌　第 160 期　1976
　年 11 月

楊逵的文學活動　河原功作、楊鏡汀譯　臺灣文藝　第 94、95
　期　1985 年 5、7 月

楊逵作品〈新聞配達夫〉的版本之謎　塚本照和著、向陽譯　臺
　灣文藝　第 94 期　1985 年 5 月

存其真貌——談〈送報伕〉譯本及其延伸問題　張恆豪著　臺灣
　文藝　第 102 期　1986 年 9 月

從〈無醫村〉看日據時代的臺灣醫學　于飛著　夏潮　第 1 卷 7
　期　1976 年 10 月

臺灣的昨日——品讀《鵝媽媽出嫁》　陳嘉宗著　臺灣日報　1974
　年 10 月 13 日

評〈春光關不住〉　余思之著　出版家　第 52 期　1976 年 11
　月

陽光一樣的熱——讀楊逵先生《綠島家書》　向陽著　自立晚報
　1987 年 3 月 12 日

（二）文學類論文

臺灣文學研究的三個階段　松永正義著、葉石濤譯　文學界　第
　28 期　1989 年 2 月

談抗日時期的臺灣新文學　劉依萍著　文訊月刊　第 7、8 期合

刊　1984 年 2 月

先人之血，土地之花──日據時代臺灣左翼文學運動的發展背景
宋冬陽著　臺灣文藝　第 88 期　1984 年 5 月

日據時期臺灣新文學的評價問題　傅博著　文星　第 104 期　1987
年 2 月

日本統治下的臺灣新文學運動──文學結社及其精神　林瑞明著
文訊月刊　第 28 期　1987 年 4 月

日據時代的抗議文學　葉石濤著　聯合文學　第 5 卷 8 期　1989
年 6 月

日據時代臺灣社會運動──分期和路線的探討　張炎憲著　臺灣
風物　第 40 卷 2 期　1990 年 6 月

流淚撒種的，必歡呼收割──光復初期的臺灣日文文學　葉石濤
著　文學界　第 9 集　1984 年 2 月

記一九四八年前後的一場臺灣文學論戰　彭瑞金著　文學界　第
10 集　1984 年 5 月

試論戰後初期的臺灣知識份子及其文學活動（1945～1949）　葉
芸芸著　文季　第 2 卷 5 期　1985 年 6 月

三　學位論文類

日本割據時代の臺灣新文學──1920 年以降の文學、主に楊逵の文
學活動を中心に──　吳翰祺著　臺北市　東吳大學日本文化
研究所碩士論文　1984 年 6 月

臺灣殖民文學的社會背景研究──以吳濁流文學、楊逵文學為研
究中心　張簡昭慧著　臺北市　中國文化大學日本研究所碩士
論文　1988 年 6 月

附錄一：各主要圖書分類法綱目表

一　中國圖書分類法簡表[*]

總類

| 000 | 特藏 |

001　善本

002　稿本

003　精鈔本

004　紀念藏

005　國民革命文庫

007　鄉土文庫

008　畢業論文

009　禁書

| 010 | 目錄學 |

011　圖書學

012　總目錄

013　國別目錄

014　特種目錄

015　其他特種目錄

016　學科目錄

017　個人目錄

018　收藏目錄

019　讀書法

| 020 | 圖書館學 |

021　建築及設備

022　行政

023　管理

024　特種圖書館

025　專門圖書館

026　普通圖書館；公共圖書館

027　圖書館教育

028　資料中心

029　私家藏書

| 030 | 國學 |

031　古籍源流

032　古籍讀法及研究

033—037　各國漢學研究

---

[*] 依賴永祥編訂《中國圖書分類法》增訂七版。

096　孝經

097　四書

098　群經總義

099　小學及樂類

哲學類

| 100 | **哲學總論** |

| 110 | **思想** |

| 120 | **中國哲學** |

121　先秦哲學

122　漢代哲學

123　魏晉六朝哲學

124　唐代哲學

125　宋元哲學

126　明代哲學

127　清代哲學

128　現代哲學

| 130 | **東方哲學** |

131　日本哲學

132　韓國哲學

133　猶太哲學

134　阿拉伯哲學

135　波斯哲學

136　中東各國哲學

137　印度哲學

138　東南亞各國哲學

| 140 | **西洋哲學** |

141　古代哲學

142　中世哲學

143　近世哲學

144　英國哲學

145　美國哲學

146　法國哲學

147　德奧哲學

148　意大利哲學

149　其他西洋各國哲學

| 150 | **論理學** |

151　演繹

152　歸納

153　科學方法論

154　辯證邏輯

156　數理及象徵

157　幾率；或然論

158　專業論理

159　論理各論

| 160 | **形而上學；玄學** |

161　認識論

162　方法論

163　宇宙論

164　本體論

165　價值論

166　真理論

228 教化流行史

229 傳記

230 道教

231 道藏

233 規律

234 儀注

235 修鍊

236 宗派

237 教會及組織

238 教化流行史

239 傳記

240 基督教

241 聖經

242 神學；教義學

243 教義文獻

244 實際神學

245 佈道；傳道

246 宗派

247 教會

248 基督教發達史

249 傳記

250 回教

251 經典

252 論疏

253 規律

254 儀注

255 佈教

256 宗派

257 教會及組織

258 教化流行史

259 傳記

260 猶太教

261 經典

262 教義

263 規律

264 儀注

265 佈教

266 宗派

267 教會

268 教化流行史

269 傳記

270 其他各教；群小諸宗教

271 中國其他各教

272 祠祀

273 神道

274 婆羅門教；印度教

275 祆教

276 其他東方諸宗教

277 希臘羅馬之宗教

278 條頓系及北歐宗教

279 其他

338　磁學

339　現代物理

340　化學

341　分析化學

342　定性分析

343　定量分析

344　理論化學

345　無機化學

346　有機化學

347　實驗設備及實驗化學

348　物理化學

349　結晶學

350　地學‧地質學

351　地形學、地文學

352　歷史地質學（地層學）

353　結構地質學（構造物理學）

354　動力地質學

355　經濟地質學

356　地質調查（區域地質）

357　礦物學

358　岩石學

359　古生物學

360　生命科學

361　普通生物學

362　演化論

363　遺傳學

364　細胞論

365　經濟生物學

366　生物之分佈；生物地理

367　生態學

368　生物學技術

369　微生物學

370　植物

371　植物形態

372　植物解剖

373　植物生理

374　應用植物學；經濟植物學

375　植物之分佈；植物地理

376　種子植物

377　單子葉綱

378　孢子植物（隱花植物）

379　同節植物

380　動物

381　動物形態

382　動物解剖；比較解剖

383　動物生理

384　應用動物學

385　動物之分佈；動物地理

386　無脊椎動物

387　節肢動物

388　脊椎動物

389　哺乳類

450 礦冶	478 纖維工藝
451 礦業經濟	479 雜工藝
452 探礦；採礦；選礦	**480 商業；各種營業**
453 金屬礦	481 食糧營業
454 冶金；合金	482 其他農產品營業
456 煤礦（石炭礦）	483 畜牧水產品業；飲食等業
457 石油礦及石油工業	484 工業品營業
458—459 非金屬礦物礦	485 化學工藝品管業
460 應用化學；化學工藝	486 礦產品業
461 化學藥品	487 製造品業
462 爆炸品；燃燒；照明	488 紡織品及衣料業
463 食品化學；營養化學	489 其他各種營業
464 窯業；陶磁	**490 商學；經營學**
465 染料；顏料；塗料	491 商業地理
466 油脂工業	492 商政
467 高分子化學工業	493 商業實踐
468 電氣化學工業	494 企業管理
469 其他化學工藝	495 會計
470 製造	496 商品學；市場學
471 精密機械工藝	497 廣告
472 金屬工業	498 商店
473 石工	499 各公司行號誌
474 木工	
475 皮革工藝	**社會科學類**
476 造紙工藝	**500 社會科學總論**
477 印刷術	509 社會思想史

510 統計	536 民族誌
511 統計學各論	537 原始風俗
512 統計資料之處理	538 民俗學；各國風俗
513 統計機關	539 謠俗；傳說
514 各國統計	540 社會
515 人口統計	541 社會學各論
516 生命統計	542 社會問題
517 國民所得統計	543 社會調查報告；社會計劃
518 應用統計學	544 家庭；族制
519 各科統計	545 社區
520 教育	546 社會組織
521 教育心理及數學	547 社會工作
522 教師及師範教育	548 社會病理及緩和
523 初等教育	549 社會改革論
524 中等教育	550 經濟
525 高等教育	551 經濟學各論
526 教育行政	552 經濟史地
527 管理；訓育；輔導	553 生產、企業及政策
528 各種教育	554 土地問題
529 特殊人教育	555 實業；工業
530 禮俗	556 勞工問題
531 禮經	557 交通及運輸
532 通禮	558 貿易
533 邦禮	559 合作
534 家禮	560 財政
535 民族學	561 貨幣、金融

562　銀行

563　金融各類

564　公共理財

565　各國財政狀況

566　地方財政

567　賦稅

568　關稅

570　政治

571　國家論

572　政治制度；比較政府

573　中國行政制度

574　各國政治

575　地方制度

576　政黨

577　移民及殖民

578　國際關係

579　國際法

580　法律

581　憲法

582　中國法規彙編

583　各國法規

584　民法

585　刑法

586　訴訟法

587　商法

588　行政法

589　司法及司法行政

590　軍事

591　軍制

592　兵法；作戰

593　訓練及教育

594　後勤；軍人生活

595　軍事技術

596　陸軍

597　海軍

598　空軍

599　國防；防務

史地類

600　史地總論

601　歷史學

602　年表

603　史學研究法

604　史學辭書

605　史學期刊

606　史地學會；史學會議

607　史地雜著

608　史地叢書

609　地理學

610　中國通史

611　中國史研究之理論及方法

612　中國史地綱要

679　方隅史

680　類志

681　都城；疆域

682　水

683　山

684　名勝古蹟

685　人文地理；人民；政治；風
　　　土

686　經濟地理；物產；實業；交
　　　通

687　人物

688　文獻

689　雜記

690　中國遊記

710　世界史地

711　世界通史

712　斷代史

713　文化史

714　外交史

715　史料

716　地理

717　區域

718　類志

719　遊記

720　海洋誌

721　太平洋

722　北太平洋

723　南太平洋

724　印度洋

725　大西洋

726　地中海

727　北極海

728　南極海

729　航海記彙編

730　東洋史地

731—739　亞洲各國

731　日本史地

732　韓國史地

733　遠東史地

734　俄領亞洲史地

735　中東史地

736　西南亞細亞史地

737　南亞、印度史地

738　東南亞史地

739　南洋群島史地

740　西洋史地

741—749　歐洲各國

750—759　美洲各國

760—769　非洲各國

770—779　澳洲及其他各國

780　傳記

781　世界名人合傳

782　中國人傳記

783—787　各國傳記

788　各科名人合傳

789　譜系

| 790　古物；考古 |

791　古物彙考

792　甲骨

793　金

794　石

795　古書畫；古文書

796　磚瓦陶及雜器

797　中國古物志

798　各國古物志

799　系統考古學；史前古物

語文類

| 800　語言文字學 |

801　比較語言學

802　中國語言文字

803　東方語言

804　西方語言文字；印歐語族

805　日耳曼語系

806　斯拉夫語系

807　其他印歐語言

808　美洲澳洲等語

809　人為語

| 810　文學 |

811　寫作、翻譯及演說

812　文藝批評

813　總集

815　特種文藝

819　比較文學

| 820　中國文學 |

821　詩論

822　賦及其他韻文論

823　詞論、詞話

824　戲曲論

825　散文論

826　函牘及雜著評論

827　小說論

828　語體文論；新文學論

829　文學批評史

| 830　總集 |

831　詩總集

832　辭賦及韻文總集

833　詞總集

834　戲曲總集

835　散文總集

836　國文課本

837　語體文總集

838　婦女作品總集

839　各地藝文總集

| 840 別集 | 876 法國文學 |

| 850 特種文藝 | 877 意國文學 |

851 詩

878 西班牙文學

852 詞

879 葡萄牙文學

853 曲

880 俄國文學

854 劇本

881 北歐各國文學

855 散文：隨筆、日記

882 中歐各國文學

856 函牘及雜著

883 東歐各國文學

857 小說

885 美洲各國文學

858 民間文學

886 非洲各國文學

859 兒童文學

887 澳洲及其他各地文學

| 860 東方文學 |

889 西洋小說

861 日本文學

| 890 新聞學 |

862 韓國文學

891 政策及法規

863 遠東各地文學

892 組織

864 中東文學

893 編輯

865 阿拉伯文學

894 新聞營業

866 波斯文學（伊朗文學）

895 採訪及寫作

867 印度文學

896 通訊社

868 東南亞各國文學

898 中國新聞業

| 870 西洋文學 |

899 各國新聞業

871 古代西洋文學

872 近代文學

美術類

873 英國文學

| 900 美術總論 |

874 美國文學

901 美術理論

875 德國文學

902 美術圖譜

909　美術史

910　音樂

911　樂理及音樂技巧

912　合奏及樂團

913　聲樂；歌曲

914　舞樂

915　劇樂

916　絃樂

917　鍵盤樂器

918　管樂；簧樂

919　機械樂

920　建築

921　建築美術設計

922　中國建築

923　各國建築

924　宮殿及城廓

925　道路及橋樑

926　公共建築物

927　宗教建築物

928　民屋；住宅建築

929　風景建築；造園

930　彫塑

931　篆刻；刻印

932　彫塑方法

933　木彫

934　石彫

935　金銅彫

936　象牙彫、角彫、骨彫等

937　版畫

938　陶磁（窯業美術）

939　塑像

940　書畫

941　書畫目

942　書法

943　法帖

944　畫法

945　畫冊

946　東洋畫

947　西洋畫

948　各種西洋畫法

949　西洋畫各派

950　攝影

951　攝影器材設備

952　攝影技術、方法

953　拍攝藝術

954　特殊攝影

955　攝影術之應用

956　攝影作品論

957　專題攝影集

958　普通攝影集

959　攝影業；攝影師

960　圖案；裝飾	982　中國戲劇
961　圖案與紋樣	983　東洋戲劇
962　工業意匠	984　西洋戲劇
963　色彩及配色	985　學校戲劇
964　商業意匠	986　木偶戲
965　裝飾文字	987　電影
966　地毯美術	989　其他各種戲劇
967　室內裝飾	**990　遊藝；娛樂；休閒**
968　玻璃美術	991　公共娛樂
969　美術傢俱	992　旅行；觀光
970　技藝	993　戶外遊戲
971　花道；插花	994　水上遊戲
972　紙藝	995　戶內遊戲
973　香道	996　兒童遊戲
974　茶道	997　智力遊戲
976　舞蹈；跳舞	998　博戲
980　戲劇	999　業餘遊玩
981　戲院；演出；演技	

二　中國圖書館圖書分類法類目簡表 *

A　馬克思主義、列寧主義、毛澤東思想、鄧小平理論

A1　馬克思、恩格斯著作

A2　列寧著作

A3　史達林著作

---

* 依《中國圖書館分類法簡本》（第四版），頁 13～170。

A4 毛澤東著作

A49 鄧小平著作

A5 馬克思、恩格斯、列寧、史達林、毛澤東、鄧小平著作彙編

A7 馬克思、恩格斯、列寧、史達林、毛澤東、鄧小平的生平和傳記

A8 馬克思主義、列寧主義、毛澤東思想、鄧小平理論的學習和研究

B 哲學、宗教

B0 哲學理論

B1 世界哲學

B2 中國哲學

B3 亞洲哲學

B4 非洲哲學

B5 歐洲哲學

B6 大洋洲哲學

B7 美洲哲學

B80 邏輯科學（總論）

B81 邏輯學

B82 倫理學

B83 美學

B84 心理學

B9 宗教

C 社會科學總論

C0 社會科學理論與方法論

C1 社會科學現狀、概況

C2 機關、團體、會議

C3　社會科學研究方法

C4　社會科學教育與普及

C5　社會科學叢書、文集、連續性出版物

C6　社會科學參考工具書

[C7] 社會科學文獻檢索工具書

C8　統計學

C91　社會學

C92　人口學

C93　管理學

[C94] 系統科學

C96　人才學

C97　勞動科學

D　　政治、法律

D0　政治理論

D1　國際共產主義運動

D2　中國共產黨

D33/37　各國共產黨

D4　工人、農民、青年、婦女運動與組織

D5　世界政治

D6　中國政治

D73/77　各國政治

D8　外交、國際關係

D9　法律

E　　軍事

E0　軍事理論

E1　世界軍事

E2　中國軍事

E3/7 各國軍事

E8　戰略、戰役、戰術

E9　軍事技術

E99 軍事地形學、軍事地理學

F　　經濟

F0　政治經濟學

F1　世界各國經濟概況、經濟史、經濟地理

F2　經濟計畫與管理

F3　農業經濟

F4　工業經濟

F5　交通運輸經濟

F6　郵電經濟

F7　貿易經濟

F8　財政、金融

G　　文化、科學、教育、體育

G0　文化理論

G1　世界各國文化事業概況

G2　資訊與知識傳播

G3　科學、科學研究

G4　教育

G5　世界各國教育事業

G8　體育

H　　語言、文字

H0　語言學

H1　漢語

H2　中國少數民族語言

H3　常用外國語

H4　漢藏語系

H5　阿勒泰語系

H7　印歐語系

I　　文學

I0　文學理論

I1　世界文學

I2　中國文學

I3/7　各國文學

J　　藝術

J0　藝術理論

J1　世界各國藝術概況

J2　繪畫

J3　雕塑

J4　攝影藝術

J5　工藝美術

J6　音樂

J7　舞蹈

J8　　戲劇藝術

J9　　電影、電視藝術

K　　歷史、地理

K0　　史學理論

K1　　世界史

K2　　中國史

K3/7 世界各國和地區歷史

K81　人物傳記

K85　文物考古

K89　風俗習慣

K9　　地理

N　　自然科學總論

N0　　自然科學理論與方法論

N1　　自然科學現狀、狀況

N2　　自然科學機關、團體、會議

N3　　自然科學研究方法

N4　　自然科學教育與普及

N5　　自然科學叢書、文集、連續出版物

N6　　自然科學參考工具書

N8　　自然科學調查、考察

N91　自然研究、自然歷史

N93　非線性科學

N94　系統學

O　數理科學和化學

O1　數學

O3　力學

O4　物理學

O6　化學

O7　晶體學

P　天文學、地球科學

P1　天文學

P2　測繪學

P3　地球物理學

P4　大氣科學（氣象學）

P5　地質學

P7　海洋學

P9　自然地理學

Q　生物科學

Q1　普通生物學

Q2　細胞生物學

Q3　遺傳學

Q4　生理學

Q5　生物化學

Q6　生物物理學

Q7　分子生物學

Q81　生物工程學（生物技術）

Q91　古生物學

Q93　微生物學

Q94　植物學

Q95　動物學

Q96　昆蟲學

Q98　人類學

R　　醫藥、衛生

R1　預防醫學、衛生學

R2　中國醫學

R3　基礎醫學

R4　臨床醫學

R5　內科學

R6　外科學

R71　婦產科學

R72　兒科學

R73　腫瘤學

R74　神經病學與精神病學

R75　皮膚病學與性病學

R76　耳鼻咽喉科學

R77　眼科學

R78　口腔科學

R79　外國民族醫學

R8　特種醫學

R9　藥學

S　　農業科學

S1 農業基礎科學

S2 農業工程

S3 農學（農藝）

S4 植物保護

S5 農作物

S6 園藝

S7 林業

S8 畜牧、動物醫學、狩獵、蠶峰

S9 水產、漁業

T 工業技術

TB 一般工業技術

TD 礦業工程

TE 石油、天然氣

TF 冶金工業

TG 金屬學與金屬工藝

TH 機械儀錶工業

TJ 武器工業

TK 能源與動力工程

TL 原子能技術

TM 電工技術

TN 無線電電子學、電信技術

TP 自動化技術、電腦技術

TQ 化學工業

TS 輕工業、手工業

TU 建築科學

TV　水利工程

U　　交通運輸
U1　綜合運輸
U2　鐵路運輸
U4　公路運輸
U6　水路運輸
[U8] 航空運輸

V　　航空、航天
V1　航空、航天技術的研究與探索
V2　航空
V4　航天（宇宙航行）
[V7] 航空、航天醫學

X　　環境科學、安全科學
X1　環境科學基礎理論
X2　社會與環境
X3　環境保護管理
X4　災害及防治
X5　環境污染及其防治
X7　三廢處理與綜合理用
X8　環境品質評價與監測
X9　安全科學

Z　　綜合性圖書

Z1　叢書

Z2　百科全書、類書

Z3　辭典

Z4　論文集、全集、選集、雜著

Z5　年鑑、年刊

Z6　期刊、連續性出版物

Z8　圖書目錄、文摘索引

三　杜威十進分類法大綱[*]

| 000　GENERALITIES　總類 |

010　Bibliographies & Catalogs　書目與目錄

020　Library & Information Sciences　圖書館學與資訊科學

030　General Encyclopedic Works　普通百科全書

040

050　General Serial & Their Index　一般期刊及索引

060　General Organizations & Museology　普通機關與博物館

070　News Media, Journalism, Publishing　新聞媒體，新聞學，出版，報紙

080　General Collections　普通叢書

090　Manuscripts & Rare Books　手稿與善本

| 100　PHILOSOPHY & Psychology　哲學與心理學 |

110　Metaphysics　形而上學

120　Epistemology, Causation, Humankind　認識論，原因，人

130　Paranormal Phenomena　超自然現象

140　Specific Philosophical Schools　哲學派別

150　Psychology　心理學

160　Logic　理則學

170　Ethics (Moral Philosophy)　倫理學

180　Ancient, Medieval, Oriental Philosophy　古代，中古及東方哲學

190　Modern Western Philosophy　近代西方哲學

| 200　RELIGION　宗教 |

210　Natural Theology　自然神學

220　Bible　聖經

230　Christian Theology　基督教神學

240　Christian Moral & Devotional Theology　基督教道德與信仰神學

250　Christian Orders & Local Church　基督教聖職與地方教會與神職

260　Christian Social Theology　基督教社會神學

270　Christian Church History　基督教教會歷史

280　Christian Denominations & Sects　基督教各教派

290　Other & Comparative Religions　其他宗教，比較宗教

| 300　THE SOCIAL SCIENCES　社會科學 |

310　General Statistics　一般統計

320　Political Science　政治學

330　Economics　經濟

340　Law　法律

350　Public Administration　公共行政

360　Social Services; Association　社會服務；社團

370　Education　教育

380　Commerce, Communications, Transport　商學、交通、運輸

390　Customs Etiquette, Folklore　民俗，禮儀，民間傳說

＊依《杜威十進分類法》第二十版，1989 年。

400	LANGUAGE 語言

410　Linguistics　語言學

420　English & Old English　英語與古英語

430　Germanic Languages　German　日耳曼語　德語

440　Romance Languages　French,　法語

450　Italian, Romanian, Rhaeto-Romanic　意大利語

460　Spanish & Portuguese Languages　西班牙語與葡萄牙語

470　Italic Languages　Latin　拉丁語

480　Helenic Languages Classical Greek　希臘語

490　Other Languages　其他語言

500	NATURAL SCIENCES & MATHEMATICS 自然科學與數學

510　Mathematics　數學

520　Astronomy & Allied Sciences　天文學與有關科學

530　Physics　物理

540　Chemistry & Allied Sciences　化學與有關科學

550　Earth Sciences　地球科學

560　Paleontology　Paleozoology　古生物學；古動物學

570　Life Sciences　生命科學

580　Botanical Sciences　植物學

590　Zoological Sciences　動物學

600	TECHNOLOGY (APPLIED SCIENCES) 技術（應用科學）

610　Medical Sciences　Medicince　醫學

620　Engineering & Allied Operations　工程

630　Agriculture　農業

640　Home Economics & Family Living　家政與家計

650　Managerial & Auxiliary Services　管理科學

660　Chemical Engineering　化學工業

670　Manufacturing　製造

680　Manufacture for Specific Uses　其他特殊用途製造

690　Buildings　營造

700　THE ARTS　藝術

710　Civic & Landscape Art　市政藝術與景觀藝術

720　Architecture　建築

730　Plastic Arts　Sculpture　彫塑

740　Drawing & Decorative Arts　描畫與裝飾藝術

750　Painting & Paintings　繪畫

760　Graphic Arts　Printmaking & Prints　印刷術；版畫複製與印畫

770　Photography & Photographs　攝影術與照片

780　Music　音樂

790　Recreational & Performaing Arts　遊藝與表演藝術

800　LITERATURE (BELLES-LETTERS)　文學

810　American Literature in English　美國文學

820　English & Old English Literatures　英國與古英語文學

830　Literatures of Germanic Languages　日耳曼語文學

840　French of Romance Languages　法國文學

850　Italian, Romanian, Rhaeto-Romanic　意大利文學

860　Spanish & Portuguese Literatures　西班牙與葡萄牙文學

870　Italic Literatures Latin　拉丁文學

880　Hellenic Literatures Classical Greek　希臘文學

890　Literatures of Other Languages　其他語言文學

900　GEOGRAPHY & HISTORY 地理與歷史

910　Geography Travel　普通地理　遊記

920　Biography, Genealogy, Insignia　傳記，系譜，紋章

930　General History of Ancient World　古代史

940　General History of Europe　歐洲史

950　General History of Asia Far East　亞洲史；遠東史

960　General History of Africa　非洲史

970　General History of North America　北美洲史

980　General History of South America　南美洲史

990　General History of Other Areas　其他地區史

四　國會圖書館分類法大綱

| A GENERAL WORKS-POLYGRAPHY 總類 |

AC　　　　　Collections. Series. Collected Works　叢書

AE　　　　　Encylopedias (General)　百科全書

AG　　　　　Dictionaries and Other General Reference Works　字辭典與一般
參考書

AI　　　　　Indexes（General）　索引

AM　　　　　Museums（General）Collectors and Collecting
（General）　博物館（總論）

[AN]　　　　Newspapers　報紙

AP　　　　　Periodicals（General）　期刊

AS　　　　　Academies and Learned Societies　學會，學術團體

AX　　　　　Yearbooks・Almanacs・Directories　年鑑；曆書；名錄

AZ　　　　　History of Scholarship and Learning. The Humanities　學術史；
人文科學

B PHILOSOPHY・PSYCHOLOGY・RELIGION 哲學 心理學 宗教

B	Philosophy（General） 哲學
BC	Logic 邏輯（論理學）
BD	Speculative Philosophy 思辨哲學
BF	Psychology・Parapsychology・Occult Sciences 心理學；靈學；玄學
BH	Esthetics 美學
BJ	Ethics 倫理學
BL	Religions. Mythology. Rationalism 宗教；神話；唯理學
BM	Judaism 猶太教
BP	Islam. Bahaism. Theosophy 回教；大同教；通神論
BQ	Buddhism 佛教
BR	Christianity 基督教
BS	The Bible and Exegesis 聖經與其註釋
BT	Doctrinal Theology. Apologetics 教義；護教論
BV	Practical Theology. 實踐神學
BX	Christian Denominations 基督教各宗派

C AUXILIARY SCIENCES of HISTORY 歷史學——輔助科學

CA	Auxiliary Science of History（General） 歷史輔助科學
CB	History of Civilization 文化史
CC	Archaeology（General） 考古學（總論）
CD	Diplomatics・Archives・Seals 外交文書；檔案；印璽
CE	Technical Chronology・Calender 年代學；曆法
CJ	Numismatics 古錢學
[CN]	Inscriptions・Epigraphy 題銘；金石學

CR   Heraldry   紋章學

CS   Genealogy   系譜學

CT   Biography   傳記

| D   HISTORY : GENERAL and OLD WORLD   歷史：總論與古史 |

D   History（General）   歷史（總論）

DA   Great Britain   英國

DB   Austria-Hungary   奧地利與匈牙利

DC   France   法國

DD   Germany   德國

DE   The Mediterranean Region. Greco—Roman World   地中海地區

DF   Greece   希臘

DG   Italy   意大利

DH-DJ   Netherlands・Beligum・Luxemburg   比利時   荷蘭   盧森堡

DJK   Eastern Europe   東歐

DK   Russia・Poland・Finland   俄國   波蘭   芬蘭

DL   Northern Europe. Scandinavia   北歐   斯堪地那維亞各國

DP   Spain・Portugal   西班牙   葡萄牙

DQ   Switzerland   瑞士

DR   Eastern Europe・Balkan Peninsula・Turkey   東歐   巴爾幹半島
                     土耳其

DS   Asia   亞洲

DT   Africa   非洲

DU   Oceania（South Seas）   大洋洲

DX   Gipsies   吉普賽人

| E-F   HISTORY : AMERICA   美洲 |

G GEOGRAPHY、ANTHROPOLOGY、RECREATION 地理 人類學 娛樂		

G	Geography（General） 地理學（總論）
GA	Mathematical Geography・Cartography 數理 地理學；製圖學
GB	Physical Geography 自然地理
GC	Oceanography 海洋學
GF	Human Ecology・Anthropogeography 人類生態學；人文地理學
GN	Anthropology 人類學
GR	Folklore 民俗
GT	Manners and Customs（General） 風俗與習慣（總論）
GV	Recreation Leisure 娛樂；休閒

H SOCIAL SCIENCES 社會科學	
H	Social Sciences（General） 社會科學（總論）
HA	Statistics 統計
	Economics 經濟學
HB	Economic Theory 經濟學原理
HC	Economic History and Conditions 經濟史地
HD	Land・Agriculture・Industry 土地；農業；工業
HE	Transportation and Communication 運輸與交通
HF	Commerce 商業
HG	Finance 財政
HJ	Public Finance 公共理財
HM	Sociology（General and Theoretical） 社會學（一般的與理論

的）

HN	Social History. Social Problems: Social Reform　社會史；社會問題；社會改革	
HQ	The Family. Marriage. Woman　家庭；婚姻；婦女	
HS	Societies: Secret・Benevolent etc. Clubs　會社團體：祕密會社，慈善機構，俱樂部等	
HT	Communities. Classes. Races　社團；階級；種族	
HV	Social Pathology. Social and Public Welfare. Criminology　社會病理學；社會福利；犯罪學	
HX	Socialism. Communism. Anarchism.　社會主義；共產主義；無政府主義	

J POLITICAL SCIENCE　政治科學

J	Documents　政府出版品
JA	Collections General Works　選集與總論
JC	Poltical Theory　Theory of the State　政治學理論；國家論
JF	Constitutional History and Administration　立憲史與行政
JK	United States　美國
JL	British America. Latin America　英領美洲；拉丁美洲
JN	Europe　歐洲
JQ	Asia. Africa. Australia. Oceania　亞洲；非洲；澳洲；大洋洲
JS	Local Government　地方政府
JV	Colonies and Colonization. Emigration and Immigration　殖民地與殖民政策　移入與徙出
JX	International Law・International Relations　國際法；國際關係

| K | LAW | 法律 |

K	Law（General） 法律（總論）
KC	Roman Law (Ancient) 羅馬法（古代）
KDC	Law of Scotland 蘇格蘭法律
KD	Law of Northern Ireland 北愛爾蘭法律
	Law of England and Wales 英國及威爾斯法律
KDG	Law of Isle of Man and the Channel Islands 人島與海峽島嶼法律
KDK	Law of Ireland（´Eire） 愛爾蘭法律
KE	Law of Canada 加拿大法律
KF	Law of the United States 美國法律
KG	Latin American · Mexico · Central American 拉丁美洲法律；墨西哥法律；中美洲法律
KH	South America（General）南美洲法律
KJ	Great Britain 英國
KJV—KJW	Law of France 法國法律
KK—KKC	Law of Germany & West Germany 德國法律
KL	Latin America · European Countries 拉丁美洲；歐洲
KM	France 法國
KN	Germany 德國
KO	Italy 意大利
KP	Russia 俄國
KQ	Other European Countries, A-Z 其他歐洲國家，按 A-Z 排
KR	Asia, A-Z, 亞洲（除印度與俄屬亞洲部份）
KS	India · China 印度；中國
KT	Africa, A-Z 非洲

KU   Pacific Islands 太平洋諸島

[KX]   International Law, see JX 國際法 見 JX

| L EDUCATION 教育 |

L   Education（General） 教育（總論）

LA   History of Education 教育史

LB   Theory and Practice of Education 教育原理與實務

LC   Special Aspects of Education 教育特論

LD   United States 美國

LE   America except United States 美洲（大學　學院　學校）

LF   Europe 歐洲（大學　學院　學校）

LG   Asia Africa Oceania 亞洲、非洲、大洋洲（大學　學院　學校）

LH   College and School Magazinges and Papers 學院與學校雜誌、報紙

LJ   Student Fraternities and Societies, United States 美國學校學生社團

LT   Textbooks 教科書

| M MUSIC 音樂 |

M   Music 音樂

ML   Literature of Music 音樂文獻

MT   Musical Instruction 音樂教學

| N FINE ARTS 美術 |

N   Visual Arts（General） 視覺藝術

NA	Architecture	建築
NB	Sculpture	雕塑
NC	Drawing・Design・Illustration	描畫；設計；插畫
ND	Painting	繪畫
NE	Print Media	印刷媒體
NK	Decorative Arts. Applied Arts. Decoration and Ornament	裝飾藝術；應用藝術

P LANGUAGE AND LITERATURE 語言與文學

P	Philology and Linguistics（General）	文字學與語言學（總論）
PA	Classical Languages and Literatures	古典語言學與文學
PB	Modern European Languages	近代歐洲語
PC	Romance Languages	拉丁語系
PD	Germanic Languages	日耳曼語系
PE	English	英語
PF	West Germanic	西日耳曼語系
PG	Russian Literature	俄羅斯文學
PH	Finno—Ugrian, Basque Languages and Literature	芬蘭語系；巴斯克語與文學
PJ	Oriental Languages and Literature	東方語言學與文學
PK	Indo—Iranian・Armenian・Cancasian・Georgian	印度波斯語系；阿拉伯語系；高加索語系；外高加索語
PM	American Indian Languages・Artificial Languages	美洲印地安語；人為語言
PN	Literary History and Collections（General）	文學史與總集

PQ	Romance Literatures　拉丁文學
PR	English Literature　英國文學
PS	American literature　美國文學
PT	Germanic Literatures　德國文學
PZ	Fiction and Juvenile Benes Lettres　小說與青少年讀物

Q　SCIENCE　自然科學

Q	Science（General）　自然科學（總論）
QA	Mathematics　數學
QB	Astronomy　天文學
QC	Physics　物理
QD	Chemistry　化學
QE	Geology　地質學
RH	Natural History（General）　自然史（總論）
QK	Botany　植物學
QL	Zoology　動物學
QM	Human Anatomy　人體解剖學
QP	Physiology　生理學
QR	Microbiology　微生物學

R　MEDICINE　醫學

R	Medicine（General）　醫學（總論）
RA	Public Aspects of Medicine　公共醫學
RB	Pathology　病理學
RC	Internal Medicine. Practice of Medicine.　內科醫學
RD	Surgery　外科

RE	Ophthalmology	眼科
RF	Otorhinolaryngeology	耳鼻喉科
RG	Gynecology and Obstetrics	婦產科
RJ	Pediatrics	小兒科
RK	Dentistry	牙科
RL	Dermatology	皮膚科
RM	Therapeutics · Pharmacology	治療術；藥理學
RS	Pharmacy and Materia Medica	藥學與藥物
RT	Nursing	護理
RV	Botanic, Thomsonian, and Electronic Medicine	草本藥學；湯森氏醫學；電子醫學
RX	Homeopathy	同種療法
RZ	Other Systems of Medicine	其他醫學體系

S AGRICULTURE-PLANT AND ANIMAL INDUSTRY 農業

S	Agriculture（General）	農業（總論）
SB	Plant Culture	植物栽培
SD	Forestry	森林
SF	Animal Culture	畜牧
SH	Aquaculture. Fisheries. Angling	漁業
SK	Hunting	狩獵

T TECHNOLOGY 應用科學

T	Technology（General）	應用科學（總論）
TA	Engineering（General）· Civil Engineering	工程總論；土木工程（總論）

TC	Hydraulic Engineering	水利工程
TD	Environmental Technology. Sanitary Engineering	環境衛生工程
TE	Highway Engineering. Roads and Pavements	公路工程
TF	Railroads Engineering and Operation	鐵路工程
TG	Bridges Engineering	橋樑工程
TH	Building Construction	營造
TJ	Mechanical Engineering and Machinery	機械工程
TK	Electrical Engineering · Electronics · Nuclear Engineering	電機工程；電子學；核子工程
TL	Motor Vehicles. Aeronautics · Astronautics	機動車輛 航空學
TN	Mining Engineering · Metallurgy	礦冶工程；冶金學
TP	Chemical Technology	化學工藝
TR	Photography	攝影術
TS	Manufactures	製造
TT	Handicrafts · Arts and Crafts	手工藝
TX	Domestic Economics	家政

U MILITARY SCIENCE 軍事科學

U	Military Science（General）	軍事學（總論）
UA	Armies: Organization, Distribution, Facilities	軍隊：組織編制，裝備
UB	Military Administration	軍政
UC	Maintenance and Transportation	補給與運輸
UD	Infantry	步兵
UE	Cavalry	騎兵
UF	Artillery	砲兵

UG   Military Engineering   軍事工程

UH   Other Services   其他勤務

V   NAVAL SCIENCE   海軍學

V   Naval Science（General）   海軍學（總論）

VA   Navies: Organization, Description, Facilities etc.   海軍：組織，編制，裝備

VB   Naval Administration   海軍行政

VC   Naval Maintenance   海軍補給

VD   Naval Seamen   海軍水手

VE   Marines   艦隊

VF   Naval Ordnance   海軍軍需品

VG   Minor Services of Navies   海軍其他勤務

VK   Navigation‧Merchant Marine   航海；商船

VM   Naval Architecture‧Shipbuilding‧Marine Engineering   海軍建築；造船學；海軍工程

Z   BIBLIOGRAPHY AND LIBRARY SCIENCE   目錄學與圖書館學

附錄二：學術論文舉例（一）

從《詩經》看古人的價值觀

林慶彰著

一

　　《詩經》是三千年前至二千五百年前，古代中原一帶和鄰近地區的詩歌總集。依其內容，可分為〈風〉、〈雅〉、〈頌〉三大類。〈風〉分為〈周南〉、〈召南〉、〈邶〉、〈鄘〉、〈衛〉、〈王〉、〈鄭〉、〈齊〉、〈魏〉、〈唐〉、〈秦〉、〈陳〉、〈檜〉、〈曹〉、〈豳〉等十五國，約為西周末年至春秋中葉的作品；〈雅〉分為〈小雅〉和〈大雅〉兩類，是周王朝的詩歌。〈小雅〉可能是西周中葉至東周初年的作品；〈大雅〉是西周中葉至西周末年之作品。〈頌〉分為〈周頌〉、〈魯頌〉和〈商頌〉。〈周頌〉是西周初年的作品。〈魯頌〉可能是東周魯僖公時所作；〈商頌〉可能是商人後裔的宋人所作，約作於宋襄公時。①如果依照著成時代的先後排列（〈魯〉、〈商頌〉不計），應該是〈周頌〉、〈大雅〉、〈小雅〉和〈國風〉。這樣的排列順序，至少可看出兩種不凡的意義：一是可由詩篇的時代先後，看出周人思想的演變。二是可由詩篇的時代先後，看出文體的演變。第二點不是本文所要討論的範圍，故略而不論。第一點從思想的演變，可以看出周人價值觀念之一斑。

　　討論古人價值觀念的論文並不多，如果有也都是泛論性質，或從

儒學的觀點來申論。就一部經典加以分析,並藉以看出古人價值觀念的演變的,並未多見。尤其藉《詩經》來看出古人價值觀的,更是少之又少。前人所以不把《詩經》當作一種分析價值觀念演變的素材,大抵是認為《詩經》是一部文學作品,較難看出思想演變的痕迹。《詩經》就其性質來說,也許可說是文學作品,但就其所蘊含的思想成分,正是研究古代思想演變的最佳材料。從思想的演變來看古人價值觀念的演變,也是理所當然的事。就這一點來說,《詩經》在研究古代思想史的重要性,也就可想而知了。

本文擬從〈周頌〉、〈小雅〉、〈大雅〉、〈國風〉的詩篇中,將古人所崇尚的價值觀念提出加以討論,並就所以形成此種價值觀念的環境因素試加討論,以便從周人價值觀念的演變來看出周代社會轉變的種種痕迹。

二

〈周頌〉三十一篇,據《詩經》學者的研究,是《詩經》三百零五篇中較早的作品,大約作於西周初年。詩篇的內容,大抵反映了兩種觀念:一是天命觀念,另一是對祖先的崇拜。在周初人的觀念,天是具有絕對權威的人格神,它是正義的象徵,周人所以能擊敗殷商,就是上天降下大命的緣故,所以周初人對天的敬畏、崇敬可說無以復加。〈周頌〉的許多詩篇,都反映了這種觀念,如:

維天之命,於穆不已。(〈維天之命〉)

天作高山,大王荒之(〈天作〉)

我將我享,維羊維牛,維天其右之(〈我將〉)

我其夙夜,畏天之威,于時保之。(〈我將〉)

敬之敬之，天維顯思。(〈敬之〉)

從這些詩句都可以看出周人對天的敬畏。但是，天並不是具象的，天的權威如何顯現出來呢？天得把天子當成自己的兒子，然後再降天命給他。〈時邁〉說：

時邁其邦，昊天其子之。

〈時邁〉是祭祀武王的詩篇。這兩句是說，武王巡行邦國有一定的時間，上天把他當作自己的兒子。〈昊天有成命〉說：

昊天有成命，二后受之。

二后是指文王和武王。文、武王配享天命的事，在〈大雅〉中也有明顯的記載，如〈大明〉說：「有命自天，命此文王。」承受天命的天子，就必須非常謹慎的來保持其天命，所以〈周頌〉〈桓〉說：

綏萬邦，婁豐年，天命匪懈。

所以，能配享天命的天子，一定要遵奉上天所規定的道德律，天是仁慈的，正義的。這種仁慈和正義，對一位天子來說也是最應該遵守的道德原則。凡是天子都必須達到這一道德理想。當時，天所以降大命給文王，是因為文王的道德修養已達到天所要求的標準，才能得到天命。文王之德的崇高既可得天命，自是當時人心中崇拜的偶像，所以〈周頌〉中述及文王之德的詩句不少。如〈清廟〉：

> 濟濟多士，秉文之德。

這是說，從政的官員濟濟一堂，都秉持著文王的美德。〈維天之命〉說：

> 於乎丕顯，文王之德之純。……駿惠我文王，曾孫篤之。

這幾句話是說，上天所降的天命多麼偉大啊！文王的品德是那麼精純。也因文王品德的精純，才能配享偉大的天命。文王不但能配天命，還能把德惠傳給子子孫孫。這些後代的子孫應該篤守它。所以〈周頌〉中，頌贊文、武王能承受天命，子孫能將天命發揚光大的詩篇也不少。這種將文、武王的德業加以發揚，以求得更多的福份，可能就是周初人所要追求的最高價值了。〈昊天有成命〉說：

> 成王不敢康，夙夜基命宥密。於緝熙，單厥心，肆其靖之。

這首詩說，文王和武王承受天命，成王繼承這種天命，努力從公，以求國家安寧，一點也不敢懈怠。所以不敢懈怠，是怕把天命弄丟了，成為國家的罪人。

〈周頌〉中除贊美文王能配享天命，品德精純外，對武王也頗多贊美之詞，如〈武〉說：

> 於皇武王，無競維烈。允文文王，克開厥後。嗣武受之，勝殷遏劉，耆定爾功。

這首詩讚美武王的功業無人能比，後代的基業都是他開創的，他戰勝

殷紂後，即停止殺戮，也因此建立了偉大的聲名，〈賚〉也有類似的
描述：

> 文王既勤止，我應受之，敷時繹思。我徂維求定，時周之命。
> 於繹思。

這首詩是說，文王創業很辛勤，我武王把他的遺志加以繼承，施大恩
給百姓，以求天下的安定。能這樣做，上天所降給周人的天命才能保
全。②

　　從上述詩篇的分析，我們可以了解，周初人以文王、武王配享天
命為周人立國之根據。文王所以能配享天命，是因他們有精純的品
德；武王所以繼天命是因為他有彪炳的功業。成王所以能繼承天命，
是因他有奮鬥不懈的精神。這些不平凡的周人祖先，也就成了周人效
法的對象。

　　就這樣來說，周初人所要追求的，應該是由天命思想導引出來的
道德修養。此種道德修養的準則，來自文王、武王、成王等祖先。
文、武、成也希望此種道德修養能廣佈在人的身上。這種由上而下，
由君子而小人的道德要求，就是春秋時代以後，儒家人物德治思想的
先導。

三

　　西周中葉左右的詩篇，可以以〈大雅〉作為代表。〈大雅〉詩篇
的內容已較具多樣的變化，有頌贊詩、燕飲詩、諷刺詩、周初史詩、
宣王史詩等多種類型。以周初史詩、宣王史詩佔較多的篇幅。在論及
這兩類史詩所表現的價值觀念之前，必須先加以討論的是，周初人所

敬畏的天，到〈大雅〉時代，已受到某種程度的懷疑。吾人知道，天
命思想的維繫，端賴國家的安定和社會的和諧。一旦天災人禍不斷，
社會失去安定時，人民對於這種至善和正義化身的天也起了懷疑。
〈大雅〉中有不少詩篇即表現了這種思想的傾向。例如〈板〉說：

> 上帝板板，下民卒癉。……（一章）
> 天之方難，無然憲憲。……（二章）
> 天之方虐，無然謔謔。……（四章）

「上帝板板，下民卒癉」，是說上帝違反常道，下民受勞累苦痛。「天
之方難，無然憲憲」，是說上天正降下災難，不要太過於高興。「天之
方虐，無然謔謔」，是說天正在施暴虐，不要嬉戲玩樂。本來天或上
帝根本是正義、公理的化身。可是由於時代的動亂，天的形象逐漸受
到考驗，所以才有這樣的詩句出現。〈大雅〉〈蕩〉的詩句也可以證明
這一觀念。

> 蕩蕩上帝，下民之辟。
> 疾威上帝，其命多辟。（一章）

這幾句詩是說：偉大的上帝，是下民的君主；發怒的上帝，命令也就
多怪僻。上帝既是公平、正義的，則上帝發怒時，應該是在懲罰惡
人。既如此，上帝之命怎可說是「多辟」呢？現在詩人認為上帝之命
是「多辟」的，可見詩人心中的上帝已不是高高在上，已不是公理、
正義的化身。上帝的屬性開始受到懷疑。既如此，也由對上天的依
賴，慢慢轉而對祖先的崇敬和對時君的稱揚。這種觀念在〈大雅〉的
周初史詩和宣王史詩中表現得最為明顯。

（一）**對開國祖先的崇敬**：〈大雅〉中的周初史詩，有〈生民〉、〈公劉〉、〈緜〉、〈皇矣〉、〈大明〉、〈文王有聲〉等篇。〈生民〉記述周人始祖后稷的神異故事。〈公劉〉記述周人祖先公劉由邰遷豳，辛苦經營的過程。〈緜〉記述周人祖先古公亶父至文王辛苦創業的經過和成就。〈皇矣〉記述太王、太伯、王季之德，以及文王伐密伐崇的故事。〈大明〉是記述季歷、文王、武王三世的史詩。〈文王有聲〉記述文王遷豐、武王遷鎬的事蹟。從這些記述周人祖先事蹟的詩篇裡可以看出幾點現象。這些詩篇大都在歌頌周人祖先的偉大，例如：〈生民〉一篇，除記述后稷出生的經過外，對后稷在農業上的成就，有相當詳細的描述。該詩第五章說：

> 誕后稷之穡，有相之道，茀厥豐草，種之黃茂。實方實苞，實種實褎，實發實秀，實堅實好，實穎實栗，即有邰家室。

這是說，后稷有幫助農作物成長的方法。從「茀厥豐草」至「實穎實栗」，描述后稷種植穀物的過程。因為后稷有如此高的成就，他就在邰這個地方成立了家業。依此來說，后稷奠定了周人以農立國的基礎，是周人最可敬的祖先。此事在〈周頌〉的〈思文〉和〈魯頌〉的〈閟宮〉也一再提起。〈公劉〉一篇敘述遷徙豳地的經過，舉凡開國的宏規，遷居瑣務，無不加以描述。詩中每章皆以「篤公劉」起頭，以表示對公劉一種最高的敬意。如第一章：

> 篤公劉，匪居匪康，迺場迺疆，迺積迺倉，迺裹餱糧，于橐于囊，思輯用光，弓矢斯張，干戈戚揚，爰方啟行。

這章描述周人要遷居前的種種準備工作，如把米糧裝袋，備齊弓箭干

戈斧鉞等武器,都由公劉來統一督導。其他各章,如公劉勘察豳的土
地,以作為久居的打算,都有深刻的描述。〈緜〉篇是描述太王遷
徙,為文王之興奠基的史詩。詩中描述周人由「陶復陶穴,未有家
室」到遷地定居的經過,第三、四章說:

> 周原膴膴,菫荼如飴。爰始爰謀,爰契我龜。曰止曰時,築室
> 于茲。
> 迺慰迺止,迺左迺右;迺疆迺理,迺宣迺畝。自西徂東,周爰
> 執事。

這是描述太王為周人遷居,籌畫經營的情形。雖對太王的才能未有明
顯的描述,周人所以能遷居成功,乃是太王的功勞。〈皇矣〉對王季
的品德也有詳細的描述,第三章說:

> 維此王季,因心則友。則友其兄,則篤其慶,載錫之光。受祿
> 無喪,奄有四方。

另外,對文王的描述,則更加仔細,詩的第四章說:

> 維此文王③,帝度其心,貊其德音,其德克明,克明克類,克
> 長克君。
> 王此大邦,克順克比,比于文王,其德靡悔,既受帝祉,施于
> 孫子。

這章說,上帝讓文王有光明的德行,可以作人民的君王,使四方歸
附。〈大明〉篇對文王之德也有相當詳盡的描述,第二章說:

> 維此文王，小心翼翼，昭事上帝，聿懷多福。厥德不回，以受
> 方國。

文王是因他處事小心謹慎，心地光明的事奉上帝，所以才能保有更多的福祉。而且，也因他的品德正直不邪，所以才能使四方之國歸附。

（二）**對宣王功業的頌揚**：〈大雅〉中述及周宣王的詩篇不少。如〈雲漢〉描述宣王禳旱祈雨；〈崧高〉敘述宣王封其大舅申伯於謝邑，並命召伯虎為之築城建屋，以作為南方的屏障。〈烝民〉描述周宣王命仲山甫城齊，尹吉甫作詩送之。〈韓奕〉描述韓侯來朝時，周人作詩送他。〈江漢〉描述宣王命召穆公平淮南之夷，詩人美之。〈常武〉描述宣王親征徐方，詩人作此詩以美之。這些詩篇對宣王的文治武功有較詳盡的描述。如〈江漢〉篇：

> 明明天子，令聞不已；矢其文德，洽此四國。（六章）

詩人認為宣王英明睿智，聲望如日中天，又能廣佈其文德，四方之國皆蒙受恩澤。又如〈常武〉篇：

> 王猶允塞，徐方既來。徐方既同，天子之功。
> 四方既平，徐方來庭。徐方不回，天曰還歸。（六章）

這首詩描述宣王親征徐方，由於宣王策略的應用，徐方一下子就平定了。詩人認為這是宣王的功勞。

〈大雅〉中也有不少頌美周王或諸侯的詩篇，如〈棫樸〉、〈旱麓〉、〈思齊〉、〈下武〉、〈泂酌〉、〈卷阿〉等皆是。也有燕飲詩，如〈行葦〉、〈既醉〉等皆是。也有一些是諷刺詩，如〈瞻卬〉，刺幽王

寵愛褒姒，以致天下大亂；〈召旻〉刺幽王任用小人以致饑饉並至。這些和人事的關係已越來越為密切。

由此可知〈大雅〉的詩篇，以周初史詩、宣王史詩為大宗。周初對天的頌讚，對文、武王德業的稱揚，在〈大雅〉時代，天的權威已開始受到質疑，對文、武王，或其他祖先的稱揚，也已較具體的方式來描述，而不是空洞的稱揚。這種對先祖先公德業的敘述，可以說是一種史詩。而這些史詩，所以不同於〈小雅〉、〈國風〉的詩篇，是〈大雅〉的史詩，主要是稱述遠古的祖先，或在位的國君，而不是個人的權益地位問題。如果這種對祖先或國君的稱述可以認為是〈大雅〉時代的一種價值觀的話，那很顯然地，當時人的價值觀與〈周頌〉、〈小雅〉、〈國風〉時代並不相同。

四

時代比〈大雅〉稍晚一點的〈小雅〉，共有八十篇，如果扣除〈笙詩〉六篇，則有七十四篇。這七十餘篇詩的時代，大約是西周晚期至東周初年的作品。這些作品跟〈大雅〉比起來，由於時代更晚，作品更多樣化。除了有關周宣王事蹟的詩篇外，由於時值西周末年，內政不修，外患頻仍，所以反映社會離亂的詩篇也越來越多。至於反映人事問題的詩篇，如親情、愛情、友情的詩篇也不少。這正表示時代越演變，人與天的距離越來越遠，而逐漸由人與天的關係轉變為人與人的關係的思考。

在討論〈小雅〉詩篇的內容之前，我們必須把〈周頌〉頌天，〈大雅〉疑天的天道思想稍加檢討，看看〈小雅〉詩篇對此一問題的反映。就〈小雅〉的詩篇來說，人民對於天已不僅止於懷疑、抱怨，而是無情的攻擊和唾罵了。如〈小雅〉〈節南山〉說：

> 天方薦瘥，喪亂弘多。……昊天不傭，降此鞠訩；……
> 昊天不惠，降此大戾。……昊天不平，我王不寧。

這幾句話是說：老天正降下災禍，禍亂既大且多。老天不太公平，降下這樣的大災禍；老天不同情，禍亂鬧個不停；老天做事不公平，使得我王不安寧。對公平、正義的老天，充滿了懷疑。〈正月〉說：

> 民今方殆，視天夢夢。……有皇上帝，伊誰云憎？……天之扤我，如不我克。

這幾句是說：人民正在危急之中，上天卻老眼昏花；……我想請教上帝，你是恨誰，使亂不停？……老天加害我，唯恐不能把我置之死地。〈雨無正〉的首章也說：

> 浩浩昊天，不駿其德，降喪饑饉，斬伐四國，昊天疾威，弗慮弗圖。舍彼有罪，既伏其辜，若此無罪，淪胥以鋪。

這是說，老天不施仁德，降下饑荒，人民死傷遍地，有罪的人逍遙法外，無罪的人卻受牽連。從這些描述，可以看出上天已完全失去他公正的立場。

在這同時，人們也逐漸領悟到，人世間的種種禍福，並不完全操之於上天，可能操之於統治者；或是某些握有權力的人。這種自覺，使人們逐漸拋開對上天的依賴、懷疑、抱怨和攻擊，轉而對人事的思考。這是我們研究〈小雅〉詩篇時特別要注意的。

〈小雅〉中也有一些與周宣王有關的詩篇，如〈采薇〉一篇，記載初春北伐，冬季凱旋。從詩中「不遑啟處，玁狁之故」，「玁狁孔

棘」等句,可知玁狁進犯的規模不小。從「一月三接」句,可見此次
戰役非常激烈。除了這種戰爭的描述,作者對自己所處的境遇感到相
當的無奈,所以寫下最後一章:

> 昔我往矣,楊柳依依,今我來思,雨雪霏霏。
>
> 行道遲遲,載渴載饑,我心傷悲,莫知我哀。

前四句看似寫景,其實以今昔景物的對比來襯托他內心的變化。在路
上,他又飢又渴,又有誰知道他內心的痛苦呢?這種對自己處境的關
懷,進而產生憐惜、怨懟之感的觀念,實已開啟東周時代詩篇描述人
事問題的先河。〈出車〉一篇,也是敘述討伐玁狁的詩篇,詩中「昔
我往矣,黍稷方華;今我來思,雨雪載塗。」描述的手法,與〈采
薇〉完全相同,這一時期詩篇所反映思想觀念的轉變,也可見一二。
〈六月〉一篇,敘述討伐玁狁至太原。表面上這些詩篇似在描寫戰
爭,可是從深處加以觀察,這一類的詩篇,似乎都反映了一個問題,
在動盪的時代裡,人為了什麼而東征西討北伐?人處在這種時代,扮
演的是什麼樣角色?

最重要的,應該是反映社會離亂的詩篇,這是作者對動盪時代的
一種忠實記錄。這類的詩篇基本上是愛國傷時的,對社會的不公平、
不正義,提出了許多的批評。前文述及對天的依賴已逐漸降低,轉而
對人事的思考,如〈十月之交〉說:

> 黽勉從事,不敢告勞。無罪無辜,讒口囂囂。
>
> 下民之孽,匪降自天,噂沓背憎,職競由人。

這是說,詩人很努力的做事,不敢說一聲辛苦。自認自己無罪過,卻

遭到不少讒人的批評。從這裡他領悟出來，下民的活受罪，並不是來自上天，而是有某些人在操縱。這已充分表現當時人思想觀念的轉變。人們更從人事問題的思考中感受到人與人間所受待遇的不公平，而發出抗議之聲。如〈大東〉第四章說：

> 東人之子，職勞不來。西人之子，粲粲衣服。
> 舟人之子，熊羆是裘。私人之子，百僚是試。

東人是東國之人，指的可能是殷商人的後裔；西人、舟（周）人，指周朝之人；私人，指周人之家臣。東國之人的兒子，一直承擔著苦差事，卻沒有人來安慰；而周人的兒子卻穿著華貴的衣服；即周人家臣的兒子，各種官職也都當過了。這是多麼不公平的事。又如：〈北山〉更是反映這種觀念的典型詩篇。該詩的四、五、六章說：

> 或燕燕居息，或盡瘁事國；或息偃在床，或不已于行。
> 或不知叫號，或慘慘劬勞；或棲遲偃仰，或王事鞅掌。
> 或湛樂飲酒，或慘慘畏咎；或出入風議，或靡事不為。

全詩十二句，連用十二個「或」字，每兩句一組，以「勞」、「逸」二事，作強烈的對比，以反映當時勞逸不均的現象。此種現象，當然是後天環境因素所造成的，所以詩篇前頭要說：「溥天之下，莫非王土，率土之濱，莫非王臣，大夫不均，我從事獨賢。」由於「大夫不均」，作者承擔的事也特別多。他所以不以為這種勞逸不均的現象，是天命或天意，自是對人事問題，深入觀察的結果。

除上述兩類詩篇外，反映其他人事問題的詩篇也不少，如〈常棣〉一詩，即是強調兄弟和樂的詩篇，詩中強調兄弟之間能和好，全

家才有真正的快樂。〈白駒〉是一首留客詩，客人硬著要走，就繫住
他的馬；他的馬要走了，就好言勸牠。客人留不住了，就為他的馬準
備上路所需的糧草，並勸他不要忘記互通信息。〈無羊〉一詩除了描
述牧羊人的生活外，更用夢來表示自己的願望。〈谷風〉一詩，則是
棄婦的悲吟，形式和內容都與〈邶風〉〈谷風〉完全相像。詩的第一
章說：

> 習習谷風，維風及雨，將恐將懼，維予與女，將安將樂，女轉
> 棄予。

這是說，從前大家一起過艱苦的日子，只有我（作者）陪伴你，如今
生活漸安逸，卻把我拋棄。這是作者對婚姻生活缺乏保障的一種控
訴。〈蓼莪〉一詩，則是孝子悼念父母的詩，詩中對自己無法報答父
母的深恩感到無比的愧疚，詩的第四章說：

> 父兮生我，母兮鞠我。拊我畜我，長我育我；
> 顧我復我，出入腹我，欲報之德，昊天罔極。

除敘述父母養育之深恩外，對老天奪走他父母的生命，使他無法略盡
孝道，認為是一種無法彌補的損失。不得不說：「昊天罔極」（老天你
真沒良心）了。

　　以上有關〈小雅〉詩篇的分析，可知當時人已從對天的頌揚、懷
疑，逐漸變為對天的詛咒、唾罵，天在人們心目中的崇高價值已逐漸
降落，人們開始去思考人世間的種種問題，政治問題、社會問題，或
人自己的情感問題，都是〈小雅〉作者所關心的。這種對人事問題的
思考反省是伴著時代的變化而來的。只不過他所反映的問題沒有〈國

風〉詩篇那麼廣，也不像〈國風〉詩篇，每一種問題有那麼多詩篇來反映。把〈小雅〉視為由〈大雅〉向〈國風〉推進過程中，一種過渡時代的反映，是最恰當不過了。

五

由西周末年到春秋時代，由於時代的動亂，社會呈現多元化發展，當時人也由對天的懷疑、詛咒，進而關心人本身的問題。人自身的問題是什麼？愛情幸福問題、待遇公平問題、生命價值問題……等。這些問題，在《詩經》〈國風〉中反映得特別強烈。我們也可以從〈國風〉有關這一類問題的詩篇中，看出當時人價值觀念的轉變。

（一）對公平正義的追求。從〈小雅〉〈北山〉一篇已可看出詩人對當時政治的不公平有不少的怨言，〈節南山〉一詩，更質問妨害國家進步的人是誰？到了〈國風〉時代，反映這種觀念的詩篇也更多了，如〈召南〉〈小星〉：

> 嘒彼小星，三五在東。肅肅宵征，夙夜在公，寔命不同。

作者對這種「肅肅宵征，夙夜在公」，必定非常不滿，可是他缺乏與別人享受同等待遇的條件，所以說「寔命不同」。如果他的命與別人沒有不同的話，他就不會有這種吟詠的方式了。「命」是一種先天的限制或優待，作者在這裡很顯然地是受到了限制，所以他不敢有所怨言，當他能突破「命」的觀念的拘囿時，情況一定會有所改觀。相類似的詩篇，如〈邶風〉〈北門〉：

> 出自北門，憂心殷殷。終窶且貧，莫知我艱。已焉哉！天實為

之，謂之何哉！（一章）

作者可能是一位盡忠職守的公務員，工作非常繁重，生活也清苦，照
道理家人對他的處境，應有同情的了解才對，可是家人卻對他「交遍
譴我」（二章）「交遍摧我」（三章），心中的苦悶可想而知。而他對家
人的指責，也只能說「天實為之，謂之何哉」來自我解嘲罷了。
「天」就是命，對他來說是一種先天的限制。作者內心雖有不平，但
他認為命或天的因素使然，即使內心有所不平，也祇能徒呼負負了。
至於〈魏風〉〈伐檀〉的作者，對這種不公平，不會把它歸之於
「天」或「命」，而是以嘲諷的態度，對執政者作技巧的批評，如第
一章：

> 坎坎伐檀兮，寘之河之干兮，河水清且漣漪。不稼不穡，胡取
> 禾三百廛兮？不狩不獵，胡瞻爾庭有縣貆兮？彼君子兮！不素
> 餐兮。

作者肯定君子是不「素餐」（白吃白喝）的，可是沒有看到君子出去
「狩」「獵」（打獵），家裡庭院卻有「縣貆」（懸掛的豬獾），這是什
麼緣故呢？擺在眼前的事實，與君子的理想道德形象發生了嚴重的衝
突。作者對不公平的不滿，在字裡行間充分表現出來。

除了對不公平的不滿外，如果不公平、不正義到讓人無法忍受
時，詩人即有逃離這種暴政的想法表現出來，〈邶風〉〈北風〉和〈魏
風〉〈碩鼠〉就是這一類思想的代表作。〈北風〉第一章：

> 北風其涼，雨雪其雱。惠而好我，攜手同行。其虛其邪？既亟
> 只且。

作者以「北風」之涼，「雨雪」之多，來比喻暴政。在暴政的威脅之下，只好與同好攜手同行，大家逃難去了。〈魏風〉〈碩鼠〉也反映了相類似的觀念。第一章說：

> 碩鼠碩鼠，無食我黍！三歲貫女，莫我肯顧，逝將去女，適彼樂土，樂土樂土，爰得我所。

作者把執政者比為吃百姓糧食的大老鼠，這隻大老鼠吃百姓的糧食太多，卻毫無回饋。作者覺得這種地方缺乏讓人生活安定的公義原則，所以他決定離開這裡，尋找一可以安身立命的地方。也許這一「樂土」僅是作者的理想，在這世界裡並沒有，但是作者追求安身立命生活的期盼也表露無遺。

（二）**對愛情幸福的期盼：**在這方面特別強調婚姻的自主性。所以希望透過自己的選擇而完成婚姻大事的詩篇也特別多。〈周南〉〈關雎〉篇描述自由追求少女，可以達到「求之不得，寤寐思服。悠哉悠哉，輾轉反側。」的地步，這種對感情的執著，充分表現作者的自主性。〈衛風〉和〈鄭風〉的愛情詩篇，如〈竹竿〉對失戀心理的描述；〈伯兮〉對離家丈夫的思念。〈木瓜〉的愛情贈答；〈鄭風〉〈叔于田〉、〈大叔于田〉對情人的愛慕；〈遵大路〉渴求再得到愛情；〈狡童〉對男女責備；〈東門之墠〉對心儀男子的愛慕；〈出其東門〉對純樸女子的愛戀；〈野有蔓草〉的一見鍾情；〈溱洧〉在春日男女間的情愛等，都表現出當時男女對愛情幸福的期盼。當追求愛情自主的理想受到阻撓時，必定發出哀嘆的聲音，〈鄘風〉〈柏舟〉：

> 汎彼柏舟，在彼中河。髧彼兩髦，實維我儀。之死矢靡它。母

　　　　也天只！不諒人只！（一章）

她把自己比成在河中漂流的柏舟，處境雖艱苦，但是對那「兩髦」的
男人，心志已堅，是不會改變的。由於他的母親可能有意把她許配給
另外一個人，所以她要說：「母也天只！不諒人只！」〈鄭風〉〈將仲
子〉也有類似的情形，如：

　　　　將仲子兮，無踰我里，無折我樹杞。豈敢愛之？
　　　　畏我父母。仲可懷也，父母之言，亦可畏也。（一章）

一旦美好的婚姻生活受到挫折，而導致婚姻破裂，受害的一方也會發
出痛苦的呼聲。這種情形，在〈邶風〉〈谷風〉和〈衛風〉〈氓〉反映
得最為激烈。〈谷風〉的作者（女主人）會以種種比喻的詩句，來喚
起她丈夫的良知，如「誰謂荼苦，其甘如薺。」是說誰說荼菜很苦？
其實對我來說，它甜得像甜菜一般。這表示她的心境比苦菜要苦得
多。「就其深矣，方之舟之；就其淺矣，泳之游之。」是說，要是水
深的話，就用舟划過去，要是水淺的話，就游泳過去。比喻對家裡的
事安排非常的妥當。這表示自己對這個家有很大的貢獻，有貢獻照道
理應該得到丈夫的尊重，可是卻遭到仳離的命運。這位女主人所以要
傾訴這麼多，當然是希望藉傾訴來挽回自己的婚姻，保障自己的婚姻
幸福。這種對自己美滿幸福的追求，也表現在〈衛風〉〈氓〉上面，
該篇同樣用了不少的比喻，如「淇水湯湯，漸車帷裳」，表示淇水的
水很大，都已經浸濕了車的布帷子了。水既然這麼大，她的丈夫如果
有一點良知的話，就應該暫時留她下來，等水位低了再請她走。又
「淇則有岸，隰則有泮」，是說淇水都有它的堤岸，低濕的地方也有
它的邊際。無生命的水都如此，有感情的人卻毫無分寸，可說比水都
不如了。作者所以要如此，無非藉這些比喻來彰顯她丈夫的不合人

道，在毫無充分理由下，犧牲她婚姻的幸福。

從以上的分析，也可知道東周時代的人，已逐漸領悟到個人情感生活的好壞，與其終身的幸福是息息相關的。《詩經》〈國風〉中的某些篇章，正好反映了這種觀念的演變。

（三）對生命價值的珍惜：從西周末年人事的動盪中，人們慢慢的體會到生命價值的重要性。所以，〈國風〉的某些詩篇對生命表示特別的珍惜，要是生命受到威脅時，發之於詩歌的，就是徬徨、焦慮與恐懼。如〈邶風〉〈擊鼓〉，描述到宋國參加南征的士兵，在其他人都回國以後，他獨留下來防守。他的孤獨感，使他覺得生命受到威脅，詩的第四章說：

> 「死生契闊」，與子成說；執子之手，「與子偕老」。
> 于嗟闊兮！不我活兮！于嗟洵兮！不我信兮。

作者想到以前曾經拉著他太太的手說過：「死生都要在一起」，「要跟你白首偕老的」；沒想到現在可能都無法兌現了。他覺得此時跟他太太隔得好遠，所以說：「闊兮」、「洵兮」，又想到如果他死掉了，以前說過的話，也無法兌現了，所以說：「不我信兮」。也許〈擊鼓〉詩的作者想得太多了。他所以想那麼多，當然是因為對死亡之恐懼所產生的一種焦慮感。因此這種焦慮感，讓他的思緒紛亂異常。〈秦風〉〈黃鳥〉也表現出對生命價值的珍惜，該詩首章說：

> 交交黃鳥，止於棘。誰從穆公？子車奄息。維此奄息，百夫之特。臨其穴，惴惴其慄。

西元前六二一年秦穆公去世時，從死者有一七七人，子車氏的三個兄

弟也在裡面。他們是秦國有名的武士，稱為「三良」。這首詩就在哀悼三良之死；④三良之從死，對秦國人來說，是一種莫大的損失，所以秦國人要為他們殉葬的事感到哀傷。殉葬的風俗，古代各國都曾發生過，在我們殷商時代有之，即秦穆公之前的武公，也以六十六人從殉。都沒有批評的文字。⑤何以到了秦穆公時的殉葬行為會出現譴責的詩歌呢？這就是人的獨立自主性和人自身價值被發現所促成的。詩中作者看到那麼深邃的墓穴，即使再有勇氣，面臨死亡威脅時，也會「臨其穴，惴惴其慄。」而對這種不仁道的事，發出「彼蒼者天，殲我良人」的哀嘆了。可是，作者還很希望能挽救這種局面，所以說：「如可贖兮，人百其身。」要是可以贖回來的話，願意以一百個人來贖回三良兄弟。這裡不但表現對生命價值的珍重，而且生命價值有高有低，作者希望用較低的去換回較高的。這種對生命價值的珍視，到了春秋時代，有更進一步的發展。叔孫豹的「太上有立德，其次有立功，其次有立言，雖久不廢，此之謂不朽。」就是此一觀點的具體表現。孔子和其他先秦諸子，大多以道德實踐為思想發展的基礎，此種發展從《詩經》中已可看出端倪。

六

　　根據上文的討論分析，吾人可知，《詩經》這部書反映了西周初年至東周春秋時代思想的演變。這種思想的變遷，也就是周人價值觀念演變的一種表示。其演變的情形，約可歸納為下列數點：

　　（一）作於西周初年的〈周頌〉，充分反映了周人的天命觀念。周人取代殷商而立，非有安定殷商遺民的方法不行。在這個需要下，周人創出一套天命說，認為配享天命的天子，應該是個有德者，殷人因為失德，天命轉移，而失去了自己的國家。周文王、武王因為品德

精純，所以得到上天的眷顧，代殷商而立國。上天既有如此高的權威，所以〈周頌〉中稱揚上天之偉大的詩句也特別多，且文、武、成王都秉承上天之命，施恩於百姓，也成了人民感激、膜拜的對象。說上天和祖先神為周初人崇奉的最高價值也不為過。

（二）〈大雅〉的詩篇則反映了西周中葉以後的思想情況。當時周政中衰，災禍不斷，所以對天的敬畏之情也逐漸減退，懷疑上天的觀念也出現了。而周人創業的祖先文王、武王、成王的德業，是令人終生感激的。至於周宣王中興之功，也值得令人感念。所以〈大雅〉中對文、武、成王的崇敬，對宣王功業加以頌揚的詩篇也特別多。這種由對上天的敬畏，轉變對祖先的頌揚，是周人由天命思想轉變為人文思想過程中，必然要經過的程序。〈大雅〉詩篇正好是這一過程最好的註腳。

（三）〈小雅〉詩篇反映了西周中葉到東周初年的思想情況。由於內憂外患交相煎迫，周人在失望痛苦之餘，不但對權威的天表示質疑，更加以詛咒、唾。在這種痛苦煎迫的過程中，人們逐漸體會出國家的災禍，人民的痛苦，並不一定是上天在操縱，而是人為的過失。所以，〈小雅〉中反映社會離亂，批評制度不公，社會缺乏正義的詩篇也就特別值得注意。申論友情、親情、愛情的詩篇，也為〈國風〉時代的人文詩篇作了先導。

（四）〈國風〉詩篇大抵是西周末年至春秋中葉的作品。這段時間是中央政府權力失控，諸侯據地為王的時代。社會也呈現多元化的發展。代表最高權威的天，已完成失勢。人民所關心的是，社會是否公平合理、個人愛情、婚姻的幸福、生命的價值等問題。社會如果缺乏正義，個人的生命、自由都缺乏保障，這種強調公平、正義的觀念，當然是延續了〈小雅〉的傳統。對愛情、婚姻強調自立性，就是對傳統規範的一種反擊。對生命價值的珍視，則是人本身獨立性、自

主性的發現。這種現象，正好是春秋時代人文思想蓬勃發展的先導。更證明了先秦諸子思想與《詩經》間的一種傳承關係。

　　就上述〈周頌〉、〈大雅〉、〈小雅〉、〈國風〉等詩篇反映的思想來看，《詩經》不但是具有高度技巧的文學作品，更是檢驗古人價值觀念演變的最佳材料。

〔附註〕

①以上有關《詩經》〈風〉、〈雅〉、〈頌〉的作成時代，大抵採用屈翼鵬師，《詩經釋義》（臺北市：中國文化大學出版部，1980 年 9 月　新 1 版）一書的看法。該書的〈敘論〉，頁 6 說：「三百篇的時代，就文辭看，以〈周頌〉為最早，大致都是西周初年的作品；〈大雅〉裡也有幾篇像是西周初年的作品，而大部份是西周中葉以後的產物。〈小雅〉多半是西周中葉以後的詩，有少數顯然是作於東周初年。〈國風〉中早的約作於西周晚年，晚的已到了春秋中葉以後 —— 如〈陳風〉〈株林〉及〈曹風〉〈下泉〉等。〈魯頌〉四篇，全部作於魯僖公的時候；〈商頌〉最晚也作於此時。總之，這三百零五篇詩，最早的約作於民國紀元前三千年左右，最晚的也在兩千五百年左右。」

②討論周人天命思想的論著相當多。早期有郭沫若的《先秦天道觀的進展》（上海市：商務印書館，1936 年 5 月）一書，晚近討論此問題的專著不少，如黎建球的《先秦天道思想》（臺北市：箴言出版社，1974 年 7 月）；李杜的《中西哲學思想中的天道與上帝》（臺北市：聯經出版事業公司，1978 年 11 月）；楊慧傑的《天人關係論》（臺北市：大林出版社，1981 年 1 月）；黃湘陽的《先秦天人思想述論》（臺北市：文史哲出版社，1984 年 4 月）；傅佩榮《儒道天論發微》（臺北市：臺灣學生書局，1985 年 10 月）等。這些書對周人的天命觀都有較詳細的討論，可參考。

③本句毛詩作「維此王季」，而《左傳》昭公二十八年引此句作「維此文

王」。《左傳正義》說：「今王肅注及韓詩亦作文王。」今從各家之說作「維此文王」。

④根據應劭的說法：「秦穆公與群臣飲酒酣，公曰：『生共此樂，死共此哀。』於是奄息、仲行、鍼虎許諾。及公薨，皆從死。」詳見《史記》〈秦本紀〉〈正義〉引。姑不論三良是否願意從死。秦國人看三良之死，畢竟是一種莫大的損失。

⑤討論古代殉葬風俗的論著很多，1950 年 4 月至 6 月的《光明日報》對此事曾有深入的討論。參加討論的有楊紹萱、陸懋德、李景春等人。郭沫若的《奴隸制時代》（上海市：新文藝出版社，1952 年 6 月）收了他〈讀了記殷周殉人之史實〉、〈申述一下關於殷代殉人的問題〉、〈發掘中所見的周代殉葬情形〉等三篇論文。後來，此一問題陸續有人討論，如彭適凡的〈略談古代人殉問題〉，刊於《歷史教學》1965 年 8 期；榮孟源的〈周代殉葬問題〉，刊於《新建設》4 卷 6 期；佘樹聲的〈論人殉人祭和我國社會史的關係〉，收入《中國古代史論叢》1981 年 3 輯；顧德融〈我國古代的人殉和殉節〉，刊於《中國史研究》1987 年 2 期。

　　—— 原載沈清松編：《中國人的價值觀——人文學觀點》
　　（臺北市：桂冠圖書公司，1993 年 6 月），頁 35～58。

附錄二：學術論文舉例（二）

羅整菴的理氣論

鍾彩鈞著

關鍵詞：理學　羅欽順　程顥　程頤　朱熹

一　前言

　　羅欽順，字允升，號整菴（1465～1547），明代中期程朱學派著名的理學家。整菴在陽明學由成立而風行的時期，力詆良知之說，以為墮於禪學，而陽明學者亦不厭與之往復辯論。明代中期開始，思想界有理氣合一之論，整菴實為首倡，明末時得到劉蕺山、黃梨洲的推崇，但也批評整菴以理氣為一、心性為二，不免矛盾。近幾十年來，研究明代思想史的學者對整菴學說也付出了較多的注意。容肇祖、余英時注意整菴對理學中道問學傳統的發展；日本學者山井湧、山下龍二則強調整菴對「氣的哲學」的創建之功；中國大陸的哲學界更將整菴歸為唯物主義哲學家。[1]

　　筆者認為整菴處於「理的哲學」、「心的哲學」、「氣的哲學」[2]相

1　《困知記》詮釋簡史可參考 Irene Bloom tr. ed. and intro, Knowledge Painfully Acquired, "Introduction," pp. 22～37。

2　這三個名詞是山井湧所提出，見《宋代──清代における氣の思想》，《明清思想史の研究》（東京市：東京大學出版會，1980 年），頁 22～39。

轉換的時代,因此其學說雖標榜程朱傳統,卻為了應付時代需要而有
特殊的內涵。本文旨在分析整菴的理氣論,首先描述其理氣渾一說的
幾個特點,[3]然後再分析其說和程朱理氣論的關係,這樣,整菴理氣
論的特別形態就可明白了。

二　理氣渾一的學說

(一)理氣何者為主

　　整菴形上學的基本觀念是理一分殊。整菴以理氣為一,是大家都
知道的,但這理氣為一必須透過理一分殊,才能得到恰當的理解。

　　理一與分殊是體用、形上形下、隱顯的關係,也就是理一分殊為
一元的關係,自理一而為分殊是自然的流行,分殊除了理一亦無其他
來源。理一分殊的關係也就是理氣的關係。〈與林次崖僉憲〉云:

> 僕從來認理氣為一物,故欲以「理一分殊」一言蔽之。執事
> 謂:「於理氣二字,未見落著。」重煩開示,謂:「理一分殊,
> 理與氣皆有之。以理言,則太極,理一也;健順五常,其分殊
> 也。以氣言,則渾元一氣,理一也;五行萬物,其分殊也。」
> 究觀高論,固是分明,但於本末精粗,殊未睹渾融之妙,其流
> 之弊,將或失之支離。且天地間亦恐不容有兩箇理一,太極固
> 無對也。……《易》〈大傳〉曰:「易有太極,是生兩儀,兩儀

3　山下龍二:《陽明學研究——展開篇》(東京市:現代情報社,1971 年),第 3 章
　　〈羅欽順と氣の哲學〉,認為整菴「氣の哲學」的形態是「理氣渾一」,而不同於王
　　陽明的形態(理氣一體是良知為一的結論的一部分)與王廷相的形態(氣生理、理
　　根於氣,是朱子「理的哲學」的逆轉)。

生四象，四象生八卦。」夫太極，形而上者也；兩儀、四象、八卦，形而下者也。聖人只是一直說下來，更不分別，可見理氣之不容分矣。〈中庸〉曰：「大哉，聖人之道！洋洋乎！發育萬物，峻極于天。優優大哉！禮儀三百，威儀三千。」夫「發育萬物」，乃造化之流行，「三千」「三百」之儀，乃人事之顯著者，皆所謂形而下者也。子思明以此為聖人之道，則理氣之不容分又可見矣。明道程先生「只此是道」之語，僕已嘗表出，還有可為證者一條，「形而上為道，形而下為器，須著如此說。器亦道，道亦器」是也。合此數說觀之，切恐理氣終難作二物看。據〈大傳〉數語，只消說一箇理一分殊，亦未為不盡也。（《困知記》〈附錄〉，頁 152）

據此，理氣關係實可用「理一分殊」一語來代表，理一與分殊分別指理與氣。理氣的不可分別，由於二者是自然的體用關係，是同時成立的，因此渾無縫隙。林次崖理氣皆有理一分殊的說法則為整菴所明白否認。依林次崖說，則理一指太極與渾元一氣，分殊指健順五常與五行萬物，理氣一則皆一、多則俱多，也是渾無縫隙的關係，但整菴卻堅持理一氣多的看法。整菴可能認為：理如果是多，則失去世界原理的統一性；氣如果是一，則無法說明世界的變化與繁複。整菴以為一多共起，而且不願否定任何一方。理不主宰氣，氣則恰為理的表現，理氣渾一，才可說明整個活生生的世界。

　　以上是從整個世界來看理一分殊的關係。其實從一物之生也可以說明這種關係，整菴說：

　　　　竊以性命之妙，無出理一分殊四字，簡而盡，約而無所不通，初不假於牽合安排，自確乎其不可易也。蓋人物之生，受氣之

初，其理惟一，成形之後，其分則殊。其分之殊，莫非自然之
理，其理之一，常在分殊之中。此所以為性命之妙也。語其
一，故人皆可以為堯舜，語其殊，故上智與下愚不移。聖人復
起，其必有取於吾言矣。(《困知記》，卷上，14章，頁7)

理一就其為天地萬物一體之理而言，分殊就其為一物而言。人物之生
根據共同的理，但成形後卻有千差萬別。整菴強調分殊沒有其他來
源，而只是一個共同來源的不同呈顯，因此在根柢上是相同的、共通
的，這便是理一。[4]理一而分殊、分殊而理一，必須並舉。

但理氣並舉只是個標題，要進一步討論兩者的關係，仍然要面對
理氣之間主從輕重的問題。這裡首先指出一個疑問，就是整菴雖言
「理一」，仍不能不用「眾理」一詞，如：

或者因「《易》有太極」一言，乃疑陰陽之變易，類有一物主
宰乎其間者，是不然。夫《易》乃兩儀、四象、八卦之總名，
太極則眾理之總名也。(《困知記》，卷上，11章，頁5)

楊方震〈復余子積書〉有云：「若論一，則不徒理一，而氣亦
一也。若論萬，則不徒氣萬，而理亦萬也。此言甚當，但
『亦』字稍覺未安。」(《困知記》，卷下，61章，頁43)

---

4 又可參證下引一段：「盈天地之間者惟萬物，人固萬物中一物爾。『乾道變化，各正
性命』，人猶物也，我猶人也，其理容有二哉？然形質既具，則其分不能不殊。分
殊，故各私其身；理一，故皆備於我。」(《困知記》，卷上，6章，頁3)整菴據理
一分殊說而否認氣質之性，其理論效果是：人只要肯做工夫，必然可以上達於理
一。此猶如伊川以理氣為一元，故不承認上智下愚不移之說(《伊川易傳》〈革〉
〈上六〉)；朱子以理氣為二元，則認為實有不可移者，(《朱子語類》，卷47，3～10
節)。

兩處「眾理」「理萬」之詞與前兩條「理一」之說似不合。可能的解決之道是明白理不為氣的主宰：一、整菴力避太極為主宰者的概念，繁複的世界由陰陽變易而產生，而不是由太極來決定的。氣的千條萬緒須先加以承認，於是原初的太極乃是回溯而得的，再退一步，則千條萬緒便有千萬之理，而太極是綜合眾理而得的。二、為了強調理氣渾一，而把一多當做視角的不同，故就一而言，理一氣一，就萬而言，氣萬理萬。我們看到，因為氣有流行變化之義，當理不為其主宰時，氣便很容易佔到主要的位置，而使理隨著氣而流行變化。

理氣是一種自然的體用關係，但因其渾無縫隙，從形而下的層面說起，則成為氣的流行是主，而理為氣之理，整菴說：

> 自夫子贊《易》，始以窮理為言。理果何物也哉？蓋通天地，亙古今，無非一氣而已。氣本一也，而一動一靜，一往一來，一闔一闢，一升一降，循環無已。積微而著，由著復微，為四時之溫涼寒暑，為萬物之生長收藏，為斯民之日用彝倫，為人事之成敗得失。千條萬緒，紛紜膠轕而卒不可亂，有莫知其所以然而然，是即所謂理也。初非別有一物，依於氣而立，附於氣以行也。（《困知記》，卷上，11 章，頁 4～5）

整菴指出氣本一，因流行變化而為千條萬緒，其中自然表現出的秩序性、必然性便是理。此語有氣一理多、有氣而後有理的意味。如果憑著這段言論，而得出整菴把朱子的理本論、理先氣後說，改成了氣本論、氣先理後說的結論，是毫不奇怪的。[5] 然而核對前舉引文，整菴

5　大陸學者便據此章而說整菴主張唯物主義，如北京大學哲學系中國哲學史教研室編：《中國哲學史》（北京市：中華書局，1980 年），下冊，頁 129；侯外廬編：《宋明理學史》（北京市：人民出版社，1987 年）下冊，頁 477。

明明主張理一分殊，理氣是體用渾一、同時具現的關係，那麼二者的矛盾應如何調和解決？

筆者以為當整菴放棄了理的主宰意義時，已經把理的功能讓給氣了。在程朱思想中，氣本來在流行變化上有主動性，現在整菴把秩序性必然性也歸之於氣，於是理只能從氣的流行變化中體會出來，而沒有獨立的存在。因此可以說，整菴理氣渾一說中的理氣關係，實以氣為主。

然而，把整菴的理一分殊說解釋為：理是虛懸而無實義的，理實從屬於氣，理為體之說只是因為格於舊說而未能放棄，也是不妥的。整菴明明說：

> 理須就氣上認取，然認氣為理便不是。此處間不容髮，最為難言，要在人善觀而默識之。「只就氣認理」與「認氣為理」，兩言明有分別，若於此看不透，多說亦無用也。（《困知記》，卷下，35章，頁32）

理氣是一體兩面，理不主宰氣，氣非理外之物，因此須就氣認理。但理氣畢竟有形而上下之別，又有一與二或一與多的區分，因此又不可認氣為理。但這樣是否會把理說成整菴所排斥的「別有一物，依於氣而立，附於氣以行」呢？筆者以為很難避免。所以，與其勉強地為整菴彌縫理氣說的矛盾，不如考慮這種矛盾出現的理由。

考察整菴的言論，理有幾個實義，使它不能不保持著本體的地位，而且依然有主宰的意味。

（一）**統一性**。假如理只是氣之理，則氣一理一，氣萬理萬，當氣流行變化時，就只有分殊的理了。但整菴明說太極是一，是無對的，這樣理就必須冒於氣之上，而非僅「認氣為理」所能做得到的。

　　一氣的流行即陰陽二氣的互動。氣在流行中表現理，因此理氣是一與二的關係：

> 理，一也，必因感而後形。感則兩也，不有兩即無一。然天地
> 間，無適而非感應，是故無適而非理。（《困知記》，卷上，37
> 章，頁 13）

理是體，須於流行處見之，但二氣相感才有流行，故理因感而後形。《困知記》〈附錄〉有〈太極述〉一文，引「易有太極，是生兩儀，兩儀生四象，四象生八卦」，而論之云：「太極之名始此，述此以明太極之全體也。學者當於一動一靜之間求之。」（頁 165）兩儀便是二氣，兩儀以下是形而下的世界，卻謂之「太極之全體」，可見紛紜變化的實然世界是一理的表現。可以說，整菴為了在分殊中維持統一性，便不能放棄以理為形而上本體的看法。

　　（二）秩序性。在論理「非別有一物，依於氣而立，附於氣以行」的一段中，整菴把秩序性必然性讓給了氣，但他終不能貫徹這個看法。程朱傳統以為氣的屬性是流行變化，而把秩序交給理，其優點是可以說明氣的不合理性，而需要理以為恆定的規範。考察整菴的其他言論，依舊只將氣限於流行變化的意義，而不包括秩序的意義，如云：

> 夫感應者，氣也。如是而感則如是而應，有不容以毫髮差者，
> 理也。適當其可則吉，反而去之則凶，或過焉，或不及焉，則
> 悔且吝，故理無往而不定也。（《困知記》，續上，38 章，頁 68）

感應是氣，感應的條理是理。感應可以預測，知道必然的結果，乃由

於理。然而感應可能不依條理，人也可以不依條理而有悔吝，這樣便不能不拉開了理氣的距離。氣是變動的，理則是變動中的恆定。整菴既然做了這種區分，就不得不將理氣設想為體與用、形上與形下的關係了。

假如以氣為本體，理僅為氣之理，是否仍可能維持分殊中的統一性、變化中的秩序性呢？是可能的，但不是整菴所希望的形態。如戴東原的哲學就是一種典型。東原以氣化流行統一了萬殊，但這是將萬殊維持原樣的統一，並沒有整菴所要求的一致性。[6]東原又將氣與理視為自然與必然的關係，[7]氣只能說有秩序、必然、價值的種子，其完成則有賴後天的人為。然而整菴所了解的秩序、必然、價值都是恆定的，不因人為而後成立，這便不能只靠形下的氣而建立了。

於是我們可以說，整菴的理氣論帶著過渡的、折衷的色彩。他一方面以氣為主，肯定千條萬緒的世界，在其中體認秩序、條理，以為理的內容；另一方面，統一性與秩序性又是他的根本要求，而這不是氣所能提供的，他終於還是以理為形而上的本體，氣為形而下的作用。「僕從來認理氣為一物，故欲以『理一分殊』一言蔽之」，此語是將兩個方向勉強結合的結果，既承認氣的主動性，又要保持理的形而上地位。

6　如云：「道，猶行也；氣化流行，生生不息，是故謂之『道』。……陰陽五行，道之實體也；血氣心知，性之實體也。有實體，故可分；惟分也，故不齊。」《孟子字義疏證》〈天道 1〉（臺北市：世界書局，1966 年），卷中，頁 47。

7　如云：「『物』者，指其實體實事之名；『則』者，稱其純粹中正之名。實體實事，固非自然；而歸於必然，天地人物事為之理得矣。……聖人亦人也，以盡乎人之理，群共推為聖智；盡乎人之理非他，人倫日用，盡其必然而已矣；推而極於不可易之為必然，乃語其至，非原其本。」《孟子字義疏證》〈理 13〉，卷上，頁 38～39。

（二）理無空缺處

　　然而，在以統一性秩序性為主要訴求的情形下，強調理氣渾一，卻有一項正面的理論效果，即整菴所謂「理無空缺處」。以下試引用理氣渾一的言論來分析。

　　整菴批評橫渠《正蒙》「聚亦吾體，散亦吾體。知死之不亡者，可與言性矣」之說，云：

> 夫人物則有生有死，天地則萬古如一。氣聚而生，形而為有，有此物即有此理。氣散而死，終歸於無，無此物即無此理，安得所謂「死而不亡者」耶！若夫天地之運，萬古如一，又何死生存亡之有？（《困知記》，卷下，23 章，頁 30）

「有此物即有此理，無此物即無此理」，個物之理隨其生死而為有無；天地常運，則其理常存。這表示理與氣乃是有則俱有，無則俱無的關係。整菴的說法使理不至於離物而虛懸。

　　以上就一物之理而言。若泛論理氣關係，可看整菴批評薛敬軒的理氣關係的一段話：

> 薛文清《讀書錄》……有云：「理氣無縫隙，故曰器亦道，道亦器。」其言當矣。至於反覆證明「氣有聚散，理無聚散」之說，愚則不能無疑。夫一有一無，其為縫隙也大矣，安得謂之「器亦道，道亦器」耶？蓋文清之於理氣，亦始終認為二物，故其言未免時有窒礙也。……嘗竊以為，氣之聚便是聚之理，氣之散便是散之理，惟其有聚有散，是乃所謂理也。推之造化之消長，事物之終始，莫不皆然。（《困知記》，卷下，46 章，頁 38）

敬軒以理為氣的所以然，[8]理便有主宰的意思，故雖說道器合一（其用意在消解理的超越性，只留下內在性），理既是氣的主宰，自亦不能隨氣之聚散而有無。整菴既然批評敬軒之說是理氣有縫隙，自己的說法又如何呢？參考整菴在他處的解釋，其所謂理仍然是無聚散的。〈答林正郎貞孚〉：「所疑『理散果何之？』似看鄙意未盡。《記》中但云，『氣之聚便是聚之理，氣之散便是散之理。惟其有聚有散，是乃所謂理也』。並無『理散』之言。」（《困知記》〈附錄〉，頁 140～141）整菴的話應該這樣解釋：氣的每一個活動，不管聚或散，都有法則、規律、秩序，便是理，理作為法則、規律、秩序，本身是不動的、不變的，不可以說有聚散，這些理合起來便是整體的理。

整菴又曾討論《居業錄》的一段文字：

> 《居業錄》云：「婁克貞見搬木之人得法，便說他是道。此與『運水搬柴』相似，指知覺運動為性，故如此說。夫道固無所不在，必其合乎義理而無私，乃可為道，豈搬木者所能？設使能之，亦是儒者事矣。其心必以為無適而非道，然所搬之木苟不合義，亦可謂之道乎？」余讀此條，不覺慨然興嘆，以為義理之未易窮也。夫法者道之別名，凡事莫不有法，苟得其法，即為合理，是即道也。搬木者固不知道為何物，但據此一事，自是暗合道妙，與「夫婦之愚不肖，與知能行」一也。道固無所不在，若搬木得法而不謂之道，得無有空缺處邪？（《困知記》，卷下，53 章，頁 40）

整菴在這裡區分出三種道，一是胡敬齋主張「然所搬之木苟不合義，

---

8 「可見者是氣，氣之所以然便是理；雖不離氣而獨立，亦不離氣而無別。」《薛瑄全集》〈讀書錄〉（太原市：山西人民出版社，1990 年），卷 4，頁 1130。

亦可謂之道乎？」「義」是人間的道德標準，敬齋以道為義。二是婁克貞「見搬木之人得法，便說他是道」，以一般法則為道。三是禪宗「運水搬柴，無不是道」，儒家批評為「指知覺運動為性」。整菴贊成婁克貞而反對胡敬齋，他以為道生萬物而無所不在，顯然其過程先於人間，而範圍大於人間，若自限於道德法則，「得無有空缺處邪？」整菴以為理在物即是為物理法則，[9]此與知覺運動為性不同，而可為儒釋之辨的根據。在前引文之後，整菴說：「禪家所言，『運水搬柴，無非妙用』，蓋但以能搬能運者即為至道，初不問其得法與否，此其所以與吾儒異也。」以為禪家言氣而吾儒言理，得法即依理，亦即能合於秩序性的要求，這個差別就是儒釋之辨所在。

　　整菴主張有物便有理，而且不將理限制於道德法則，這是將理的範圍擴大，成為無所不在的秩序性。因此整菴的理氣渾一說亦能與其重視統一性秩序性的要求相配合，使秩序得以遍在於世界之中。

三　與程朱理氣論的比較

　　本節筆者將嘗試掌握整菴理氣論的形態的特色，為此，筆者將略述程朱理氣論的要點來做比較。整菴對程朱理氣論有所批評，正可以做為比較之資。

　　在比較以前，須先介紹整菴對「神」的概念的理解。他曾解釋太極、陰陽、神、化的觀念云：

9　這是萬殊之理。整菴有云：「窮理譬則觀山，山體自定，觀者移步，其形便不同。故自四方觀之，便是四般面目，自四隅觀之，又各是一般面目。面目雖種種各別，其實只是此一山。山之本體，則理一之譬也，種種面目，則分殊之譬也。在人所觀之處，便是日用間應接之實地也。」（《困知記》，續卷上，37 章，頁 68）萬殊之理是一本之理的不同面目，而不是有兩層次的理。

　　神化者，天地之妙用。天地間非陰陽不化，非太極不神，然遂
　　以太極為神，以陰陽為化則不可。夫化乃陰陽之所為，而陰陽
　　非化也。神乃太極之所為，而太極非神也。「為」之為言，所
　　謂「莫之為而為」者也。張子云：「一故神，兩故化。」蓋化
　　言其運行者也，神言其存主者也。化雖兩而其行也常一，神本
　　一而兩之中無弗在焉。合而言之則為神，分而言之則為化。故
　　言化則神在其中矣，言神則化在其中矣，言陰陽則太極在其中
　　矣，言太極則陰陽在其中矣。一而二，二而一者也。學者於
　　此，須認教體用分明，其或差之毫釐，鮮不流於釋氏之歸矣。
　　（《困知記》，卷上，38 章，頁 13～14）

這段話說明正如太極陰陽是一而二、二而一的關係，神與化的關係亦
然。太極與陰陽之間，以及神與化之間，各自有體用的區別，然而太
極陰陽與神化又有「實體」與「妙用」的區別，不可便把太極與陰陽
當成神與化。整菴做這種區別的用意，在藉著太極陰陽以建立世界的
客觀性、實在性，以明儒釋之辨。但這樣一來，事實上區分了兩種體
用。以「太極」而言，「神」與「陰陽」皆為其用，只是涵義不同，
一為靈妙，一為實物。而「化」作為「陰陽」的妙用，也可間接地視
為「太極」之用。整菴把「神」和「陰陽」一樣皆視為形而下者，在
其心性論中「神」是人心而非道心。但從此段文字可看出「神」比
「化」高一層次，相當於「太極」的位置。可見一言及「用」便須趨
入形下層次，與其說在理論上有絕對必要，不如說只是整菴的特殊規
定。[10]

---

10 如佛學、陸王學對心的定義雖有不同，而皆視為形而上者。至於朱子以神為「氣之
　精英」，亦不完全視為形而下者，參看拙著 The Development of the Concepts of
　Heaven and of Man in the Philosophy of Chu Hsi（臺北市：中央研究院中國文哲研究

　　整菴是明代中期程朱學派著名的代表。整菴的理氣論最尊明道，而以為伊川與朱子小有未合。以下筆者將此三家依次與整菴做比較。

（一）與明道的比較

整菴說：

> 或者因「《易》有太極」一言，乃疑陰陽之變易，類有一物主宰乎其間者，是不然。夫《易》乃兩儀、四象、八卦之總名，太極則眾理之總名也。云「《易》有太極」，明萬殊之原於一本也，因而推其生生之序，明一本之散為萬殊也。斯固自然之機，不宰之宰，夫豈可以形跡求哉？斯義也，惟程伯子言之最精，叔子與朱子似乎小有未合。今其說具在，必求所以歸于至一，斯可矣。程伯子嘗歷舉〈繫辭〉『形而上者謂之道，形而下者謂之器』，『立天之道曰陰與陽，立地之道曰柔與剛，立人之道曰仁與義』，『一陰一陽之謂道』數語，乃從而申之曰：『陰陽亦形而下者也，而曰道者，惟此語截得上下最分明。元來只此是道，要在人默而識之也。』，[11]學者詠此言潛玩精思，久久自當有見。（《困知記》，卷上，11 章，頁 5）

關於明道理氣論的資料，除了整菴所引，還可舉兩條來參證：

> 冬寒夏暑，陰陽也。所以運動變化者，神也。神無方故易無體。若如或者別立一天，謂人不可以包天，則有方矣，是二本

　　所，1993 年）pp. 182～184。

11 所引明道之言，見《二程遺書》，卷 11，13 節。

也。(《二程遺書》,卷 11,48 節)

生生之謂易,是天之所以為道也。天只是以生為道。(《二程遺
書》,卷 2 上,109 節,應是明道語)

據這兩段,神、天、生、道是互通的概念。神無方者,神表現其運動
變化於陰陽的運動變化之中,而別無方所。天以生為道,故道完全內
在於萬物,而不即是萬物。[12]回到整菴對明道的引文,我們可以了
解,明道即形而下的陰陽而默識形而上的道,乃因生道與生物是渾然
無間的關係。

　　整菴理氣渾一的說明又如何呢?整菴是從形而下者上溯於形而上
者。茲略申「或者因易有太極」以下數句之義。假如先建立一超越的
形上者,那麼必以其為陰陽變易的主宰,而決定陰陽變易,如此則決
定者與受決定者之間為不平等的關係。整菴則從形而下者上溯,陰陽
變化有千條萬緒,所謂萬理,太極就是萬理的總名。由於太極不是雜
多,故把萬理融化為一,即是一本。然後再隨順太極而發生萬物,所
謂一本散為萬殊。這太極實是由形而下者上溯的,故與形而下者也是
渾合的。整菴所以要從形而下者上溯,最主要的原因,當是他和明道
有個基本不同,就是將生、神排斥於太極概念之外,因此不能以生、
神來結合形而上下。

　　整菴對程明道這幾句話非常看重,並自己作了解說,茲引述如
下:

---

12 參看拙作〈二程本體論要旨探究——從自然論向目的論的展開〉,《中國文哲研究
　集刊》第 2 期(1992 年 3 月),頁 390～392。

明道先生嘗歷舉《繫辭》「形而上下」數語，乃從而申之曰：
「陰陽亦形而下者，而曰道者，惟此語截得上下最分明。元來
只此是道，要在人默而識之也。」截字當為斬截之意。蓋「立
天之道曰陰與陽」及「一陰一陽之謂道」二語，各不過七八字
耳，即此便是見形而上下渾然無間，何等斬截得分明！若將作
分截看，則下句「原來只此是道」更說不去，蓋道器自不容分
也。（《困知記》〈四續〉，28 章，頁 106～107）

整菴對明道的詮釋是理氣非二物相合，而只是一物，因為是具體的，
故為形而下者，但形而上的本體須由此而悟得。明道的「截」字，原
意似指分截，指形而上下的區分，故謂「截得上下最分明」。明道蓋
謂道與陰陽有生道與生物的區別，雖渾為一體，然形而上下之間卻甚
分明。整菴則解為斬截，猶斷言也，即將「形而上下的無間」斷言得
十分明白之意。整菴蓋由形而下者上溯而謂有個形而上者與之無間，
而不能進一步說明其關係。那麼這種二分又有甚麼用意呢？整菴又有
一段說明云：

> 竊詳其意，蓋以上天之載無聲無臭，不說箇形而上下，則此理
> 無自而明，非溺於空虛，即膠於形器，故曰「須著如此說」。
> 名雖有道器之別，然實非二物，故曰「器亦道，道亦器」也。
> [13]至於「原來只此是道」一語，則理氣渾然，更無罅縫，雖欲
> 二之，自不容於二之，正欲學者就形而下者之中悟形而上者之
> 妙，二之則不是也。（〈答林次崖僉憲〉，《困知記》〈附錄〉，頁
> 156）

---

13 引文見《二程遺書》，卷 1，15 節，應是明道語。

筆者以為「不說箇形而上下,則此理無自而明,非溺於空虛,即膠於形器」數語值得注意。「溺於空虛」說明整菴的形而上之道不僅不能超然獨立於形而下之器以外,且是與之相對應而成立的。「膠於形器」則說明整菴為了尋求統一性,以及不受形器乃至與形器同質的道(如生、神等)的牽累,又必須提出與形而下之器相異質的道。這樣看來,形上形下相合的一面,涉及形而上者的內容與實用性,似乎是更主要的。然而,為了避免和俗學相混,期於達到超個體的統一性與秩序性,整菴又必須堅持形而上下的區分。

(二)與伊川的比較

整菴又論伊川的小有未合云:

> 所謂叔子小有未合者,劉元承記其語有云:「所以陰陽者道。」又云:「所以闔闢者道。」[14]竊詳所以二字,固指言形而上者,然未免微有二物之嫌。以伯子「元來只此是道」之語觀之,自見渾然之妙,似不須更著「所以」字也。

伊川解「一陰一陽之謂道」為「所以陰陽者道」,這是對陰陽氣化之「然」作存有論的解析,而其所推證者不能明澈地說其神義以及寂感義,這樣,此「所以然」所表示的形而上之道是「只是理」,只存有而不活動者。[15]

整菴的理也是從陰陽氣化之「然」上溯而得的,亦不能說其神義寂感義,僅表示了只存有而不活動的「只是理」。那麼整菴與伊川又

---

14 此二語見《二程遺書》,卷 15,124 節,並非劉元承所記。

15 參考牟宗三:《心體與性體》(臺北市:正中書局,1970 年),冊 2,頁 259～260。

有何差別，為何批評伊川「微有二物之嫌」呢？筆者以為，伊川就陰陽氣化作存有論推證，而建立了形而上的靜定本體，這是高一層次的，本身不入於流行變化。陰陽氣化是理的表現，與理是現象與本體的關係。理氣是異質的、隔斷的，然而是一元的，因此仍然可說渾然為一。筆者認為整菴會作這種批評，是因為兩人雖同是一元而又有所區別，整菴的理氣渾一其實以氣的流行變化為主，為了維持超個體的統一性與秩序性才去建立高一層次的靜定之理；但伊川根本就把靜定之理當作第一義的實在，而將氣的流行變化視為其作用。整菴可能感到伊川學說中理的地位超過了氣，成為氣的主宰，而不再是「自然之機，不宰之宰」，從其重視氣的立場看來，難怪會認為「微有二物之嫌」了。依筆者的看法，整菴的批評正好反映了他以氣為主，又不得不在其上安置形而上之理，嚴格的說，也還是「微有二物之嫌」。

（三）與朱子的比較

整菴論朱子理氣論云：

> 所謂朱子小有未合者，蓋其言有云：「理氣決是二物。」[16]又云：「氣強理弱。」[17]又云：「若無此氣，則此理如何頓放？」[18]似此類頗多。惟〈答柯國材〉一書有云：「一陰一陽，

16　見〈答劉叔文〉，《朱子大全》，卷46，頁24上。

17　此概念對區別朱子整菴甚重要，茲將朱子之言具引於下：「氣雖是理之所生，然既生出，則理管他不得。如這理寓於氣了，日用間運用都由這個氣，只是氣強理弱。譬如大禮赦文，一時將稅都放了相似。有那村知縣硬自捉縛須要他納，緣被他近了，更叫上面不應，便見得那氣粗而理微。又如父子，若子不肖，父亦管他不得。聖人所以立教，正是要救這些子。」（《朱子語類》，卷4，65節）

18　「無是氣，則是理亦無掛搭處。」（《朱子語類》，卷1，11節）

往來不息，即是道之全體。」[19]此語最為直截，深有合於程伯子之言，然不多見，不知竟以何者為定論也。(《困知記》，卷上，11章，頁5)

整菴以為朱子言論不一致處，當以〈答柯國材〉、〈雜學辨〉中道器合一之論為正。[20]對理氣為二之說，則力加糾正。對朱子「氣強理弱」說，整菴有進一步的駁論：

謂「造化樞紐」、「品物根柢」指本原處而言，亦過於遷就矣。豈有太極在本原處便能管攝，到得末流處，遂不能管攝邪？是何道理？其以形體性情，君子小人，治亂禍福，證「氣強理弱」之說，皆未為當。孟子曰：「莫之為而為者天也，莫之致而至者命也。」程子謂「此二言便是天理」。此乃超然之見，理氣更安得有罅縫耶？試精思之，一旦豁然，將有不知手之舞之，足之蹈之者矣。(〈答林正郎貞孚〉，《困知記》〈附錄〉，頁145)

朱子思想中，理是形而上的本體，氣是形而下的實現者。理為氣的根據，有理便有氣，然而不是理創造氣，理也不能完全控制氣。從終極

---

19 見《朱子大全》，卷39，頁6下。

20 整菴肯定朱子〈雜學辨〉，見〈答林次崖僉憲〉：「(朱子) 良由將理氣作二物看，是以或分或合，而終不能定于一也。然晦翁〈辨蘇黃門老子解〉，又嘗以為一物，亦自有兩說矣。」(《困知記》〈附錄〉，頁157。) 按，朱子〈雜學辨〉(見《朱子大全》，卷72，頁16～46) 的主題即道器合一，筆者曾加申論，參看同註10拙著，頁72～87。又按〈答柯國材〉作於朱子三十五歲，參看陳來：《朱子書信編年考證》(上海市：上海人民出版社，1989 年)，頁 29。〈雜學辨〉作於三十七歲，皆屬於較早期的思想。

意義說，朱子是理一元論者；從實然層面說，則理氣不能不為二元。[21] 既為二元，氣便有相對的獨立性，即所謂的「氣強理弱」。這就是理與氣一而二、二而一的關係。

朱子以理氣為二元，和整菴的視為一元自然是不同了，故整菴以為「未合」。但朱子的理氣二元是修正伊川理氣一元而得的，伊川的理氣論主張本末一貫，因此靜定的理本體，隨時位之別而有各種的理則，要求人各種合宜的應對。[22] 但為甚麼人有好有壞，因而常有偏離理的情形，使得理必須呈顯為各種規範，而要求人困知勉行呢？朱子的理氣論為現實世界提出理之外的另一個來源——氣（雖然終極意義上氣還是來自理），就可以解釋現實世界各種不齊的狀況。將理與氣設定了這種距離，則可以說明理所以能保持純善，並對氣有規範的意義。任何一物都有理，但不一定表現理，故必須格物致知，「以見其所當然而不容已，與其所以然而不可易者」（《大學或問纂箋》，頁 28上），再以誠意正心等實踐工夫固守之。這理不僅對人有規範意義，就算在無人的自然世界亦有規範意義。[23] 整菴〈答林貞孚〉的各種質疑，正好突顯朱子思想的特色。理氣既然不免為二，則作為本原的太

---

21 「天地之間，有理有氣。理也者，形而上之道也，生物之本也。氣也者，形而下之器也，生物之具也。」（〈答黃道夫〉，《朱子大全》，卷 58，頁 4 下）「有是理便有是氣，但理是本。」（《朱子語類》，卷 1，9 節）「有是理後生是氣。」（5 節）

22 伊川說：「沖漠無朕，萬象森然已具。未應不是先，已應不是後。如百尺之木自根本至枝葉皆是一貫，不可道上面一段事無形無兆，卻待人旋安排引入來，教入塗轍。既是塗轍，卻只是一箇塗轍。」（《二程遺書》，卷 15，78 節）這段話是說，事物上的理則是靜定本體（「上面一段事」）的表現，而不是人為的安排（「卻待人旋安排引入來，教入塗轍」）。又說：「在物為理，處物為義。」（《伊川易傳》〈艮〉〈象辭注〉）則要求人依理以應物。

23 例如朱子云：「謙之問天地之氣，當其昏明駁雜之時，則其理亦隨而昏明駁雜否？曰：理卻只恁地，只是氣自如此。」（《朱子語類》，卷 4，65 節）理不隨著氣而昏明駁雜，故成為氣的規範。

極未必能管攝末流，而必須承認純善之理與有善有惡之氣的距離。但有這種距離，才造成理的普遍規範意義。理不僅對人生是規範性的，對自然（氣的世界）亦是規範性的。人生活於普遍的規範世界中，當人遵循理而至熟化之境，亦能自然而不待勉強，但這是一種道德的境界，所謂「從心所欲不踰矩」，與無道德的氣的自然是不同的。由此言之，朱子將理氣分開，正有使規範徹底化的效果。整菴是注重普遍秩序的人，為甚麼要加以反對，而且，能否徹底地反對呢？

整菴在〈答林正郎貞孚〉中不區分理氣，而將君子小人、治亂禍福的參差不齊，皆視為天理當然，這樣理氣就沒縫隙了。整菴謂承自明道，明道有云：

> 事有善有惡，皆天理也。天理中物須有美惡。蓋物之不齊，物之情也。但當察之，不可自入於惡，流於一物。（《二程遺書》，卷 2 上，29 節）

> 生生之謂易，是天之所以為道也。天只是以生為道。繼此生理者即是善也，善便有一箇元底意思，元者善之長，萬物皆有春意，便是繼之者善也。成之者性也，成卻待佗萬物自成，其性須得。（同上，109 節，應是明道語）

明道謂天理中物須有美惡，天理有自然之義，故肯定物的實然狀態。但這是就「成之者性」一層說的，天理更可提高到「生道」的層次，所謂「繼之者善」，則只有善的意義了。人不僅為一物，而有通達於天之生道的性格。這就是理雖是自然的，人以理為標準，上升至天道

普遍、整體的位置，便能不入於惡，流為一物。[24]這是以天道來規範個物，也就是在自然中找規範的做法。理在這裡既是規範又不是規範，普遍整體的生道，就其自身而言只是自然；就所創生的個物而言，既然為其所生，不管美惡都是合理的存在，因此也是自然；但對有能力上升至普遍整體生道的人而言，則形成了規範。這和朱子的理有徹底的規範意義是不同的。

四　結論

（一）整菴的理氣渾一說是「理的哲學」與「氣的哲學」的折衷形態，他一方面肯定千條萬緒、紛紜變化的世界，另一方面又對統一性秩序性有強烈的要求，結果構想出理氣一物的理一分殊說。這學說同時照顧理氣兩面，優點是「不溺於空虛」又「不膠於形器」，而且把理貫徹到氣的每一個角落，使無空缺處。然而其學說中，理與氣終是「微有二物之嫌」，不能達到渾然一致的理想。

（二）將整菴的理氣論和程朱思想相比較，可以看出其與程朱思想間錯綜複雜的關係：

1.理氣為一是明道伊川同有的理論，整菴宣稱其說承自明道，而其主張物之美惡皆天理，也同於明道，而顯出一種自然論的色彩。然而，整菴的理是靜定的「只是理」，與明道的「天只是以生為道」實有不同。

2.整菴批評伊川的理氣「微有二物之嫌」，這是因為伊川理氣論側重於理的一面，和整菴的側重氣不同。然而整菴將理視為靜定的「只是理」，並強調規範的無所不在，其實是接近伊川而遠於明道。

---

24 同註12，頁399～403。

3. 整菴也批評朱子的理氣為二，但假如要貫徹理的規範意義的話，由伊川的理氣一元到朱子的二元，是很適當的發展。筆者以為整菴之說實是將朱子理氣論轉回伊川明道，希望一方面能保持嚴格的規範性，一方面又要有自然的性格。因此整菴的理氣論實是折衷三家而得的。

（三）要說明整菴的理氣論採取這種折衷立場的原因，須對當時的思潮做進一步的研究。但約略可以想像的，是在明代中期社會風氣與思想氛圍日益活潑的情形下，整菴感到來自禪學與王學以心、氣為主的學說的強大壓力。他要維持理的普遍規範意義，便不能再取朱子理氣二元、以理來規範氣的方式；而是要重新調整理氣的關係，一方面承認氣的主動性格，一方面又要堅持規範的無所不在。結果造就了理氣渾一、理一分殊的學說，而其說實有過渡的、折衷的性格。

——原載《中國文哲研究集刊》第 6 期（1995 年 3 月），

頁 199～217

附錄二：學術論文舉例（三）

賴和〈獄中日記〉及其晚年情境

林瑞明著

一　前言：殖民地的心聲

　　殖民地反抗者，被統治當局拘禁入獄，是極為平常的事，日據時代臺灣志士進出牢獄，不知凡幾。蔡惠如、林幼春、蔣渭水、林呈祿、范本梁、張深切、賴和、王詩琅、王白淵、楊逵……等人，都有這樣的經驗，但將獄中記事發表出來的並不多見。蔣渭水是坦蕩的政治運動者，每次下獄，隨即發表感想於《臺灣民報》，留下了不少文獻，如〈入獄日記〉、〈獄中感想〉、〈獄中隨筆〉、〈北署遊記〉……等等，尤其治警事件的〈入獄日記〉充滿豪情壯志、慷慨高吟：

　　　　在昔宋朝既有莫須有禍矣
　　　　於今大正豈無那能無殃哉①

　　被日本統治者拘捕入獄，反以坐牢為榮，充分表現了臺灣人的志氣，不僅是臺灣抗日史上的寶貴記錄，也是臺灣新文學史上散文的代表作。

　　臺灣新文學的奠基者賴和亦留有〈獄中日記〉，這是日本軍閥發

動太平洋戰爭之際，縲紲獄中五十餘日，偶然間留下來的記事。也是
賴和一生中唯一見存的日記，當時未必想及將會留之於世，因此更值
得重視。從這份在獄中寫於粗紙上的手記，可以窺看賴和在強大壓力
下生命受威脅時的徬徨、無告、苦於家庭經濟，甚至整體反映出被壓
迫者的殖民地心聲。

　　〈獄中日記〉從一九四一年十二月八日迄隔年的一月十五日，總
共留下三十九日的記事，僅以第一日、第二日、第三日……標示日
期。從日記中得知賴和受困獄中第八日，始於雜記帳中發現鉛筆及塵
紙（粗紙），乃試著回憶前七天的經歷，第三日記事且補記於第八日
記事中段，可見僅留供個人排遣獄中無奈的歲月。原稿現已不存，現
在所見的這份手記題名〈獄中日記〉，也不是賴和親自定名，而是在
戰後初期，友人楊守愚整理遺稿，發表於蘇新主編的《政經報》，冠
上題名，始見之於世。②

　　一九七九年三月李南衡主編《賴和先生全集》出版，收存〈獄中
日記〉，但在戒嚴體制下，為了減少無謂的困擾，將楊守愚所寫的序
言刪略了，十分可惜。楊守愚是日據時代臺灣新文學運動中，創作量
最豐富的人之一，也是彰化地區賴和所屬的應社成員，一生深受賴和
的鼓勵與影響。這篇寫於一九四五年「光復慶祝後二日」的序言，反
映了臺灣人對新文學之父賴和的高度評價，文中也提及賴和推崇魯
迅，對於賴和有「臺灣的魯迅」之稱，從精神面上提供了我們了解的
訊息。為了探討〈獄中日記〉，首先將序言附錄於後，一則補《賴和
先生全集》〈獄中日記〉缺漏部分，再則有助於增進對賴和的認識。

賴和〈獄中日記〉序言

　　這一篇獄中記，是大東亞戰爭勃發當時，先生被日本官憲拘禁在
彰化警察署留置場所寫成的。可以說是先生獻給新文壇的最後的作

品。在這裡頭，我們能夠看出整個的懶雲底面影，這一篇血與淚染成的日記，就是他高潔的偉大的全人格的表現，也就是他潛在的、熱烈的意志的表現。

身犯何罪？姑勿論先生自己不知道，試一問當時發拘引狀的州高等課長，怕也挪不出明確的答案吧！「莫須有」，還不是宋時三字獄的把（巴）戲？因為先生生平對於殘虐的征服者，雖然不大表示直接抗爭，但是他卻是始終不講妥協的。即當時一部分人士所採取的，所謂「陽奉陰違」的協力，他都不屑為的。他這一種冷嚴的態度，我想這就是他被拘的理由。

先生生平很崇拜魯迅先生，不單是創作的態度如此，即在解放運動一面，先生的見解，也完全和他「……所以我們的第一要著，是在改變他們（國民）的精神，而善於改變精神的，當然要推文藝……」合致。所以先生對於過去的臺灣議會請願、農民工人解放……等運動，雖也盡過許多勞力，結果，還是對於能夠改變民眾的精神的文藝方面，所遺留的功績多。

楚雖三戶，亡秦必楚。因為先生覺得，只要民族意識不滅，只要大家能夠覺醒起來，不怕他帝國主義者的強權怎樣厲害，他是相信我們總有一天是會得到出頭的。

不是麼？臺灣已經是光復了！被壓迫的兄弟都得到自由了！

在這萬眾歡呼之中，反而使我不禁流出眼淚來。很遺憾的，著力於改變民眾的精神的懶雲先生，他不能等著這光明的日子到來，他不能和我們一齊站在青天白日旗下額手歡呼，便被凶暴的征服者壓迫而死了！

雖然，我相信他在天之靈，一定在慰安地微笑著啊！

先生的肉體雖然是與世長別，但是先生偉大的精神，是永續地在領導民眾，在激勵省內的文學同志呢！

當著這歷史的轉換期，為紀念故人生前的功績，為激勵文學同志的奮起，這一篇臺灣新文學運動的先鋒懶雲先生的遺稿的刊載，是有著多大意義的。

中華民國三十四年光復慶祝後二日

守愚誌

——錄自《政經報》第二期，一九四五年十一月

我生不幸為俘囚

賴和一生中曾經兩次繫獄。第一次是一九二三年十二月十六日「治警事件」，總督府警務局檢舉臺灣議會期成同盟會會員，北自宜蘭南至高雄，將議會運動關係人一網打盡，當天並扣押四十一人。這是總督府施行恐怖政治，以鎮壓臺灣人覺醒的政治意識。事件發生時，臺灣一切對外通訊都被當局所控制，特務橫行，全島一時風聲鶴唳，民心惶恐。蔣渭水將此事件稱之為「臺灣的獅子（志士）狩」③。三十歲的賴和，亦被囚於臺中銀水殿，後移送臺北監獄，迄隔年一月七日始以不起訴處分、出獄，總共被監禁二十四天。在獄中有〈囚繫臺中銀水殿三首〉、〈囚中聞吳小魯怡園籠鶴〉、〈繫臺北監獄〉、〈讀佛書〉……等詩，被釋放之後又有〈出獄作〉、〈出獄歸家〉等……作品，反映了賴和在治警事件中的志氣與豪情。賴和在〈囚繫臺中銀水殿三首〉中詩云：

食飽眠酣坐不孤，枝頭好友黑頭烏；
知人睡晏精神減，破曉窗前即亂呼。
坐久心安外慮忘，憐他枝上鳥啼忙；
無端最是芭蕉雨，攪亂閒情思轉長。

　　　　一死原知未可輕，吾身不合此間生；

　　　　如何幾日無聊裡，已博人間志士名。④

　　這是賴和初次繫獄時之心境，即使在獄中亦能食飽眠酣，而且還
有閒情欣賞獄窗外的景緻，不愧是個青年志士。〈繫臺北監獄〉亦有
詩云：

　　　　功疑惟重罪疑輕，勑法何嘗喜得情；

　　　　今日側身攖乳虎，模糊身世始分明。

　　　　幽囚身是自由身，尺蠖聞雷屈亦伸；

　　　　我向鐵窗三日坐，心同面壁九年人。⑤

　　在日本政府同化主義下，臺灣的「新附民」，要求在臺灣特殊情
況下能有臺灣特別立法，以成立臺灣議會⑥，終究不容於臺灣總督府
當局。大日本帝國臺灣籍民的賴和「模糊身世始分明」，正是臺灣殖
民地民眾深刻的悲哀，往後賴和更是徹徹底底地和日本統治者劃開了
界線，在臺灣文化協會，以及分裂後的新文協，都起了極大的作用⑦。
在詩中亦顯現了出身道士家庭的賴和，他的宗教觀傾向於佛教，使用
了達摩面壁的典故，將坐牢和悟道巧妙地結合起來，洋溢著豁然開朗
的曠達。在獄中讀佛書，於第二次入獄之〈獄中日記〉亦屢有記載。
在賴和的漢詩中有一首〈上圓瑛大師〉，極有可能是民初圓瑛於閩南
遊方時，賴和當時正在鼓浪嶼博愛醫院任醫官，曾經親炙圓瑛；爾後
歸臺，亦時與關子嶺碧雲寺的屯圓接近⑧。無神論者的賴和，不但不
排斥眾生平等的佛教，而且從唯心主義的佛學中得到了內在動力。

　　賴和於治警事件〈出獄歸家〉詩，曾生動地呈現出臺灣志士出獄
時受群眾歡迎的情形：

> 莽莽乾坤舉目非，此身拼與世相違；
> 誰知到處人爭看，反似沙場戰勝歸。⑨

　　並且在出獄後，隨即與同志組織了「同獄會」，每年在十二月十六日定期聚會，充分顯現了反抗者的精神。

　　以上概述了賴和第一次入獄的情境，年輕的賴和這時的身分是臺灣文化協會的理事，臺灣議會期成同盟會會員；一九二五年八月始有新文學作品〈無題〉，刊於《臺灣民報》，從此成為臺灣新文學運動的健將。以作品實踐了張我軍等人鼓吹的新文學理論，恰如旭日初升，在臺灣新文學史上留下了不朽的功業。

　　第二次入獄，發生於一九四一年十二月八日，亦即珍珠港事變的當天，美國和日本宣戰後，中國的戰況，也因美國的參戰，而有了重大的轉機。值得注意的是，臺灣總督府這時發動警務局和憲兵單位僅拘捕賴和一人，目的是為了查明賴和與臺灣醫學校同班同學翁俊明的關係。當時翁俊明在香港籌設中國國民黨臺灣省黨部，對臺灣進行工作。賴和早年就讀臺北醫學校時參與了蔣渭水、翁俊明、杜聰明……等人為核心的「復元會」⑩；爾後於一九一九年之間亦一度前往廈門鼓浪嶼行醫。一九二一年以迄三一年在臺灣是文化協會核心人物之一，並且因社會主義思潮的衝擊而越來越傾向階級運動，雖然賴和可以確證不是臺灣共產黨的成員，但亦在幕後支持了臺共。從賴和思想的歷程，以及回臺灣之後並沒有和身在中國的翁俊明交往的記錄來看，他在思想與行動的路線和翁之間已經有了相當大的差距。然則在抗日戰爭中翁俊明主持對臺工作，翁或許會因舊有關係而進行聯絡也說不定。四十八歲的賴和因此遭了一場牢獄之災。日本憲警違反常例，一直未告知逮捕他的理由，直到第二十九日（一九四二年一月五日）始由州高等課詢問與翁俊明的關係，早已平白被關了二十九天，

然後又繼續拘留。也因為憲警長期的不告知逮捕理由，使賴和更顯得彷徨、無告，這或許也是憲警的心理作戰之手段。

楊守愚在發表的〈獄中日記〉序言中云：

> 身犯何罪？姑勿論先生自己不知道，試一問當時發拘引狀的州高等課長，怕也挪不出明確的答案吧！「莫須有」，還不是宋時三字獄的把（巴）戲？因為先生生平對於殘虐的征服者，雖然不大表示直接抗爭，但是他卻是始終不講妥協的。即當時一部分人士所採取的，所謂「陽奉陰違」的協力，他都不屑為的。他這一種冷嚴的態度，我想這就是他被拘的理由。⑪

楊守愚對此事件的理解，雖未必盡然，但足於顯現日常生活中「諧謔多妙語，心竅最玲瓏」⑫的賴和，對於日本統治者是絕不妥協的。除了不肯陽奉陰違的協力之外，即使在中日戰爭期間，日本在殖民地臺灣逐步推展皇民化運動，對於違反日本國策的人，每每斥之為非國民；在這樣的巨大壓力下，賴和還曾以他的機智與幽默，與彰化地區的文友組織了一個非正式的文學俱樂部，戲稱「半線俱樂部」，「半線」是彰化的古地名，如果以日語發音，恰好就是「はんせん」，與日文的「反戰」同音，於是以詩文聚會的「半線俱樂部」，聽起來就變成「反戰俱樂部」了⑬。在戰爭期間，這可是不得了的大事，這樣的人當然是日警嚴密監視的對象，一有風吹草動，自然會對他採取行動，更何況他在臺灣文學界及社會政治運動中，均有極大的影響力。

賴和在臺灣新文學開展期間，以他出色的作品，在文壇上取得崇高的地位，一九三五年底以臺灣話文發表〈一個同志的批信〉之後，困擾於語言使用的問題，從此不再發表新文學作品，轉寫漢詩、竹枝

詞，以古典文學的形式避開臺灣話文無法充分書寫的難題。賴和的文學創作過程是「先用漢文思考，用北京話寫了之後，再改成臺灣話」⑭，這對臺灣人而言是很大的負擔。〈獄中日記〉是在牢中的記事，絕無閒情餘暇再經修飾，可以拿來印證他思考及行文的特色。茲舉一例以方便檢討：

> 這幾日來，我真反省，對於我的平生，我行年四十八了，廿三歲辭了醫院出來做醫生，和這社會周旋，便漸得到世人的稱許，漸博信賴，為業務所費消的時間，比較讀書修養，占去四分之一以上。不讀書，自然不能有資於修養，且因為忙，自要求些慰安，就只偏於娛情的小說詩歌，及至第一次歐戰終了，世界思想激動，臺灣亦有啟蒙運動的發生，我亦被捲入其中，我對於此運動，缺乏理解，無有什麼建樹。繼而有政治運動，我亦被拉入去，其所標榜，亦只於顧慮臺灣特殊事情，法律制度，不能一同內地。本島人要求參與其立法，但於內田總督時一受解散，已有消散無有留存。及到了自治制施行，在彰化結成一個市政研究會，當其在發起會紀念講演時，我考臺灣人善與環境適合，消極生存，沒有改善環境的魄力，若這樣下去，臺灣人是會滅亡，這一語受到停止，不知是這一句的話，成為不滅的罪嗎？⑮

這樣的行文是以漢文為思考的基礎，有臺灣話文的特色但又非以臺語能夠順讀，其間又加入了一些由日文轉化而來的臺語如「費消」、「慰安」、「本島人」等詞彙，但通篇可用北京話來讀，並不會覺得礙口。大體而言，賴和的小說創作行文亦有這樣的特色，然而經一九三〇年鄉土文學論戰、一九三一年臺灣話文論戰之後，追求言文一

致的臺灣話文派在理論上取得上風。王詩琅（王錦江）在〈一個試評——以《臺灣新文學》為中心〉一文中有一個總結的論評：

> 臺灣文學是要用甚麼話文表現的問題還未確定。……自所謂鄉土文學的討論以來，一般有關心的人雖積極的要解決，卻仍未見就緒。作家們於用語言問題，依然還在彷徨。不過在最近，臺灣語式的白話文之嘗試者漸增，而也漸漸地決定為它的主要方向，由我們看起來，固然是個必然的歸趨。⑯

賴和隨著臺灣左翼運動的深刻化，臺灣主體意識增強，亦嘗試以臺灣話文創作，然而身處殖民地，臺灣話文是絕不可能成為標準語的，通篇以臺灣話文書寫，反而造成表現的困難，讀者理解也因新字的使用而增加困難，在這種雙重困難的情形下，賴和的〈一個同志的批信〉遂成為他唯一的一篇臺灣話文作品，爾後也未再發表小說新作了。持平而論，臺灣話文理應追求並且也需要有人嘗試，但賴和寫慣了中國式白話文，也確能在行文之間展現臺灣的特色，大可以原有的表現模式，繼續創作，或可在臺灣新文學運動史上，留下長篇作品，發揮更大的影響力也說不定。

關於〈獄中日記〉，我們還可以從賴和的三十九日記事中，觀察到一些賴和個人以及時代的訊息。在日本軍閥發動太平洋戰爭之後，對於臺灣島內的控制更加強了，憲警當局此時不說明理由將賴和監禁，長期不予審問，造成他心理的恐慌，一向充滿抵抗精神的賴和在牢中也不免流露出膽怯、害怕，甚至因不久前三弟賢浦之病逝而籠罩在死亡的陰影下。在第十二日的記事中有一段賴和的自我譴責：

> 當國家非常時，尤其是關於國家民族盛衰的時候，生為其國民

者，其存在不能有利於國家民族，已無有其生存的理由。況被
認為有阻礙或有害之可虞，則竟無有生存餘地。但國家總不忍
劇奪其生，只為拘束而監視之，已可謂真寬大，僕之處此，又
何敢怨。⑰

身在牢中為求脫困，在記事的「再錄」中寫下這些譴責之詞，不
能當真（注意是寫在「再錄」中，是對日本官憲的辯解），相反地更
顯現了統治者的橫暴。臺灣人究竟不是大和民族，國家更是被迫不得
不接受的國家，賴和漢詩中曾有這樣強烈的感嘆：

我生不幸為俘囚，豈關種族他人優；
弱肉久矣恣強食，至使兩間平等失。⑱

這才是賴和的真精神，殖民地的人民當然有權利抵抗。另一方日
本殖民統治者則十分霸道，小如日常穿臺灣服，也成為賴和被指控的
理由：

事變後，參加救護班，到市役所（市公所）輪值，便直接受到
柴山助役的質問和非難，我便答應他在次回當值（值班）時便
要穿洋服。……榊原氏（署長）也以臺灣服為題，教我要注
意，我不想在衣裝也會生起問題來，這真是吾生的一厄。⑲

賴和在〈獄中日記〉辯解他穿臺灣服，不含臺灣的精神，然而賴
和行醫經常是一襲臺灣服，這也是他給同時代交往的文化人一種極強
烈的印象，說不含臺灣精神，連日本人都不會相信的，問題是人當然
有選擇穿衣服的自由，外觀的衣著都被干涉的話，還有什麼自由可

言？

賴和在〈獄中日記〉中，亦間雜寫些漢詩，第二十八日詩云：

竪壘已收馬尼剌，東亞新建事非難；
解除警戒容高枕，囚繫哀愁亦少寬。⑳

第三十三日又有一首：

忽聞街上有遊行，說是軍人要出征；
好把共榮圈建設，安全保護我東瀛。㉑

這類詩作，與賴和向來漢詩中表現的精神，本質相差極大。應從他盼望早日出監來理解，不宜責其反抗精神之墮落。第十七日在牢中屢遭蚊子咬叮，寫了一首：

嚶嚶只想螫人來，吾血無多心已灰；
你自要生吾要活，攻防各盡畢生才。㉒

以蚊子象徵日本帝國主義，雖然牢中之人被吸取了很多血，然而各有各的立場，被支配者總要掙扎著活下去，這才是賴和真精神的表現。

在獄中除了政治的壓力之外，記事中也不時呈現了經濟壓力。主要原因是住家及醫院剛改建完成，向銀行貸款而有了債務的負擔，然而自己被困於牢中，出獄又遙遙無期，心情更顯得慌亂。在入獄的第十二日，清算自己的負債總計二萬圓，於是盤算出售住屋及股票還債㉓。

第十七日則記載了支出的經費,深感苦於經濟的壓力:

> 我一個月經常支出約須三百圓,若併及薪水公課(稅金),平
> 均要五百圓。若及教育費算在內,將要六百圓。若併此次建築
> 所負的債,勸銀(勸業銀行)每月須要還者總算在內,將近千
> 圓。我一日不能勞働,即一日無收入,所有現金皆填於這兩次
> 的建築,可謂現金全無,若檢束(拘留)繼續一個月,就要生
> 出一千圓債務,若繼續到明年三月,則家將破滅,那能不愁
> 苦?㉔

身為醫生,竟然受困於經濟生活,極為罕見。臺灣俗諺云:「第
一醫生,第二賣冰」,意謂都是靠賣水賺錢,醫生是收入豐富的行
業,然而賴和是仁醫,病患雖多,收入則仍然有限。曾在文學上受賴
和提攜,並且在彰化附近地區從事農民運動,時常出入賴家的楊逵,
在賴和的喪禮中,曾生動地記錄下村里鄰人們的議論。總結而言:

> 賴醫師每天看的病人總有百人以上,但他的收入卻比每天看五
> 十個病人的醫生還少。有些病人請賴醫師賒下藥錢。但對於看
> 來不可能還錢的病人,是連帳都不記下的。㉕

聽了這些議論的楊逵由是感觸,賴和不管在看病或不看病時,
「都生活在奉獻的大我之境」㉖,這絕非過譽之詞。他的行醫收入一
大部分支援了抗日的各種團體,雖然如同默默行善不為人知,但從賴
和出殯時,臺共重要領導人謝雪紅以女兒的身分為其提孝燈㉗,亦能
了解他對最激烈的抗日團體臺灣共產黨,不管在精神上、物質上都曾
給予相當的支援,而贏得了尊敬。賴和另一文化界的朋友楊雲萍在追

憶文章中亦云：

> 做為一個醫師，先生是彰化數一數二的最孚人望的醫生，至於
> 被民眾稱為「彰化媽祖」的程度。他每天所看的病人，都在一
> 百名以上。然而，先生的身後，卻留下了一萬餘圓的債務。他
> 的生活是那麼樣的簡樸。據說一張處方箋，還收不到四十錢。
> 原來醫生也有好幾種的啊！㉘

這是對仁醫賴和極高的禮贊。從楊雲萍關於處方箋的記載，一張
不到四十錢，而每天看百名病患以上，扣掉賒帳的窮人家，一天約略
是四十圓的收入，再扣掉休診時日，賴和一個月的收入約略一千圓左
右，他在〈獄中日記〉中所載，被關一個月就要生出一千圓債務，誠
然不虛。賴和〈獄中日記〉顯現的是至情血淚之文，令人讀之三嘆！

在這樣困窘的局面下，身在牢中仍有警察借機「敲詐」，第二十
三日有一則記載：

> （張）金鐘君姪女要出閣，要先借金壹百圓，也煩代為傳言，
> 教其辦點祝儀為賀，托其盡力。㉙

賴和醫院中雇有藥劑生、人力車夫，加上稅金一個月支出也只不
過兩百元而已；借金一百，已超過一般人家一個月的收入了，更何況
賴和家中此時已無餘款，身在牢中操心家庭經濟，卻仍不得不應付，
以求早日脫身。

日據時代警察是殖民地統治的代表。賴和在小學畢業後，一度還
有人勸他去做「補大人」（巡查補，即候補警察），在他的回憶文中曾
提及：

> 我自己看他們在威風的過著享福的日子，是有些心癢，無如自
> 己生成羞恥心強些，怕被人家笑話。因為那時代的補大人，多
> 是無賴，一旦得到法律的保障，便就橫行直撞，為大家所側
> 目，說起大人，簡直就是橫逆罪惡的標本，少（稍）知自愛的
> 人，皆不願為。我心裡雖在欣慕，今日眼睜睜地看他們有錢有
> 勢，只怨自己生來缺少膽力。㉚

年輕的賴和寧可先到雜貨店學生意，一波三折，終於當醫生，並
且走上反抗之路，在他的文學創作中諸多以警察為統治的象徵，而大
加批判，反映了臺灣民眾的心聲。

〈獄中日記〉中總共出現了二十五名警察，從高等主任平塚喜一
以迄臺灣人警察，而前述張金鐘就是前來拘捕他的人㉛。當然牢中亦
有對他有所善意的人，然則終究是支配者與被支配者間的不平等關
係。第九日記事云：

> 午飯後，水野樣（巡查水野平雄）來監存問，要代買雜誌，對
> 其好意，真為感謝，因此又知事屬罪輕，不易有到社會之
> 日。㉜

第十日記事云：

> 見到吳錦衣君，又煩為主任懇求。在此內見一熟人，似遇救
> 主。㉝

第二十日又有記事云：

晚飯後，不意見到豎山樣（查部長豎山盛義），恍惚遇到救主。懇其代求書籍的差入，問其何時可得釋出，正月中有可能無，彼亦含糊其辭，說須仰州（臺中州）的意見，真使我失望。㉞

賴和與臺灣左翼社會運動關係密切，又因與翁俊明聯絡嫌疑被捕繫獄，本身不知被拘捕的理由，心中更是不安，在獄中屢有讀佛經的記載，漢詩作品率多充滿佛家色彩，並有「人從地獄才成佛，我到監牢始信天」㉟之嘆，這類作品但求心安居多，但亦偶有佳作，如：

欲渡迷津過，提攜及眾生；
眾生登彼岸，大道始完成。㊱

這種大乘入世的精神，和他素來傾向社會主義，試圖解放「奴隸的奴隸」，其實是一體之兩面。

〈獄中日記〉提及的臺灣人警察劉先炳，在一九四一年度的警察名冊，已響應皇民化運動而改名村上炳次郎，據云就是平日負責監視賴和的警察。囚禁中的賴和第三十七日心悸亢進發作，第三十九日痛感「看看此生已無久，能不能看到這大時代的完成，真是失望之至」㊲，日記絕筆。五十餘日後因體衰出獄。劉先炳則繼續監視，以後終成為好友㊳。

三　結論：回顧與展望

一九二六年春天，臺灣新文學運動正熱烈展開之際，首先攻擊舊文學而大張新文學理論的張我軍，偕同夫人羅心薌回臺灣省親，曾南

下遊覽，在彰化見過賴和，聆聽賴和和批評臺灣的舊文人毫無現實的「批評眼」，對其意見大表贊同，留給他印象深刻的尚有：

> 最引起我的興味的，是懶雲君的八字鬚。他老先生的八字鬚，
> 又疏又長又細，全體充滿著滑稽味，簡（檢）直說，他的鬍子
> 是留著要嘲笑世間似的，和我想像中的懶雲君完全不一樣。㊴

其實，賴和當時並不老，當三十三歲的壯年，一月間才在《臺灣民報》發表了第一篇小說：〈鬥鬧熱〉。賴和留鬚，是在一九二四年一月治警事件出獄後之舉，漢詩中有五古〈留鬚〉一首，以誌其事：

> 齒落不再生，搖搖悲欲脫。髭剃悲復長，每苦勞人拔。
> 悠悠縲紲中，忽焉將一月。繞頰森如戟，得意更怒發。
> 一捻一回長，臉皮癢復熱。載盆莫望天，坐使肝膽裂。
> 豈無丈夫氣，豈無男兒血。悲欲示吾衰，聊與少年別。㊵

賴和從此留鬚，以示與日本官憲抗爭，倒非是為了嘲笑世間。在日常生活裡，賴和是幽默的、慈祥的、溫暖的仁者形象。一九三〇年代見過賴和的廖毓文曾有生動的描寫：

> 賴和先生，一見差不多有四十多歲，肥胖的身材，圓圓臉兒、
> 慈祥的眼睛、柔弱的口鬐，好像「火燒紅蓮寺」裡的智圓和尚
> 的另一個模型兒一樣，差的是智圓和尚的性格鄙陋，他的人格
> 高尚而已。筆者還沒和他見面以前，就常常聽著人家極口稱贊
> 他為人和藹仁德，直至親過他的儀表，接過他的咳唾，越加景
> 仰他仁德過人。㊶

　　這樣溫馨的仁者，站在臺灣人的立場，對於日本殖民統治者是堅強地站在對立面的，參加了臺灣文化協會一九二一年至三一年十年間全程的運動，付出諸多心血及金錢，對於反抗日本殖民統治最徹底的臺灣共產黨，亦以階級運動的相同理念，在背後默默支持。賴和亦珍視自己的盛名，絕不逃避反抗者的義務，漢詩〈吾人〉中云：

> 鬱鬱居常恐負名，祇緣羞作馬牛生；
> 世間未許權存在，勇士當為義鬥爭。㊷

　　一九四一年底的入獄，賴和在〈獄中日記〉中，表現了人性最真實的一面，他亦有平常人徬徨、受驚、膽怯……的弱點，由是更令人佩服他一生中堅強的反抗者的作為，畢竟賴和也是血肉之軀，也是芸芸眾生中的一人，而在殖民地臺灣，反抗日本帝國主義統治，絕對是要付出代價的！〈獄中日記〉是真實的、歷史的文獻，也是以生命為代價的感人作品。戰後楊守愚發表遺稿〈獄中日記〉，也曾以文學作品視之：

> 這篇獄中記，是大東亞戰爭勃發當時，先生被日本官憲拘禁在彰化警察署留置場，所寫成的。可以說是先生獻給新文壇的最後的作品。在這裡頭，我們能夠看出整個的懶雲底面影，這一篇血與淚染成的日記，就是他高潔的偉大的全人格的表現，也就是他潛在的、熱烈的意志的表現。㊸

這是知音之言，事隔將近半世紀，仍然擲地有聲。臺灣這些年來，各方面變遷甚大，做為反映現實的文學也取得相當的成就，作家宋澤萊反省臺灣文學的特質，大力提倡「人權文學」，以彰顯文學的道德正

義性。賴和寫於日據時代的〈獄中日記〉，做為臺灣人權文學的代表作，足可當之無愧！

在〈獄中日記〉序中，楊守愚亦提及賴和一生崇拜魯迅之事。自從日據時代臺灣文學史家黃得時將賴和比擬為「臺灣的魯迅」㊹，此一觀點幾乎已是臺灣文壇一致的見解。既是醫生也是作家的吳新榮，在一九四八年對賴和亦曾大加推崇：

> 賴和在臺灣，正如魯迅在中國，高爾基在蘇聯，任何權威都不能漠視其存在。賴和路線可說是臺灣文學的革命傳統，談臺灣文學，如無視此一歷史上的事實便不足瞭解臺灣文學。有人說臺灣的過去沒有文學，其認識不足才是笑話呢。㊺

吳新榮的看法，一則反映一九四五年至四九年海峽兩岸文學自由交流中，代表當時主流的中國大陸作家對臺灣文學認識之不足，一則也是臺灣本土作家對賴和文學的高度禮讚。以作品多寡而論，賴和比起魯迅或高爾基而言，的確有所不足，但以賴和在日本帝國統治下，堅持用漢文創作，在臺灣新文學運動推展之際，以福佬話為日常生活語言的人，要將所見所思轉化為文學作品，其負荷之大是前兩位無法相比的，至於文學的內涵、抵抗精神以為帶動整個文學世代前行的影響力，則確有相通的地方。

在臺灣文學日漸受到重視的今天，如何深化賴和及其文學的研究；更進一步展開賴和、魯迅、高爾基之間的比較研究，從而多了解三〇年代文學的思潮、動向與影響，正是今後重要的課題。

——原載林瑞明：《臺灣文學與時代精神——賴和研究論集》（臺北：允晨文化公司，1993 年 8 月），頁 265～297。

〔附註〕

①蔣渭水〈入獄日記〉，連載於《臺灣民報》二卷六號至十一號。引述聯語見二卷九號，頁 11。

②賴和〈獄中日記〉，連載於《政經報》一卷二號至五號，以及〈我的祖父〉、〈高木友枝先生〉兩文為附錄；本文收於李南衡《賴和先生全集》（臺北，明潭，一九七九年三月），頁 268～302。為了參閱方便，有關〈獄中日記〉引文，皆引自《賴和先生全集》（以下簡稱《全集》）。

③蔣渭水〈入獄日記〉（一），《臺灣民報》二卷六號，頁 15。

④《全集》、〈舊詩詞集〉，頁 375～376。

⑤同上註，頁 376。

⑥詳見〈臺灣議會設置請願理由書〉，《臺灣》三年二號，漢文之部，頁 3～11。

⑦參見拙稿〈賴和與臺灣文化協會〉一文，《臺灣風物》三十八卷四期至三十九卷一期。有關賴和參與的政治、社會運動，皆請參見此文。

⑧一九八八年十一月十二日採訪賴和哲嗣賴燊所得。

⑨《全集》，頁 377。

⑩有關「復元會」，請參見拙稿〈賴和與臺灣新文學運動〉，《成功大學歷史學報》第十二號，第二小節「民族意識與復元會」。

⑪《政經報》一卷二號，頁 11。

⑫應社詩友陳虛谷〈哭懶雲兄〉詩句，《全集》，頁 429。

⑬一九八六年夏天採訪自賴和哲嗣賴。此則記錄曾在臺灣研討會演講中述及，見〈賴和的文學及其精神〉，《臺灣風物》三十九卷三期，頁 168。

⑭賴和友人李獻璋在〈臺灣鄉土話文運動〉中的說法，《臺灣文藝》一〇二期。王詩琅在〈賴懶雲論〉（日文原刊於《臺灣時報》二〇一號），亦有類似的看法。

⑮《全集》，頁 278。

⑯《臺灣新文學》一卷四號，頁 95。

⑰《全集》，頁 277～278。

⑱〈飲酒〉，《全集》，頁 381。

⑲《全集》，頁 286。榊原壽郎治後來調昇臺北州南警察署長。

⑳《全集》，頁 294。

㉑《全集》，頁 298。

㉒《全集》，頁 284。一九八六年六月十八日，前往南投訪問賴和醫學校同班同學吳定江老先生（年九十六歲）時，他以臺語吟誦此詩，並表示佩服之意。

㉓《全集》，頁 277。

㉔《全集》，頁 283。

㉕〈憶賴和先生〉，原文刊於《臺灣文學》三卷二號，譯文收於《全集》，頁 418～419。

㉖同上註，頁 419。

㉗探訪自賴和哲嗣賴燊。

㉘〈追憶賴和〉，原文刊於《民俗臺灣》三卷四號，譯文收於《全集》，頁 411。文中提及楊雲萍到臺大醫院探望病危時的賴和，兩人曾談到魯迅，可以看到魯迅在賴和心目中的地位。

㉙《全集》，頁 291。

㉚〈無聊的回憶〉，《全集》，頁 230。

㉛見〈獄中日記〉，第一日記事，文中僅提到「警官張樣（先生）」，查一九四一年度，《臺灣總督府警察職員錄》，當年彰化警察署張姓警察僅有張金鐘一員。

㉜《全集》，頁 274。

㉝《全集》，頁 276。

㉞《全集》，頁 288。

㉟《全集》，頁 300。

㊱《全集》，頁 297。

㊲《全集》，頁 302。

㊳賴和故宅懸有「賴和紀念館」大匾額，劉先炳亦與其他友人列名其上，
　監視云云，一九八九年十一月十二日採訪自為賴和平反盡力的李篤恭；
　至於劉先炳改名為村上炳次郎，見《臺灣總督府警察職員錄》，頁 86。

㊴〈南遊印象記〉（三），《臺灣民報》九十三號，頁 12。

㊵〈留鬚〉，《全集》，頁 379。

㊶〈甫三先生〉，原刊於《臺灣文藝》二卷一號，後收於《全集》，頁 397～
　398。

㊷〈吾人〉，《全集》，頁 387。

㊸《政經報》一卷二號，頁 11。

㊹見〈輓近の臺灣文學運動史〉，《臺灣文學》二卷四號，頁 9。

㊺以筆名史民在《文藝通訊》中，強調賴和在臺灣是革命傳統。楊逵主編
　《臺灣文學》第二輯，頁 12。

附錄三：研究計畫舉例（一）

錢注杜詩
及其在注杜史上地位的研究

楊晉龍著

一　研究題目

錢注杜詩及其在注杜史上地位的研究。

二　研究動機

　　明清之交，有「領袖兩朝」（胡明語）之稱的文史大家錢謙益（1582～1664），嘗以其精博的文史知識，箋注杜詩，在杜詩背景及內容的研究上，獲得開創性的成果；在方法上，則「以新方法為注杜史闢一新頁」（彭毅先生語），使杜詩研究「走出一個新方向」（簡恩定語），二者均影響其後杜詩學的發展甚大，這是一般學者的共識。故近代文學批評、研究杜詩等書籍，均會討論及此事。然除彭毅先生《錢牧齋箋注杜詩補》「專致力於錢書唐史方面的闕誤」之糾繆補闕外，其他如吳宏一先生《清代詩學初探》、簡恩定《清初杜詩學研究》等，論述固然較他家深入，而且均有相當的成就，但都淺嚐即

止，並未對錢注作整體性的探討。

　　錢注既然有獨特的論點，在方法及成果上，又具有開創性，且影響後代杜詩學的研究，那麼它在注杜史上固應有一定的地位，也就不言可喻了，而同樣也具有研究價值也就可想而知。故敢因著前人未竟的意思，另出一己之見，擬定這一研究計畫，希望對於學術史的研究上，或者有些助益焉！

三　研究目的

　　本計畫主要研究目的有二：首先是錢注自身問題的探討；包括錢注表現的文學思想，以及注杜緣由、與其反對前後七子等文論間的關係、政治立場的關係、與錢曾等助其成書者的關係、與朱鶴齡交惡的緣故及其影響、引用書籍與絳雲藏書間的關係等等問題的釐清。

四　研究方法

　　本研究擬從二個方向進行；一則以《錢注杜詩》為依據，統計歸納其中蘊涵的基點，分析其內在的本質；並參考錢氏其他相關諸作的論點，以作為論證分析的證據。並且堅持所有的推論和引申，必須建基在原典資料的相應上，才具有可信度。在這個論必有據，言必舉證的大前題下，針對種種相關的問題，作比較深入的探討，以期望獲得較全面的解決。這是所謂主體研究的部分。

　　另外在前賢既有的研究成果上，蒐集相關且重要的代表作，歸納分析他們之間的相關性，再加上自己的一愚之見，解析說明錢注的淵源及其特色，觀察在整個杜詩學的發展上，具有何種價值；對後代杜詩學如何產生影響，影響的實質內涵為何？在論述影響的時候，並用

統計量化的方式，詳細開列引用錢注的實例及所佔比率的多寡，以便
證明其影響的實際情形。並經由以上的論述而界定該書在注杜史上的
地位。在引用前賢成果的時候，則主張正反兼舉；歸納前賢的說法
時，絕不斷章取義，厚誣前人。這就是所謂歷史發展的趨向研究。

五 研究綱要

本計畫暫擬的綱要如下：

（一）緒論

1. 說明研究的動機、目的與方法
2. 文獻資料的運用與探討

（二）錢謙益個人背景的分析

1. 錢氏生平與思想概況
2. 錢氏政治糾葛探究
3. 錢氏文論與時代文風之解析

（三）錢注杜詩的主體研究

1. 注杜緣由的探討

探討注杜和其文論以及當時文風間的關係；並考察所論是否如清
人沈壽民所說，因為「閣訟」的緣故，於是借著注杜來發舒他在政治
上的不平。

2. 錢謙益與朱鶴齡爭執緣由的研究

探討錢、朱二氏交惡的緣故，並且考證其可能的真相；更注重分析二人相爭對杜詩學的影響。

3. 錢注引用書目與絳雲藏書的概況；統計錢注引用的書籍；觀察其與絳雲藏書可能的關係。

4. 錢注中表現的文史思想探義

分析錢注所表現的文史思想，探討其與「詩史」觀念間的相關性。

（四）杜詩學歷史發展的趨向研究

1. 杜詩學發展背景的思想考察

探討杜詩研究的興起，是否和唐宋文化類型的差異有關？

2. 杜詩學的歷史探索

以錢注杜詩為基點，探討錢注以前杜詩學的概況與特點；分析明代文風與杜詩學的關係。

3. 錢注杜詩的評價

考察錢注的淵源，說明其特點，界定其在注杜史上的成就。

4. 錢注與清代杜詩學關係的探討

首先說明清代杜詩學的概況；次則以實際的比對，經由統計、量化分析，以瞭解錢注對清代杜詩學在方法與內容上的影響。

（五）結論

1. 歸納研究的結果
2. 研究的檢討與評價

3. 研究的瞻望與建議

六　主要參考資料（錢謙益其他著作暫不列出）

錢牧齋箋注杜詩　臺北市　臺灣中華書局　1967 年　臺一版
錢牧齋箋注杜詩補　彭毅先生著　臺北市　臺大文學院　1964 年
錢牧齋及其文學　廖美玉著　臺北市　臺大中研所博士論文　1983 年
柳如是別傳　陳寅恪著　臺北市　里仁書局　1985 年
清代詩學初探　吳宏一先生著　臺北市　牧童出版社　1977 年
清代杜詩學研究　簡恩定著　臺北市　文史哲出版社　1986 年
錢謙益史學研究　楊晉龍著　高雄市　高雄師大國研所碩士論文　1989
　年
杜工部詩集輯注　〔清〕朱鶴齡著　臺北市　中文出版社　缺出版年
　月
杜詩叢刊四輯三十五種　黃永武主編　臺北市　大通書局　1974 年
杜詩會箋箋注　〔清〕張遠箋　國立中央圖書館藏
杜工部詩說　〔清〕黃生撰　臺北市　中文出版社　缺出版年月
杜詩詳註　〔清〕仇兆鰲著　臺北市　正大書局　民國 63 年
杜詩鏡銓　〔清〕楊倫著　臺北市　華正書局　民國 68 年
讀杜詩說　〔清〕施鴻保著　臺北市　河洛圖書出版社　民國 67 年
杜甫詩研究　簡明勇著　臺北市　學海書局　民國 73 年
愚庵小集　〔清〕朱鶴齡著　上海市　上海古籍出版社　1979 年
遂初堂集　〔清〕潘耒著（清初刊本）　臺大文學院聯合圖書館藏
杜甫與唐詩　饒宗頤先生著　吳宏一先生主編　中國古典文學論文精
　選叢刊：詩歌類　臺北市　幼獅文化公司　1980 年
朱鶴齡錢謙益之交誼及注杜之爭　柳作梅撰　臺中市　東海學報　第

十卷第一期　頁 47～58　1979 年元月

　　　　中華民國七十八年五月恩師周虎林教授校正稿。

附錄三：研究計畫舉例（二）

清代公羊學研究

張廣慶著

一　研究題目

「清代公羊學研究」。

二　研究動機

《春秋公羊》學之發展，初盛於兩漢，復興於清代。

西漢董仲舒善治《公羊春秋》，武帝時，陳天人三策，以天人相與之義，發明《春秋》災異，啟漢儒以災異說經、論政之風氣，自是之後，朝廷決策，人臣獻替，亦多引《公羊》大義以為斷，其於《公羊》學之推闡創發，厥功甚偉。下逮東漢何休，嘆《公羊》二創，致使《左氏》學者緣隙攻之，遂依胡毋生條例，撰《春秋公羊解詁》；斯書也，補《公羊》嚴、顏之弊，匡今文章句之失，振《公羊》於既衰，其依經立傳，詁訓大義，實集兩漢《公羊》學之大成，而功在傳經也。其後，漢季大亂，博士漸廢，重以古文學盛行，兩漢專門之學無復顧問，《公羊傳》幾成絕學。至唐代元和之時，韓昌黎〈答殷侍御書〉曰：「況近世《公羊》學幾絕，何氏注外，不見他書，聖經賢

傳，屏而不省，要妙之義，無自而尋。」故自漢季以降，《公羊》之學，不惟義理無所推闡，傳習亦乏人，垂二千年之久矣。

迨及有清一代，《公羊》學始見復興之象。莊存與著《春秋正辭》，大旨皆本《公羊傳》及何休《解詁》；孔廣森著《公羊通義》，於何注比附經義處，多所辨正；劉逢祿則發揮何氏，尋《解詁》義例之條貫，成《春秋公羊經何氏釋例》；宋翔鳳之治《公羊》，以《論語》闡《春秋》微言；凌曙則專重禮制；陳立於《公羊》用力尤深，勾稽貫串，深明家法，成《公羊義疏》；至於龔自珍、魏源，處乎清室浸衰之際，闡發《公羊》三世、三統之義，以《公羊》為論政致用之本，清季學風，為之丕變；康有為承龔、魏之後，乃藉《公羊》而倡言變法改制矣。

清代《公羊》學由莊、孔開其端，至康氏而大放異彩，究其內涵，約有三端：一曰遠紹董、何，興起絕學，使董、何之學，幽而復明；二曰推闡《公羊春秋》之微言大義及於群經；三曰藉《公羊》三科九旨之義，以為經世論政、變法改制之用。凡斯三者，咸以兩漢《公羊》學為其基礎。余於碩士班研究期間，以《何休春秋公羊解詁研究》為題，於兩漢《公羊》學雖得稍窺其涯略，然有未能密會其意而致疏誤者，期由全面深入研究清代《公羊》學之專著，得以會通焉；其次，經由何休《春秋公羊解詁》及清代《公羊》學之研究，則《公羊》學之內涵、流變與發展，亦得窺其全貌矣。用是不揣淺陋，願繼《何休春秋公羊解詁研究》之後，續探清代《公羊》學之要義，庶幾於終始之義，得而備焉。

三　研究價值

　　清代《公羊》學之研究，依其專著及其前後演變，其可論述者，舉要言之，約有數端：

　　《公羊春秋》自兩漢以後沈霾千載，至有清中葉以降，研究者接踵而起，影響所及，不僅經學。其由衰而盛，語其興起之故，此可探論者一也。

　　言清代《公羊》學，首及常州。常州之學，或闡何休義例，或辨正其失，以治經之法研析《公羊》，務使義例明暢。逮龔、魏出，其大意不取於專治古經籍，而留情世局，一轉常州《公羊》微言大義之推闡而為經世論政之用；及乎康長素，再轉而發明據經變法改制之義。其轉折之關鍵為何？直接、間接影響於世局者如何？此可探論者二也。

　　清代《公羊》學之思想既隨時世轉變，所呈現之內涵亦復不同，其《公羊》思想之異點為何？其間有無一貫之脈絡與精神？此可探論者三也。

　　清代《公羊》學者於董、何微言大義之闡發、考證，其得失如何？諸家專著之體例、特色如何？在清代經學史之地位、影響如何？此可探論者四也。

　　昔桐城姚姬傳云治學之道有三：曰義理、曰辭章、曰考據；湘鄉曾滌生益之以經世。清代《公羊》學者以治經之法辨證董、何經義者，考據之學也；彰明微言、推闡大義者，義理之學也；通經致用，或論衡時政，或倡言變法改制，經世之學也。是清代《公羊》學之研究，實綰經世、義理、考據於一紐，其體大思精，足為學者開一瑰境。茲編之作，意欲考其流變，辨其然否，發其義蘊，明其體例，以

為研經者之大助也。

四 研究方法與步驟

為學當有方法，若大匠之誨人，必以規矩。規矩者，方法也。余於碩士班肄業期間，從高師仲華習治學方法，復蒙諸位良師啟導，始知為學之法、治經之方也。故茲編之撰述，擬循下列步驟，以從事研究。

（一）明家法、辨源流

清代經師能紹承漢學者，其一曰傳家法，皮錫瑞《經學歷史》論之詳矣。清代《公羊》學之初期，武進莊存與始治《公羊》，其學惟傳於家，再傳於劉逢祿、宋翔鳳，世人以武進、陽湖兩縣，皆隸常州府治，遂總稱常州學派；其後，治《公羊》學者漸多，不盡為常州人矣。惟其主流支脈，則不可不詳。

（二）究原典，明體例

前所述清代《公羊》學大家，咸有專著，必一一精讀之，以明是書之體例；體例明，則綱領可得。以孔廣森《公羊通義》為例：是書於注文或只沿用舊說；或先引舊說，末附己意；或先陳己意，再引舊說；或逕抒己意。凡陳己意，皆出之以「謹案」或「廣森以為」以別之。若有詁訓小學者，則以「音義」之目，附於注文之後。是書或補苴何休《解詁》之未備，或正何注之誤謬，或取辨於《左》、《穀》之是非。凡此，皆當參伍鉤稽，統其條貫也。

（三）考眾說，定是非

既明原典之體例，復當考辨其是非。以陳立《公羊義疏》而論，是書每曰「（何君）不習《左氏》」、「何邵公向不用《左傳》說《公羊》」，余撰《何休春秋公羊解詁研究》，嘗舉例證以質疑其說。又如孔廣森之《公羊通義》，或輕改經、傳之文，若隱公四年傳本作「隱公曰否」，孔氏下出「音義」，據石經「隱曰吾否」，改傳文為「隱公曰吾否」。舉凡有關訓詁未善、論證誤謬等，皆當一一加以考辨，以定其是非。至於微言大義之推闡，通經致用之發揮，亦當詳究始末，別其異同，審慎詮釋。

（四）尋會通，評得失

既明清代《公羊》學之體例，詳考其是非，詮釋其義理，則當評論是書於《公羊》學之價值與貢獻。若皮錫瑞《經學通論》評孔廣森《公羊通義》曰：「不守何氏義例，多采後儒之說，又不信黜周王魯科旨，以新周比新鄭，雖篳路藍縷之功，不無買櫝還珠之憾。」然按諸孔氏自敘其書所以不守家法之由，則皮氏之評論，顯有失當之處。類此之說，咸於會通清代《公羊》學之專著後，而予以客觀之定論。

（五）綜前說，論特色

清代《公羊》學之專著，各有其撰作之旨意，亦當有其共同之特色，如前所述，或發明《公羊》經傳之大義；或正何注之誤；或使董、何之義幽而復明；或假《公羊》之義，以為經世之用。凡此之義，皆於精研其說之後，總論有清一代《公羊》學內涵之特色，及其在清代經學史上之成就與影響。

五　研究綱要

　　斯編論文，旨在探討清代《公羊》學各專著之內涵，詳述體例，闡發義蘊，考辨然否，研析異同。茲試擬大綱如下，以為撰作論文之依據。然以學殖尚淺，諸書又體大思精，未能竟窺，初擬之綱目，實難周延，俟諸將來深入研究，視資料及實際情況，而增其子目，酌予修正，以期臻於完備也。

第一章　導論
　　第一節　《公羊傳》與《公羊》學
　　第二節　兩漢《公羊》學發展概述
　　第三節　清代《公羊》學復興之原因
　　【說明】：本章先釐清《公羊》學與《公羊傳》有別之觀念，論述兩漢《公
　　　　　　羊》學之發展、要旨，並深入探討清代《公羊》學復興之原因。

第二章　莊存與之《公羊》學
　　第一節　生平與著作
　　第二節　《春秋正辭》之要旨
　　第三節　莊氏《公羊》學著述之得失
　　【說明】：武進莊存與為清代《公羊》學之啟蒙大師，所著《春秋正辭》，
　　　　　　大旨本《公羊傳》、《春秋繁露》及何休《春秋公羊解詁》，旁采
　　　　　　《左》、《穀》及宋、元諸說，以發明《春秋》之微言大義。

第三章　孔廣森之《公羊》學
　　第一節　生平與著作

第二節　《公羊通義》之要旨

第三節　孔氏《公羊》學著述之得失

【說明】：孔氏著《公羊通義》，以《解詁》辭義奧衍，時有承訛率臆之
　　　　病，故綜覽諸家，間采《左》、《穀》，於何注比附經義者，多所
　　　　辨正；於何休所定三科九旨，亦未盡守。

第四章　劉逢祿之《公羊》學

第一節　生平與著作

第二節　《春秋公羊經何氏釋例》之要旨

第三節　《公羊春秋何氏解詁箋》之要旨

第四節　《發墨守評》、《穀梁廢疾申何》、《箴膏肓評》之要旨

第五節　劉氏《公羊》學著述之得失

【說明】：逢祿承其外祖存與之家學，涵濡既深，取資益宏。精研《公
　　　　羊》，著作甚富，然皆興何氏一家之言，舉三科九旨為聖人微言
　　　　大義之所在也。主條例之必遵何氏，以駁難孔氏《公羊通義》未
　　　　盡守三科九旨之義，此可見逢祿、廣森之異趣；至於《春秋》日
　　　　月、名氏、褒貶之書法，則二氏又同其旨也。逢祿又有《左氏春
　　　　秋考證》、《箴膏肓評》，疑及《左傳》真偽，後啟長素《新學偽
　　　　經考》之詖辭、清末民初今古文之爭。

第五章　凌曙之《公羊》學

第一節　生平與著作

第二節　《公羊禮說》之要旨

第三節　《公羊禮疏》之要旨

第四節　《公羊問答》之要旨

第五節　凌氏《公羊》學著述之得失

【說明】：乾嘉之際，治《公羊》者，若莊、劉諸氏，皆詳義例而略禮制訓詁，凌氏雖亦好劉氏之學，然其治《公羊》則專詳禮制。以舊疏詳例略禮，故作《公羊禮疏》補正之；《公羊禮說》則舉例以徵禮也。故《續修四庫提要》〈經部〉〈春秋類〉評曰：「議必徵諸古人，論不離乎師法，要使禮歸至當，可謂善於說禮矣。」

第六章　龔自珍之《公羊》學（附論魏源）

第一節　生平與著作

第二節　《春秋決事比》之要旨

第三節　龔氏《公羊》學與時政之關係

第四節　龔氏《公羊》學著述之得失

第五節　魏氏《公羊》學與時政之關係

【說明】：常州之學起於莊氏，立於劉、宋，而變於龔、魏。以常州《公羊》學既主微言大義，通於天道人事，其致用之方，必隨世局而轉趨於論政，龔、魏正為開風氣之代表人物。龔氏《公羊》學大抵本《公羊》之義，以貫通《五經》，其《春秋決事比》一書，則效董仲舒例，張後世事以設問之，據《公羊》以論律事。若夫魏源，嘗著《董子春秋發微》，補胡毋生條例、何休《春秋公羊解詁》所未備，發揮《公羊》微言大義，惜其書未見傳本，似未刊行於世；然其論衡時政有取諸三科九旨，故附於龔氏之後，別以一節論其通經致用之義。

第七章　陳立之《公羊》學

第一節　生平與著作

第二節　《公羊義疏》之要旨

第三節　陳氏《公羊》學著述之得失

【說明】：陳立《公羊義疏》，博稽載籍，凡唐以前《公羊》大義，網羅無
　　　　疑；清儒自莊、孔、劉以下，亦頗采擇。篤守家法，凡何氏之
　　　　言，有引申而無背畔。本章將研析體例，詳論義旨，考辨是非。

第八章　王闓運之《公羊》學

　第一節　生平與著作
　第二節　《春秋例表》之要旨
　第三節　《公羊春秋箋》之要旨
　第四節　王氏《公羊》學著述之得失

【說明】：王氏著《春秋例表》，旨在強調春秋撥亂之義，蓋以清末內外亂
　　　　局而發有感之言；《公羊箋》則執例詮經。其學亦以《公羊》義
　　　　說群經。本章將探論其執例詮經及撥亂之義也。

第九章　廖平之《公羊》學（附論皮錫瑞）

　第一節　生平與著作
　第二節　《何氏公羊解詁三十論》之要旨
　第三節　廖氏《公羊》學著述之得失
　第四節　皮氏《公羊》學之要旨

【說明】：井研廖季平之《公羊》學，自樹體系，異於眾人者，乃在將《公
　　　　羊》三科九旨之義例，轉移至據《王制》以說《春秋》，此章將
　　　　論其體例及其論何休《解詁》之得失。至於皮錫瑞《公羊》學之
　　　　要旨，散見於《經學通論》等書，多為劄記式之論述，故附論於
　　　　此。

第十章　康有為之《公羊》學

　第一節　生平與著作

第二節　《春秋董氏學》之要旨

第三節　《春秋筆削大義微言考》之要旨

第四節　康氏《公羊》學與變法改制之關係

第五節　康氏《公羊》學著述之得失

【說明】：長素治《公羊》，由通三統、張三世、受命改制等義例，演繹出
　　　　　託古改制之說，以孔子為改制之教主素王，《六經》皆為孔子所
　　　　　作；復依三世說，以為變法維新之張本，其間則寓有革命改造之
　　　　　意，欲由據亂世而漸至升平、太平世也。本章即論其《公羊》學
　　　　　要旨及其通經致用之義。

第十一章　清代《公羊》大義與群經之會通

第一節　《公羊》大義與《五經》之會通

第二節　《公羊》大義與《論語》之會通

第三節　《公羊》大義統攝群經之影響

【說明】：清代《公羊》學者每引《公羊》之義以貫通《五經》，若莊存
　　　　　與、宋翔鳳引以說《易》，劉逢祿引以比附群經，龔自珍作〈五
　　　　　經大義終始論〉、〈五經大義終始答辨〉，亦以《公羊》統攝五
　　　　　經，而下啟長素以三世、改制說通諸經也。又劉逢祿《論語述
　　　　　何》、宋翔鳳《論語說義》、戴望為《論語》作注等，則以為《春
　　　　　秋》微言大義，往往見諸《論語》。凡斯之義，咸以《春秋》為
　　　　　群經之歸趨；其牽引《公羊》家說，雖不免附會過甚，然由此而
　　　　　衍為經今文學，由經今文學而今古學壁壘益明，其特色與影響不
　　　　　容忽視，故獨立章節，詳加探討。

第十二章　結論

【說明】：總論清代《公羊》學之成就、特色，及其在經學史上之意義與影

響。

六　研究之預期成果

　　清代《公羊》學對於當時之經學發展、政治社會改革，關聯甚
鉅。就經學史之發展而言，上接兩漢《公羊》學之成就，予以發揚光
大之；並推闡《公羊》微言大義以統攝群經，由尊公羊而重今文，遂
衍為經今文學，迨廖平持《王制》以判諸經，今古學壁壘益明矣。就
政治社會改革而言，龔、魏留心世局，本經術論政，下及長素，遂盛
言變法改制，此一通經致用，適為儒家外王之學之體現也。以上所擬
研究大綱，僅為初步構思，深入研究，尚待來日。倘能竭其駑鈍，潛
心鑽研，遍覽群籍，則預計研究論文完成之後，可收如下之成果：

（一）可以顯示清代《公羊》學之發展、流變、內涵、特色與成
　　　就。

（二）可以上接兩漢《公羊》學，形成完整之《公羊》學發展史。

（三）可以闡明清代《公羊》學者通經致用，對當時世局及後世之
　　　影響。

（四）可以明白清代經今文學形成、發展之始末，以及今古學壁壘
　　　益明之原因，並作為研究今古文論爭之參考。

附錄四：注音符號、國語羅馬字、威妥瑪式和漢語拼音對照表

　　我國國語的注音方式，海內外通行的有下列數種：（1）「國語注音符號」；（2）「國語注音符號第二式」（國語羅馬字）；（3）「威妥瑪式」；（4）「漢語拼音」方案等。這四種注音方式所用的符號多有不同，對使用者來說，往往產生許多困擾。為方便讀者使用時相互對照，茲根據教育部國語推行委員會編《國語注音符號第二式》（臺北市：該會，1986 年 7 月）、大陸語文出版社編《語言文字規範手冊》（北京市：該社，1993 年 1 月）、吳玉山教授〈注音符號，威妥瑪式及漢語拼音對照表〉（《中國大陸研究教學通訊》4 期，1994 年 4 月）等論著，編成此對照表。

注音符號	國語羅馬字	威妥瑪式	漢語拼音
		ㄅ（b, p, b）	
ㄅㄚ	ba	pa	ba
ㄅㄛ	bo	po	bo
ㄅㄞ	bai	pai	bai
ㄅㄟ	bei	pei	bei
ㄅㄠ	bao	pao	bao
ㄅㄣ	ben	pên	ben

注音符號	國語羅馬字	威妥瑪式	漢語拼音
ㄅㄤ	bang	pang	bang
ㄅㄥ	beng	pêng	beng
ㄅㄧ	bi	pi	bi
ㄅㄧㄝ	bie	pieh	bie
ㄅㄧㄠ	biau	piao	biao
ㄅㄧㄢ	bian	pien	bian
ㄅㄧㄣ	bin	pin	bin
ㄅㄧㄥ	bing	ping	bing
ㄅㄨ	bu	pu	bu
ㄅㄢ	ban	pan	ban

ㄆ (p, p', p)

ㄆㄚ	pa	p'a	pa
ㄆㄛ	po	p'o	po
ㄆㄞ	pai	p'ai	pai
ㄆㄟ	pei	p'ei	pei
ㄆㄠ	pau	p'ao	pao
ㄆㄡ	pou	p'ou	pou
ㄆㄢ	pan	p'an	pan
ㄆㄣ	pen	p'ên	pen
ㄆㄤ	pang	p'ang	pang
ㄆㄥ	peng	p'êng	peng
ㄆㄧ	pi	p'i	pi
ㄆㄧㄝ	pie	p'ieh	pie
ㄆㄧㄠ	piau	p'iao	piao

注音符號	國語羅馬字	威妥瑪式	漢語拼音
ㄆㄧㄢ	pian	p'ien	pian
ㄆㄧㄣ	pin	p'in	pin
ㄆㄧㄥ	ping	p'ing	ping
ㄆㄨ	pu	p'u	pu

ㄇ（m, m, m）

注音符號	國語羅馬字	威妥瑪式	漢語拼音
ㄇㄚ	ma	ma	ma
ㄇㄛ	mo	mo	mo
ㄇㄞ	mai	mai	mai
ㄇㄟ	mei	mei	mei
ㄇㄠ	mau	mao	mao
ㄇㄡ	mou	mou	mou
ㄇㄢ	man	man	man
ㄇㄣ	men	mên	men
ㄇㄤ	mang	mang	mang
ㄇㄥ	meng	mêng	meng
ㄇㄧ	mi	mi	mi
ㄇㄧㄝ	mie	mieh	mie
ㄇㄧㄠ	miau	miao	miao
ㄇㄧㄡ	miou	miou	miu
ㄇㄧㄢ	mian	mien	mian
ㄇㄧㄣ	min	min	min
ㄇㄧㄥ	ming	ming	ming
ㄇㄨ	mu	mu	mu

注音符號	國語羅馬字	威妥瑪式	漢語拼音

ㄈ（f, f, f）

ㄈㄚ	fa	fa	fa
ㄈㄛ	fo	fo	fo
ㄈㄟ	fei	fei	fei
ㄈㄡ	fou	fou	fou
ㄈㄢ	fan	fan	fan
ㄈㄣ	fen	fen	fen
ㄈㄤ	fang	fang	fang
ㄈㄥ	feng	fêng	feng
ㄈㄨ	fu	fu	fu

ㄉ（d, t, d）

ㄉㄚ	da	ta	da
ㄉㄜ	de	tê	de
ㄉㄞ	dai	tai	dai
ㄉㄟ	dei	tei	dei
ㄉㄠ	dau	tao	dao
ㄉㄡ	dou	tou	dou
ㄉㄢ	dan	tan	dan
ㄉㄤ	dang	tang	dang
ㄉㄥ	deng	têng	deng
ㄉㄧ	di	ti	di
ㄉㄧㄝ	die	tieh	die
ㄉㄧㄡ	diou	tiu	diu

注音符號	國語羅馬字	威妥瑪式	漢語拼音
ㄅㄧㄢ	dian	tien	dian
ㄅㄧㄥ	ding	ting	ding
ㄅㄨ	du	tu	du
ㄅㄨㄛ	duo	to	duo
ㄅㄨㄟ	duei	tui	dui
ㄅㄨㄢ	duan	tuan	duan
ㄅㄨㄣ	duen	tun	dun
ㄅㄨㄥ	dung	tung	dong

ㄊ（t, t', t）

注音符號	國語羅馬字	威妥瑪式	漢語拼音
ㄊㄚ	ta	t'a	ta
ㄊㄜ	te	t'ê	te
ㄊㄞ	tai	t'ai	tai
ㄊㄠ	tau	t'ao	tao
ㄊㄡ	tou	t'ou	tou
ㄊㄢ	tan	t'an	tan
ㄊㄤ	tang	t'ang	tang
ㄊㄥ	teng	t'êng	teng
ㄊㄧ	ti	t'i	ti
ㄊㄧㄝ	tie	t'ieh	tie
ㄊㄧㄠ	tiau	t'iao	tiao
ㄊㄧㄢ	tian	t'ien	tian
ㄊㄧㄥ	ting	t'ing	ting
ㄊㄨ	tu	t'u	tu
ㄊㄨㄛ	tuo	t'o	tuo

注音符號	國語羅馬字	威妥瑪式	漢語拼音
ㄊㄨㄟ	tuei	t'ui	tui
ㄊㄨㄢ	tuan	t'uan	tuan
ㄊㄨㄣ	tuen	t'un	tun
ㄊㄨㄥ	tung	t'ung	tong

ㄋ (n, n, n)

ㄋㄚ	na	na	na
ㄋㄜ	ne	nê	ne
ㄋㄞ	nai	nai	nai
ㄋㄟ	nei	nei	nei
ㄋㄡ	nou	nou	nou
ㄋㄢ	nan	nan	nan
ㄋㄣ	nen	nên	nen
ㄋㄤ	nang	nang	nang
ㄋㄥ	neng	nêng	neng
ㄋㄧ	ni	ni	ni
ㄋㄧㄝ	nie	nieh	nie
ㄋㄧㄠ	niau	niao	niao
ㄋㄧㄡ	niou	niu	niu
ㄋㄧㄢ	nian	nien	nian
ㄋㄧㄣ	nin	nin	nin
ㄋㄧㄤ	niang	niang	niang
ㄋㄧㄥ	ning	ning	ning
ㄋㄨ	nu	nu	nu
ㄋㄨㄛ	nuo	no	nuo

注音符號	國語羅馬字	威妥瑪式	漢語拼音
ㄋㄨㄢ	nuan	nuan	nuan
ㄋㄨㄥ	nung	nung	nong
ㄋㄩ	niu	nü	nü
ㄋㄩㄝ	niue	nüeh	nüe

ㄌ (1, 1, 1)

ㄌㄚ	la	la	la
ㄌㄛ	lo	lo	lo
ㄌㄜ	le	lê	le
ㄌㄞ	lai	lai	lai
ㄌㄟ	lei	lei	lei
ㄌㄠ	lau	lao	lao
ㄌㄡ	lou	lou	lou
ㄌㄢ	lan	lan	lan
ㄌㄤ	lang	lang	lang
ㄌㄧ	li	li	li
ㄌㄧㄚ	lia	lia	lia
ㄌㄧㄝ	lie	lieh	lie
ㄌㄧㄠ	liau	liao	liao
ㄌㄧㄡ	liou	liu	liu
ㄌㄧㄢ	lian	lien	lian
ㄌㄧㄣ	lin	lin	lin
ㄌㄧㄤ	liang	liang	liang
ㄌㄧㄥ	ling	ling	ling
ㄌㄨ	lu	lu	lu

注音符號	國語羅馬字	威妥瑪式	漢語拼音
ㄌㄨㄛ	luo	lo	luo
ㄌㄨㄢ	luan	luan	luan
ㄌㄨㄣ	luen	lun	lun
ㄌㄨㄥ	lung	lung	long
ㄌㄩ	liu	lü	lü
ㄌㄩㄝ	liue	lüeh	lüe
ㄌㄩㄢ	liuan	lüan	lüan

ㄍ（g, k, g）

ㄍㄚ	ga	ka	ga
ㄍㄜ	ge	ko	ge
ㄍㄞ	gai	kai	gai
ㄍㄟ	gei	ke	gei
ㄍㄠ	gau	kao	gae
ㄍㄡ	gou	kou	gou
ㄍㄢ	gan	kan	gan
ㄍㄣ	gen	kên	gen
ㄍㄤ	gang	kang	gang
ㄍㄥ	geng	kêng	geng
ㄍㄨ	gu	ku	ku
ㄍㄨㄚ	gua	kua	gua
ㄍㄨㄛ	guo	kuo	guo
ㄍㄨㄞ	guai	kuai	guai
ㄍㄨㄟ	guei	kuei	gui
ㄍㄨㄢ	guan	kuan	guan

注音符號	國語羅馬字	威妥瑪式	漢語拼音
ㄍㄨㄣ	guen	kun	gun
ㄍㄨㄤ	guang	kuang	guang
ㄍㄨㄥ	gung	kung	gong

ㄎ (k, k', k)

ㄎㄚ	ka	k'a	ka
ㄎㄜ	ke	k'o	ke
ㄎㄞ	kai	k'ai	kai
ㄎㄠ	kau	k'ao	kao
ㄎㄡ	kou	k'ou	kou
ㄎㄢ	kan	k'an	kan
ㄎㄣ	ken	k'ên	ken
ㄎㄤ	kang	k'ang	kang
ㄎㄥ	keng	k'êng	keng
ㄎㄨ	ku	k'u	ku
ㄎㄨㄚ	kua	k'ua	kua
ㄎㄨㄛ	kuo	k'uo	kuo
ㄎㄨㄞ	kuai	k'uai	kuai
ㄎㄨㄟ	kuei	k'uei	kui
ㄎㄨㄢ	kuan	k'uan	kuan
ㄎㄨㄣ	kuen	k'un	kun
ㄎㄨㄤ	kuang	k'uang	kuang
ㄎㄨㄥ	kung	k'ung	kong

ㄏ (h, h, h)

注音符號	國語羅馬字	威妥瑪式	漢語拼音
ㄏㄚ	ha	ha	ha
ㄏㄜ	he	hê	he
ㄏㄞ	hai	hai	hai
ㄏㄟ	hei	hei	hei
ㄏㄠ	hau	hao	hao
ㄏㄡ	hou	hou	hou
ㄏㄢ	han	han	han
ㄏㄣ	hen	hên	hen
ㄏㄤ	hang	hang	hang
ㄏㄥ	heng	hêng	heng
ㄏㄨ	hu	hu	hwu
ㄏㄨㄚ	hua	hua	hua
ㄏㄨㄛ	huo	huo	huo
ㄏㄨㄞ	huai	huai	huai
ㄏㄨㄟ	huei	hui	hui
ㄏㄨㄢ	huan	huan	huan
ㄏㄨㄣ	huen	hun	hun
ㄏㄨㄤ	huang	huang	huang
ㄏㄨㄥ	hung	hung	hong

ㄐ（j, ch, j）

注音符號	國語羅馬字	威妥瑪式	漢語拼音
ㄐㄧ	ji	chi	ji
ㄐㄧㄚ	jia	chia	jia
ㄐㄧㄝ	jie	chieh	jie
ㄐㄧㄠ	jiau	chiao	jiao

注音符號	國語羅馬字	威妥瑪式	漢語拼音
ㄐㄧㄡ	jiou	chiu	jiu
ㄐㄧㄢ	jian	chien	jian
ㄐㄧㄣ	jin	chin	jin
ㄐㄧㄤ	jiang	chiang	jiang
ㄐㄧㄥ	jing	ching	jing
ㄐㄩ	jiu	chü	ju
ㄐㄩㄝ	jiue	chüeh	jue
ㄐㄩㄢ	jiuan	chüan	juan
ㄐㄩㄣ	jiun	chün	jun
ㄐㄩㄥ	jiung	chiung	jiong

ㄑ（ch, ch', q）

ㄑㄧ	chi	ch'i	qi
ㄑㄧㄚ	chia	ch'ia	qia
ㄑㄧㄝ	chie	ch'ieh	qie
ㄑㄧㄠ	chiau	ch'iao	qiao
ㄑㄧㄡ	chiou	ch'iu	qiu
ㄑㄧㄢ	chian	ch'ien	qian
ㄑㄧㄣ	chin	ch'in	qin
ㄑㄧㄤ	chiang	ch'iang	qiang
ㄑㄧㄥ	ching	ch'ing	qing
ㄑㄩ	chiu	ch'ü	qu
ㄑㄩㄝ	chiue	ch'üeh	que
ㄑㄩㄢ	chiuan	ch'üan	quan
ㄑㄩㄣ	chiun	ch'ün	qun

注音符號	國語羅馬字	威妥瑪式	漢語拼音
ㄑㄩㄥ	chiung	ch'iüng	qiong

ㄒ（sh, hs, x）

注音符號	國語羅馬字	威妥瑪式	漢語拼音
ㄒㄧ	shi	hsi	xi
ㄒㄧㄚ	shia	hsia	xia
ㄒㄧㄝ	shie	hsieh	xie
ㄒㄧㄠ	shiau	hsiao	xiao
ㄒㄧㄡ	shiou	hsiu	xiu
ㄒㄧㄢ	shian	hsien	xian
ㄒㄧㄣ	shin	hsin	xin
ㄒㄧㄤ	shiang	hsiang	xiang
ㄒㄧㄥ	shing	hsing	xing
ㄒㄩ	shiu	hsü	xu
ㄒㄩㄝ	shiue	hsüeh	xue
ㄒㄩㄢ	shiuan	hsüan	xuan
ㄒㄩㄣ	shiun	hsün	xun
ㄒㄩㄥ	shiung	hsiung	xiong

ㄓ（j, ch, zh）

注音符號	國語羅馬字	威妥瑪式	漢語拼音
ㄓ	jr	chih	zhi
ㄓㄚ	ja	cha	zha
ㄓㄜ	je	chê	zhe
ㄓㄞ	jai	chai	zhai
ㄓㄟ	jei	chei	zhei
ㄓㄠ	jau	chao	zhao

注音符號	國語羅馬字	威妥瑪式	漢語拼音
ㄓㄡ	jou	chou	zhou
ㄓㄢ	jan	chan	zhan
ㄓㄣ	jen	chên	zhen
ㄓㄤ	jang	chang	zhang
ㄓㄥ	jeng	cheng	zheng
ㄓㄨ	ju	chu	zhu
ㄓㄨㄚ	jua	chua	zhua
ㄓㄨㄛ	juo	chuo	zhuo
ㄓㄨㄟ	juei	chui	zhui
ㄓㄨㄢ	juan	chuan	zhuan
ㄓㄨㄣ	juen	chun	zhun
ㄓㄨㄤ	juang	chuang	zhuang
ㄓㄨㄥ	jung	chung	zhong

ㄔ（ch, ch', ch）

ㄔ	chr	ch'ih	chi
ㄔㄚ	cha	ch'a	cha
ㄔㄜ	che	ch'e	che
ㄔㄞ	chai	ch'ai	chai
ㄔㄠ	chei	ch'ao	chao
ㄔㄡ	chou	ch'ou	chou
ㄔㄢ	chan	ch'an	chan
ㄔㄣ	chen	ch'en	chen
ㄔㄤ	chang	ch'ang	chang
ㄔㄥ	cheng	ch'eng	cheng

注音符號	國語羅馬字	威妥瑪式	漢語拼音
ㄔㄨ	chu	ch'u	chu
ㄔㄨㄛ	chuo	ch'uo	chuo
ㄔㄨㄟ	chuei	ch'ui	chui
ㄔㄨㄢ	chuan	ch'uan	chuan
ㄔㄨㄣ	chuen	ch'un	chun
ㄔㄨㄤ	chuang	ch'uang	chuang
ㄔㄨㄥ	chung	ch'ung	chong

ㄕ（sh, sh, sh）

ㄕ	shr	shih	shi
ㄕㄚ	sha	sha	sha
ㄕㄜ	she	shê	she
ㄕㄞ	shai	shai	shai
ㄕㄟ	shei	shei	shei
ㄕㄠ	shau	shao	shao
ㄕㄡ	shou	shou	shou
ㄕㄢ	shan	shan	shan
ㄕㄣ	shen	shên	shen
ㄕㄤ	shang	shang	shang
ㄕㄥ	sheng	shêng	sheng
ㄕㄨ	shu	shu	shu
ㄕㄨㄚ	shua	shua	shua
ㄕㄨㄛ	shuo	shuo	shuo
ㄕㄨㄞ	shuai	shuai	shuai
ㄕㄨㄟ	shuei	shui	shui

注音符號	國語羅馬字	威妥瑪式	漢語拼音
ㄕㄨㄢ	shuan	shuan	shuan
ㄕㄨㄣ	shuen	shun	shun
ㄕㄨㄤ	shuang	shuang	shuang

ㄖ（r, j, r）

ㄖ	r	jih	ri
ㄖㄜ	re	jê	re
ㄖㄠ	rau	jao	rao
ㄖㄡ	rou	jou	rou
ㄖㄢ	ran	jan	ran
ㄖㄣ	ren	jên	ren
ㄖㄤ	rang	jang	rang
ㄖㄥ	reng	jêng	reng
ㄖㄨ	ru	ju	ru
ㄖㄨㄛ	ruo	jo	ruo
ㄖㄨㄟ	ruei	jui	rui
ㄖㄨㄢ	ruan	juan	ruan
ㄖㄨㄣ	ruen	jun	run
ㄖㄨㄥ	rung	jung	rong

ㄗ（tz, ts, z）

ㄗ	tz	tzu	zi
ㄗㄚ	tza	tsa	za
ㄗㄜ	tze	tsê	ze
ㄗㄞ	tzai	tsai	zai

注音符號	國語羅馬字	威妥瑪式	漢語拼音
ㄗㄟ	tzei	tsei	zei
ㄗㄠ	tzau	tsao	zao
ㄗㄡ	tzou	tsou	zou
ㄗㄢ	tzan	tsan	zan
ㄗㄣ	tzen	tsên	zen
ㄗㄤ	tzang	tsang	zang
ㄗㄥ	tzeng	tsêng	zeng
ㄗㄨ	tzu	tsu	zu
ㄗㄨㄛ	tzuo	tso	zuo
ㄗㄨㄟ	tzuei	tsui	zui
ㄗㄨㄢ	tzuan	tsuan	zuan
ㄗㄨㄣ	tzuen	tsun	zun
ㄗㄨㄥ	tzung	tsung	zong

ㄘ（ts, ts', c）

ㄘ	ts	tz'u	ci
ㄘㄚ	tsa	ts'a	ca
ㄘㄜ	tse	ts'ê	ce
ㄘㄞ	tsai	ts'ai	cai
ㄘㄠ	tsau	ts'ao	cao
ㄘㄡ	tsou	ts'ou	cou
ㄘㄢ	tsan	ts'an	can
ㄘㄣ	tsen	ts'ên	cen
ㄘㄤ	tsang	ts'ang	cang
ㄘㄥ	tseng	ts'êng	ceng

注音符號	國語羅馬字	威妥瑪式	漢語拼音
ㄘㄨ	tsu	ts'u	cu
ㄘㄨㄛ	tsuo	ts'o	cuo
ㄘㄨㄟ	tsuai	ts'ui	cui
ㄘㄨㄢ	tsuan	ts'uan	cuan
ㄘㄨㄣ	tsuen	ts'un	cun
ㄘㄨㄥ	tsung	ts'ung	cong

ㄙ（s, s, s）

ㄙ	sz	szu	si
ㄙㄚ	sa	sa	sa
ㄙㄜ	se	sê	se
ㄙㄞ	sai	sai	sai
ㄙㄟ	sei	sei	sei
ㄙㄠ	sau	sao	sao
ㄙㄡ	sou	sou	sou
ㄙㄢ	san	san	san
ㄙㄣ	sen	sên	sen
ㄙㄤ	sang	sang	sang
ㄙㄥ	seng	sêng	seng
ㄙㄨ	su	su	su
ㄙㄨㄛ	suo	so	suo
ㄙㄨㄟ	suei	sui	sui
ㄙㄨㄢ	suan	suan	suan
ㄙㄨㄣ	suen	sun	sun
ㄙㄨㄥ	sung	sung	song

注音符號	國語羅馬字	威妥瑪式	漢語拼音
		ㄚ	
ㄚ	a	a	a
		ㄛ	
ㄛ	o	o	o
		ㄜ	
ㄜ	e	o	e
		ㄝ	
ㄝ	ê	eh	e
		ㄞ	
ㄞ	ai	ai	ai
		ㄟ	
ㄟ	ei	ei	ei
		ㄠ	
ㄠ	au	ao	ao
		ㄡ	
ㄡ	ou	ou	ou

注音符號	國語羅馬字	威妥瑪式	漢語拼音
		ㄢ	
ㄢ	an	an	an
		ㄣ	
ㄣ	en	ên	en
		ㄤ	
ㄤ	ang	ang	ang
		ㄦ	
ㄦ	er	êrh	er

ㄧ（y, y, y）

ㄧ	yi	i	yi
ㄧㄚ	ya	ya	ya
ㄧㄛ	yo	yo	yo
ㄧㄝ	ye	yeh	ye
ㄧㄞ	yai	yai	yai
ㄧㄠ	yau	yao	yao
ㄧㄡ	you	yu	you
ㄧㄢ	yan	yen	yan
ㄧㄣ	yn	yin	yin
ㄧㄤ	yang	yang	yang
ㄧㄥ	yng	ying	ying

注音符號	國語羅馬字	威妥瑪式	漢語拼音
ㄨ（w, w, w）			
ㄨ	wu	wu	wu
ㄨㄚ	wa	wa	wa
ㄨㄛ	wo	wo	wo
ㄨㄞ	wai	wai	wai
ㄨㄟ	wei	wei	wei
ㄨㄢ	wan	wan	wan
ㄨㄣ	wen	wên	wen
ㄨㄤ	wang	wang	wang
ㄨㄥ	weng	wêng	weng
ㄩ（yu, yü, yu）			
ㄩ	yu	yü	yu
ㄩㄝ	yue	yüeh	yue
ㄩㄢ	yuan	yüan	yuan
ㄩㄣ	yun	yün	yun
ㄩㄥ	yung	yüng	yong

附錄五：大陸簡體字與正體字對照表

2畫

厂〔廠〕
卜〔蔔〕
儿〔兒〕
几〔幾〕
了〔瞭〕

3畫

干〔乾〕
　〔幹〕
亏〔虧〕
才〔纔〕
万〔萬〕
与〔與〕
千〔韆〕
亿〔億〕
个〔個〕
么〔麼〕
广〔廣〕
门〔門〕
义〔義〕
卫〔衛〕

飞〔飛〕
习〔習〕
马〔馬〕
乡〔鄉〕

4畫

【一】
丰〔豐〕
开〔開〕
无〔無〕
韦〔韋〕
专〔專〕
云〔雲〕
艺〔藝〕
厅〔廳〕
历〔歷〕
　〔曆〕
区〔區〕
车〔車〕

【丨】
冈〔岡〕
贝〔貝〕
见〔見〕

【丿】
气〔氣〕
长〔長〕
仆〔僕〕
币〔幣〕
从〔從〕
仑〔侖〕
仓〔倉〕
风〔風〕
仅〔僅〕
凤〔鳳〕
乌〔烏〕

【丶】
闩〔閂〕
为〔為〕
斗〔鬥〕
忆〔憶〕
订〔訂〕
计〔計〕
讣〔訃〕
认〔認〕
讥〔譏〕

【フ】
丑〔醜〕
队〔隊〕
办〔辦〕
邓〔鄧〕
劝〔勸〕
双〔雙〕
书〔書〕

5畫

【一】
击〔擊〕
戈〔戔〕
扑〔撲〕
节〔節〕
术〔術〕
龙〔龍〕
厉〔厲〕
灭〔滅〕
东〔東〕
轧〔軋〕

【丨】
卢〔盧〕

业〔業〕
旧〔舊〕
帅〔帥〕
归〔歸〕
叶〔葉〕
号〔號〕
电〔電〕
只〔隻〕
　〔祇〕
叽〔嘰〕
叹〔嘆〕

【丿】
们〔們〕
仪〔儀〕
丛〔叢〕
尔〔爾〕
乐〔樂〕
处〔處〕
冬〔鼕〕
鸟〔鳥〕
务〔務〕
刍〔芻〕
饥〔饑〕

【、】	对〔對〕	库〔庫〕	刚〔剛〕	杂〔雜〕
邝〔鄺〕	台〔臺〕	页〔頁〕	网〔網〕	负〔負〕
冯〔馮〕	〔檯〕	夸〔誇〕	【丿】	犷〔獷〕
闪〔閃〕	〔颱〕	夺〔奪〕	钆〔釓〕	犸〔獁〕
兰〔蘭〕	纠〔糾〕	达〔達〕	钇〔釔〕	凫〔鳧〕
汇〔匯〕	驭〔馭〕	夹〔夾〕	朱〔硃〕	邬〔鄔〕
〔彙〕	丝〔絲〕	轨〔軌〕	迁〔遷〕	饦〔飥〕
头〔頭〕	**6畫**	尧〔堯〕	乔〔喬〕	饧〔餳〕
汉〔漢〕		划〔劃〕	伟〔偉〕	【、】
宁〔寧〕	【一】	迈〔邁〕	传〔傳〕	壮〔壯〕
讦〔訐〕	玑〔璣〕	毕〔畢〕	伛〔傴〕	冲〔衝〕
讧〔訌〕	动〔動〕	【丨】	优〔優〕	妆〔妝〕
讨〔討〕	执〔執〕	贞〔貞〕	伤〔傷〕	庄〔莊〕
写〔寫〕	巩〔鞏〕	师〔師〕	伥〔倀〕	庆〔慶〕
让〔讓〕	圹〔壙〕	当〔當〕	价〔價〕	刘〔劉〕
礼〔禮〕	扩〔擴〕	〔噹〕	伦〔倫〕	齐〔齊〕
讪〔訕〕	扪〔捫〕	尘〔塵〕	伧〔傖〕	产〔產〕
讫〔訖〕	扫〔掃〕	吁〔籲〕	华〔華〕	闭〔閉〕
训〔訓〕	扬〔揚〕	吓〔嚇〕	伙〔夥〕	问〔問〕
议〔議〕	场〔場〕	虫〔蟲〕	伪〔偽〕	闯〔闖〕
讯〔訊〕	亚〔亞〕	曲〔麯〕	向〔嚮〕	关〔關〕
记〔記〕	芗〔薌〕	团〔團〕	后〔後〕	灯〔燈〕
【ㄱ】	朴〔樸〕	〔糰〕	会〔會〕	汤〔湯〕
辽〔遼〕	机〔機〕	吗〔嗎〕	杀〔殺〕	忏〔懺〕
边〔邊〕	权〔權〕	屿〔嶼〕	合〔閤〕	兴〔興〕
出〔齣〕	过〔過〕	岁〔歲〕	众〔眾〕	讲〔講〕
发〔發〕	协〔協〕	回〔迴〕	爷〔爺〕	讳〔諱〕
〔髮〕	压〔壓〕	岂〔豈〕	伞〔傘〕	讴〔謳〕
圣〔聖〕	厌〔厭〕	则〔則〕	创〔創〕	军〔軍〕

讵〔詎〕	买〔買〕	坛〔壇〕	严〔嚴〕	里〔裏〕
讶〔訝〕	纡〔紆〕	〔罎〕	芦〔蘆〕	呓〔囈〕
讷〔訥〕	红〔紅〕	抟〔摶〕	劳〔勞〕	呕〔嘔〕
许〔許〕	纣〔紂〕	坏〔壞〕	克〔剋〕	园〔園〕
讹〔訛〕	驮〔馱〕	抠〔摳〕	苏〔蘇〕	呖〔嚦〕
䜣〔訢〕	纤〔縴〕	坜〔壢〕	〔囌〕	旷〔曠〕
论〔論〕	〔纖〕	扰〔擾〕	极〔極〕	围〔圍〕
讻〔訩〕	纥〔紇〕	坝〔壩〕	杨〔楊〕	吨〔噸〕
讼〔訟〕	驯〔馴〕	贡〔貢〕	两〔兩〕	旸〔暘〕
讽〔諷〕	纨〔紈〕	扨〔摳〕	丽〔麗〕	邮〔郵〕
农〔農〕	约〔約〕	折〔摺〕	医〔醫〕	困〔睏〕
设〔設〕	级〔級〕	抡〔掄〕	励〔勵〕	员〔員〕
访〔訪〕	纩〔纊〕	抢〔搶〕	还〔還〕	呗〔唄〕
诀〔訣〕	纪〔紀〕	坞〔塢〕	矶〔磯〕	听〔聽〕
【ㄱ】	驰〔馳〕	坟〔墳〕	奁〔奩〕	呛〔嗆〕
寻〔尋〕	纫〔紉〕	护〔護〕	歼〔殲〕	鸣〔鳴〕
尽〔盡〕		壳〔殼〕	来〔來〕	别〔彆〕
〔儘〕	**7畫**	块〔塊〕	欤〔歟〕	财〔財〕
导〔導〕	**【一】**	声〔聲〕	轩〔軒〕	囵〔圇〕
孙〔孫〕	寿〔壽〕	报〔報〕	连〔連〕	觃〔覎〕
阵〔陣〕	麦〔麥〕	拟〔擬〕	轫〔軔〕	帏〔幃〕
阳〔陽〕	玛〔瑪〕	㧐〔攪〕	**【丨】**	岖〔嶇〕
阶〔階〕	进〔進〕	芜〔蕪〕	卤〔鹵〕	岗〔崗〕
阴〔陰〕	远〔遠〕	苇〔葦〕	〔滷〕	岘〔峴〕
妇〔婦〕	违〔違〕	芸〔蕓〕	邺〔鄴〕	帐〔帳〕
妈〔媽〕	韧〔韌〕	苈〔藶〕	坚〔堅〕	岚〔嵐〕
戏〔戲〕	划〔劃〕	苋〔莧〕	时〔時〕	**【丿】**
观〔觀〕	运〔運〕	苁〔蓯〕	呒〔嘸〕	针〔針〕
欢〔歡〕	抚〔撫〕	苍〔蒼〕	县〔縣〕	钉〔釘〕

钊〔釗〕	【丶】	沈〔瀋〕	【乛】	纷〔紛〕
钋〔釙〕	冻〔凍〕	怃〔憮〕	灵〔靈〕	纸〔紙〕
钉〔釘〕	状〔狀〕	怀〔懷〕	层〔層〕	纹〔紋〕
乱〔亂〕	亩〔畝〕	怄〔慪〕	迟〔遲〕	纺〔紡〕
体〔體〕	庑〔廡〕	忧〔憂〕	张〔張〕	驴〔驢〕
佣〔傭〕	库〔庫〕	忾〔愾〕	际〔際〕	纼〔紖〕
伛〔傴〕	疖〔癤〕	怅〔悵〕	陆〔陸〕	纽〔紐〕
彻〔徹〕	疗〔療〕	怆〔愴〕	陇〔隴〕	纾〔紓〕
余〔餘〕	应〔應〕	穷〔窮〕	陈〔陳〕	
金〔僉〕	庐〔廬〕	证〔證〕	坠〔墜〕	8畫
谷〔穀〕	这〔這〕	诂〔詁〕	陉〔陘〕	【一】
邻〔鄰〕	闰〔閏〕	诃〔訶〕	妪〔嫗〕	玮〔瑋〕
肠〔腸〕	闱〔闈〕	启〔啟〕	妩〔嫵〕	环〔環〕
龟〔龜〕	闲〔閑〕	评〔評〕	妫〔媯〕	现〔現〕
犹〔猶〕	间〔間〕	补〔補〕	刭〔剄〕	责〔責〕
狈〔狽〕	闵〔閔〕	诅〔詛〕	劲〔勁〕	表〔錶〕
鸠〔鳩〕	闷〔悶〕	识〔識〕	鸡〔鷄〕	珑〔瓏〕
条〔條〕	灿〔燦〕	诇〔詗〕	纬〔緯〕	规〔規〕
岛〔島〕	灶〔竈〕	诈〔詐〕	纭〔紜〕	瓯〔甌〕
邹〔鄒〕	炀〔煬〕	诉〔訴〕	驱〔驅〕	拢〔攏〕
饨〔飩〕	沣〔灃〕	诊〔診〕	纯〔純〕	拣〔揀〕
饩〔餼〕	沤〔漚〕	诋〔詆〕	纰〔紕〕	垆〔壚〕
饪〔飪〕	沥〔瀝〕	诌〔謅〕	纱〔紗〕	担〔擔〕
饫〔飫〕	沦〔淪〕	词〔詞〕	纲〔綱〕	顶〔頂〕
饬〔飭〕	沧〔滄〕	诎〔詘〕	纳〔納〕	拥〔擁〕
饭〔飯〕	沨〔渢〕	诏〔詔〕	纴〔紝〕	势〔勢〕
饮〔飲〕	沟〔溝〕	讲〔講〕	驳〔駁〕	拦〔攔〕
系〔係〕	沩〔溈〕	诒〔詒〕	纵〔縱〕	扩〔擴〕
〔繫〕	沪〔滬〕		纶〔綸〕	拧〔擰〕

拨〔撥〕	码〔碼〕	咛〔嚀〕	制〔製〕	胁〔脅〕
择〔擇〕	厕〔廁〕	咝〔噝〕	刮〔颳〕	迩〔邇〕
茏〔蘢〕	奋〔奮〕	罗〔羅〕	侠〔俠〕	鱼〔魚〕
苹〔蘋〕	态〔態〕	岽〔崠〕	侥〔僥〕	狞〔獰〕
茑〔蔦〕	瓯〔甌〕	峃〔嶨〕	侦〔偵〕	备〔備〕
范〔範〕	欧〔歐〕	帜〔幟〕	侧〔側〕	枭〔梟〕
茔〔塋〕	殴〔毆〕	岭〔嶺〕	凭〔憑〕	饯〔餞〕
茕〔煢〕	垄〔壟〕	刿〔劌〕	侨〔僑〕	饰〔飾〕
茎〔莖〕	郏〔郟〕	凯〔剴〕	侩〔儈〕	饱〔飽〕
枢〔樞〕	轰〔轟〕	凯〔凱〕	货〔貨〕	饲〔飼〕
枥〔櫪〕	顷〔頃〕	峄〔嶧〕	侪〔儕〕	饳〔飿〕
柜〔櫃〕	转〔轉〕	败〔敗〕	侬〔儂〕	饴〔飴〕
枫〔楓〕	轭〔軛〕	赈〔賑〕	质〔質〕	【、】
枧〔梘〕	斩〔斬〕	贩〔販〕	征〔徵〕	变〔變〕
枨〔棖〕	轮〔輪〕	贬〔貶〕	径〔徑〕	庞〔龐〕
板〔闆〕	软〔軟〕	贮〔貯〕	舍〔捨〕	庙〔廟〕
枞〔樅〕	鸢〔鳶〕	图〔圖〕	刽〔劊〕	疟〔瘧〕
松〔鬆〕	【丨】	购〔購〕	郐〔鄶〕	疠〔癘〕
枪〔槍〕	齿〔齒〕	【丿】	怂〔慫〕	疡〔瘍〕
枫〔楓〕	虏〔虜〕	钍〔釷〕	籴〔糴〕	剂〔劑〕
构〔構〕	肾〔腎〕	钎〔釺〕	觅〔覓〕	废〔廢〕
丧〔喪〕	贤〔賢〕	钏〔釧〕	贪〔貪〕	闸〔閘〕
画〔畫〕	昙〔曇〕	钐〔釤〕	贫〔貧〕	闹〔鬧〕
枣〔棗〕	国〔國〕	钓〔釣〕	戗〔戧〕	郑〔鄭〕
卖〔賣〕	畅〔暢〕	钒〔釩〕	肤〔膚〕	卷〔捲〕
郁〔鬱〕	咙〔嚨〕	钔〔鍆〕	胨〔腖〕	单〔單〕
矾〔礬〕	虮〔蟣〕	钕〔釹〕	肿〔腫〕	炜〔煒〕
矿〔礦〕	黾〔黽〕	钖〔鍚〕	胀〔脹〕	炝〔熗〕
砀〔碭〕	鸣〔鳴〕	钗〔釵〕	肮〔骯〕	炉〔爐〕

浅〔淺〕　衬〔襯〕　绀〔紺〕　　　　带〔帶〕

泷〔瀧〕　袆〔褘〕　继〔繼〕　　9畫　　茧〔繭〕

泸〔瀘〕　视〔視〕　绂〔紱〕　　　　　荞〔蕎〕

泪〔淚〕　诛〔誅〕　练〔練〕　【一】　荟〔薈〕

涑〔㴑〕　话〔話〕　组〔組〕　贰〔貳〕　荠〔薺〕

泞〔濘〕　诞〔誕〕　驵〔駔〕　帮〔幫〕　荡〔蕩〕

泻〔瀉〕　诟〔詬〕　绅〔紳〕　珑〔瓏〕　垩〔堊〕

泼〔潑〕　诠〔詮〕　绌〔絀〕　顸〔頇〕　荣〔榮〕

泽〔澤〕　诡〔詭〕　细〔細〕　韨〔韍〕　荤〔葷〕

泾〔涇〕　询〔詢〕　驶〔駛〕　垭〔埡〕　荥〔滎〕

怜〔憐〕　诣〔詣〕　驸〔駙〕　挜〔掗〕　荦〔犖〕

怅〔悵〕　诤〔諍〕　驷〔駟〕　项〔項〕　荧〔熒〕

怿〔懌〕　该〔該〕　驹〔駒〕　挞〔撻〕　荨〔蕁〕

峃〔嶨〕　详〔詳〕　终〔終〕　挟〔挾〕　胡〔鬍〕

学〔學〕　诧〔詫〕　织〔織〕　挠〔撓〕　荩〔藎〕

宝〔寶〕　诨〔諢〕　骀〔駘〕　赵〔趙〕　荪〔蓀〕

宠〔寵〕　诩〔詡〕　绉〔縐〕　贲〔賁〕　荫〔蔭〕

审〔審〕　【乛】　驻〔駐〕　挡〔擋〕　荬〔蕒〕

帘〔簾〕　肃〔肅〕　绊〔絆〕　垲〔塏〕　荭〔葒〕

实〔實〕　隶〔隸〕　驼〔駝〕　挢〔撟〕　荮〔葤〕

诓〔誆〕　录〔錄〕　绋〔紼〕　垫〔墊〕　药〔藥〕

诔〔誄〕　弥〔彌〕　绌〔絀〕　挤〔擠〕　标〔標〕

试〔試〕　　〔瀰〕　绍〔紹〕　挥〔揮〕　栈〔棧〕

诖〔詿〕　陕〔陝〕　驿〔驛〕　挦〔撏〕　栉〔櫛〕

诗〔詩〕　驽〔駑〕　绎〔繹〕　荐〔薦〕　枨〔棖〕

诘〔詰〕　驾〔駕〕　经〔經〕　荚〔莢〕　栋〔棟〕

诙〔詼〕　参〔參〕　骃〔駰〕　贳〔貰〕　栌〔櫨〕

诚〔誠〕　艰〔艱〕　绐〔紿〕　荛〔蕘〕　栎〔櫟〕

郓〔鄆〕　线〔線〕　贯〔貫〕　荜〔蓽〕　栏〔欄〕

柠〔檸〕　　【丨】　　哟〔喲〕　　钪〔鈧〕　　胪〔臚〕
柽〔檉〕　　战〔戰〕　　峡〔峽〕　　钫〔鈁〕　　膽〔膽〕
树〔樹〕　　觇〔覘〕　　峣〔嶢〕　　钬〔鈥〕　　胜〔勝〕
鸧〔鶬〕　　点〔點〕　　帧〔幀〕　　钭〔鈄〕　　胫〔脛〕
郦〔酈〕　　临〔臨〕　　罚〔罰〕　　钮〔鈕〕　　鸨〔鴇〕
咸〔鹹〕　　览〔覽〕　　峤〔嶠〕　　钯〔鈀〕　　狭〔狹〕
砖〔磚〕　　竖〔豎〕　　贱〔賤〕　　毡〔氈〕　　狮〔獅〕
砗〔硨〕　　尝〔嘗〕　　贴〔貼〕　　氢〔氫〕　　独〔獨〕
砚〔硯〕　　眍〔瞘〕　　觇〔覘〕　　选〔選〕　　狯〔獪〕
砜〔碸〕　　眬〔矓〕　　贻〔貽〕　　适〔適〕　　狱〔獄〕
面〔麵〕　　哑〔啞〕　　【丿】　　种〔種〕　　狲〔猻〕
牵〔牽〕　　显〔顯〕　　钘〔鈃〕　　鞑〔韃〕　　贸〔貿〕
鸥〔鷗〕　　哒〔噠〕　　钙〔鈣〕　　复〔復〕　　饵〔餌〕
龚〔龑〕　　哓〔嘵〕　　钚〔鈈〕　　　〔複〕　　饶〔饒〕
残〔殘〕　　哗〔嘩〕　　钛〔鈦〕　　笃〔篤〕　　蚀〔蝕〕
殇〔殤〕　　贵〔貴〕　　钘〔鈧〕　　俦〔儔〕　　饷〔餉〕
钴〔鈷〕　　虾〔蝦〕　　钝〔鈍〕　　俨〔儼〕　　饸〔餄〕
轲〔軻〕　　蚁〔蟻〕　　钞〔鈔〕　　俩〔倆〕　　饹〔餎〕
铲〔轤〕　　蚂〔螞〕　　钟〔鐘〕　　俪〔儷〕　　饺〔餃〕
轴〔軸〕　　虽〔雖〕　　　〔鍾〕　　贷〔貸〕　　饻〔餏〕
轶〔軼〕　　骂〔罵〕　　钡〔鋇〕　　顺〔順〕　　饼〔餅〕
轷〔軤〕　　哕〔噦〕　　钢〔鋼〕　　俭〔儉〕　　【丶】
轸〔軫〕　　剐〔剮〕　　钠〔鈉〕　　剑〔劍〕　　恋〔戀〕
轹〔轢〕　　郧〔鄖〕　　钥〔鑰〕　　鸧〔鴿〕　　弯〔彎〕
轺〔軺〕　　勋〔勛〕　　钦〔欽〕　　鸼〔鵃〕　　孪〔孿〕
轻〔輕〕　　哗〔嘩〕　　钧〔鈞〕　　须〔須〕　　娈〔孌〕
鸦〔鴉〕　　响〔響〕　　铃〔鈴〕　　　〔鬚〕　　将〔將〕
虿〔蠆〕　　哙〔噲〕　　钨〔鎢〕　　胧〔朧〕　　奖〔獎〕
　　　　　　哝〔噥〕　　钩〔鉤〕　　脒〔腖〕　　疬〔癧〕

疮〔瘡〕	浇〔澆〕	祢〔禰〕	经〔經〕	损〔損〕
疯〔瘋〕	浈〔湞〕	泖〔瀏〕	骄〔驕〕	埙〔塤〕
亲〔親〕	泖〔湘〕	诰〔誥〕	骅〔驊〕	埚〔堝〕
飒〔颯〕	浊〔濁〕	诱〔誘〕	绘〔繪〕	捡〔撿〕
闺〔閨〕	测〔測〕	诲〔誨〕	骆〔駱〕	赆〔贐〕
闻〔聞〕	浍〔澮〕	诳〔誑〕	骈〔駢〕	挚〔摯〕
闼〔闥〕	浏〔瀏〕	鸠〔鳩〕	绞〔絞〕	热〔熱〕
闽〔閩〕	济〔濟〕	说〔說〕	骇〔駭〕	捣〔搗〕
闾〔閭〕	浐〔滻〕	诵〔誦〕	统〔統〕	壶〔壺〕
阃〔閫〕	浑〔渾〕	诶〔誒〕	绗〔絎〕	聂〔聶〕
阀〔閥〕	浒〔滸〕	【ㄱ】	给〔給〕	莱〔萊〕
阁〔閣〕	浓〔濃〕	垦〔墾〕	绚〔絢〕	莲〔蓮〕
阐〔闡〕	浔〔潯〕	昼〔晝〕	绛〔絳〕	莳〔蒔〕
阂〔閡〕	浕〔濜〕	费〔費〕	络〔絡〕	莴〔萵〕
养〔養〕	恸〔慟〕	逊〔遜〕	绝〔絕〕	获〔獲〕
姜〔薑〕	恹〔懨〕	陨〔隕〕		〔穫〕
类〔類〕	恺〔愷〕	险〔險〕	10畫	莸〔蕕〕
娄〔婁〕	恻〔惻〕	贺〔賀〕	【一】	恶〔惡〕
总〔總〕	恼〔惱〕	怼〔懟〕	艳〔艷〕	〔噁〕
炼〔煉〕	恽〔惲〕	垒〔壘〕	顼〔頊〕	劳〔蕘〕
炽〔熾〕	举〔舉〕	娅〔婭〕	珲〔琿〕	莹〔瑩〕
烁〔爍〕	觉〔覺〕	娆〔嬈〕	蚕〔蠶〕	莺〔鶯〕
烂〔爛〕	宪〔憲〕	娇〔嬌〕	顽〔頑〕	鸪〔鴣〕
烃〔烴〕	窃〔竊〕	绑〔綁〕	盏〔盞〕	莼〔蒓〕
洼〔窪〕	诚〔誠〕	绒〔絨〕	捞〔撈〕	桡〔橈〕
洁〔潔〕	诬〔誣〕	结〔結〕	载〔載〕	桢〔楨〕
洒〔灑〕	语〔語〕	绮〔綺〕	赶〔趕〕	档〔檔〕
达〔澾〕	袄〔襖〕	骁〔驍〕	盐〔鹽〕	桤〔榿〕
浃〔浹〕	诮〔誚〕	绕〔繞〕	埘〔塒〕	桥〔橋〕

桦〔樺〕	晒〔曬〕	钴〔鈷〕	积〔積〕	鸵〔鴕〕
桧〔檜〕	晓〔曉〕	钵〔鉢〕	称〔稱〕	衮〔袞〕
桩〔樁〕	唝〔嗊〕	钶〔鈳〕	笕〔筧〕	鸳〔鴛〕
样〔樣〕	唠〔嘮〕	钜〔鉅〕	笔〔筆〕	皱〔皺〕
贾〔賈〕	鸭〔鴨〕	钹〔鈸〕	债〔債〕	馂〔餕〕
逦〔邐〕	唡〔啢〕	钺〔鉞〕	借〔藉〕	饿〔餓〕
砺〔礪〕	晔〔曄〕	钻〔鑽〕	倾〔傾〕	馁〔餒〕
砾〔礫〕	晕〔暈〕	钼〔鉬〕	赁〔賃〕	【、】
础〔礎〕	鸮〔鴞〕	钽〔鉭〕	顾〔頋〕	栾〔欒〕
砦〔礐〕	唢〔嗩〕	钾〔鉀〕	徕〔徠〕	挛〔攣〕
顾〔顧〕	喎〔喎〕	铀〔鈾〕	舰〔艦〕	恋〔戀〕
轼〔軾〕	蚬〔蜆〕	钿〔鈿〕	舱〔艙〕	桨〔槳〕
轻〔輕〕	鸯〔鴦〕	铁〔鐵〕	耸〔聳〕	浆〔漿〕
轿〔轎〕	崂〔嶗〕	铂〔鉑〕	爱〔愛〕	症〔癥〕
辂〔輅〕	崃〔崍〕	铃〔鈴〕	鸰〔鴒〕	痈〔癰〕
较〔較〕	罢〔罷〕	铄〔鑠〕	颁〔頒〕	痉〔痙〕
鸪〔鴣〕	圆〔圓〕	铅〔鉛〕	颂〔頌〕	斋〔齋〕
顿〔頓〕	觊〔覬〕	铆〔鉚〕	脍〔膾〕	准〔準〕
趸〔躉〕	贼〔賊〕	铈〔鈰〕	脏〔臟〕	离〔離〕
毙〔斃〕	贿〔賄〕	铉〔鉉〕	〔髒〕	颃〔頏〕
致〔緻〕	赂〔賂〕	铊〔鉈〕	脐〔臍〕	资〔資〕
【丨】	赃〔贓〕	铋〔鉍〕	脑〔腦〕	竞〔競〕
龇〔齜〕	赅〔賅〕	铌〔鈮〕	胶〔膠〕	阃〔閫〕
鸬〔鸕〕	赆〔贐〕	铍〔鈹〕	脓〔膿〕	阄〔鬮〕
虑〔慮〕	【丿】	铍〔鏺〕	鸱〔鴟〕	阅〔閱〕
监〔監〕	钰〔鈺〕	铎〔鐸〕	玺〔璽〕	阆〔閬〕
紧〔緊〕	钱〔錢〕	氩〔氬〕	耖〔劐〕	阈〔閾〕
党〔黨〕	钲〔鉦〕	牺〔犧〕	鸲〔鴝〕	郸〔鄲〕
唛〔嘜〕	钳〔鉗〕	敌〔敵〕	猃〔獫〕	烦〔煩〕

烧〔燒〕	诹〔諏〕	绡〔綃〕	掼〔摜〕	殒〔殞〕
烛〔燭〕	诺〔諾〕	骋〔騁〕	职〔職〕	殓〔殮〕
烨〔燁〕	诼〔諑〕	绢〔絹〕	聍〔聹〕	赍〔賫〕
烩〔燴〕	读〔讀〕	绣〔繡〕	萚〔蘀〕	辄〔輒〕
烬〔燼〕	诽〔誹〕	验〔驗〕	勘〔勘〕	辅〔輔〕
递〔遞〕	袜〔襪〕	绥〔綏〕	萝〔蘿〕	辆〔輛〕
涛〔濤〕	祯〔禎〕	绦〔縧〕	萤〔螢〕	堑〔塹〕
涝〔澇〕	课〔課〕	继〔繼〕	营〔營〕	【丨】
涞〔淶〕	诿〔諉〕	绵〔綿〕	萦〔縈〕	颅〔顱〕
涟〔漣〕	谀〔諛〕	骎〔駸〕	萧〔蕭〕	啧〔嘖〕
涠〔潿〕	谁〔誰〕	骏〔駿〕	萨〔薩〕	啰〔囉〕
涢〔溳〕	谂〔諗〕	鸷〔鷙〕	梦〔夢〕	悬〔懸〕
涡〔渦〕	调〔調〕		觋〔覡〕	啭〔囀〕
涂〔塗〕	谄〔諂〕	**11畫**	检〔檢〕	跃〔躍〕
涤〔滌〕	谅〔諒〕		棂〔欞〕	啮〔嚙〕
润〔潤〕	谆〔諄〕	**【一】**	啬〔嗇〕	跄〔蹌〕
涧〔澗〕	谇〔誶〕	焘〔燾〕	匮〔匱〕	蛎〔蠣〕
涨〔漲〕	谈〔談〕	琏〔璉〕	酝〔醞〕	蛊〔蠱〕
烫〔燙〕	谊〔誼〕	琐〔璉〕	厣〔厴〕	蛏〔蟶〕
涩〔澀〕	谉〔讅〕	琐〔瑣〕	硕〔碩〕	累〔纍〕
悭〔慳〕		麸〔麩〕	硖〔硤〕	啸〔嘯〕
悯〔憫〕	**【コ】**	掳〔擄〕	硙〔磑〕	帻〔幘〕
宽〔寬〕	恳〔懇〕	掴〔摑〕	硇〔磠〕	崭〔嶄〕
家〔傢〕	剧〔劇〕	鸶〔鷥〕	聋〔聾〕	逻〔邏〕
宾〔賓〕	娲〔媧〕	掷〔擲〕	龚〔龔〕	帼〔幗〕
窍〔竅〕	娴〔嫻〕	掸〔撣〕	袭〔襲〕	赈〔賑〕
窎〔窵〕	难〔難〕	壶〔壺〕	䴕〔鴷〕	婴〔嬰〕
请〔請〕	预〔預〕	悫〔愨〕		赊〔賒〕
绠〔綆〕	据〔據〕	鸳〔鴛〕		
诸〔諸〕	骊〔驪〕	掺〔摻〕		

【丿】	铰〔鉸〕	胴〔膕〕	焖〔燜〕	谓〔謂〕
铡〔鍘〕	铱〔銥〕	脸〔臉〕	渍〔漬〕	谔〔諤〕
铐〔銬〕	铲〔鏟〕	猎〔獵〕	鸿〔鴻〕	谕〔諭〕
铑〔銠〕	铳〔銃〕	猡〔玀〕	渎〔瀆〕	谖〔諼〕
铒〔鉺〕	铵〔銨〕	猕〔獼〕	渐〔漸〕	谗〔讒〕
铓〔鋩〕	银〔銀〕	馃〔餜〕	渑〔澠〕	谘〔諮〕
铕〔銪〕	铷〔銣〕	馄〔餛〕	渊〔淵〕	谙〔諳〕
铗〔鋏〕	矫〔矯〕	馅〔餡〕	渔〔漁〕	谚〔諺〕
铙〔鐃〕	鸹〔鴰〕	馆〔館〕	淀〔澱〕	谛〔諦〕
铛〔鐺〕	秽〔穢〕	【丶】	渗〔滲〕	谜〔謎〕
铝〔鋁〕	笺〔箋〕	鸾〔鸞〕	惬〔愜〕	谝〔諞〕
铜〔銅〕	笼〔籠〕	麻〔廡〕	惭〔慚〕	谞〔諝〕
铞〔錭〕	笾〔籩〕	痒〔癢〕	惧〔懼〕	绪〔緒〕
铟〔銦〕	债〔債〕	鸡〔鷄〕	惊〔驚〕	绫〔綾〕
铠〔鎧〕	鸺〔鵂〕	旋〔鏇〕	惮〔憚〕	骐〔騏〕
铡〔鍘〕	偿〔償〕	阖〔閾〕	惨〔慘〕	续〔續〕
铢〔銖〕	偻〔僂〕	阉〔閹〕	惯〔慣〕	绮〔綺〕
铣〔銑〕	躯〔軀〕	阊〔閶〕	祷〔禱〕	骑〔騎〕
铦〔銛〕	皑〔皚〕	阅〔閱〕	谌〔諶〕	绯〔緋〕
铤〔鋌〕	衅〔釁〕	阆〔閬〕	谋〔謀〕	绰〔綽〕
铧〔鏵〕	鸻〔鴴〕	阇〔闍〕	谍〔諜〕	骒〔騍〕
铨〔銓〕	衔〔銜〕	阁〔閣〕	谎〔謊〕	绲〔緄〕
铩〔鎩〕	舻〔艫〕	阈〔閾〕	谏〔諫〕	绳〔繩〕
铪〔鉿〕	盘〔盤〕	阊〔闡〕	鞍〔鞦〕	骓〔騅〕
铫〔銚〕	鸼〔鵃〕	羟〔羥〕	谐〔諧〕	维〔維〕
铭〔銘〕	龛〔龕〕	盖〔蓋〕	谑〔謔〕	绵〔綿〕
铬〔鉻〕	鸽〔鴿〕	粝〔糲〕	裆〔襠〕	绶〔綬〕
铮〔錚〕	敛〔斂〕	断〔斷〕	祸〔禍〕	绷〔繃〕
铯〔銫〕	领〔領〕	兽〔獸〕	谒〔謁〕	绸〔綢〕

绐〔絟〕	揽〔攬〕	辋〔輞〕	赎〔贖〕	银〔銀〕
绻〔綣〕	颉〔頡〕	椠〔槧〕	赐〔賜〕	锓〔鋟〕
综〔綜〕	揿〔撳〕	暂〔暫〕	赒〔賙〕	锔〔鋦〕
绽〔綻〕	搀〔攙〕	辍〔輟〕	赔〔賠〕	锕〔錒〕
绾〔綰〕	蛰〔蟄〕	辐〔輻〕	赕〔賧〕	犊〔犢〕
绿〔綠〕	絷〔縶〕	翘〔翹〕	【丿】	鹄〔鵠〕
骖〔驂〕	搁〔擱〕	【丨】	铸〔鑄〕	鹅〔鵝〕
缀〔綴〕	搂〔摟〕	辈〔輩〕	锗〔鍺〕	颐〔頤〕
缁〔緇〕	搅〔攪〕	凿〔鑿〕	铺〔鋪〕	筑〔築〕
【乛】	联〔聯〕	辉〔輝〕	铼〔錸〕	筚〔篳〕
弹〔彈〕	蒇〔蕆〕	赏〔賞〕	铽〔鋱〕	筛〔篩〕
堕〔墮〕	黄〔黃〕	睐〔睞〕	链〔鏈〕	牍〔牘〕
随〔隨〕	蒋〔蔣〕	睑〔瞼〕	铿〔鏗〕	傥〔儻〕
粜〔糶〕	蒌〔蔞〕	喷〔噴〕	销〔銷〕	傧〔儐〕
隐〔隱〕	韩〔韓〕	畴〔疇〕	锁〔鎖〕	储〔儲〕
婳〔嫿〕	椟〔櫝〕	践〔踐〕	锃〔鋥〕	傩〔儺〕
婵〔嬋〕	椤〔欏〕	遗〔遺〕	锄〔鋤〕	惩〔懲〕
婶〔嬸〕	赍〔賫〕	蛱〔蛺〕	锂〔鋰〕	御〔禦〕
颇〔頗〕	椭〔橢〕	蛲〔蟯〕	锅〔鍋〕	颌〔頜〕
颈〔頸〕	鹁〔鵓〕	蛳〔螄〕	锆〔鋯〕	释〔釋〕
绩〔績〕	鹂〔鸝〕	蛴〔蠐〕	锇〔鋨〕	鹆〔鵒〕
	觍〔覥〕	鹃〔鵑〕	锈〔銹〕	腊〔臘〕
12畫	硷〔鹼〕	喽〔嘍〕	锉〔銼〕	腒〔腒〕
【一】	确〔確〕	嵘〔嶸〕	锋〔鋒〕	鱿〔魷〕
靓〔靚〕	詟〔讋〕	嵚〔嶔〕	锌〔鋅〕	鲁〔魯〕
琼〔瓊〕	殚〔殫〕	嵝〔嶁〕	铜〔鐦〕	鲂〔魴〕
辇〔輦〕	颊〔頰〕	赋〔賦〕	铜〔鐧〕	颖〔穎〕
鼋〔黿〕	雳〔靂〕	腈〔腈〕	锐〔銳〕	飕〔颼〕
趋〔趨〕	辊〔輥〕	赌〔賭〕	锑〔銻〕	觞〔觴〕

惫〔憊〕	溃〔潰〕	缄〔緘〕	摆〔擺〕	雾〔霧〕
馇〔餷〕	溅〔濺〕	缅〔緬〕	〔襬〕	辕〔轅〕
馈〔饋〕	溇〔漊〕	缆〔纜〕	桢〔楨〕	辐〔輻〕
馉〔餶〕	湾〔灣〕	缇〔緹〕	摈〔擯〕	辑〔輯〕
馊〔餿〕	裢〔褳〕	缈〔緲〕	毂〔轂〕	输〔輸〕
馋〔饞〕	裣〔襝〕	缉〔緝〕	摊〔攤〕	【丶】
【丶】	裤〔褲〕	缊〔縕〕	鹊〔鵲〕	频〔頻〕
亵〔褻〕	裥〔襇〕	缌〔緦〕	蓝〔藍〕	龃〔齟〕
装〔裝〕	禅〔禪〕	缎〔緞〕	蓦〔驀〕	龄〔齡〕
蛮〔蠻〕	谟〔謨〕	缑〔緱〕	鹋〔鶓〕	龅〔齙〕
脔〔臠〕	谠〔讜〕	缓〔緩〕	蓟〔薊〕	龆〔齠〕
痨〔癆〕	谡〔謖〕	缒〔縋〕	蒙〔矇〕	鉴〔鑒〕
痫〔癇〕	谢〔謝〕	缔〔締〕	〔濛〕	韪〔韙〕
赓〔賡〕	谣〔謠〕	缕〔縷〕	〔懞〕	嗫〔囁〕
颏〔頦〕	谤〔謗〕	编〔編〕	颐〔頤〕	跷〔蹺〕
鹛〔鶥〕	谥〔謚〕	缗〔緡〕	献〔獻〕	跸〔蹕〕
阑〔闌〕	谦〔謙〕	骚〔騷〕	蓣〔蕷〕	跻〔躋〕
阒〔闃〕	谧〔謐〕	缘〔緣〕	榄〔欖〕	跹〔躚〕
阔〔闊〕	【乛】	飧〔饗〕	榇〔櫬〕	蜗〔蝸〕
阕〔闋〕	属〔屬〕		榈〔櫚〕	嗳〔嗳〕
粪〔糞〕	屡〔屢〕	13畫	楼〔樓〕	赗〔賵〕
鹇〔鷳〕	骛〔騖〕	【一】	榉〔櫸〕	【丿】
窜〔竄〕	毹〔毹〕	耢〔耮〕	赖〔賴〕	锗〔鍺〕
窝〔窩〕	毵〔毿〕	鹉〔鵡〕	碛〔磧〕	错〔錯〕
営〔營〕	翚〔翬〕	鹊〔鶄〕	碍〔礙〕	锘〔鍩〕
愤〔憤〕	骜〔驁〕	辒〔轀〕	碜〔磣〕	锚〔錨〕
慌〔憒〕	骗〔騙〕	鹜〔鶩〕	鹤〔鵪〕	锛〔錛〕
滞〔滯〕	缂〔緙〕	摄〔攝〕	尴〔尷〕	锝〔鍀〕
湿〔濕〕	缃〔緗〕	摅〔攄〕	殡〔殯〕	锞〔錁〕

锟〔錕〕　鲇〔鯰〕　誊〔謄〕　嫒〔嬡〕　蔺〔藺〕
锡〔錫〕　鲈〔鱸〕　粮〔糧〕　嫔〔嬪〕　蔼〔藹〕
锢〔錮〕　鲊〔鮓〕　数〔數〕　缙〔縉〕　鹕〔鶘〕
锣〔鑼〕　稣〔穌〕　滗〔潷〕　缜〔縝〕　槚〔檟〕
锤〔錘〕　鲋〔鮒〕　溓〔濂〕　缚〔縛〕　槛〔檻〕
锥〔錐〕　鲫〔鯽〕　满〔滿〕　缛〔縟〕　槟〔檳〕
锦〔錦〕　鲍〔鮑〕　滤〔濾〕　辔〔轡〕　槠〔櫧〕
锧〔鑕〕　鲅〔鮁〕　滥〔濫〕　缝〔縫〕　酽〔釅〕
锹〔鍬〕　鲐〔鮐〕　滗〔潷〕　骝〔騮〕　酾〔釃〕
锫〔錇〕　颖〔穎〕　潆〔濚〕　缫〔繰〕　酿〔釀〕
锭〔錠〕　鸽〔鴿〕　漓〔灕〕　缟〔縞〕　霁〔霽〕
键〔鍵〕　飔〔颸〕　滨〔濱〕　缠〔纏〕　愿〔願〕
锯〔鋸〕　飕〔颼〕　滩〔灘〕　缡〔縭〕　殡〔殯〕
锰〔錳〕　触〔觸〕　溆〔漵〕　缢〔縊〕　辕〔轅〕
镏〔鎦〕　雏〔雛〕　慑〔懾〕　缣〔縑〕　辖〔轄〕
辞〔辭〕　馎〔餺〕　誉〔譽〕　缤〔繽〕　辗〔輾〕
颓〔頹〕　馍〔饃〕　鲎〔鱟〕

穆〔穆〕　馏〔餾〕　骞〔騫〕　14畫　【丨】
筹〔籌〕　馇〔饊〕　寝〔寢〕　　　　龇〔齜〕
签〔簽〕　　〔饟〕　窥〔窺〕　【一】　龈〔齦〕
　〔籤〕　　　　　窦〔竇〕　瑗〔瑷〕　鹗〔鶚〕
简〔簡〕　【丶】　谨〔謹〕　赘〔贅〕　颗〔顆〕
觎〔覦〕　酱〔醬〕　谩〔謾〕　觏〔覯〕　睽〔瞜〕
颔〔頷〕　鹑〔鶉〕　谪〔謫〕　韬〔韜〕　暖〔曖〕
腻〔膩〕　瘅〔癉〕　谬〔謬〕　叆〔靉〕　鹗〔鶚〕
鹏〔鵬〕　瘆〔瘮〕　【ㄱ】　墙〔牆〕　踌〔躊〕
腾〔騰〕　鹐〔鶼〕　辟〔闢〕　撄〔攖〕　踊〔踴〕
鲅〔鱍〕　阖〔闔〕　骗〔騙〕　蔷〔薔〕　蜡〔蠟〕
鲆　　　阗〔闐〕　　　　　蔑〔衊〕　蝈〔蟈〕
　　　　阙〔闕〕　　　　　蔹〔蘞〕　蝇〔蠅〕

15畫

第一欄

蝉〔蟬〕
鹗〔鶚〕
嘤〔嚶〕
罴〔羆〕
赙〔賻〕
嚚〔嚚〕
赚〔賺〕
鹃〔鵑〕

【丿】

锲〔鍥〕
锴〔鍇〕
锶〔鍶〕
锷〔鍔〕
锹〔鍬〕
锸〔鍤〕
锻〔鍛〕
锼〔鎪〕
锾〔鍰〕
锵〔鏘〕
锒〔鋃〕
镀〔鍍〕
镁〔鎂〕
镂〔鏤〕
镃〔鎡〕
镄〔鐨〕
镅〔鎇〕
鹜〔鶩〕
稳〔穩〕
簀〔簀〕

第二欄

篑〔簣〕
箨〔籜〕
箩〔籮〕
箪〔簞〕
箓〔籙〕
箫〔簫〕
舆〔輿〕
膑〔臏〕
鲑〔鮭〕
鲒〔鮚〕
鲔〔鮪〕
鲖〔鮦〕
鲗〔鰂〕
鲙〔鱠〕
鲚〔鱭〕
鲛〔鮫〕
鲜〔鮮〕
鲟〔鱘〕
阇〔闍〕
馑〔饉〕
馒〔饅〕

【丶】

銮〔鑾〕
瘗〔瘞〕
瘘〔瘺〕
阆〔閬〕
羴〔羴〕
鲞〔鯗〕
糁〔糝〕

第三欄

鹬〔鷸〕
潇〔瀟〕
潋〔瀲〕
潍〔濰〕
赛〔賽〕
窭〔窶〕
窦〔竇〕
谭〔譚〕
谮〔譖〕
禩〔禩〕
褛〔褸〕
谯〔譙〕
谰〔讕〕
谱〔譜〕
谲〔譎〕

【乛】

鹛〔鶥〕
嫱〔嬙〕
骛〔騖〕
骡〔騾〕
骢〔驄〕
骠〔驃〕
缥〔縹〕
缦〔縵〕
缧〔縲〕
缨〔纓〕
缩〔縮〕
缪〔繆〕
缫〔繅〕

15畫

【一】

耧〔耬〕
璎〔瓔〕
叇〔靆〕
撵〔攆〕
撷〔擷〕
撺〔攛〕
聩〔聵〕
聪〔聰〕
觐〔覲〕
鞑〔韃〕
蕲〔蘄〕
赜〔賾〕
蕴〔蘊〕
樯〔檣〕
樱〔櫻〕
飘〔飄〕
靥〔靨〕
魇〔魘〕
餍〔饜〕
霉〔黴〕
辘〔轆〕

【丨】

龉〔齬〕
龊〔齪〕
觑〔覷〕
觎〔覦〕

第四欄

瞒〔瞞〕
题〔題〕
颙〔顒〕
颚〔顎〕
踬〔躓〕
踯〔躑〕
蝾〔蠑〕
蝼〔螻〕
噜〔嚕〕
嘱〔囑〕
颛〔顓〕

【丿】

镊〔鑷〕
镇〔鎮〕
镉〔鎘〕
镋〔钂〕
镌〔鐫〕
镍〔鎳〕
镎〔錼〕
镏〔鎦〕
镐〔鎬〕
镑〔鎊〕
镒〔鎰〕
镓〔鎵〕
镔〔鑌〕
镋〔鎵〕
簪〔簪〕
篓〔簍〕
鹠〔鶹〕
鹡

鹇〔鷳〕
鲠〔鯁〕
鲥〔鰣〕
鲢〔鰱〕
鲣〔鰹〕
鲥〔鰣〕
鲤〔鯉〕
鲦〔鰷〕
鲧〔鰍〕
鲩〔鯀〕
卿〔鯇〕
辙〔卿〕
馔〔辙〕
〔饌〕

【丶】
瘭〔癏〕
瘫〔癱〕
斋〔齋〕
颜〔顏〕
鹈〔鵜〕
鲨〔鯊〕
澜〔瀾〕
额〔額〕
谳〔讞〕
褴〔襤〕
遣〔譴〕
谵〔譫〕
鹤〔鶴〕

【フ】
屦〔屨〕
缬〔纈〕
缭〔繚〕
缮〔繕〕
缯〔繒〕

16畫

【一】
糗〔糗〕
擞〔擻〕
颞〔顳〕
颟〔顢〕
薮〔藪〕
颠〔顛〕
橹〔櫓〕
橼〔櫞〕
鹥〔鷖〕
赝〔贋〕
飙〔飆〕
獷〔獷〕
錾〔鏨〕
辙〔轍〕
辚〔轔〕

【丨】
嶬〔嶬〕
螨〔蟎〕
鹦〔鸚〕
赠〔贈〕

【丿】
镨〔鐯〕
镖〔鏢〕
镗〔鏜〕
镘〔鏝〕
锅〔鍋〕
镛〔鏞〕
镜〔鏡〕
镝〔鏑〕
镞〔鏃〕
氇〔氌〕
赞〔贊〕
穑〔穡〕
篮〔籃〕
篱〔籬〕
魉〔魎〕
鲭〔鯖〕
鲮〔鯪〕
鲰〔鯫〕
鲱〔鯡〕
鲲〔鯤〕
鲳〔鯧〕
鲵〔鯢〕
鲶〔鯰〕
鲷〔鯛〕
鲸〔鯨〕
鲻〔鯔〕
獭〔獺〕

【丶】

鹧〔鷓〕
瘿〔癭〕
瘾〔癮〕
斓〔斕〕
辩〔辯〕
濑〔瀨〕
濒〔瀕〕
懒〔懶〕
黉〔黌〕

【フ】
鹥〔鷖〕
颡〔顙〕
缰〔繮〕
缱〔繾〕
缲〔繰〕
缳〔繯〕
缴〔繳〕

17畫

【一】
藓〔蘚〕
鹩〔鷯〕

【丨】
龋〔齲〕
龌〔齷〕
瞩〔矚〕
蹒〔蹣〕
蹑〔躡〕
蟥〔蟥〕

嘲〔嘲〕
羁〔羈〕
赡〔贍〕

【丿】
镢〔鐝〕
镣〔鐐〕
镤〔鏷〕
镥〔鑥〕
镦〔鐓〕
镧〔鑭〕
镩〔鑹〕
镪〔鏹〕
镫〔鐙〕
簖〔籪〕
鹪〔鷦〕
鳍〔鰭〕
鲽〔鰈〕
鳁〔鰮〕
鳃〔鰓〕
鳂〔鰃〕
鳄〔鰐〕
鳅〔鰍〕
鳆〔鰒〕
鳇〔鰉〕
鳈〔鰁〕
鳊〔鯿〕

【、】

鷙〔鷙〕

辫〔辮〕

赢〔贏〕

瀌〔瀌〕

【ㄱ】

鹬〔鷸〕

骤〔驟〕

18畫

【一】

鳌〔鰲〕

鞯〔韉〕

黡〔黶〕

【丨】

歔〔歔〕

颢〔顥〕

鹭〔鷺〕

囂〔囂〕

髅〔髏〕

【丿】

镬〔鑊〕

镭〔鐳〕

镮〔鐶〕

镯〔鐲〕

镰〔鐮〕

镱〔鐿〕

雠〔讎〕

臁〔臁〕

鳍〔鰭〕

鳎〔鰨〕

鳏〔鰥〕

鳑〔鰟〕

鳒〔鰜〕

【、】

鹱〔鸌〕

鹰〔鷹〕

癞〔癩〕

羺〔羺〕

膦〔膦〕

【ㄱ】

鹯〔鸇〕

19畫

【一】

攒〔攢〕

霭〔靄〕

【丨】

鳖〔鱉〕

蹿〔躥〕

巅〔巔〕

髋〔髖〕

髌〔髕〕

【丿】

镲〔鑔〕

颖〔穎〕

蟹〔蟹〕

锄〔鋤〕

鳔〔鰾〕

鳕〔鱈〕

鳗〔鰻〕

鳙〔鱅〕

鳛〔鰼〕

【、】

颤〔顫〕

癣〔癬〕

谶〔讖〕

【ㄱ】

骧〔驤〕

缵〔纘〕

20畫

【一】

瓒〔瓚〕

鬓〔鬢〕

颥〔顬〕

【丨】

黩〔黷〕

黥〔黥〕

【丿】

镳〔鑣〕

错〔鐯〕

臜〔臢〕

鳜〔鱖〕

鳝〔鱔〕

鳞〔鱗〕

鳟〔鱒〕

【ㄱ】

骥〔驥〕

21畫

【丨】

颦〔顰〕

躏〔躪〕

鳢〔鱧〕

【丿】

鳣〔鱣〕

【、】

癫〔癲〕

赣〔贛〕

灏〔灝〕

22畫

鹳〔鸛〕

镶〔鑲〕

23畫

趱〔趲〕

颧〔顴〕

蹼〔躑〕

25畫

镶〔钁〕

馕〔饢〕

戆〔戇〕

參考文獻

一 治學方法

史學方法論　杜維運著　臺北市　華世出版社　1979 年 2 月

史學與史學方法　許冠三著　臺北市　萬年青書店　不著出版年月

治史經驗談　嚴耕望著　臺北市　臺灣商務印書館　1981 年 4 月

治史答問　嚴耕望著　臺北市　臺灣商務印書館　1985 年 6 月

國學治學方法　杜松柏著　臺北市　弘道書局　1980 年 4 月

治學方法　應裕康、王忠林著　高雄市　復文出版社　1989 年 6 月

史學方法　王爾敏著　臺北市　東華書局　1977 年 11 月

史學方法論叢　黃俊傑編譯　臺北市　臺灣學生書局　1977 年 8 月

歷史編纂法　簡後聰、林君成著　臺北市　五南圖書出版公司　1993
年 1 月

史學方法論　趙干城、鮑世奮譯　臺北市　五南圖書出版公司　1990
年 1 月

治學方法談　喬默、江溶編　北京市　中國青年出版社　1983 年 5 月

二 論文寫作方法

研究方法與報告寫作　佛蘭西斯科、戈達斯柯等著　陳如一譯　臺北
市　中華文化出版事業社　1961 年

歷史纂述的方法　李家祺著　臺北市　臺灣商務印書館　1970 年 2 月
（人人文庫一三〇三）

論文研究方法與寫作格式　張建邦編著　臺北市　淡江文理學院
1961 年

學術工作與論文　房志榮、沈宣仁合著　臺北市　先知出版社　1973
　　年

大學論文研究與寫作　思敏編著　臺北市　文致出版社　1974 年

圖書館與論文的寫作　潘華棟著　香港　大學生活社　1976 年 11 月

學術論文規範　宋楚瑜著　臺北市　正中書局　1977 年 3 月

大學論文研究報告寫作指導　馬凱南譯　臺北市　黎明文化事業公司
　　1977 年 4 月

研究報告寫作手冊　曹俊漢編著　臺北市　聯經出版事業公司　1978
　　年 3 月

如何寫學術論文　宋楚瑜著　臺北市　三民書局　1978 年 9 月

圖書館資源──如何研究與撰寫論文　陳善捷編譯　臺北市　華泰書
　　局　1979 年 5 月

怎樣寫學術論文　王力等著　北京市　北京大學出版社　1981 年 5 月

怎樣突破讀書的困境　張春興等著　臺北市　東華書局　1982 年

論文寫作研究　段家鋒、孫正豐、張世賢主編　臺北市　三民書局
　　1983 年 10 月

談論文寫作　姜忠鑫著　臺北市　中華民國責任保險研究基金會
　　1987 年 9 月

文科論文寫作　張盛彬主編　北京市　北京大學出版社　1989 年 10 月

大學生、研究生論文寫作十五講　戴知賢著　北京市　中國廣播電視
　　出版社　1991 年 6 月

學術論文寫作　高瑞卿著　長春市　吉林文史出版社　1991 年 7 月

文科論文寫作概要　任鷹著　北京市　北京大學出版社　1991 年 11 月

報告與論文撰寫手冊　國立新竹師範學院學生輔導中心編　新竹市
　　同編者　1994 年 5 月（增訂版）

撰寫博碩士論文實戰手冊　朱浤源主編　臺北市　正中書局　1999

年 11 月

大學寫作進階課程——研究報告寫作指引　高光惠、楊果霖、蔡忠霖
　　合著　臺北市　三民書局　2007 年 9 月

碩士論文通病多　林英彥著　中國論壇　第 20 卷 9 期（總 237 期）
　　頁 50～53　1985 年 8 月 10 日

三　圖書館及工具書使用法

圖書館學導論　胡述兆、吳祖善著　臺北市　漢美圖書公司　1991
　　年 12 月

圖書館學導論　黃宗忠著　臺北市　天肯文化出版公司　1995 年 1 月

圖書館使用實務　薛理桂、顧力仁、賴美玲編著　臺北縣　國立空中
　　大學　1995 年 1 月

圖書與圖書館利用法　吳哲夫等著　臺北市　行政院文化建設委員會
　　1984 年 6 月

圖書資料運用　王振鵠等編著　臺北縣　國立空中大學　1991 年 2 月

線上資訊檢索——理論與應用　蔡明月著　臺北市　臺灣學生書局
　　1993 年 10 月　修訂版 2 刷

資訊檢索　黃慕萱著　臺北市　臺灣學生書局　1996 年 3 月

線上資料庫的簡況與展望　張鼎鍾　沈寶環教授七秩榮慶祝賀論文集
　　臺北市　臺灣學生書局　1989 年

全文資料庫的檢索方法　謝清俊主講　書府　第 9 期　頁 29～32　1988
　　年 6 月

全文資料庫　王梅玲　沈寶環教授七秩榮慶祝賀論文集　臺北市　臺
　　灣學生書局　1989 年

東吳大學圖書館線上公用目錄簡易操作手冊　東吳大學　圖書館編
　　臺北市　該館　1994 年 10 月

當代文學史料影像全文系統簡介　國立中央圖書館編　臺北市　該館
　　1995 年 4 月

臺灣地區各圖書館暨資料單位館藏光碟聯合目錄　國立中央圖書館編
　　臺北市　該館　1991 年 7 月

參考服務文獻選輯　國立中央圖書館主編　臺北市　該館　1991 年 10
　　月

怎樣使用歷史工具書（增訂本）　闕勛吾著　瀋陽市　遼寧人民出版
　　社　1987 年 2 月

文科工具書簡介　朱天俊、陳宏天著　長春市　吉林人民出版社　1980
　　年

文史工具書手冊　朱天俊、陳宏天著　北京市　中國青年出版社　1982
　　年 9 月；臺北市　明文書局　1985 年 11 月

中國文史工具資料書舉要　吳小如、莊銘權　香港　商務印書館　1980
　　年 3 月；臺北市　明倫出版社　1982 年

中文參考資料　鄭雄撰　臺北市　臺灣學生書局　1982 年

怎樣使用文史工具書（增訂本）　臺北市　明文書局　1983 年 3 月

中文參考用書指引（增訂三版）　張錦郎著　臺北市　文史哲出版社
　　1983 年 12 月

怎樣應用中文工具書　陳正治著　高雄市　復文圖書出版社　1984
　　年 5 月

文史工具書評介　張旭光著　濟南市　齊魯書社　1986 年 5 月

社會科學文獻檢索與利用　來新夏、惠世榮、王榮授編著　天津市
　　南開大學出版社　1986 年 8 月

中文工具書　朱天俊、李國新編著　北京市　書目文獻出版社　1987
　　年 6 月

中文工具書及其使用　祝鼎民編著　北京市　北京出版社　1987 年 7

月

中文工具書使用法　吳則虞著　上海市　上海古籍出版社　1988 年 3
月

文史工具書手冊　朱一玄、陳桂聲、李士金編著　瀋陽市　遼寧教育
出版社　1989 年 10 月

中文工具書辭典　胡振華主編　成都市　四川辭書出版社　1990 年 9
月

文史工具書辭典　祝鴻熹、洪湛侯主編　杭州市　浙江古籍出版社
1990 年 12 月

臺港工具書指南　北京圖書館工具書室編　北京市　書目文獻出版社
1991 年 10 月

中文工具書教程　朱天俊、李國新著　北京市　北京大學出版社
1991 年 7 月

中國古今工具書大辭典　盛廣智、許華應、劉孝嚴主編　長春市　吉
林人民出版社　1991 年 12 月

中文工具書使用指南　王世偉編著　上海市　華東師範大學出版社
1993 年 7 月

文史參考工具書指南　陳社潮編著　臺北市　明文書局　1995 年 2 月

資訊與網路資源利用　謝寶煖編著　臺北市　華泰文化事業公司　2004
年 3 月

文獻檢索與利用　花芳編著　北京市　清華大學出版社　2009 年 9 月

文史文獻檢索教程　王彥坤編著　北京市　商務印書館　2010 年 9 月

日語研究資源指引　國立臺灣大學圖書館編　臺北市　國立臺灣大學
圖書館　2010 年 11 月

四 古籍整理與讀校法

古籍整理概論　黃永年著　西安市　陝西人民出版社　1985 年 7 月

古籍研究整理通論　吳孟復著　臺北市　貫雅文化事業公司　1991
　　年 11 月

古書讀校法　陳鐘凡著　上海市　商務印書館　1923 年 11 月；臺北
　　市　臺灣商務印書館　1965 年 8 月

古書今讀法　胡懷琛著　臺北市　啟明書局　1961 年 12 月；臺北市
　　大漢出版社　1981 年 5 月；臺北市　國文天地雜誌社　1990 年
　　4 月

古書校讀法　胡樸安著　作者自印本　1930 年；臺北市　西南書局
　　1979 年 10 月

古書讀法略例　孫德謙著　上海市　商務印書館　1936 年 1 月；臺北
　　市　臺灣商務印書館　1968 年 11 月

古書通例　余嘉錫著　排印本　1940 年；上海市　上海古籍出版社
　　1983 年；臺北市　丹青圖書公司　1986 年 5 月

中國古代史籍校讀法　張舜徽著　北京市　中華書局　1962 年；臺
　　北市　地平線出版社　1972 年 2 月；臺北市　漢苑出版社　1977
　　年 4 月；臺北市　臺灣學生書局　1982 年

古書讀校法　吳孟復著　合肥市　安徽教育出版社　1983 年 5 月

中國古書校讀法　宋子然　成都市　巴蜀書社　1995 年 6 月

上窮碧落下黃泉，動手動腳找資料──談閱讀古籍與實物習俗的關係
　　劉兆祐著　幼獅月刊　第 48 卷 2 期　頁 17～23　1978 年 8 月

怎樣標點古書　管敏義著　北京市　書目文獻出版社　1985 年 11 月

標點古書評議　呂淑湘著　北京市　商務印書館　1988 年 7 月

古書標點釋例　段喜春著　古籍整理研究八種之六　武漢市　武漢工

業大學出版社　1989 年 5 月

古文標點例析　王邁著　北京市　語文出版社　1992 年 1 月

古籍校點釋例（初稿）　趙守儼等撰　書品 1991 年 4 期（總第 24 期）
　　頁 68～54　1991 年 12 月

五　文獻學

文獻學辭典　趙國璋、潘樹廣主編　南昌市　江西教育出版社　1991
　　年 1 月

古籍知識手冊　高振鐸主編　濟南市　山東教育出版社　1988 年 12 月

中國古典文獻學　吳楓著　臺北市　木鐸出版社　1983 年 9 月

中國文獻學　張舜徽著　鄭州市　中州書畫社　1982 年 12 月；臺北
　　市　木鐸出版社　1988 年 9 月

文獻學講義　王欣夫著　上海市　上海古籍出版社　1986 年 2 月；臺
　　北市　文史哲出版社　1987 年 9 月　再版；臺北市　臺灣商務印
　　書館　1992 年 1 月

古典文獻學　羅孟禎著　重慶市　重慶出版社　1989 年 6 月

中國歷史文獻學　楊燕起、高國抗主編　北京市　書目文獻出版社
　　1989 年 3 月

中國歷史文獻學　張家璠、黃寶權主編　桂林市　廣西師範大學出版
　　社　1989 年 6 月

文獻學概論　倪波主編　南京市　江蘇教育出版社　1990 年 11 月

中國文獻學新探　洪湛侯著　臺北市　臺灣學生書局　1992 年 9 月

中國圖書文獻學論集　王國良、王秋桂合編　臺北市　明文書局
　　1986 年 11 月　增訂新版

中國古文獻學史　孫欽善著　北京市　中華書局　2 冊　1994 年 2 月

中國史研究入門　山根幸夫編　東京都　山川出版社　上、下冊

1983 年 9 月

中國史研究入門　高明士主編　臺北市　聯經出版事業公司　1990
年 4～6 月

中國史研究入門　山根幸夫編　田人隆等譯　北京市　社會科學文獻
出版社　上、下冊　1994 年 1 月

中國古代史史料學　陳高華、陳智超等著　北京市　北京出版社　1983
年 1 月；臺北市　崧高書社　1985 年 8 月（改名為《國史史料
學》上、下冊）

中國古代史史料學　安作璋主編　福州市　福建人民出版社　1994
年 7 月

中國古代史研究概述　中國史研究編輯部編　南京市　江蘇古籍出版
社　1987 年 10 月

中國古代史研究入門　朱紹侯主編　開封市　河南人民出版社　1989
年 1 月

中國古代史研讀要覽　胡凡、巴新生主編　哈爾濱市　黑龍江人民出
版社　1990 年 9 月

中國古代史導讀　蕭黎、李桂海主編　上海市　文匯出版社　1991
年 9 月

唐史史料學　黃永年、賈憲保著　西安市　陝西師範大學出版社　1989
年 12 月

元史學概說　李治安、王曉欣編著　天津市　天津教育出版社　1989
年 7 月

明史研究備覽　李小林、李晟文主編　天津市　天津教育出版社　1988
年 2 月

清史史料學初稿　馮爾康著　天津市　南開大學出版社　1986 年 12 月

清史史料學　馮爾康著　臺北市　臺灣商務印書館　1993 年 11 月

中國近代史料學稿　張革非、楊益茂、黃名長編著　北京市　中國人民大學出版社　1990 年 3 月

中國近代史史料概述　陳恭祿著　臺北市　弘文館出版社　1987 年 2 月

中國近代史研究入門　林增平、林言椒主編　鄭州市　河南人民出版社　1990 年 10 月

中國近代人物研究信息　林言椒、李喜所主編　天津市　天津教育出版社　1988 年 4 月

中國現代史史料學　張憲文著　濟南市　山東人民出版社　1985 年 11 月

中國現代史史料學　何東著　北京市　求實出版社　1987 年 7 月

中國現代史研究入門　王檜林主編　鄭州市　河南人民出版社　1994 年 7 月

中國哲學史史料學初稿　馮友蘭著　上海市　上海人民出版社　1962 年 12 月

中國哲學史史料學　張岱年著　北京市　三聯書店　1982 年 6 月；臺北市　崧高書社　1985 年 6 月

中國哲學史史料學概要（上、下）　劉建國著　長春市　吉林人民出版社　1983 年 5 月

中國近代哲學史史料學簡編　季甄馥、高振農編　上海市　華東師範大學出版社　1992 年 12 月

中國文學文獻學　張君炎著　南昌市　江西人民出版社　1986 年 10 月

中國古典文學文獻檢索與利用　袁學良編著　成都市　四川大學出版社　1988 年 11 月

中國古典文學史料學　徐有富主編　南京市　南京大學出版社　1992 年 7 月

中國文學史料學（上、下）　潘樹廣主編　合肥市　黃山書社　1992
　　年 8 月

新文學資料引論　朱金順著　北京市　北京語言學院出版社　1986
　　年 10 月

六　目錄學

目錄學　姚名達著　上海市　商務印書館　1933年；臺北市　臺灣商
　　務印書館　1971年7月

目錄學發微　余嘉錫著　臺北市　藝文印書館；成都市　巴蜀書社
　　1991年5月

中國目錄學史　姚名達著　臺北市　臺灣商務印書館　1971年1月
　　臺4版

校讎目錄學纂要　蔣伯潛著　臺北市　正中書局　1946年12月；北京
　　市　北京大學出版社　1990年5月

中國目錄學史　許世瑛著　臺北市　中華文化出版事業委員會　1954
　　年8月

中國目錄學研究　胡楚生著　臺北市　華正書局　1980 年 4 月

古典目錄學淺說　來新夏著　北京市　中華書局　1981 年 10 月

目錄學概論　目錄學概論編寫委員會編　北京市　中華書局　1982
　　年 3 月

中國目錄學　昌彼得、潘美月著　臺北市　文史哲出版社　1986 年 9
　　月

目錄學　彭斐年、喬好勤著　武漢市　武漢大學出版社　1986 年 12 月

目錄學與工具書　臺北市　木鐸出版社　1987 年 7 月

校讎廣義（目錄編）　程千帆、徐有富著　濟南市　齊魯書社　1988
　　年 8 月

古典目錄學　來新夏著　北京市　中華書局　1991 年 3 月

中國目錄學史　喬好勤著　武漢市　武漢大學出版社　1992 年 6 月

中國目錄學史論叢　王重民著　北京市　中華書局　1984 年 12 月

中國歷史書籍目錄學　陳秉才、王錦貴著　北京市　書目文獻出版社
　　1981 年 5 月

古籍重要目錄書析論　田鳳臺著　臺北市　黎明文化事業公司　1990
　　年 10 月

中國目錄學史　李瑞良著　臺北市　文津出版社　1993 年 5 月

漢書藝文志注釋彙編　陳國慶編　臺北市　木鐸出版社　1983 年 9 月

七　版本學

中國書史　查猛濟、陳彬龢著　上海市　商務印書館　1931 年 9 月；
　　臺北市　文史哲出版社　1977 年 1 月

圖書板本學要略　屈萬里、昌彼得著　臺北市　中華文化出版事業委
　　員會　1953 年 6 月；臺北市　中國文化大學出版部　1986 年 10
　　月（潘美月增訂）

歷代圖書板本志要　羅錦堂著　臺北市　中華叢書委員會　1958 年 5
　　月

古籍板本淺說　陳國慶著　瀋陽市　遼寧出版社　1957 年

中國古代書籍史話　劉國鈞著　北京市　中華書局　1972 年 9 月

以上二書，臺北市西南書局於 1978 年 6 月加以合印，改名為《版本
　　學》

古書版本常談　毛春翔著　北京市　中華書局　1962 年；上海市　上
　　海人民出版社　1977 年

古書版本學　毛春翔著　臺北市　洪氏出版社　1974 年 9 月（即「古
　　書版本常談」）

中國古代書史　錢存訓著　香港　中文大學　1975 年 3 月
古籍板本鑑定叢談　魏隱儒、王金雨著　北京市　印刷工業出版社
　　1984 年 4 月
中國古代書籍史　李致忠著　北京市　文物出版社　1985 年 12 月
中國書史　鄭如斯、蕭東發著　北京市　書目文獻出版社　1987 年 6
　　月
中國古籍板本概要　施廷鏞著　天津市　天津古籍出版社　1987 年 8
　　月
中國古籍印刷史　魏隱儒著　北京市　印刷工業出版社　1988 年 5 月
版本學概論　戴南海著　成都市　巴蜀書社　1990 年 4 月
古書版本學概論　嚴佐之著　上海市　華東師範大學出版社　1989
　　年 10 月
歷代刻書考述　李致忠著　成都市　巴蜀書社　1990 年 4 月
古書版本學概論　李致忠著　北京市　書目文獻出版社　1990 年 8 月
校讎廣義（版本編）　程千帆、徐有富著　濟南市　齊魯書社　1991
　　年 7 月
中國古籍板本學　曹之著　武漢市　武漢大學出版社　1992 年 5 月
讀古書為什麼要講究板本　屈萬里著　大陸雜誌第 2 卷第 7 期　頁
　　15～17　1951 年 4 月；中國圖書文獻學論集　頁 233～243　臺北
　　市　明文書局　1986 年 11 月　增訂新版

八　校勘學

古書疑義舉例五種　俞樾等　北京市　中華書局　1956 年；臺北市
　　世界書局　1956 年；臺北市　泰順書局　1971 年
廣古書疑義舉例　徐仁甫著　北京市　中華書局　1990 年 4 月
校讎學　胡樸安、胡道靜著　臺北市　臺灣商務印書館　1968 年 8 月

校讎學史　蔣元卿　臺北市　臺灣商務印書館　1967 年 5 月（人人文庫三〇六、三〇七）；合肥市　黃山書社　1985 年 12 月

校勘學釋例　陳垣著　臺北市　臺灣學生書局　1971 年 4 月

斠讎學　王叔岷著　臺北市　臺聯國風出版社　1972 年 3 月；臺北市　中央研究院歷史語言研究所　1995 年 6 月　修訂 1 版

斠讎通論　阮廷焯著　臺北市　中國學典出版社　1967 年 9 月

校勘學史略　趙仲邑著　長沙市　岳麓書社　1983 年

校勘學概論　戴南海著　西安市　陝西人民出版社　1986 年 5 月

校讎別錄　王叔岷著　臺北市　華正書局　1987 年 5 月

校勘學大綱　倪其心著　北京市　北京大學出版社　1987 年 7 月

校勘述略　王雲海、裴汝成著　開封市　河南大學出版社　1988 年 6 月

校勘學綱要　謝貴安著　古籍整理研究八種之四　武漢市　武漢工業大學出版社　1989 年 5 月

校勘學　管錫華著　合肥市　安徽教育出版社　1991 年 7 月

九　辨偽學

古今偽書考　姚際恆原著、金受申考釋、顧實重考、黃雲眉補證、童小玲彙集　姚際恆著作集第五冊　臺北市　中央研究院中國文哲研究所　1994 年 5 月

古書真偽及其年代　梁啟超著　臺北市　臺灣中華書局　1956 年 10 月

偽書通考　張心澂著　上海市　商務印書館　1939 年；臺北市　鼎文書局　1973 年 10 月（增訂本）

續偽書通考　鄭良樹著　臺北市　臺灣學生書局　1984 年

古籍辨偽學　鄭良樹著　臺北市　臺灣學生書局　1986 年 8 月

關於辨識偽書的問題　張舜徽著　中國古代史籍校讀法　頁 279～291

北京市　中華書局　1962 年

當代偽書問題　林慶彰著　教育資料與圖書館學　第22卷4期　頁110
〜121　1984年12月

辨偽簡論　洪湛侯著　中國文獻學新探　頁55〜92　臺北市　臺灣學
生書局　1992年9月

十　輯佚學

輯佚學稿　王玉德著　古籍整理研究八種之一　武漢市　武漢工業大
學出版社　1989年5月

關於輯佚書的問題　張舜徽著　中國古代史籍校讀法　頁292〜310
北京市　中華書局　1962年

輯佚簡論　洪湛侯著　中國文獻學新探　頁93〜128　臺北市　臺灣
學生書局　1992年9月

詩三家說之輯佚與鑒別　葉國良著　國立編譯館館刊　第9卷1期
1980年6月

十一　類書、叢書學

類書流別（修訂本）　張滌華著　北京市　商務印書館　1985年9月

類書簡說　劉葉秋著　上海市　上海古籍出版社　1980年2月；中國圖
書文獻學論集　頁474〜552　臺北市　明文書局　1986年11月
增訂新版；臺北市　國文天地雜誌社　1993年2月　初版2刷

類書沿革　戴克瑜、唐建華主編　成都市　四川省圖書館學會　1981
年春

中國古代的類書　胡道靜著　北京市　中華書局　1982年2月

類書的文獻價值　洪湛侯著　中國文獻學新探　頁137〜152　臺北市
臺灣學生書局　1992年9月

類書薈編序　王叔岷著　校讎別錄　頁 59～78　臺北市　華正書局
　　1987 年 5 月
中國類書中的文獻資料及其運用　劉兆祐著　國立中央圖書館刊第
　　22 卷 2 期　頁 117～128　1989 年 12 月
古籍叢書概說　劉尚恒著　上海市　上海古籍出版社　1989 年 12 月
古籍叢書綜論　李春光著　瀋陽市　遼瀋書社　1991 年 10 月
叢書刊刻源流考　謝國楨著　中和月刊　第 3 卷第 12 期　1942 年 12
　　月；中國圖書文獻學論集　頁 553～591　臺北市　明文書局　1986
　　年 11 月　增訂新版

十二　方志學

中國地方志辭典　黃葦主編　合肥市　黃山書社　1986 年
中國地方志大辭典　董一博主編　杭州市　浙江人民出版社　1988 年
中國方志學通論　傅振倫　上海市　商務印書館　1935 年；臺北市
　　臺灣商務印書館　1966 年 12 月
方志學　李泰棻著　上海市　商務印書館　1935 年
方志今議　黎錦熙著　上海市　商務印書館　1940 年；臺北市　臺灣
　　商務印書館　1976 年 3 月（人人文庫 2211、2212）
中國方志的地理學價值　陳正祥著　香港　中文大學　1965 年
方志學概論　來新夏等　福州市　福建人民出版社　1983 年
中國方志學概論　薛虹著　哈爾濱市　黑龍江人民出版社　1984 年 4
　　月
方志學通論　倉修良著　濟南市　齊魯書社　1990 年
中國地方志的起源、特徵及其史料價值　朱士嘉著　歷史科學概論參
　　考資料　頁 616～632　濟南市　山東教育出版社　1985 年
中國方志中的文學資料及其運用　劉兆祐著　漢學研究　第3卷第2

期　頁845～862　1985年12月

臺灣地區公藏方志的存藏、留傳與利用之調查　顧力仁、辛法春著

　　漢學研究　第3卷第2期　頁379～417　1985年12月

十三　避諱學

史諱舉例　陳垣著　臺北市　文史哲出版社　1974年9月

經史避名彙考　周廣業　臺北市　明文書局　1981年10月

避諱知識　高振鐸　古籍知識手冊　頁1304～1356　濟南市　山東教

　　育出版社　1988年12月

古書中的避諱問題　王叔岷　文史哲學報　第37期　頁3～24　1989

　　年12月

十四　新史料

新史料檢索與利用　黃曉斧著　成都市　四川大學出版社　1988年4

　　月

出土文獻概述　張積著　古籍整理研究八種之二　武漢市　武漢工業

　　大學出版社　1989年5月

竹簡帛書論文集　鄭良樹著　北京市　中華書局　1982年；臺北市

　　源流文化事業公司　1982年12月

簡帛佚籍與學術史　李學勤著　臺北市　時報文化出版公司　1994年

　　12月

近二十年考古新發現與先秦古文獻研究的新進展　趙吉惠著　歷史文

　　獻研究（北京新三輯）　頁274～292　北京市　北京燕山出版社

　　1992年7月

閱讀古籍要重視考古資料　裘錫圭　古代文史研究新探　頁61～72

　　南京市　江蘇古籍出版社　1992年6月

十五　其他學術論著

宋初經學發展述論　馮曉庭著　臺北市　東吳大學中研所碩士論文　1995年6月

明代考據學研究　林慶彰著　臺北市　臺灣學生書局　1986年10月修訂再版

明代經學研究論集　林慶彰著　臺北市　文史哲出版社　1994年5月

清初的群經辨偽學　林慶彰著　臺北市　文津出版社　1990年3月

毛晉汲古閣刻書考　周彥文著　臺中市　東海大學中文研究所碩士論文　1980年4月

王獻唐先生之生平及其學術研究　丁原基著　臺北市　東吳大學中文研究所博士論文　1993年6月

當代儒學論集：挑戰與回應　劉述先主編　臺北市　中央研究院中國文哲研究所籌備處　1995年12月

詩史本色與妙悟　龔鵬程著　臺北市　臺灣學生書局　1986年4月

江西詩社宗派研究　龔鵬程著　臺北市　文史哲出版社　1983年10月

鄭思肖研究及其詩箋注　楊麗圭　臺北市　中國文化學院中文研究所碩士論文　1977年6月

宋南渡詞人　黃文吉著　臺北市　臺灣學生書局　1985年5月

日據時期臺灣小說研究　許俊雅著　臺北市　臺灣師範大學國研所博士論文　1992年5月

楊逵及其作品研究　黃惠禎著　臺北市　麥田出版公司　1994年7月

通識教育叢書・治學方法叢刊 0201001

學術論文寫作指引（文科適用）

作　　者	林慶彰
主　　編	陳欣欣
編輯助理	游依玲

發 行 人	林慶彰
總 經 理	梁錦興
總 編 輯	張晏瑞
編 輯 所	萬卷樓圖書股份有限公司
	臺北市羅斯福路二段 41 號 6 樓之 3
	電話 (02)23216565
	傳真 (02)23218698

發　　行	萬卷樓圖書股份有限公司
	臺北市羅斯福路二段 41 號 6 樓之 3
	電話 (02)23216565
	傳真 (02)23218698
	電郵 SERVICE@WANJUAN.COM.TW
香港經銷	香港聯合書刊物流有限公司
	電話 (852)21502100
	傳真 (852)23560735

ISBN 978-957-739-692-1

2020 年 3 月二版五刷

2011 年 9 月二版一刷

1996 年 9 月初版一刷

定價：新臺幣 480 元

如何購買本書：

1. 劃撥購書，請透過以下郵政劃撥帳號：

　　帳號：15624015

　　戶名：萬卷樓圖書股份有限公司

2. 轉帳購書，請透過以下帳戶

　　合作金庫銀行　古亭分行

　　戶名：萬卷樓圖書股份有限公司

　　帳號：0877717092596

3. 網路購書，請透過萬卷樓網站

　　網址 WWW.WANJUAN.COM.TW

大量購書，請直接聯繫我們，將有專人為您服務。客服：(02)23216565 分機 610

如有缺頁、破損或裝訂錯誤，請寄回更換

國家圖書館出版品預行編目資料

學術論文寫作指引：文科適用 / 林慶彰著.

-- 再版.-- 臺北市 ： 萬卷樓, 2011.09

　面 ；　公分

ISBN 978-957-739-692-1(平裝)

1.論文寫作法

811.4　　　　　　　　　　　99018416